O pântano das borboletas

Federico Axat

O pântano das borboletas

Tradução de
Fátima Couto

TORDSILHAS

Copyright © 2012 Federico Axat
Copyright da tradução © 2014 Tordesilhas

Publicado mediante acordo com Pontas Literary & Film Agency.
Título original: *El pantano de las mariposas*

Todos os direitos reservados. Nenhuma parte desta edição pode ser utilizada ou reproduzida – em qualquer meio ou forma, seja mecânico ou eletrônico –, nem apropriada ou estocada em sistema de banco de dados, sem a expressa autorização da editora.

O texto deste livro foi fixado conforme o acordo ortográfico vigente no Brasil desde 1º de janeiro de 2009.

EDIÇÃO UTILIZADA PARA ESTA TRADUÇÃO Federico Axat, *El pantano de las mariposas*, Barcelona, Destino, 2013.

REVISÃO Marina Bernard e Márcia Moura
PROJETO GRÁFICO Kiko Farkas e Thiago Lacaz/Máquina Estúdio
CAPA Tordesilhas
IMAGEM DE CAPA Magdalena Berny

1ª edição, 2014

CIP-BRASIL. CATALOGAÇÃO NA PUBLICAÇÃO
SINDICATO NACIONAL DOS EDITORES DE LIVROS, RJ

A975p

    Axat, Federico
        O pântano das borboletas / Federico Axat; tradução Fátima Couto. –
1. ed. – São Paulo: Tordesilhas, 2014.

    Tradução de: El pantano de las mariposas
    ISBN 978-85-8419-014-0

    1. Romance argentino. I. Couto, Fátima. II. Título.

14-14005   CDD: 868.99323
                                           CDU: 821.134.2(84)-3

2022
A Tordesilhas Livros faz parte do Grupo Editorial Alta Books
Avenida Paulista, 1337, conjunto 11
01311-200 – São Paulo – SP
www.tordesilhaslivros.com.br
blog.tordesilhaslivros.com.br

*A meus pais,
Luz L. Di Pirro
e Raúl E. Axat*

"Nunca voltei a ter amigos como os que tive aos doze anos. Por acaso isso é possível?"
Gordie Lachance,
no filme *Conta comigo*

Prólogo
1974

Minhas mãos se erguem como duas flores brancas, brincando com o ar doce impregnado do cheiro de couro dos bancos e aquecido pela calefação. Mamãe dirige, voltando-se a intervalos regulares para me dar um sorriso que tento reter. Ela me fala da chuva que martela a lataria do carro, de um letreiro que mal se vê e de coisas que não entendo, mas principalmente me fala do Fiesta, uma palavra que aprendi recentemente e que repito com entusiasmo.

– Fiesta!

– Isso! – diz mamãe. – Ele é nosso. Não é lindo? Nunca mais teremos que andar de ônibus.

"Ônibus" é outra palavra cujo significado conheço, mas que não consigo pronunciar direito. Limito-me a abrir muito os olhos e a observar mamãe pelo espelho retrovisor, que ela ajeitou de modo a poder me ver. O terço de madeira pendurado nele me hipnotiza por um instante.

– Fiesta! – torno a gritar.

A escuridão nos encerra em seu punho esponjoso. O limpador de para-brisa, na velocidade máxima, mal consegue neutralizar a força do dilúvio. Uma descarga de luz corta a noite, dividindo-se em ramos azulados que cruzam com o carro. Os relâmpagos me assustam, e esse em particular me faz dar um pontapé involuntário que derruba Boo, o ursinho de pelúcia que sempre me acompanha quando saio de casa, fazendo-o cair do banco traseiro. Aguardo alguns segundos, à espera do trovão entrecortado que não demora em se fazer ouvir, e tento me inclinar. Boo é uma figura cinzenta disforme no chão. O cinto de segurança da minha cadeira acoplada ao assento traseiro não me permite alcançá-lo. Com o desespero característico que antecede o choro, observo mamãe, que agarra o volante com força, ligeiramente inclinada para a frente, perscrutando a faixa de asfalto que a duras penas nos indica o caminho, e penso que não é hora de incomodá-la. Tenho um ano, mas posso perceber isso.

Passo a vista pelo interior do carro e com o rabo do olho vejo meu próprio reflexo à direita, no vidro embaçado da janela. O gorro branco de lã é a primeira coisa que me chama a atenção. Parece a vela de um barco navegando no bosque escuro que desfila atrás de nós. Estico o braço nessa direção, mas meus dedos não chegam a tocar a janela, apesar das minhas tentativas. Entretanto, descubro que sou capaz de comandar à distância esse triângulo fantasmagórico. Agito a cabeça com veemência, e a vela do barco imaginário faz o mesmo, toureando as ondas negras e traiçoeiras da noite. Repito o movimento várias vezes. A cada tentativa, minha capacidade de controle vai se aperfeiçoando.

– Alguém está se divertindo muito aí atrás.

Interrompo a agitação frenética. A voz de mamãe tem esse efeito: o mundo parece deter-se quando ela fala. Ela me dá outro de seus sorrisos contagiantes, dessa vez por cima do ombro.

Meu vocabulário se reduz a um punhado de palavras, nenhuma das quais me serve para explicar que eu estava imaginando um veleiro que nos fazia companhia, e muito menos que podia comandá-lo à vontade movendo a cabeça. Decido, como tantas outras vezes, limitar-me a sorrir. Mas então me lembro de Boo, jogado de boca para baixo no chão, e estremeço.

– Boo – balbucio.

– O que aconteceu? – pergunta mamãe, tirando um pouco a atenção da estrada e olhando para mim.

Ela compreende rapidamente. Estica-se, volta o olhar para a frente e introduz o braço direito pelo espaço entre os dois assentos dianteiros, para o que precisa adotar uma posição ligeiramente contorcida. Então percebo como sua mão direita apalpa em primeiro lugar o assento e em seguida um dos meus sapatinhos. Sorrio quando seus dedos exercem uma suave pressão em torno do meu pequenino pé.

– Este é Boo? – pergunta ela, divertida.

Rio com vontade e dou um chute desajeitado que me liberta da mão que me prende. Inclino-me tudo o que o cinto de segurança permite e observo a mão de mamãe – bastante afastada de Boo –, que tateia agora o chão do carro. Quero dizer alguma coisa para guiá-la na direção correta, mas minha atenção se concentra na exploração. Os dedos de mamãe parecem uma aranha branca e enorme que desperta em mim uma curiosidade inusitada, como o reflexo do meu gorro na janela instantes atrás. Percebo feliz que eles se lançam na direção correta; a grande aranha avança em passo lento e decidido para sua presa. Mamãe precisa se inclinar ainda mais, então reduz a velocidade do carro e se ajeita de modo a manter os olhos no painel. Emite um gemido quando faz o último esforço, e finalmente seu dedo indicador pousa sobre uma das orelhas de Boo. Apesar do meu precário entendimento da situação, sei que aquilo não é suficiente. O dedo de mamãe risca o chão do carro, tentando agarrar aquele pedaço de pano, mas não consegue.

– Boo – digo em um murmúrio sufocado. Quero explicar que não preciso dele, que posso esperar até chegar em casa para recuperá-lo, mas só consigo repetir o nome dele.

E então acontece algo que provoca em mim um mecanismo instintivo, um medo visceral que faz com que meu corpinho roliço trema como uma folha de outono diante de uma rajada de vento gelada. É a mesma sensação que me dão a escuridão ou a solidão, mas mais acentuada. Mamãe se inclina mais do que deve e perde o contato visual com a estrada. Sua mão se fecha sobre Boo, agarrando-o com determinação, e isso faz com que o Fiesta comece a ziguezaguear perigosamente.

Arregalo os olhos. Minha vista se crava no espelho retrovisor. O terço se sacode violentamente.

Depois de hesitar, mamãe faz com que sua mão, que finalmente conseguiu capturar Boo, volte para o assento dianteiro com a velocidade de uma serpente. Sua silhueta se endireita com um movimento rápido, e ela volta a agarrar o volante com as duas mãos. O Fiesta recupera o rumo, ajudado por uma curta aceleração. Volto a respirar normalmente. A chuva continua a apertar, os trovões rugem à distância e a lataria do teto ressoa com o crepitar dos pingos de chuva, mas no interior do Fiesta a sensação de perigo começa a se desvanecer.

Mamãe se volta, ensaiando um sorriso tranquilizador, e me estende meu urso de pelúcia, que acolho no peito. Nossos olhares se cruzam. É um desses momentos em que não importa que eu apenas consiga pronunciar algumas palavras, porque tudo está dito com esse poder telepático que as mães compartilham com seus bebês. Seu sorriso se abre. Mamãe é linda, penso, detendo-me em seu rosto liso, de olhos grandes, queixo delicado e maçãs rosadas, e em seu cabelo arruivado. Cada detalhe se grava a fogo em minha mente para poder reproduzir-se mais tarde... em sonhos.

Nesse momento o para-brisa do Fiesta se transforma em uma bola de luz. Um golpe monstruoso em uma das laterais faz com que o carro caia de lado com violência, como que deslocado pelo golpe desinteressado de um gigante. A carroceria gira sobre um eixo imaginário e sulca a noite, cruzando a mão contrária da estrada. A luz que cega é substituída por uma massa escura de ramos e galhos grossos que giram diante do para-brisa até ficar de cabeça para baixo. Imediatamente sinto a pressão do cinto de segurança da minha cadeira apertando-me o peito, e Boo escapa de minhas mãos. Mamãe grita. Seu corpo se sacode de um lado a outro. Depois de um instante de expectativa, o Fiesta novo, que mamãe comprara por meio de um financiamento quase inacessível – num esforço descomunal para uma mãe solteira que ganha a vida como enfermeira –, corta o ar, descrevendo uma espiral, e se incrusta em um carvalho, achatando-se como uma lata de refrigerante. A inércia faz com que a carroceria dê um meio giro adicional e o teto afunde ao bater em cheio em outra árvore.

Tudo aconteceu a uma velocidade espantosa. O silêncio que sucede ao acidente é tão profundo que a chuva e os trovões demoram a se fazer ouvir novamente.

A princípio não vejo nada. Pisco várias vezes, sem outro resultado a não ser uma escuridão absoluta. O ruído da tormenta é meu único vínculo com a realidade. Quando tento me mover, o cinto de segurança me impede. Descubro com horror que nem sequer posso gritar ou romper em pranto; apenas incho o peito, e um insuportável ardor me faz calar. Finalmente sacudo a cabeça, como minutos antes fazia com alegria para manobrar meu veleiro imaginário, mas agora com o único propósito de me libertar do aterrador véu de escuridão. Então minha testa se choca com algo. Decido permanecer imóvel enquanto os contornos começam a se delinear. O que tenho diante de mim é uma grande depressão do teto, que forma uma curva milagrosa sobre meu corpo. Mamãe deve estar do outro lado, raciocino em desespero. Não consigo ouvi-la, mas ela deve estar ali.

O carro descansa sobre um dos lados, mas minha cadeira continua presa no meio do assento traseiro. Mover-me em semelhante posição, com o teto a poucos centímetros e o cinto de segurança pressionando, é impossível. Estico o pescoço o máximo que posso, até meus olhos ficarem muito próximos da lataria, e assim consigo ver o espaço entre os dois assentos dianteiros. O que vejo me gela o coração.

O rosto de mamãe se transformou em uma esfera branca de olhos inexpressivos presa em uma teia vermelha. Seu olhar vazio me transpassa.

– Mamãe – murmuro com um fio de voz.

Não posso deixar de fitá-la. O pescoço me dói por causa da posição, mas não consigo afastar os olhos do único ser querido que tenho no mundo.

Em algum momento perco a consciência, ou creio perder.

Não sei quanto tempo depois, ouço um forcejar do outro lado da depressão da lataria. Tento gritar, mas a dor no peito me silencia.

O corpo de mamãe é arrastado. Seu rosto ensanguentado desaparece.

Alguém a levou.

Alguém... ou algo.

Primeira parte

Suposição
1985

1

O casarão da Maple Street estava abandonado desde que faço uso da razão. Eu o tinha visto centenas de vezes da minha bicicleta, com sua fachada manchada surgindo por trás do sólido muro de pedra.

Na escola não faltava quem afirmasse conhecer alguém que havia se esgueirado na mansão em plena noite com um grupo de amigos, que ela tinha galerias secretas, corredores, que estava enfeitiçada. Diziam que à noite as portas e as janelas que ainda restavam de pé se abriam e fechavam sozinhas, que fantasmas lívidos apareciam nos cantos e que os anjos de pedra que decoravam as fontes do jardim desciam dos pedestais e vagueavam entre o mato crescido. Eram histórias que se realimentavam de si mesmas e da criatividade e da ânsia de popularidade de alguns meninos. Pessoalmente, isso não me preocupava. Gostava de passar algum tempo diante da grade do portão de entrada, contemplando o cadeado de ferro, o caminho de pedra que chegava até a imponente construção ou o jardim de inverno contíguo, cujas vidraças estavam quase todas quebradas.

No dia em que encontrei um exército de homens descarregando móveis e caixas rotuladas de dois enormes caminhões, senti certa decepção. Isso aconteceu em plena época de aulas, e desvencilhar-me de minhas obrigações não foi fácil, mas consegui acompanhar o processo de mudança com muita atenção de cima de uma árvore que se transformaria eu meu observatório particular.

Naquela ocasião avistei aquele que intuí corretamente ser o dono da casa: um homem magro, vestido como um diplomata, de cabelo penteado com fixador e com o andar de um policial. Ele apareceu algumas vezes durante as semanas em que aconteceu a mudança, deu algumas indicações, mas não participou muito do circo. Tudo foi delegado a um homem de uns quarenta anos, cujo rosto pensei reconhecer de algum lugar, e que se dedicou com afinco à operação. Além dos carregadores, chegou uma equipe de limpeza formada por uma tropa de mulheres com braços como os de Rocky, traseiros grandes como almofadas e o andar coordenado das formigas. A elas se juntou um batalhão de jardineiros, que, como pude constatar da árvore que havia escolhido como posto de observação, tinham muito o que fazer naqueles jardins anárquicos. Vários operários se ocuparam de repor as telhas que faltavam, pintar as paredes externas, polir o mármore das escadarias e de muitas outras tarefas. Em um mês, a casa havia perdido aquele aspecto maléfico tão característico.

A família se mudou num dia fresco de outono que a sorte me levou a presenciar. Um Mercedes preto se deteve diante da escadaria principal, e o diplomata desceu para rodear o carro e abrir a porta do acompanhante. Uma mulher jovem com modos de rainha observou a fachada com desdém; usava óculos escuros e um lenço colorido no colo que me chamou particularmente a atenção. Trazia um bebê nos braços. Seu marido fazia gestos grandiloquentes em direção à casa quando a porta traseira do carro se abriu, e foi então, ao ver descer uma menina mais ou menos da minha idade, que eu soube que havia um propósito divino por trás do meu inusitado interesse pela chegada à cidade daquela família rica.

Foi assim que conheci Miranda, por quem me apaixonei perdidamente, talvez exatamente naquele instante.

Em pouco tempo, o desembarque da família Matheson estava na boca do povo, e sua verdadeira história, muito menos espantosa do que as que pululavam no pátio da escola, começou a se espalhar. Preston Matheson, que na verdade não era diplomata, mas um homem de negócios, voltava do Canadá para a casa da família, onde tinha vivido até os vinte e nove anos. Ninguém conhecia as razões de seu regresso, tampouco por que havia partido anos antes. Ele não tinha voltado sequer quando os pais morreram, relativamente jovens, de doenças fulminantes. Na loja de Donovan, ouvi um homem dizer a outro que essas coisas eram frequentes nas famílias endinheiradas. Eu não sabia disso porque na granja nunca tínhamos dinheiro.

Miranda se transformou na minha obsessão. Desde o dia em que a vi de pé ao lado daquele carro reluzente, todos os instantes em que a observei caminhando pelos jardins, por trás da cortina do seu quarto ou no jardim de inverno, onde tinha aulas particulares, foram ciumentamente guardados como tesouros. Decorei seus vestidos, penteados, gestos e imaginei sua voz, suas brincadeiras favoritas e tudo aquilo que a distância não me permitia saber em primeira mão. A árvore que me tornou possível intrometer-me na vida dos Matheson dessa maneira era um olmo enorme situado fora da propriedade, bem em uma esquina, que oferecia uma magnífica vista da entrada e de uma das faces laterais da casa. Com o passar dos dias, aprendi a escalar seu tronco em segundos, e quais os galhos mais convenientes para minhas necessidades do dia. Havia dois ou três onde podia estender-me comodamente e esperar ter um vislumbre do cabelo loiro de Miranda, de sua silhueta por trás de alguma das janelas de vidro ou de qualquer outra coisa. Em meu paraíso verde, consumia uma grande quantidade de tempo em esperas.

Até o fim da primavera de 1985 eu havia conseguido deixar para trás com relativa facilidade o sétimo ano, e meu conhecimento da rotina da família Matheson era considerável. Depois de dois meses de observação paciente, consegui reunir dinheiro suficiente para levar adiante algo que tinha em mente quase desde o princípio. Nesse dia em que o calor do verão ainda não estava tão intenso e soprava uma brisa agradável, repeti o ritual de sempre: escondi minha bicicleta atrás de uma fileira de cestos de lixo e a olhei com certa tristeza: minha velha Optimus não destoava em absoluto daquele lixo. Quem a visse pensaria que alguma das famílias poderosas daquela zona residencial havia decidido finalmente se desfazer dela depois de conservá-la no sótão por alguma razão incompreensível. Afastei-me pela Maple Street, com a mochila nas costas, tentando disfarçar meu constrangimento. Era uma tarde tranquila e não cruzei com ninguém, o que me privou de uma desculpa para abandonar aquele plano descabido que pretendia levar adiante. Sabia que se algum garoto saísse de qualquer uma das casas monstruosas cujos jardins me desafiavam, seria suficiente para que eu me pusesse a correr e me esquecesse de tudo. Não seria necessário que me lançassem um olhar venenoso ou que fizessem algum comentário sobre minha roupa velha; sua simples presença faria com que meu amedrontado subconsciente ordenasse uma retirada imediata.

Antes de cruzar a Redwood Drive, cravei o olhar no olmo que um dia antes me servira de esconderijo. Avancei sem olhar para os lados, sopesando seriamente a possibilidade de cancelar meus planos para esse dia, quando o ar se deslocou diante de minhas narinas e o rugido de um motor se misturou ao som de uma buzina impaciente. Parei imediatamente, com o corpo rígido como uma tábua e os pés transformados em colunas de aço. Contive a respiração enquanto o carro que acabava de contornar a esquina vindo da Maple e quase me havia atropelado se perdia à distância. Observei com resignação que se tratava de um Fiesta. Eu o odiava.

Respirei profundamente. Com os polegares enfiados nas alças da mochila, dispus-me a retomar a marcha, ladeando o muro dos Matheson até chegar à entrada senhorial. O imponente portão de ferro forjado aumentava minha vulnerabilidade, pois de qualquer janela da casa poderiam me ver. A alma me abandonou quando compreendi que tinha me esquecido de tirar da mochila o pacote que levava comigo. Tirá-lo ali mesmo, à vista de qualquer um, era impossível. Decidi percorrer mais alguns metros, tirar a mochila e explorar o seu conteúdo até dar com a caixinha de papelão que havia preparado na noite anterior. Então me dispus a voltar para trás, fingindo um esquecimento histriônico dedicado a uma audiência inexistente, e voltei para o portão, dessa vez com o embrulho na mão. Depositei-o em cima da caixa de correio e olhei novamente as sete letras.

Miranda.

Uma vez sob a proteção do olmo, a incerteza quase me venceu, e por duas vezes estive a ponto de descer para recuperar o pacote. Se não o fiz foi porque uma das empregadas devia estar voltando do mercado, e se me visse rondando o portão da casa, minha situação se complicaria de um modo inimaginável. Além do mais, Miranda já havia começado seu ritual de estudo da tarde no jardim de inverno, e eu não o perderia por nada deste mundo.

O jardim de inverno era uma prolongação envidraçada da ala leste, que os jardineiros haviam povoado de vistosas plantas para deleite de Sara Matheson, que tinha feito daquele cômodo um lugar onde podia relaxar, ou assim me parecia. Em um canto afastado das estantes apinhadas de vasos e produtos de jardinagem, uma mesa redonda havia sido colocada para que Miranda tomasse suas aulas. Uma mulher de semblante fúnebre – que eu havia batizado de senhora Lápide – se encarregava de instruí-la duas vezes por semana. Nos outros dias Miranda procurava estudar sozinha, algo que conseguia com resultados duvidosos, a julgar pelas constantes distrações que eu pudera presenciar. Esse era um dos dias em que ela estava sozinha, e a verdade é que não parecia muito interessada no livro que tinha diante de si. As circunstâncias não podiam ser melhores, pensei com alegria.

Tirei de dentro da mochila um estojo de couro que manipulei como se fosse um cartucho de dinamite. Abri o estojo com cuidado, e dois enormes olhos de vidro me cravaram um olhar acusador. Tirei o binóculo, consciente de que um erro de cálculo faria com que aquele prodígio da óptica se precipitasse mais de cinco metros e se estatelasse no chão, junto com meu futuro na granja dos Carroll. Pertencia a Randall Carroll, que o havia herdado do pai, e este, por sua vez, do seu. Tirá-lo sub-repticiamente de sua mesinha de cabeceira havia sido uma ação arriscada e possivelmente idiota, cujas represálias mal podia imaginar.

Mas obriguei-me a não pensar nos problemas que aquele binóculo poderia me dar, para em troca aproveitar as vantagens de tê-lo comigo pela primeira vez. Certifiquei-me de passar a correia pelo pescoço, e depois me acomodei em uma forquilha. Um espaço entre os ramos me oferecia uma excepcional vista do jardim de inverno, principalmente do canto em que Miranda fingia estudar. Levantei o binóculo e observei.

A princípio, o conjunto de vidraças retangulares me desconcertou. Varri o jardim de inverno, detendo-me apenas diante do colorido de algumas flores, até topar primeiro com a mesa forrada de livros, e depois com um dos braços de Miranda. Escalei-o com o coração galopando de excitação. A nitidez da imagem era assombrosa. Quando cheguei a seu rosto me petrifiquei. Um leve sorriso surgia e desaparecia, como o sol em um dia nublado. Nunca me sentira tão perto de Miranda. Era como estar ao seu lado, roubando-lhe alguns instantes sem que ela soubesse disso; como se eu fosse invisível, pensei com uma mescla de fascinação e vergonha. Quando baixei o binóculo pela primeira vez, a visão distante que tantas satisfações me havia dado me pareceu então insossa e insuficiente. Tornei a observar através das lentes mágicas, e dessa vez me absorvi em uma exploração detalhada daquela menina linda, perscrutando cada centímetro de seu rosto, penteando seu cabelo e as pregas do seu vestido rosa vezes sem conta. Sabia que a experiência não se repetiria, pois eu não tornaria a correr o risco de tirar o binóculo novamente; portanto, devia aproveitá-la.

Minha surpresa foi enorme quando Miranda se pôs de pé de um salto e deu uma olhada nos jardins, assegurando-se de que os únicos observadores eram os estáticos anjos de pedra que lançavam água pela boca. Caminhou até o amplo corredor central do jardim de inverno, plantou-se no centro e, depois de uma ligeira reverência, começou a mover-se delicadamente, sacudindo a longa cabeleira loira e batendo na saia com as mãos. Dava saltinhos para um e outro lado, como uma gazela, enquanto movia os lábios ou cantava, era difícil saber. A cada tanto girava como um pião, com os braços estendidos, e seu vestido se erguia, descobrindo as pernas delgadas. Segui a dança com fascinação. Então algo aconteceu no jardim de inverno. Miranda se deteve em plena pirueta e correu de volta para a mesa. Ajeitou o cabelo com as mãos e fixou a vista no primeiro livro que encontrou. Afastei o binóculo para dispor de uma visão global, e entendi a razão da súbita interrupção. Na entrada vi uma das empregadas, e pela segunda vez em poucos minutos meu coração voou. Aquela moça baixinha de rosto assustado devia estar no mercado. Se havia voltado, então...

Forcei os tubos do binóculo nos olhos até que as órbitas começassem a doer. Perscrutei desesperadamente o uniforme da empregada, o avental branco e seu rosto culpado. A mulher dizia algo, desculpando-se talvez pela intromissão. Tinha nas mãos o pacote que minutos antes estava na minha mochila. Aproximou-se da mesa, deixou-o ali e saiu.

Miranda observou o embrulho durante um longo momento. Por um instante achei que o deixaria ali abandonado, mas era uma ideia absurda, porque ninguém, nem sequer uma menina rica que podia ter quase tudo com um simples estalar de dedos, poderia resistir ao mistério e à surpresa. Finalmente ela pegou a caixinha de papelão e desamarrou a fita azul que eu havia utilizado para mantê-la fechada. Ficou olhando seu nome escrito na tampa, e então fez algo surpreendente, ao menos para mim. Primeiro levantou a cabeça e tornou a examinar os jardins em busca de alguém que pudesse estar a observá-la. Quando se assegurou de que isso não acontecia, retirou a tampa e a deixou de lado. Ficou olhando a caixinha com as mãos no colo e a cabeça baixa, como se examinasse um caminho de formigas. Levantou a mão e pegou a correntinha prateada. Ergueu-a diante do rosto com uma expressão que me pareceu de desprezo, mas obriguei-me a pensar que era fruto da surpresa e não de desagrado por uma bugiganga de metal barato que, apesar de ter me custado semanas inteiras de economia, não passava de uma bijuteria. A meia-lua que pendia do centro era tão diminuta e fina que nem sequer as inquebrantáveis leis da óptica eram capazes de me revelar sua existência da posição em que eu estava. O que eu estava pensando para lhe dar aquele presente? Era ridículo pretender impressionar Miranda com uma bijuteria de três dólares do bazar Les Enfants. Por que eu não havia percebido antes? Miranda pôs a correntinha de lado e descobriu que no fundo da caixinha havia algo mais. Abriu a folha dobrada e a leu.

Enquanto seus lábios se moviam, recitei de cabeça as palavras que sabia de cor.

Basta-me sonhar com seu sorriso,
Sentir sua pele em uma pétala,
Imaginar seu rosto na chuva.
A razão não engana o coração.

Em um dos momentos de maior indecisão de que posso me lembrar, Miranda tornou a colocar a folha no lugar e pegou outra vez a correntinha. Com um pouco de dificuldade, conseguiu abrir o fecho e colocou-a. Pôs uma das mãos sobre a meia-lua e sorriu.

Algumas lágrimas me escaparam dos olhos enquanto a imitava, levando a mão ao peito, onde outra meia-lua igual à dela repousava sob a minha camiseta.

Abaixei o binóculo. Recostei-me no galho do olmo e contemplei o coração que havia recortado no tronco, em um lugar onde ninguém além de mim jamais poderia encontrá-lo.

2

Em circunstâncias normais eu teria optado por passar o resto da tarde no bosque em companhia de meu amigo Billy Pompeo, mas o peso do binóculo me torturou durante o trajeto até a rua Cook, onde tomei a decisão de me dirigir à granja dos Carroll. Ficar com ele mais do que o necessário era como esperar até o último momento para lançar uma granada. De tarde a granja era um lugar relativamente tranquilo, e talvez surgisse uma boa oportunidade para devolvê-lo à mesinha de cabeceira de Randall.

A propriedade em que eu vivia desde que tinha um ano, e à qual tinha dificuldade de chamar de "minha casa", ficava a dois quilômetros da cidade, numa estradinha afastada chamada Paradise Road. Uma tremenda contradição, porque aquela zona empobrecida de agricultores não tinha nada de paradisíaca. Cheguei pedalando com alegria, celebrando o êxito do meu presente para Miranda, até que pude ver Randall Carroll apoiado na cerca, esperando alguém, ou a mim, e percebi que algo não corria bem. Ele usava a costumeira calça de trabalho presa por suspensórios e o eterno chapéu de palha. Mastigava nervosamente um galhinho. Uma florzinha branca dançava diante de seus lábios.

Rex, um pastor-alemão capaz de perceber como ninguém o estado de ânimo das pessoas, jazia aos pés do dono, com o focinho apoiado nas patas dianteiras.

– Olá, Sam – disse Randall.

Desci da bicicleta.

– Olá. Aconteceu alguma coisa? – perguntei, acalmando a impaciência.

Randall tirou o galhinho da boca e me observou com seu característico coquetel de melancolia, paciência e resignação.

– Estamos esperando por você, Sam.

– Quem?

– Todos.

Engoli em seco. Havia duas razões pelas quais uma reunião com todos podia ser convocada. A primeira era para dar as boas-vindas à chegada de uma nova criança à granja, o que normalmente se sabia com antecedência e que à primeira vista não combinava com a atitude esquiva de Randall. A segunda era o anúncio de alguma medida disciplinar. Tremi diante da perspectiva de uma restrição de horário que pusesse em risco minhas visitas à casa de Miranda.

– Um novo irmão?

Randall ergueu o tronco. Ele não havia cruzado a barreira dos quarenta e cinco anos, mas nesse momento seu rosto exibia o cansaço de um velho. Aproximou-se de mim e colocou uma das mãos no meu ombro, um pouco afastada da mochila.

Parei repentinamente.

O binóculo.

Seria o binóculo o motivo de tanto alvoroço? Talvez Randall intuísse que eu podia ter algo a ver com isso e estivesse me oferecendo a oportunidade de me redimir. Aquele homem sempre havia sentido por mim um carinho especial. Essa podia ser a razão de ele estar me esperando ali, e não com os outros. Abri a boca para confessar, mas no último momento mudei de opinião; melhor contar com todos os fatos antes de me enterrar no lodo até o pescoço.

– Primeiro vou deixar a bicicleta no celeiro – eu disse.

– Não, deixe aqui no terraço. Pode guardá-la mais tarde.

Concordei com a cabeça.

Entramos.

3

Na sala de jantar, o cenário era mais alarmante do que eu temia. Descartei de imediato que se tratasse da apresentação de um novo irmão, simplesmente porque não havia nenhuma criança nova, assustada e paramentada com seus melhores farrapos esperando para ser recebida. Vários rostos exasperados e aborrecidos se voltaram para mim.

– Sua Majestade chegou – disse Mathilda Brundage com seu habitual tom venenoso. Risinhos fugazes espoucaram aqui e ali.

– Silêncio! – intimou Amanda Carroll.

Amanda estava de pé no centro da enorme sala de jantar. De um lado e de outro estavam os treze ocupantes da casa, seis meninos e sete meninas, entre os quais eu contava com aliados queridos e terríveis inimigos. Aproximei-me. Lancei um olhar fulminante a Mathilda, uma menina chata um ano mais velha que eu, com quem eu brigava havia anos, e que aproveitou o fato de Amanda não estar olhando para me mostrar a língua. Em resposta, cocei a orelha estendendo o dedo médio, assegurando-me de que ela visse. Depois procurei Randy, meu leal amigo, com o olhar. Randy tinha oito anos, e sentia por mim uma devoção quase reverente. Quando ele chegara à granja, dois anos antes, fui eu que o pus a par dos perigos e cuidei dele. Isso me havia assegurado sua confiança e seu carinho. Agora ele estava encolhido como um pintinho molhado, e quando nossos olhares se cruzaram, ele baixou a cabeça, visivelmente contrariado. Randy não era imune ao terror paralisante que Amanda Carroll era capaz de transmitir quando estava furiosa.

E nesse dia ela estava. Era uma mulher imponente, com a capacidade vocal de um tenor e um espírito infatigável. Algo que cada criança devia saber assim que chegava, e que era transmitido de boca em boca como primeira regra de sobrevivência, era que na granja dos Carroll quem mandava era ela. As coisas sempre eram feitas do seu jeito. Ao que se soubesse, Amanda nunca havia batido numa criança, mas podia sacudi-la como a uma cascavel e fulminá-la com os olhos. E depois, é claro, havia os castigos, cuja última etapa era Milton Home ou High Plains, dois orfanatos terríveis que faziam da granja dos Carroll o País das Maravilhas. Nos últimos anos, quatro ou cinco infelizes tinham ido parar naquelas duas sucursais do inferno. Amanda não era mulher de ameaças vãs.

Quando ela socou a mesa com o punho, vários rostos ficaram tensos, inclusive o meu.

– Estou indignada! – ela gritou com seu vozeirão de trovão.

A pequena Florian choramingou; tinha apenas oito meses, e havia chegado à casa havia quatro. Claire, a mais velha de todos, a carregava nos braços.

– Preciso colocá-la na cama – desculpou-se Claire, que, com seus dezoito anos, havia assumido um papel quase maternal para com Florian.

– Pode ir – concordou Amanda. – Mas volte.

– Eu também preciso estar presente?

– Sim.

Claire apertou os lábios e saiu em direção ao andar de cima com a garotinha nos braços. Estava há tanto tempo na casa e suas responsabilidades eram tão diferentes das do resto, que muitas vezes não a considerávamos como uma de nós.

– As regras desta casa são claras – disse Amanda solenemente. – Vocês não precisam concordar com elas, apenas cumpri-las.

Mastigava cada palavra com a boca apertada e o cenho franzido. Examinou o rosto de todos, com os olhos soltando faíscas e um ar desafiador. Randall havia decidido manter-se à margem e ocupar uma das poltronas próximas à janela. Nós acompanhávamos o discurso encolhidos; como o motivo da reunião não fora revelado, cada um receava que os castigos tivessem a ver consigo. Examinei o rosto de cada um e vi neles o mesmo terror que devia estar refletido no meu, até que cheguei ao de Orson, um menino de treze anos que tinha os hormônios de uma equipe de futebol inteira. Tive a impressão de perceber uma ligeira curvatura em seus lábios, e estremeci. Se Mathilda era minha inimiga entre as meninas, entre os meninos sem dúvida era Orson. Fazia cinco meses que aquele garoto odioso conseguira convencer os Carroll a tirá-lo de Milton Home, tudo à base de cartas chorosas e um aparente bom comportamento; mas eu sabia que o desgraçado fingia o tempo todo, que por trás de sua predisposição e de seu falso sorriso havia uma alma perversa.

Observei-o com frieza, esperando ler em seu rosto algum sinal que o denunciasse. Seu rosto crivado de espinhas e sua altura de tótem não me intimidavam.

– Está prestando atenção em mim, Sam? – perguntou Amanda.

Concordei com um suspiro. Outra vez se ouviram risinhos nervosos. Imaginei que Orson devia estar se regozijando com tudo aquilo. Perguntei-me se ele teria me visto tirar o binóculo e se havia esperado minha ausência para abrir a boca.

– Esta manhã subi ao sótão com dois cestos de roupa – continuou Amanda. – Dou graças a Deus por ter sido eu e não algum de vocês. Havia uma porção de coisas jogadas no chão. Um dos suportes da estante que fica perto da máquina de lavar roupa cedeu, e a prateleira mais alta despencou, arrastando a seguinte.

Ela fez uma pausa premeditada para avaliar a audiência. Não consegui relacionar esse acontecimento com o binóculo que ainda estava na minha mochila. As coisas caminhavam em outra direção, e eu não conseguia imaginar qual podia ser.

– Não consigo entender como isso pôde acontecer, porque a estante não tinha muito peso. As mesmas revistas velhas de sempre. Então descobri algo no chão que devia estar escondido por cima das revistas.

Amanda pousou as mãos na mesa e apoiou o peso do corpo nos braços grossos. Com a lentidão de uma tartaruga, girou o pescoço enquanto nos examinava, agrupados à direita e à esquerda. Nesse momento Claire voltou.

– Alguém tem algo a dizer a respeito? – perguntou Amanda.

A frase flutuou como uma bruma densa.

Senti alívio. Não só não tinha escondido nada no sótão – o que teria sido bem idiota, porque na granja havia pelo menos dois mil lugares melhores –, como além disso não imaginava quem poderia ter tido uma ideia tão idiota. Isso fazia com que minha surpresa e desconcerto fossem verdadeiros. Não tinha nada para confessar, nem ninguém a quem delatar. Estava a salvo.

– Estou disposta a ser condescendente se o responsável falar agora – ofereceu Amanda.

Uma voz sussurrou ao meu ouvido:

– Conde o quê?

– Quieto! – repliquei.

– O que foi exatamente que você encontrou? – perguntou Claire, visivelmente incomodada por não ter sido posta a par do ocorrido antes do resto.

Amanda não lhe deu atenção. Continuava com o corpo inclinado para a frente e com as mãos sobre a mesa, sem tirar os olhos de cima de nós.

– Ótimo – anunciou. – Minha oferta de misericórdia está quase terminando.

Ergui a vista para o gigantesco crucifixo de gesso que presidia todas as nossas refeições. O culpado precisaria de nada menos que a misericórdia do Senhor a partir desse momento. Quem quer que fosse, cometia um terrível erro em não abrir a boca nesse instante. Qualquer um que estivesse na granja há tanto tempo como eu sabia que a oferta de Amanda era a única possibilidade de evitar um destino fatídico. Desejei com todas as minhas forças que fosse Orson, que sua estúpida arrogância o tivesse levado a escolher um esconderijo dentro da casa, e que por inexperiência ele não tinha confessado quando devia. Duplo engano.

Amanda introduziu uma das mãos no amplo bolso do avental e começou a extrair alguma coisa lentamente.

– Quando eu descobrir o dono disto – ameaçou –, não venha me dizer que não o avisei.

Exibiu um livro.

E então meu coração parou.

O meu livro!

Não sei como consegui esconder a surpresa; talvez não muito. Até a noite anterior, aquele livro havia estado em uma das gavetas da cômoda do meu quarto, dentro de uma caixa florida que havia pertencido à minha mãe, onde eu conservava objetos pessoais. Como o livro tinha ido parar no sótão? Uma porção de perguntas me vieram à mente. Realmente, não se tratava de uma leitura ortodoxa – e era por isso que eu havia optado por guardar o livro na caixa florida –, mas eu nunca achara necessário escondê-lo fora do perímetro da granja, e muito menos que pudesse despertar semelhante reação de Amanda. Tratava-se de um exemplar de *Lolita*, de Nabokov. Na capa havia uma garota dois anos mais velha que eu chupando um pirulito e olhando para a câmera por cima de uns óculos em forma de coração. Justamente aquela imagem é que me havia chamado a atenção.

Três vezes por semana eu ia de bicicleta à casa dos Meyer para fazer companhia e ler para Joseph, enquanto sua esposa Collette aproveitava para visitar as amigas e reunir-se aos sócios do clube de leitura. Quando lhe perguntei a respeito de *Lolita*, ela me esclareceu que na época havia sido um livro controvertido, que narrava a história de um homem maduro que ficava obcecado por uma garotinha muito jovem, chamada Dolores. Eu o pedi emprestado, e ela concordou, advertindo-me de que Amanda não aprovaria aquela leitura. A senhora Meyer, leitora compulsiva e possivelmente escritora frustrada, sabia de meu incipiente pendor para a escrita, e quando me entregou o exemplar me disse: "Sam, sei que você tem maturidade suficiente para desfrutar um livro importante. E este é um deles". Respondi que teria cuidado com ele, e que o devolveria o quanto antes.

– Um livro? – perguntou Randy, e todos se voltaram para ele. Meu protegido não entendia como alguém podia se interessar por um livro tendo televisão.

Amanda apoiou violentamente o livro sobre a mesa.

– Ali! – gritou, apontando a pequena biblioteca junto à porta. – Ali mesmo vocês têm livros adequados para se iniciarem na leitura. E estão todos morrendo de rir! Hemingway, Twain, Dickens, Salgari, Verne. Clássicos! Além disso, vocês sabem que podem ir à biblioteca pública, onde o senhor Petersen os ajudará com prazer.

Eu mal a escutava. Meus pensamentos estavam confusos. Amanda acabava de dizer uma verdade; na granja dos Carroll a leitura não era um passatempo muito popular. Além das leituras obrigatórias da Bíblia, quase ninguém escolhia passar o tempo em companhia de uma boa história. Eu já podia sentir os olhares de suspeita dirigidos a mim.

– Algumas horas atrás fui à biblioteca – disse Amanda estreitando os olhos e com algo nas mãos – e falei com Petersen...

Deixou a frase em suspenso. Petersen, que todas as crianças de Carnival Falls conheciam como Stormtrooper,* por sua palidez e seu hábito de usar blusões justos brancos ou bege – ou uma combinação das duas cores –, era um esbirro de Amanda que a avisava se algum de nós retirasse um livro "impróprio".

---

* Soldados da tropa de base do exército galáctico no filme *Guerra nas estrelas*, de George Lucas, característicos por sua armadura branca.

– Ele me disse que este livro não pertence à biblioteca – continuou Amanda –, o que eu já havia imaginado ao não encontrar o selo. Mas vou verificar de onde saiu. E quando isso acontecer o responsável vai se arrepender. Vou perguntar pela última vez: a quem pertence este livro?

Senti um fio de urina escapar de meu corpo. O horror me permitia apenas ficar de pé e aparentar tranquilidade. Entrelacei as mãos no colo para que não tremessem. Como aquele livro havia chegado ao sót...?

Então me lembrei do sorriso de Orson, o sinal de alegria diante do que estava a ponto de acontecer. O livro não tinha viajado por meio de magia do meu quarto para o sótão, isso era claro, e algo me dizia que a estante não havia desmoronado ao peso dos anos, mas que tinha sido forçada para que assim parecesse. Olhei para Orson de soslaio. Naquele momento sua expressão era indecifrável.

Mathilda era outra possibilidade, especulei. Quando cravei os olhos nela, surpreendi uma careta maliciosa estampada em seu rosto.

Orson ou Mathilda.

Ou ambos?

Mais importante que isso era esclarecer por que urdir semelhante estratagema quando era óbvio que teria sido mais simples revelar a Amanda a localização real do livro. Teriam imaginado que dessa maneira eu não confessaria meu pecado e isso tornaria a pena mais dura? Era possível, mas um pouco sofisticado. Então raciocinei que havia apenas um modo de jogar o plano por terra: confessar. E fazer isso naquele instante. Afinal de contas, o livro na verdade era controverso, mas eu podia dizer que não sabia disso, que o havia pedido emprestado da biblioteca dos Meyer por curiosidade, que a capa me havia chamado a atenção, e que nem sequer o tinha lido.

Amanda esperava. A expectativa duraria mais de um minuto? Quanto tempo mais ela esperaria?

Abri a boca para falar. Meus olhos pousaram no livro e...

É uma armadilha!

Uma voz salvadora explodiu na minha cabeça. Fechei a boca imediatamente. Apesar de o exemplar de *Lolita* estar a mais de três metros de onde eu estava, pude perceber uma coisa fora de lugar, um detalhe que me salvaria a pele. Era um pedaço de papel que aparecia entre as páginas. Se Orson havia descoberto a existência do livro (já quase não me restavam dúvidas de que ele estava por trás de tudo), seu plano teria levado em conta que eu confessaria, exatamente pelas mesmas razões que eu havia especulado segundos antes; o problema era que ao fazê-lo também me tornaria responsável, sem o saber, pelo que o desgraçado havia colocado dentro dele. E eu imaginava saber o que podia ser, é claro que sim.

Dias antes eu tinha visto Orson vagando pelo bosque junto com Mark Petrie, outro espécime da mesma laia desprezível. Alguns afirmavam que Petrie tinha um arsenal de revistas pornográficas escondidas em uma árvore oca, que ele compartilhava com um grupo seleto com o qual formava uma espécie de clube. Eu não as tinha visto, é claro, nem me interessava em fazê-lo, mas se Orson fora aceito no Clube da Punheta, ou fosse qual fosse o seu nome, então podia ter tido acesso a uma fotografia de uma daquelas revistas com facilidade. Apesar de meu conhecimento a respeito de matéria sexual ser praticamente nulo (justamente esse era um dos aspectos que eu tentava corrigir com leituras como *Lolita*), eu entendia perfeitamente que uma fotografia pornográfica explicaria muito melhor a reação de Amanda. Não era o livro que a escandalizava, mas a fotografia! Talvez isso desse demasiado crédito a Orson como estrategista, mas não apostaria meu futuro nisso. Não, senhor.

Não confessaria.

– Perfeitamente! – disse Amanda enquanto colocava o livro de volta no bolso do avental. – Vou descobrir a quem pertence este livro. Por Deus que vou mover céu e terra até descobrir. E quando isso acontecer, as consequências serão as piores. Ouviram? As piores.

Deu meia-volta e saiu, deixando-nos com o coração nas mãos. Ninguém se atreveu a pronunciar palavra nem a se mover durante alguns instantes. Todos compreendemos perfeitamente que ela tinha falado de consequências pesadas. O pessoal sempre me havia aterrorizado com a possibilidade de pisar num orfanato; eu tinha ouvido em primeira mão as histórias de estranhos rituais de iniciação, de trotes pesadíssimos e até de abusos de autoridade... Mentiria se dissesse que tudo isso não me passou pela cabeça quando Amanda nos deixou na sala, mas também me lembro de ter tido outra ideia muito mais apavorante.

Pensei que se deixasse a granja não tornaria a ver Miranda.

4

Meu quarto tinha sido construído originalmente como despensa, apesar de nunca ter chegado a ser utilizado como tal. Quando tive idade suficiente para abandonar a cama do quarto dos Carroll, foi Randall que pensou que podia fazer alguns pequenos ajustes no quartinho junto à cozinha, que até então havia sido o depósito de despejo de toda a casa. Não sobrava espaço na granja.

Foi assim que, com alguma imaginação, o cubículo de seis metros quadrados foi adaptado para o meu desembarque. A mobília consistia apenas em um beliche constituído de uma cama elevada com um móvel na parte de baixo e uma minúscula escrivaninha. Do ponto de vista de comodidade, deixava bastante a desejar; eu mal conseguia me mexer, tinha de atravessar a sala cada vez que precisava ir ao banheiro, e pela manhã a agitação na cozinha funcionava como um despertador natural. Mas isso não me importava nem um pouco. Era o meu quarto, e eu não precisava dividi-lo com ninguém. Os outros, seis no total, ficavam no andar de cima, e abrigavam duas ou três crianças cada um. Essa situação me havia gerado alguns inconvenientes, invejas e tentativas de tirá-lo de mim. Mathilda havia tentado quase tudo, desde argumentar que aquele quarto devia ser rotativo até formular acusações exageradas ou falsas para me desprestigiar. Recentemente, Orson também havia se incorporado à lista dos aspirantes.

Uma das vantagens de ter um quarto próprio era poder meditar a sós, algo que essa noite precisava muito fazer. Fiquei na cama, repassando várias vezes o incidente da tarde. Amanda exibindo o livro que Collette Meyer me havia emprestado e jogando-o na mesa com desprezo, a ligeira curvatura dos lábios de

Orson, a fotografia sobressaindo do exemplar de *Lolita*. Mal podia acreditar que aquela sequência fora real e não o resultado de um sonho extravagante e cruel.

A primeira questão que me inquietava era que os responsáveis pela maldita armadilha deviam ter descoberto a existência do livro observando-me pela única janela do meu quarto. Voltei-me e cravei os olhos nela. Muitas vezes me esquecia de fechar as cortinas, e não era impossível que algum de meus inimigos tivesse tido o trabalho de espiar pela janela a fim de descobrir algum segredo com o qual pudesse me extorquir. Como eu tinha lido *Lolita* na noite anterior, e Amanda o havia encontrado nessa mesma manhã no sótão, era óbvio que meus inimigos tinham feito uma visita-relâmpago no mesmo dia.

Percebi que quase sem querer pensava em meus inimigos, e não apenas em um.

O fato de não ter confessado que o livro era meu havia sido uma jogada de sorte, mas no futuro teria que tomar mais precauções. Em primeiro lugar, no dia seguinte bem cedo visitaria Collette para lhe explicar a situação e lhe pedir que negasse qualquer vínculo com o livro se Amanda lhe perguntasse.

Fui até a porta e apaguei a luz. Nessa noite havia lua. Tratei de fechar a cortina e voltei para a cama. Pouco a pouco, minhas pálpebras foram se fechando, e meu corpo deslizou por um tobogã aveludado. O sono estava quase me vencendo quando o último fio de coerência se tensionou, devolvendo-me ao mundo real, e com a velocidade de um raio me sentei na cama, como se tivesse recebido uma descarga de adrenalina.

O livro.

O que acontece com o livro?

Havia mais alguma coisa.

O quê?

Respirei com dificuldade.

Collette Meyer tinha o costume de escrever seu nome em todos os seus livros, e *Lolita* não era uma exceção. *Como você se esqueceu disso?* Pude ver em minha mente a caligrafia clara e cheia de Collette na orelha da sobrecapa. Depois relembrei a visão do livro nas mãos de Amanda, com a fotografia emergindo entre as páginas, e tentei descobrir, sem êxito, se tinha a sobrecapa ou não. Mas era óbvio que não tinha! Amanda não teria deixado de perceber algo tão evidente.

Meus planos estavam desmoronando. Não só não podia cortar os elos que me ligavam ao livro, como Orson e Mathilda tinham em seu poder algo que poderia me condenar sem possibilidade alguma de redenção: a sobrecapa.

Eles me achatariam como a uma formiga.

Naquela noite mal consegui dormir por duas horas.

5

A última vez em que fui ao banheiro o relógio da sala marcava cinco e meia. Depois adormeci, não sei bem quando, para despertar depois das nove com uma sacudidela. Vesti depressa a mesma roupa do dia anterior e cruzei a porta do meu quarto. Na cozinha, Claire dava instruções a Katie, que, com dezesseis anos, era a segunda mais velha. Aproximei-me e permaneci atrás delas, observando-as. Não havia sinal de Amanda, e isso me inquietou.

– Lave aqueles tomates – ordenava Claire. – É melhor deixar o almoço pronto e limpar o galinheiro, que está imundo.

Katie concordou sem contestar. Estava na granja havia seis anos, e carregava nos ombros uma história terrível. Seu pai havia levado um tiro antes de encarar a bancarrota, e sua mãe, que vivia sedada, estava internada em um hospital psiquiátrico. Quando Katie se referia ao pai, fazia-o com uma mescla de amor e raiva que sempre me chamou particularmente a atenção. Não falava muito da mãe. Uma vez por mês, Randall a levava de carro a Concord para visitá-la. As tragédias familiares a haviam apagado; em seu rosto havia uma constante pátina de tristeza, uma qualidade distante e sombria que a tornava misteriosa, ao menos aos meus olhos. Era de longe a mais bonita da casa; várias pessoas lhe haviam afirmado que ela poderia se dedicar ao mundo da moda, se quisesse, ou ser atriz. Eu estava de acordo.

– Oi, Sam – disse Katie enquanto levava o cesto de tomates da mesa para a bancada da cozinha.

Claire se voltou ao ouvir o meu nome.

– Você vai ajudar ou vai ficar olhando? – disse ela com severidade, parecendo uma versão caricata de Amanda.

– Preciso ir à casa do senhor Meyer – comuniquei.

– Ah, sim. Terça-feira, claro. Você sim é que passa bem lendo para esse velho. Assim não ajuda aqui...

Claire me lançou um olhar acusador e continuou com o que estava fazendo. Havia em seu comportamento um certo exagero que não parecia verossímil. Katie se voltou e me olhou com um sorriso cúmplice. Às vezes o jeito de ser de Claire parecia engraçado.

– Amanda não está em casa? – perguntei.

– Não – disse Claire, desta vez sem me olhar.

– Onde ela está?

Claire se voltou outra vez. Secou as mãos em um pano e me fitou durante alguns segundos sem pronunciar palavra.

– Sam... – Deixou a frase suspensa. Seus olhos se transformaram em duas fendas.

– Que é? – perguntei, intuindo o que viria a seguir.

– Você não tem nada que ver com aquele livro pornográfico, não é?

Ri sonoramente.

– Eu? Que interesse poderia ter em um livro assim?

Claire não pareceu ficar muito convencida com a minha defesa. Continuou a me examinar por alguns segundos.

– Sabe o que eu acho? – eu disse em tom de confidência.

– O quê?

Katie parou de lavar os tomates e se voltou abertamente para me observar. Olhei para ela e com um gesto de cabeça convidei-a a também ouvir minha teoria.

– Acho que aquele livro está ali há anos – menti com absoluta naturalidade. – Vocês se lembram daquele menino estranho que voltou para Milton Home? Como era mesmo o nome dele? Maxwell? Aposto que o livro era dele.

– Pode ser que você tenha razão – concordou Claire.

– Para mim, é de Orson – surpreendeu-nos Katie.

– Orson? – perguntei. – Você o viu xeretando no sótão ou algo assim?

Contive a respiração. Nada de bom podia surgir se Katie realmente o tivesse visto. O cretino devia estar com a sobrecapa de *Lolita*, lembrei com raiva.

– Não, não vi – reconheceu ela. – Mas é capaz de ele ter aquele livro e outras coisas também. Tenho notado o jeito como ele olha estes...

Mostrou os seios.

Claire fez um sinal negativo com a cabeça, desaprovando o comentário, mas Katie insistiu:

– Ele faz a mesma coisa com você. Não venha dizer que não. Ele te observa o tempo todo.

– Quem olha para vocês o tempo todo? – perguntou uma voz às minhas costas.

Voltei-me.

Era Mathilda.

Tinha acabado de tomar banho. Seu cabelo estava molhado, e ela o penteava com as mãos, com a cabeça inclinada. Esboçava um sorriso enigmático, com os olhos voltados para o infinito. Era um olhar cativante, pensei, capaz de levar um garoto a fazer o que ela quisesse. Senti um calafrio.

– Ninguém – repliquei. – Preciso ir. O senhor Meyer está me esperando.

Elas começaram a falar de outra coisa, e aproveitei para escapulir para meu quarto. Pus a tiracolo a mochila, na qual ainda conservava o binóculo, e me dirigi para o segundo andar. Não havia ninguém à vista, e foi fácil devolvê-lo ao seu lugar.

Minutos depois eu saía da granja na minha bicicleta.

Enquanto pedalava sem parar, pensei que minhas prioridades para esse dia haviam mudado. Tinha de falar com Collette e suplicar sua colaboração, mas agora havia uma complicação a mais: se Orson me delatasse e mostrasse a sobrecapa do livro como prova, Collette ficaria em evidência. Descarreguei minha fúria contra a Optimus, que se queixou com um chiado na roda traseira e um tremor no guidão. Eu estava numa posição difícil. Lamentei não ter tempo para pedir um conselho a Billy. Meu amigo esfregaria o queixo como se fosse o próprio Sherlock Holmes, em seguida tentaria resolver a questão utilizando palavras difíceis cujos significados ambos desconhecíamos, mas no fundo, deixando de lado seus habituais gestos teatrais, era inteligente e especialista em resolver dilemas desse tipo. Tinha pensado em me reunir com ele de tarde no bosque, mas o instinto me dizia que minha conversa com Collette não podia esperar tanto.

Quando cheguei à sua casa com a língua de fora e suando, descobri não apenas que meu instinto estava certo, como que já era tarde demais.

Na entrada particular da casa dos Meyer vi a perua de Amanda.

A inércia me ajudou a percorrer os últimos metros. Uma luz de esperança se acendeu quando me pareceu perceber por trás da porta de tela duas silhuetas que se afastavam. Coloquei a mão diante do radiador do veículo, e o ar quente me encheu de otimismo. Talvez não fosse tarde demais, afinal de contas.

– Sam!

Ergui a cabeça. Olhei em todas as direções ao mesmo tempo. Randy me acenava do banco traseiro da perua.

Aproximei-me da janela.

– Oi, Randy, não tinha te visto. Quando vocês chegaram? – Havia dois caixotes de alimentos na parte traseira, o que me levou a imaginar que Randy havia ido com Amanda ao mercado.

– Agora mesmo – confirmou o menino enquanto abaixava a janela. – Amanda disse que...

– Escute, Randy – interrompi –, preciso pedir um favor enorme.

– Qual?

– Não conte para a Amanda que me viu, está bem?

– Mas...

– Depois explico tudo.

– Não sei. É que...

– É por uma boa razão. Depois explico. Agora preciso que você me prometa que não vai dizer a Amanda que me viu.

Randy pensou por alguns segundos, mas eu sabia que ele terminaria aceitando. De todas as crianças da casa, ele era talvez o único de quem eu gostava como de um irmão, e o sentimento era mútuo.

– Está bem – concordou. – Não vou dizer nada.

– Agradeço por isso – eu disse, e sem mais demora escapuli pela lateral da casa até o jardim dos fundos.

Imaginei que as mulheres iriam diretamente para a cozinha, e não me equivoquei.

Uma profunda amizade as unia, e não havia entre elas necessidade de formalismos. Apesar de seus gostos e de os círculos que frequentavam serem diferentes, havia entre ambas um respeito muito grande, especialmente de Collette para com Amanda, por ela se ocupar da casa de acolhida da forma como fazia.

Caminhei pelo terraço dos fundos até uma das janelas. Quando olhei, de fato, as duas mulheres estavam sentadas diante da mesa redonda da cozinha, Collette de costas para mim, Amanda de frente. Tudo havia acontecido tão depressa que eu não tinha ideia de qual seria a melhor maneira de proceder, de minimizar os danos. Imaginei que poderia intervir se a conversa entrasse em terreno indesejado, ou fugir na minha bicicleta se as coisas estivessem completamente perdidas.

Amanda não ficou com rodeios. Tirou do bolso o exemplar de *Lolita* e o pousou na mesa.

– É seu, Collette? – perguntou.

Contive a respiração.

Collette girou o livro sem o levantar, abriu-o e deu uma olhada na primeira folha. Percebi que ela havia reconhecido o livro de imediato (afinal de contas, ela o havia emprestado a mim apenas alguns dias antes), e que devia estar calculando como proceder. Lamentei não ter podido preveni-la, mas sua atitude inicial me demonstrou que pelo menos sua intenção inicial era me proteger. Ela era uma mulher inteligente, e devia ter imaginado que se Amanda a estava interrogando com aquela solenidade era porque alguma coisa devia ter acontecido.

– Eu o li há anos – disse Collette –, pode ser que tenha estado na minha biblioteca alguma vez, mas não me lembro. Eu o emprestei a você em algum momento? Não é o tipo de leitura que eu esperaria encontrar na sua mesa de cabeceira, Amanda.

Sorri. A formulação daquela resposta me pareceu perfeita. Collette não havia negado a possibilidade de o livro ser seu, mas também não havia confirmado. A essa altura, não teria sentido continuar observando e me arriscar a que me descobrissem, então me agachei do outro lado da janela. Bastava escutar.

– Eu não leio esse lixo – sentenciou Amanda.

Collette deixou escapar um risinho.

– Eu sei, eu sei. Tem certeza de que não quer beber alguma coisa? Ainda disponho de meia hora até o encontro com as meninas. Diga ao pequeno Randy que entre. Vou lhe dar um biscoito.

– Não, obrigada. Tenho umas coisas para fazer.

– Você sempre tem coisas para fazer...

– Não mude de assunto, Collette. Então este livro não te pertence? Não há possibilidade de que Sam o tenha pegado "emprestado"?

– Pois se Sam fez isso, não acho que seja tão grave.

Ouvi o ruído de uma cadeira sendo arrastada, e em seguida um suspiro de Collette, e percebi que ela havia se levantado. Levantei-me um pouquinho e vi que ela se aproximava da geladeira para pegar uma vasilha.

– Não sei o que pensar – disse Amanda, mais para si mesma que para a amiga.

– Por que você não me conta o que aconteceu? Eu apostaria minha coleção de caixinhas de música que esse livro não saiu da minha biblioteca. Costumo escrever meu nome em alguma parte, quase sempre na primeira página, e a desse está em branco.

– É verdade. Você tem essa mania desagradável de estragar os livros.

Collette colocou a vasilha sobre a bancada da cozinha, pegou com delicadeza um biscoito de chocolate e em seguida o envolveu em um guardanapo de papel.

Continuei observando a cena.

– As meninas não vão notar que falta um – disse Collette depositando o guardanapo de papel com o biscoito na mesa. – Leve para Randy, por favor.

Amanda concordou em silêncio.

– Você leva as coisas muito a ferro e fogo, Amanda. Vamos, me diga por que está tão preocupada com esse livro.

– Não é o livro que me preocupa – confessou Amanda. – Eu o encontrei no sótão por casualidade. Dentro havia uma fotografia... obscena. Guardei-a até hoje de manhã, quando não consegui aguentar mais e a joguei no vaso sanitário. Não consigo tirá-la da cabeça. Eram duas mulheres completamente nuas, tocando-se... Uma delas tinha uma espécie de arreio com uma prótese. Uma aberração.

Collette deixou escapar um risinho. Apesar de ter pelo menos vinte anos mais que Amanda, sua maneira de ver as coisas era certamente muito mais liberal.

– Não zombe de mim.

– Desculpe. Se serve de consolo, querida, não acho que Sam tenha algo a ver com essa fotografia que você citou.

– Não sei. Às vezes acho que... – Amanda se pôs de pé e negou com a cabeça. – Eu disse a todos que esgotaria todas as possibilidades para chegar ao fundo dessa questão, e é isso que estou fazendo.

Collette concordou.

– Sam deve estar chegando a qualquer momento – avisou.

– Eu sei. Prefiro que não me veja aqui. Obrigada pelo biscoito.

– Vou com você até a porta.

– Não é preciso. Cumprimente as meninas por mim.

"As meninas" também haviam sido amigas da mãe de Amanda. Notei a tristeza em seu rosto ao se referir a elas.

– Elas sempre me perguntam por você – disse Collette. Mas falava para o vazio. Amanda já tinha ido embora.

Collette permaneceu pensativa. O ruído do motor da perua se fez ouvir à distância.

– Entre, Sam, por favor – disse ela.

– Desde quando você sabia que eu estava aqui? – perguntei do outro lado da janela.

– Desde que abri a geladeira.

Sorri. Abri a porta traseira do terraço e cruzei o umbral em silêncio.

– Não tenho nada a ver com a fotografia, Collette. Juro – eu disse quando cheguei perto dela.

– Eu sei.

6

Encontrei Joseph Meyer no quarto das caixinhas de música.

Empurrei a porta com suavidade, e as tilintadas delatoras se amplificaram. Pude distinguir pelo menos duas melodias conhecidas, mas era difícil precisar quantas eram executadas nesse momento com a infalível previsão daquelas máquinas dignas de relojoeiros. O senhor Meyer estava sentado diante da escrivaninha, perto da única janela, de costas para a porta. Quando percebeu que alguém entrava, ergueu o tronco e permaneceu alerta, mas não se voltou. Tinha setenta e sete anos, o que, para mim, naquele momento, parecia uma cifra fabulosa, mas seu aspecto, sempre bem-cuidado, o fazia parecer mais novo. A cada quinze dias, um barbeiro em domicílio lhe retocava o corte de cabelo, cuja risca normalmente mantinha perfeita com uma boa dose de fixador, e o bigode, um telhadinho de duas águas traçado a lápis que constituía seu orgulho e razão de ostentação. Ele invariavelmente se regava com uma colônia secreta, cujo nome escondia de mim, mas que sempre associei com a senilidade, a honradez e aquele ser encantador.

– Quem é? – perguntou com voz firme. Permanecia alerta, cheirando o ar.

– Sou eu, senhor Meyer. Sam Jackson.

Houve alguns segundos de incerteza durante os quais me permiti sorrir. Quando ele se voltou para me olhar, uma de suas sobrancelhas estava mais alta. Ele me indicou com um gesto que entrasse.

Aquele quarto teria pertencido ao filho dos Meyer, se eles tivessem tido um. Transformaram-no então em um escritório, que Joseph utilizou em seus tempos de advogado, e mais tarde no santuário das caixinhas de música de Collette. A coleção, que havia pertencido a seu pai e que ela se encarregou de conservar e aumentar, estava disposta em uma série de estantes que rodeavam o aposento. Eram quatro prateleiras no total. Naquele momento, duas ou três bailarinas giravam sobre uma base de madeira, um anjo batia as asas e um cachorro movia os olhos da direita para a esquerda. Outras caixinhas emitiam seus sons peculiares sem nenhuma parte móvel que as delatasse.

Pouco a pouco os sons foram se extinguindo.

Detive-me exatamente atrás do senhor Meyer, que observava com fascinação a que era, com toda a certeza, a estrela daquela coleção. Tratava-se de uma verdadeira obra de arte fabricada na Suíça, que o pai de Collette havia recebido como parte do pagamento por seus serviços em um caso de falência. Até onde eu sabia, aquela caixa de música havia acendido a paixão de colecionador que terminou provavelmente por contagiar a filha. Era um artefato mecânico do tamanho de um toca-discos de vinil. Tinha uma capa metálica com dobradiças que, ao abrir-se, mantinha-se em posição vertical e permitia que duas placas articuladas se movessem para os lados. Isso fazia com que, quando completamente aberta, a tampa se transformasse em uma tela maior que a própria caixa, onde estava reproduzida uma multidão engraçada. A superfície metálica da caixa dispunha de uma série de ranhuras circulares concêntricas pelas quais se deslocavam algumas atrações de circo. Havia um malabarista, um equilibrista que circulava em um monociclo, um domador com seu leão, dois palhaços e um homem com pernas de pau. Todas as figuras eram de lata pintada e cada uma se deslocava a uma velocidade diferente. Collette tinha me explicado que uma das curiosidades daquela caixa de música era um sistema de cordas independentes que permitia reproduzir a música durante mais de cinco minutos e ativar cada personagem separadamente. Joseph havia posto todas em movimento. O homem de pernas de pau batia palmas; o domador gesticulava, seguido pelo feroz leão; a roda do monociclo girava; o malabarista sacudia uma série de bolas conectadas por um arame finíssimo; os palhaços paravam a cada pouco e faziam caretas.

– É uma maravilha – disse Joseph, enfeitiçado pelas figurinhas bidimensionais.

– É verdade – reconheci.

Ele mal se voltou e me lançou um olhar entre indignado e preocupado.

– Você não parece ter se impressionado muito. Já tinha visto essa caixa antes? Ela te deixou entrar, não é?

A pergunta me pegou com a guarda baixa.

– De quem o senhor está falando?

– Você sabe de quem estou falando.

O cheiro doce da colônia era embriagador. Na janela diante de nós, um galho alto arranhava a vidraça, e um pouco adiante o carro dos Meyer se afastava rua abaixo, com Collette ao volante.

– Me pergunto se ela vai voltar – disse o velho mais para si mesmo do que para mim.

– É claro que ela vai voltar, senhor Meyer.

Ele se limitou a ficar ouvindo a melodia, que não era exatamente alegre, mas na verdade bem melancólica. Eu sempre a tinha achado maravilhosa.

– É a primeira vez que entro neste quarto – disse Joseph para logo acrescentar, como se estivesse sonhando: – Afinal conheço o segredo que se esconde por trás desta porta. Me pergunto por que ela nunca me deixou ver este mundo de miniaturas tristes.

Fiquei em silêncio e em seguida coloquei a mão em seu ombro.

– O que o senhor acha de irmos para a sala ou para o terraço e lermos um pouco? – sugeri.

– Sinto muito – respondeu o senhor Meyer com tristeza –, minha vista já não é o que era. Nem mesmo de óculos consigo ler as letras pequenas.

– Eu vou ler em voz alta, não se preocupe.

O rosto dele se iluminou.

7

Conheci Billy no segundo ano da Lelland School, e imediatamente fizemos amizade. No meu caso, como membro da casa de acolhida dos Carroll, o último lugar na escala social da escola pública estava garantido, e a seleção de amizades era basicamente um processo de decantação, não de escolha. Billy se aproximou um dia e me ofereceu um sanduíche de salame e queijo que sua mãe havia preparado para ele naquela manhã – e que ela continuaria preparando todas as manhãs dos anos seguintes, sem exceção. De acordo com a senhora Pompeo, Billy os adorava, e para meu futuro amigo, que odiava salame e queijo, era melhor aceitar as coisas que a mãe dizia sem discutir; era uma regra de sobrevivência bem aprendida já naquela época, em que tinha sete anos. Aceitei o sanduíche sem questionar e o devorei com gosto, diante do olhar distraído de Billy, que devia pensar que eu era uma espécie de selvagem.

Foi assim que selamos a nossa amizade, com um sanduíche de salame e queijo.

Da mesma forma que eu, mas por razões diferentes, Billy nunca havia se encaixado com o resto. Naquele tempo ele era um garoto miudinho, desajeitado e temperamental, que se negava a participar das atividades mais populares entre os da nossa idade. Afirmava que os esportes eram mentalmente destrutivos porque limitavam a capacidade humana a decisões instintivas, quase animais – não o expunha dessa maneira, mas quase –, e só os praticava porque a escola pressionava. Detestava televisão, e ficar em casa passou naquela época a se tornar uma tortura, até o fim da década de 1980, quando descobriu a paixão pelos computadores. Enquanto isso, preferia vagar pelo bosque, que conhecia melhor do que ninguém, elaborar mapas e projetos descomunais que jamais chegava a concretizar, e para os quais me arrastava com palavras grandiloquentes e promessas gloriosas. A imaginação de Billy era incomensurável.

— Onde você se meteu? — perguntei a ele quando finalmente surgiu entre os arbustos.

— Minha mãe me obrigou a tirar aquelas porcarias de fotografias outra vez — grunhiu ele. — Ela me prometeu que este será o último ano, mas eu não acredito.

Empurrou a bicicleta até onde eu estava e apoiou-a em um tronco. Deixou a mochila por perto e estendeu-se ao meu lado. Tínhamos a cabeça a poucos centímetros uma da outra, formando um V. Observávamos um teto de galhos.

— Pois eu gosto dessas fotografias — eu disse com o olhar perdido no bosque manchado de pontos de luz.

Billy se inclinou ligeiramente, apoiando-se nos cotovelos, e me lançou um olhar fulminante.

— Você está me gozando? Elas são a degradação personificada. Ainda por cima tenho que vê-las todos os dias quando entro em casa, porque para minha mãe não é suficiente guardá-las em uma caixa, não, senhor; ela tem de pendurá-las todas na parede, uma ao lado da outra, para que o mundo possa ver como me desenvolvo nessa roupa ridícula de marinheirinho e...

Não pude conter o riso.

— Genial, você está tirando uma onda comigo, e eu ainda por cima fico dando explicações. Já sabia que você não podia gostar dessas fotografias — resmungou. — Sabe o que é pior?

— O quê?

— Que nenhum dos meus irmãos mais velhos teve de passar por isso. Como se explica isso? Só eu preciso ir uma vez por ano ao estúdio do senhor Pasteur (que descobri que é um nome falso, porque na verdade seu nome é Peluffo ou algo assim) para que ele me encha de talco como a bunda de um bebê e me disfarce de Pato Donald.

— Você é especial, Billy.

— Você continua zombando de mim.

— Não estou zombando de você. Pelo menos você tem um tio com muito dinheiro.

Ele ficou pensativo um minuto, talvez porque um de seus tios tinha realmente muito dinheiro, até que compreendeu a minha referência ao tio avarento do Pato Donald, e então me deu uma cotoveladinha nas costelas.

Ficamos em silêncio por um bom tempo. A clareira em que nos encontrávamos tinha se transformado no nosso esconderijo, apesar de Billy preferir chamá-lo às vezes de "centro de operações". Eu lhe dizia que devia ser um lugar mágico, porque tinha o poder de fazê-lo ficar de boca fechada por mais de cinco minutos. O curioso era que a clareira não tinha nada de especial. Nos bosques de Carnival Falls havia dezenas de lugares melhores que aquele. Havia um tronco caído e ela estava rodeada de pequenos arbustos e álamos centenários, e isso era tudo. Mas era tranquila, pois encontrava-se além do que em Carnival Falls todos conheciam como o Limite – um cordão de árvores de uns duzentos metros de largura paralelo à divisa da cidade. As recomendações para as crianças eram de que não ultrapassassem essa faixa. Circulavam lendas de exibicionistas ou estupradores que zanzavam pelo bosque, e era verdade que algumas crianças tinham se perdido ali durante vários dias. Billy, é claro, dizia que todas essas histórias haviam sido postas em circulação pelos adultos para nos encher de medo. Às vezes me aterrorizava pensar que Amanda ou a senhora Pompeo soubessem até que ponto nós nos afastávamos em nossas excursões, mas Billy era um verdadeiro expedicionário; tinha mapas desenhados por ele mesmo, uma bússola, e, quando era necessário, punha em prática um engenhoso sistema de marcas para poder voltar ao início de qualquer travessia. Seu método consistia em pendurar pedaços de pano nos galhos baixos das árvores, e em cada um deles escrever com marcador de texto a direção cardeal em que havíamos caminhado desde a marca anterior. Isso nos permitia cobrir trajetos muito longos, de vários quilômetros, e voltar sãos e salvos. Billy até levava consigo uma bússola de reposição.

– Você não vai me dizer o que foi que aconteceu de tão importante? – perguntou ele de repente.

Eu tinha falado com Billy pelo telefone na noite anterior para programar uma reunião de emergência. Engoli em seco.

– Há alguns dias eu pedi um romance emprestado à senhora Meyer – comecei. – Chama-se *Lolita*, e trata de um homem que se apaixona por uma menina, que até onde consegui avançar na leitura não é exatamente uma santa.

– Sam, você e os seus romances – interrompeu ele. – Você quer me dizer para q...
– Billy!
– O quê?
– Me deixe falar!
– Está bem.
– Collette me avisou que Amanda poderia não gostar, então escondi o livro no meu quarto e não comentei com ninguém que eu estava lendo.
– Nem comigo.
 Levantei a mão.
– Deixe as reclamações para depois, Billy.
– Só estou comentando.

Ali recostados, como tantas outras vezes em que havíamos compartilhado segredos e intimidades, era fácil falar. Nessa época, expressar as coisas em voz alta era incrivelmente liberador.

– Ontem voltei à granja depois de... levar um recado para a senhora Meyer. – Billy não sabia de minhas atividades na mansão dos Matheson, portanto me senti no direito de pregar essa pequena mentira. – Amanda tinha reunido todos na sala. Estavam me esperando. Em nenhum momento suspeitei que aquilo podia ter algo a ver com o livro.

– Onde você tinha escondido?
– Na caixa florida, em uma das gavetas da minha cômoda.
– Assim tão fácil?
– Já disse que não era tão grave. Me deixe acabar.
– Desculpe. Continue.
– Você não imagina como Amanda estava furiosa. Ela disse que de manhã tinha ido ao sótão com um cesto de roupa e descobriu que uma das prateleiras havia despencado com todas as coisas que estavam guardadas ali, entre elas algo que pertencia a alguém da casa, e que queria que o responsável confessasse naquele mesmo instante. – Fiz uma pausa.

– E o que tem isso que ver com o livro? Você me disse que... – Billy ficou mudo. Como que acionado por uma mola, ele se sentou e me cravou um olhar inquisitivo. – O livro estava ali, no sótão?

 Concordei.

– Isso está ficando interessante – disse Billy, perplexo.

– Amanda tirou o livro do bolso do avental e o jogou na mesa. Você precisava ver a expressão dela! Disse que aquela era a última oportunidade para que o culpado confessasse, mas ninguém em perfeito juízo teria dito nada naquele momento.

– Imagino que a senhora Carroll não mentiria a respeito da estante. Você foi ao sótão para verificar isso?

– Não – reconheci. Era uma boa questão. Lamentei não ter percebido algo tão óbvio, mas essa era a vantagem de ter Billy do meu lado. Ele pensaria por mim.

– Você pode fazer isso depois – disse Billy. – O mais provável é que alguém tenha descoberto o seu livro e preparado essa farsa no sótão. Armaram uma armadilha das boas para você, Sam! Você acha que pode ter sido Mathilda?

– Pode ser que aquela desgraçada esteja envolvida nisso – conjecturei –, mas ela não agiu sozinha.

– Você acha que aquele orangotango do Orson pode estar por trás disso? Eu não o imaginava capaz de uma proeza como essa.

– Tem mais uma coisa que você precisa saber.

Billy acompanhava o relato sentado ao meu lado, como um psicanalista que escuta as desventuras de seu paciente.

– O quê? – perguntou.

– Como você deve imaginar, não consegui ver o livro de perto, mas havia algo sobressaindo ligeiramente entre as páginas. Parecia uma fotografia... como de uma revista.

Meu amigo ficou em silêncio.

– Billy, pense bem, você conhece a senhora Carroll, ela não é muito diferente da sua mãe. Mesmo levando em conta do que trata o livro, a reação dela foi exagerada. Ela nem sequer tinha tido tempo de ler! Ela soltava espuma pela boca. A única coisa que me ocorreu naquele momento foi que Orson tenha pedido aquela fotografia a Mark Petrie e a tenha colocado ali, como parte de um plano.

– Devíamos ter seguido aqueles dois no bosque para descobrir onde escondem as revistas, se é que esse boato é verdadeiro.

– De que isso ia nos servir agora?

– Bom, poderíamos constatar que agora falta uma fotografia.

Outro detalhe no qual eu nunca teria pensado.

– Não é má ideia – concordei.

– Tem uma coisa que eu não entendo: você não pode falar com a senhora Meyer e explicar tudo? Se ela não confessar, nunca poderão chegar em você.

– Já fiz isso hoje de manhã. Collette não vai dizer nada.

– A senhora Carroll confirmou a história da fotografia?

– Sim.

– Você a viu?

– Não, só escutei a descrição de Amanda.

– O que ela disse?

– Chega, Billy! Não tem importância o que ela disse.

Billy não se sentiu nem um pouco ofendido.

– Deixe eu dizer uma coisa: acusar você com uma fotografia pornográfica não parece muito inteligente. Isso sim me cheira a algo típico do imbecil do Orson.

Eu preferia não pensar nisso.

– Tem uma coisa que eu não entendo. – Billy sacudiu a cabeça. – Se a senhora Meyer negou que o livro era dela, onde está o problema? Se Orson decidir te acusar, será a sua palavra contra a dele. Está claro quem deve ganhar.

– Tem um detalhe. Todos os livros de Collette Meyer têm as iniciais dela em alguma parte. No caso de *Lolita*, estavam na sobrecapa.

– Eles estão com a sobrecapa – concluiu Billy, fascinado.

Eles.

Ele se levantou e começou a caminhar em círculos. Observei-o por algum tempo, pensando em quanto Billy havia crescido no último ano. Apesar de conviver com ele todos os dias na escola, foi nesse momento que tomei consciência das mudanças ocorridas em sua compleição. Ele já não era o garotinho de antes.

– Orson ou Mathilda fizeram alguma coisa estranha ultimamente? – disparou Billy de repente.

– Não, mas eu mal os tenho visto. Durante o almoço eles me lançaram alguns olhares desdenhosos, mas isso é normal. Tenho tentado evitá-los.

– Sei.

Ele continuou maquinando em silêncio.

Fechei os olhos e pensei em Miranda. Tinha intenção de ir à casa dela naquela mesma tarde, apesar de normalmente deixar passar alguns dias entre uma visita e outra; sabia que minha presença nas vizinhanças podia ser notada e me trazer problemas, especialmente se algum vizinho comentasse inadvertidamente o assunto com Amanda, na igreja ou em algum outro lugar. Mas eu precisava vê-la, e principalmente comprovar se ela conservava a correntinha que eu lhe havia dado. Entrelacei os dedos e apoiei as mãos no peito. Notei a forma da meia-lua debaixo da camiseta, e pensar na outra metade me ajudou a esquecer os problemas que me afligiam.

– Eis o que você deve fazer – disse Billy.

Abri os olhos. Billy estava encolhido ao meu lado, fitando-me com olhos maquiavélicos.

– Diga.

– Antes de mais nada, fique longe do Orson ou dessa bruxa da Mathilda. Não tente enfrentá-los. É provável que seja isso que eles estão esperando. A essa altura devem saber, se forem eles que estão por trás de tudo isso, que você já percebeu a armadilha que eles armaram. Não vamos lhes dar esse gosto. Continue fazendo as coisas normalmente, como se não tivesse acontecido nada. Se vamos averiguar o que aqueles dois estão tramando, será melhor fazer isso do nosso jeito. Entende?

– Sim. Não tenho dois anos.

– É muito provável que Orson se aproxime para falar com você – continuou Billy, sem fazer caso da minha ironia. – Evidentemente ele não é tão idiota como eu havia pensado, e tem algo em mãos. Você tem ideia do que pode ser?

– Já pensei nisso, e a verdade é que não sei. Tanto ele como Mathilda sempre invejaram o meu quarto, mas por que fazer algo agora?

– Pode ser que tentem negociar com você para que desista dele.

– Pode acreditar, eu cederia o quarto de boa vontade – reconheci. – Em troca dessa sobrecapa eu faria isso sem dúvida nenhuma.

– Não! – explodiu Billy.

Ele se deixou cair de costas e ficou estendido ao meu lado. Baixou a voz até que ela se transformasse num sussurro e acrescentou:

– Você não pode fazer isso, Sam.

– Por que não? – perguntei, imitando sua voz sibilante.

– Porque somos uma equipe – respondeu ele em tom sombrio. – Aqueles dois vão se arrepender de ter se metido conosco, você vai ver. Fique longe deles, e se algum se aproximar, escute o que tem para dizer, mas responda que vai pensar, que dará uma resposta em um ou dois dias. Assim ganhamos tempo.

– Tempo para quê?

– Para desenvolver o resto do meu plano, é claro. Você não pensou que era só isso, não é?

– E o que mais?

Billy se pôs em pé de um salto. Plantou-se no meio da clareira e deu um enérgico e desajeitado passo de dança. Apontou para mim um dedo acusador e, com uma entonação que teria feito um professor de canto se jogar pela janela, vociferou:

– Você logo vai saber, Sam Jackson! Já vai saber.

– Você não vai me contar?

– Tenho que melhorar o plano. Espere até amanhã.

Concordei.

Billy pareceu ficar satisfeito. Tinha no rosto aquela expressão entre sonhadora e ambiciosa de quando concebia seus intermináveis e incríveis projetos. Não era exatamente uma tranquilidade ter me transformado em parte essencial de um deles; era a minha pele que estava em jogo. Mas Billy era a melhor chance que eu tinha, e eu sabia disso. Já naquela época eu confiava cegamente nele.

– Confio plenamente em você – eu disse.

– Eu sei.

Então ele se dirigiu até o lugar onde havia deixado a mochila e procurou algo dentro dela. Sentei-me e o fitei com atenção. Ele voltou para perto de mim com uma caixa de papelão do tamanho de um sanduíche.

Ele a abriu.

– O que acha, Sam?

Dentro dela havia centenas de pregos grandes de cabeça grande.

– Impressionante! – exclamei. – Seu tio te deu isso de presente?

– Não exatamente. Eu o ajudei a fazer umas coisas na loja de ferragens e pedi os pregos em troca.

Tornou a fechar a caixa de papelão e se afastou, mas não em direção à mochila, e sim ao tronco caído. Enfiou um dos braços num buraco na madeira apodrecida e extraiu uma velha caixa de ferramentas de metal.

– Vou guardá-los com o resto – anunciou. Colocou a caixa de papelão junto com os outros tesouros.

– Já temos quase o suficiente para a próxima etapa – observei.

– É verdade – disse Billy com orgulho. – Amanhã vou à casa da senhora Harnoise, que disse a minha mãe que quer se desfazer da casinha do cachorro. Ele morreu há pouco tempo, e ver a casinha vazia lhe causa uma dor enorme, conforme ela disse. Era um são-bernardo, então imagine a quantidade de madeira que vamos conseguir.

Celebrei a notícia.

– Vou trabalhar um pouco no projeto, você vem comigo? – disse Billy.

– Não, é melhor voltar para a granja.

Billy prendeu a velha caixa de ferramentas no bagageiro da bicicleta e colocou a mochila nos ombros.

– Se você mudar de ideia, já sabe onde me encontrar. – Hesitou um segundo e acrescentou: – Tem mais alguma coisa que você queira me dizer, Sam?

Fazia dias que Billy intuía que eu estava escondendo alguma coisa dele.

– Não – respondi na mesma hora.

Eu detestava mentir para Billy. Mas não queria lhe falar de Miranda; tinha vergonha demais.

– Não se preocupe – ele me tranquilizou –, essa história do livro vai se resolver. Vou trabalhar um pouco e aproveitar para pensar em como ajustar contas com aqueles dois demônios com quem você tem a desgraça de conviver.

– Agradeço muito, Billy.

– Não foi nada – disse ele montando na bicicleta.

Ele me fez um gesto de cumprimento e penetrou em uma das trilhas. O bosque foi minha única companhia nos minutos seguintes. A lembrança do meu amigo andando pela clareira e erguendo a voz espalhafatosamente contrastava com a paz que logo baixou sobre mim. Cheguei a me perguntar se Billy de fato havia estado ali comigo.

8

A visita da tarde à mansão dos Matheson trouxe consigo uma descoberta amarga. Trepei no olmo até o galho marcado com o coração e procurei o buraco entre a folhagem que me permitia a melhor vista do jardim de inverno. Nesse dia a senhora Lápide ministrava sua lição de pé ao lado do quadro-negro, apontando com um bastão para algumas anotações invisíveis para mim. Usava o cabelo preso num coque, que na minha imaginação estava tão esticado que lhe impedia de modificar as feições, e, principalmente, de sorrir. De vez em quando ela se aproximava do quadro-negro e escrevia algo com giz, e invariavelmente sacudia as mãos para se livrar do pó, como se se tratasse das cinzas da cremação de um cão sarnento. Miranda a observava com desinteresse, apoiando o rosto em uma das mãos enquanto escrevia em seu caderno e respondia às questões que lhe eram feitas. Acreditei vislumbrar o brilho da correntinha do bazar Les Enfants, mas a distância poderia estar me pregando uma peça. O vestido que ela usava nesse dia deixava seus ombros descobertos; tinha alças azul-celeste que combinavam com a fita do cabelo. Examinei cada detalhe como havia feito nas vezes anteriores, mas senti falta do binóculo. O fato de tê-lo trazido comigo no dia anterior implicara um risco enorme que eu não podia correr novamente, menos ainda naquelas circunstâncias da granja. Mas, sem perceber, tinha subido um degrau; havia experimentado os efeitos de uma droga mais poderosa. Não era mais a mesma coisa. Eu nunca havia me questionado seriamente até quando continuaria com aquelas invasões à intimidade da família Matheson. Talvez porque tivesse medo da resposta. No fundo sabia que aquela menina e eu não tínhamos nada em comum, e que se ela suspeitasse quem tinha lhe enviado a correntinha a jogaria na privada. Minha mente havia brincado de preencher os vazios construindo seu riso, inventando um tom melodioso para sua voz, moldando seu coração. Um coração que me aceitasse sem preconceitos, que fosse capaz de derrubar os muros que nos separavam e aplainar as diferenças. Mas eu tinha alguma certeza de que meus desejos pudessem ao menos estar próximos da realidade? Miranda podia ser fria como um pedaço de gelo, malcriada e malvada como Mathilda, ou até pior.

Observei-a, procurando telepaticamente a verdade que se escondia dentro daquele aposento envidraçado. A senhora Lápide começou a apagar o quadro-negro, afastando-se o máximo possível para evitar a nuvem de giz, e Miranda aproveitou para lhe mostrar a língua. Quando a senhora Lápide se voltou de repente, talvez intuindo a brincadeira, Miranda teve reflexo suficiente para encolher a língua e fingir estar distraída. A mulher continuou a apagar, e Miranda tornou a lhe mostrar a língua, para depois esconder um risinho com a mão. É claro que ela não tinha meios de imaginar que eu, na solidão do olmo, também ria com sua traquinagem. Eram poucos os momentos em que eu sentia alguma conexão com Miranda, mas quando isso acontecia, era maravilhoso. E doloroso também.

Eu ignorava completamente sua rotina fora daquela casa; até onde eu sabia, ela nem sequer saía muito, e cada vez que o fazia era no carro com seu pai. Não era hora de me meter em mais problemas do que eu já tinha, mas não podia resistir à imperiosa, ardente e desesperada necessidade que experimentei naquele dia. Precisava me aproximar de Miranda.

9

Estávamos reunidos em volta da mesa, como todos os dias às oito em ponto. Claire e Katie se encarregavam de servir uma fatia de carne e batatas com creme em cada um dos pratos. Como era costume, Amanda ocupava a cabeceira encimada pelo imponente crucifixo, e Randall a oposta. Na granja dos Carroll havia uma televisão em branco e preto que nunca ficava ligada durante as refeições, portanto o único som audível era o tilintar dos utensílios que minhas irmãs utilizavam. Quando elas terminaram de encher os quinze pratos, ocuparam seu lugar habitual, e todos ficamos de mãos postas para rezar. Randall e Milli estavam ao meu lado.

– Posso abençoar a mesa, senhora Carroll? – perguntou Orson.

Eu havia fechado os olhos, mas não pude resistir à necessidade de abri-los. Do lado oposto da mesa, bem no centro, Orson ensaiava sua expressão de cordeiro manso que tanto ódio despertava em mim. Amanda era uma mulher inteligente, mas às vezes eu tinha a impressão de que tanto ela como Randall compravam o papel de bom menino que Orson se empenhava em lhes vender dia após dia.

– Claro que sim, Orson, prossiga – concedeu Amanda.

Normalmente era ela quem agradecia pela comida, ou designava algum de nós para fazer isso. Não era comum alguém se oferecer voluntariamente. Orson havia adquirido esse costume, que no princípio era compreensível por sua recente incorporação à família, mas que com o correr dos meses havia deixado de ter sentido.

– Santo Deus, receba o nosso agradecimento por estes alimentos – recitou Orson em voz grave – e por sua bênção. Menino Jesus, aproxime-se e seja nosso convidado, ocupe o seu lugar na nossa mesa. Espírito Santo, como estes alimentos satisfazem nosso corpo, pedimos que alimente nossa alma. Amém.

As palavras foram pronunciadas com uma cadência perfeita.

Eu o odeio!

— Orson aprendeu uma nova bênção — disse Amanda, visivelmente emocionada.

— Foi o reverendo O'Brien que me ensinou — respondeu ele, solícito.

Milli me deu um tapinha na coxa. Quando a fitei, ela fez uma careta muito eloquente mordendo o lábio inferior. Até a garotinha parecia ter consciência das manobras de Orson.

Comemos em silêncio. Em um determinado momento, Amanda perguntou a Randall como estava a construção da ala adicional que alguns dos meninos estavam ajudando a levantar, e ele começou a pô-la a par. O projeto, financiado por doações da Igreja Batista geridas pelo reverendo O'Brien, consistia em proporcionar ao lar quatro novos quartos grandes. Se tudo saísse de acordo com o planejado, a construção estaria pronta no fim do ano.

Perdi o interesse rapidamente. Enquanto colocava uma fatia de batata sobre um pedaço de carne e o levava à boca, perguntei-me até que ponto eu teria subestimado Orson; porque era óbvio que eu o havia subestimado.

A primeira vez em que vi Orson Powell foi justamente na sala de jantar, quase seis meses antes do incidente com *Lolita*. Amanda fez um discurso curto, como era seu costume, e depois cada um de nós se aproximou para cumprimentar o recém-chegado. Randy foi encarregado de ler algumas palavras de boas-vindas (que ele não conseguira decorar, apesar de ser um texto de quatro linhas), e gaguejou umas duzentas vezes, o que provocou muitas gozações e o atrapalhou todo. Quando ele acabou, quase com lágrimas nos olhos, Orson se aproximou e, colocando uma das mãos em seu ombro, agradeceu-lhe aquelas palavras de todo o coração. O gesto do grandalhão me pareceu correto. Ele usava uma camisa desbotada e uma calça curta demais, mas que devia ser a sua melhor roupa. Imagino que isso fez com que eu simpatizasse um pouco com ele; todos os membros da granja sabiam perfeitamente o que era usar uma roupa até que ela se transformasse em papel vegetal. Outro detalhe que me chamou a atenção foi a mala em que Orson trouxe os seus pertences, incrivelmente pequena, velha e cheia de remendos. Conhecendo Orson, era provável que suas roupas ultracurtas e sua valise da Era do Gelo tivessem sido cuidadosamente selecionados para ganhar a nossa simpatia.

Durante os dias seguintes à sua chegada, o comportamento de Orson foi sóbrio, pincelado com arranques de cortesia exagerada que poderiam ser atribuídos a falta de tato ou a uma desmedida capacidade de manipulação. Considerando o tamanho descomunal do garoto, que aos treze anos tinha a altura e a corpulência de um adulto, e baseando-me no preceito popular e nada científico de que tamanho equivale a idiotice, imaginei que se tratava do primeiro, quer dizer, de intuitos infelizes mas bem-intencionados de se ajustar ao novo *habitat*.

Enganei-me.

Comecei a conhecer o verdadeiro Orson naquela mesma semana. Um dia, voltando à granja depois de um passeio no bosque com Billy, avistei da minha bicicleta Orson e Bob Clampett, outro de meus irmãos, a quem nos referíamos carinhosamente como "Tweety". A princípio me alegrei, porque achei que Orson começava a se integrar com a nova família, e porque Tweety, que tinha catorze anos e era o menino mais solitário que já conheci, talvez pudesse encontrar em Orson alguém de confiança.

Parecia um encontro amigável, até que, surpreendentemente, Orson agarrou Tweety pelo pescoço e o empurrou contra o tronco de uma árvore. Apesar de ser um ano mais novo, fez aquilo com uma facilidade assombrosa. Ele disse alguma coisa e em seguida foi embora, deixando o garoto sentado entre as raízes da árvore. Decidi me aproximar. Tweety, cuja cabeça era desproporcional e pálida, fitou-me com seus enormes olhos azuis, a ponto de chorar. Antes que eu pudesse lhe dizer uma palavra, agarrou a mochila e se afastou correndo a toda a velocidade.

Nos dias que se seguiram, procurei um jeito de me aproximar dele. Ele era o único membro da família que havia passado uma longa temporada em Milton Home, junto com Orson, e imaginei que sua inimizade poderia remontar à época em que haviam estado no orfanato ao mesmo tempo, apesar de Tweety ter escapado do inferno quase três anos antes. Encontrei-o no bosque, dentro dos confins do Limite, em uma das mesas de madeira destinadas a piqueniques, absorto na criação de suas historietas. Havia criado um personagem chamado Milliman, que não era um super-herói no sentido estrito – explicou-me uma vez – porque não podia controlar à vontade suas habilidades de diminuir de tamanho. Ele era reduzido ao tamanho de uma formiga nas circunstâncias mais variadas, sem razão aparente. A única vantagem era que o jornalista Alec Tallman, o *alter ego* de Milliman, podia sentir com alguns segundos de antecipação quando a transformação ia se realizar, o que lhe dava tempo de se afastar das pessoas ou de se preparar para empreender suas aventuras. Milliman havia descoberto que sua peculiar habilidade poderia ser utilizada para fazer o bem, se ele fosse suficientemente inteligente. A história era muito boa, e Tweety já havia criado até aquele momento mais de cinquenta números diferentes. Ele se encarregava de fazer todas as vinhetas em folhas de caderno e depois as grampeava. Tinha uma espantosa habilidade para o desenho, e uma imaginação que fazia honra à sua cabeça. Queria ser desenhista profissional.

– Oi, Tweety – eu disse enquanto me sentava no banco, do lado oposto ao seu.

Ele levantou a cabeça e parou de desenhar. Percebi que não havia nada sobre a mesa além de seu caderno, para o caso de ser preciso fugir rapidamente. Orson não era o único valentão que vagabundeava pelo bosque.

– Oi, Sam.

Notei como ele olhava para todo lado, quase como um ato reflexo. Tweety me conhecia de sobra, e no entanto o instinto de esquadrinhar os arredores surgia nele como uma necessidade animal, possivelmente adquirida nas horas de recreio em Milton Home.

– Relaxe, estamos sozinhos – tranquilizei-o.

Era verdade. Com exceção de dois garotos que jogavam bola, não havia ninguém mais à vista. Era cedo.

– Escute – eu disse –, o que foi que Orson disse aquele dia?

Ele estudou meu rosto durante alguns segundos.

– Se você não quiser falar, eu entendo, mas você sabe que pode confiar em mim.

Outra verdade. Eu sabia guardar um segredo quando era preciso, e evidentemente Tweety tinha necessidade de contar a alguém o que sabia, porque naquela manhã fria falou como nunca havia feito antes.

Primeiro me contou de sua chegada a Milton Home. Eu já tinha ouvido partes do relato antes, mas outras não. A vida de Bob Clampett era uma dessas que nos fazem ter vergonha de falar dos nossos problemas, inclusive num caso como o meu, que havia chegado ao mundo sem pai e a única coisa que lembrava de minha mãe era um sonho apocalíptico em um Fiesta. A dele começava em uma nuvem de incógnitas no hospital municipal, onde achava que sua mãe – ou alguém – o havia abandonado. Ele foi criado ali, entre enfermeiras e o cheiro de desinfetante de azulejos, até que foi adotado pelos Kirschbaum, um casal de mais de quarenta anos com um lar bem-consolidado mas sem filhos. Tinham desistido de conceber um filho depois de haver tentado de tudo e de dilapidar boa parte de suas economias.

Quando o pequeno Bob tinha quatro anos, os Kirschbaum decidiram fazer uma excursão à Pensilvânia, a um centro de esqui em Pocono Mountains; deixaram-no com um instrutor de crianças e subiram a uma das pistas mais difíceis. Em determinado momento, enquanto descansavam, uma avalanche os esmagou, e eles morreram no ato. A única coisa que Bob conservou deles, além de um punhado de fotografias, foi o apelido que o senhor Kirschbaum lhe havia posto. E foi assim que Tweety chegou pela primeira vez a Milton Home. Ele pouco recordava desses dois anos, pois suas vivências se misturavam com as da segunda vez em que esteve lá. Dizia que o frio gélido do edifício mal-aquecido era talvez a única recordação que conservava daquela época, apesar de o problema persistir depois. Aos seis anos, os astros pareceram alinhar-se a seu favor, e uma família levou Tweety para sua casa em Rochester. Mas os Farrell acabaram mostrando ser a antítese dos Kirschbaum, o que foi uma pena, porque Tweety desejou, desde que pôs os pés naquela casa, que uma avalanche de neve os sepultasse. Dizer que aquela família era disfuncional seria o mesmo que entregar-lhe uma condecoração; o termo "família" já era exagerado. Para começar, havia Spike, o filho adolescente, um caso perdido que havia posto no corpo todas as drogas que pudera e fizera da delinquência nas ruas uma forma de vida. Ron Farrell, o pai, era um caso de manual, um bêbado que ganhava a vida achatando o rabo numa cadeira de plástico em um estacionamento, e que tinha o hábito de espancar a esposa. Tudo isso, e também o modo como Ron e Spike protegiam um ao outro e comemoravam as respectivas façanhas, fosse com uma navalha na rua ou com uma cinta em casa, tudo foi narrado com luxo de detalhes pelos jornais quando aconteceu o que aconteceu. Não era necessário que Tweety dissesse nada a respeito. Eu já sabia. Todos sabiam. Mas ele me disse uma coisa que me ficou gravada na lembrança: que Elaine Farrell tinha feito o possível para adotá-lo, acreditando que dessa maneira poderia deter a violência em casa. Tweety se transformou logo de cara num escudo humano de sete anos de idade. O que não adiantou nada, é bom esclarecer, porque um dia, sem que se soubesse exatamente a razão, Ron e Spike juntos deram a Elaine Farrell uma surra que lhe arrancou a vida em uma agônica repetição de chutes e álcool. Quando a polícia chegou, alertada por um vizinho, encontrou pai e filho completamente bêbados tentando arrumar as malas para fugir – nem disso foram capazes –, e Tweety trancado em um armário. Os Farrell foram para a cadeia, e Tweety de volta a Milton Home, com uma nova marca de desgraça na culatra do revólver que a vida lhe havia posto na testa desde o nascimento.

– Orson esteve em Milton duas vezes – contou ele enquanto separava as aventuras de Milliman –, nisso somos parecidos.

– Só nisso – brinquei.

Ele concordou e esboçou um sorriso apagado. Era fácil para qualquer pessoa que soubesse de tudo o que ele havia passado entender aquela expressão sombria que sempre lhe obscurecia o rosto, mesmo quando ele sorria. Em parte era medo, mas também a certeza de que a qualquer momento um grupo de meninos o atacaria, ou uma avalanche de neve o faria desaparecer. Não era preciso ser Freud para compreender que Tweety se sentia às vezes como Milliman, lutando em um mundo cheio de catástrofes desproporcionais.

Tweety me surpreendeu com uma pergunta:

– Você viu que ele já pediu à senhora Carroll para abençoar a refeição?

Concordei.

– Bom – ele continuou –, era a mesma coisa em Milton Home. Um aluno modelo. Todos o tratavam com consideração; as autoridades sempre o cumprimentavam por seu comportamento e predisposição para fazer as coisas. Quando era preciso fazer algo, ele sempre se oferecia.

Fitei-o com o cenho franzido. Naquele momento mal conhecia Orson, e certamente não tinha uma opinião formada a seu respeito, mas o que eu tinha visto no bosque quando ele agarrara Tweety pelo pescoço contrastava com o comportamento de um menino modelo.

– Vou contar uma coisa que aconteceu há alguns dias – disse Tweety. – O senhor Carroll me pediu para cortar lenha, e Orson se ofereceu para me ajudar. Eu mostrei onde estavam os troncos grandes, e pegamos algumas achas para cortar. Trabalhamos juntos e fizemos dois montes respeitáveis. Quando terminamos, estávamos suando, apesar do frio. Sabe o que ele fez?

– O quê?

– Ele me obrigou a passar metade dos meus troncos para a pilha dele. Quando o senhor Carroll veio ver como andavam as coisas, ficou maravilhado com o trabalho duro de Orson, que recebeu felicitações e uma palmadinha no ombro... Sim, eu sei, você vai me perguntar por que fiz isso.

– É.

– Porque o conheço. Dessa vez ele me disse que se eu não fizesse o que ele tinha mandado, ele me arrebentaria os dedos com uma acha e depois diria que havia sido um acidente.

Não pude evitar abrir a boca em um grito silencioso de horror.

– Talvez você pense que sou um covarde – continuou ele –, e provavelmente devo ser, mas aprendi que muitas vezes, principalmente com Orson, é melhor deixar o orgulho de lado e usar a cabeça. No meu caso, isso dá trabalho.

Fez uma careta e caímos na risada.

– Não acho que você é covarde – acrescentei.

– Obrigado. Sabe de uma coisa? Às vezes vocês se queixam das condições em que vivemos na casa dos Carroll; não temos nem a metade das coisas que o resto das crianças, precisamos compartilhar o quarto, a roupa, tudo. Mas para mim isso foi o melhor que me aconteceu na vida, pelo menos do que tenho consciência. Não quero pôr tudo a perder.

– Entendo perfeitamente. Amanda e Randall têm lá suas coisas, mas são boa gente, é claro que sim. A propósito, você deveria deixar de chamá-los de senhor e senhora Carroll.

Fazia tempo que eu pensava em lhe fazer essa observação. Essa era sem dúvida a conversa mais extensa e franca que Tweety e eu havíamos tido.

– É, eu quero fazer isso – ele confessou. – Mas tenho dificuldade de me empenhar nas coisas que quero. Já faz algum tempo que minha tutora escolar vem me dizendo isso.

– Posso ver? – perguntei, indicando o caderno.

Ele o estendeu para mim.

– Ainda não está pronta.

Era apenas a primeira página de uma história chamada "O elevador". Alec Tallman entrava em um elevador com um grupo de pessoas no que parecia ser o saguão de uma grande companhia. Um detalhe mostrava como ele apertava o botão do décimo quinto andar. Os ocupantes do elevador tinham uma expressão neutra. Quando o visor exibia o número sete, o rosto de Tallman se enchia de preocupação. Seu pescoço se tensionava e o rosto se inflamava.

Virei a página, mas estava em branco.

– Por que Orson voltou para Milton Home? – perguntei quase sem querer.

Tweety guardou o caderno na mochila.

– A verdade é que não sei. Só posso dizer que quando ele voltou estava pior do que antes; parecia disposto a ir cada vez mais longe.

– O que você quer dizer com isso?

– Promete que não vai contar nada?

– Prometo – eu disse, apesar de saber que cedo ou tarde teria que compartilhar aquilo com Billy.

– Em Milton tínhamos um zelador chamado Pete Méndez – disse Tweety com esforço, como se cada palavra fosse um pelo que ele estivesse arrancando. – Um dia um maço de Marlboro dele desapareceu, e ele pôs a boca no mundo. Reuniu todos no pátio às oito da manhã e ficou meia hora falando do bendito maço de cigarros. Entre outras coisas, disse que estava à disposição de qualquer um que tivesse alguma informação, e que isso seria mantido em segredo. No dia seguinte, um menino foi ao escritório de Méndez e lhe disse que Orson Powell havia pegado o maço, que ele o tinha visto junto com outros meninos fumando na parte de trás do edifício. Méndez chamou Orson imediatamente e não fez questão de manter o informante no anonimato. Quando acarearam Orson com o outro menino, ele negou as acusações. Disse que era tudo mentira, e que podia provar. Afirmou que no momento ao qual o menino se referira ele estava na lanchonete com quatro amigos. Méndez os chamou separadamente, e todos confirmaram a história.

Tweety fez uma pausa e meneou a cabeça ao se lembrar.

– Tinham preparado o álibi, para o caso de ser preciso – observei.

– Tudo se esclareceu no dia seguinte, quando o menino confessou que tinha sido ele que havia roubado o maço.

– Por que ele faria isso? – indignei-me. – Acusar alguém e atrair a atenção para si mesmo, quero dizer.

– Porque Orson, junto com dois dos seus comparsas mais fiéis, foi ao quarto do menino à noite e lhe ordenou que se acusasse, fazendo-o ver que não tinha escapatória, e que se fosse necessário todos em Milton Home o apontariam como o culpado. Enquanto o dominavam e lhe tapavam a boca, Orson deu quatro murros no estômago dele. Depois, com um isqueiro...

Sua voz se partiu. Os meninos que brincavam com a bola tinham ido embora, e não havia ninguém à vista. Parecia que o mundo havia congelado.

– Orson acendeu o isqueiro – disse Tweety em um tom que mal se podia ouvir – e passou-o diante do rosto do menino, como se quisesse hipnotizá-lo. Depois queimou a axila dele. O menino não podia gritar porque tinham colocado alguma coisa na sua boca, e um deles o agarrava com firmeza... Orson estava transtornado. Parecia um louco. D... deixou a chama na axila do menino durante uma eternidade.

Os olhos de Tweety ficaram úmidos.

– Não precisa continuar – eu disse enquanto rodeava a mesa e me sentava ao seu lado.

Abracei-o. Ele pareceu ter ficado nervoso diante de um contato tão íntimo entre nós.

Enxugou os olhos com a manga do blusão. Ensaiou um sorriso e leu os meus pensamentos:

– Esse menino não era eu, Sam – disse ele –, mas eu estava no mesmo quarto quando isso aconteceu. Éramos cinco, e ninguém fez nada. No dia seguinte, o menino se declarou culpado. Orson disse que se não fizesse isso a próxima queimadura seria... você já sabe onde. Ele sempre escolhia lugares que não fossem visíveis.

Afastei-me de Tweety, mas permaneci ao seu lado.

– Sam, tome cuidado com Orson.

– Vou tomar.

10

Grace Harnoise vivia só. Tinha quarenta e um anos e não se relacionava muito com os vizinhos. O consenso geral era que ela tinha namorados demais.

– Tem certeza de que a senhora Harnose não está em casa? – perguntei a Billy enquanto ultrapassávamos o limite de sua propriedade.

– É Harnoise – corrigiu ele. – Sim, tenho certeza. Ela trabalha o dia inteiro.

– E ela sabe que nós vamos despedaçar a casinha do cachorro?

– Claro que sabe! E tecnicamente já não é do cachorro.

Eu não disse nada até chegarmos ao jardim dos fundos. Como Billy já me havia dito, a casinha era gigantesca. Junto dela, sobre um montículo de terra remexida, uma cruz de madeira rezava: "Maximus".

Dedicamos a meia hora seguinte a desmantelar os painéis da casinha, apesar de ser justo outorgar o mérito a Billy, que, armado do único martelo com que contávamos, arremeteu contra a construção de madeira em um ataque sem quartel. Começou pelo interior e foi desarmando-a aos poucos, primeiro o teto de duas águas, depois cada uma das paredes, até que subiu na base, de martelo em punho, suado e triunfante.

– Agora é a sua vez.

– De fazer o quê? – protestei. – Montar a casa de novo? Você já fez tudo! Eu podia ter ficado na granja dormindo.

Billy me passou o martelo.

– Tem que tirar os pregos. Se conseguirmos recuperá-los será muito melhor.

Ele tinha razão. Manipular os painéis com aqueles pregos sobressaindo seria perigoso.

– Você acha que podemos transportar os painéis sem problemas? – perguntei.

– Sim. São sete no total. Se for preciso faremos algumas viagens.

Manobrar a bicicleta com semelhantes placas de madeira não seria fácil, mas preferi não dizer nada mais a respeito e pôr mãos à obra. Afinal de contas, a casinha já estava desarmada, e precisávamos tirá-la dali. Se pedíssemos a ajuda de algum adulto, ele ia querer saber para que transportar a madeira até o bosque, e é claro que não estávamos dispostos a revelar essa informação a ninguém.

Comecei a procurar algo para pôr debaixo do primeiro painel.

– Coloque aqui – sugeriu Billy indicando o montículo de terra solta.

Olhei para ele como se aquela fosse a ideia mais ridícula do mundo.

– O que foi? – perguntou ele encolhendo os ombros.

– É o túmulo do cachorro. De… Maximus.

– E daí?

– Não vou ficar martelando em cima do túmulo do cachorro.

– Ele está morto.

– Exatamente por isso.

– Como quiser. Vou descansar um pouco.

Billy foi até o terraço dos fundos, onde uma rede de dois lugares pendia de uma viga. Deu um um pulinho para trás e aterrissou no centro.

– Gostaria de saber se a senhora Harnoise e seu namorado fizeram aquilo aqui – gritou para mim.

Fiz um gesto negativo com a cabeça, recusando-me a participar daquela conversa. Avistei uma fileira de pedras em um canteiro e caminhei naquela direção para pegar quatro. Procurei as mais redondas.

– Você escutou o que eu disse? – insistiu Billy divertido. A rede se queixava e se consolava com rangidos ritmados.

– Não vou responder, William Felix Pompeo.

Apoiei um dos painéis sobre as pedras e subi nele, de martelo na mão. Antes de dar o primeiro golpe, porém, me detive.

– Até que ponto você conhece essa mulher? – questionei.

– Por que você está perguntando?

– Bom, vamos ver... Primeiro entramos na propriedade dela na sua ausência, depois destruímos a casinha do cachorro morto, e agora você está deitado na rede dela. Acho que são razões suficientes para chamar a polícia.

– Ela é amiga da minha mãe, já disse.

– Então você a conhece bem.

– Pode-se dizer que sim.

Assestei um golpe com todas as minhas forças.

O prego se dobrou na metade.

– Merda!

– Isso vai ser divertido – disse Billy. – É claro que o seu negócio são as letras e não os trabalhos manuais...

Resmunguei baixinho. Tornei a assestar outro golpe, e dessa vez nem cheguei a acertar o prego.

Billy saltou da rede e veio ao meu encontro.

– Deixe por minha conta – ele disse enquanto avançava sorridente –, isso é trabalho para homens.

Quando ele chegou ao meu lado fulminei-o com os olhos. Ele deve ter visto alguma coisa no meu rosto, ou talvez fosse por causa do martelo na minha mão direita, porque sem dizer mais nada ele deu meia-volta e voltou à rede.

Durante os minutos seguintes (mais do que eu gostaria de reconhecer) continuei assestando golpes com resultados variáveis. Ainda não havia terminado o trabalho com o primeiro painel quando uma palpitação no ombro me obrigou a parar. Larguei por um instante o martelo e comecei a fazer grandes círculos com o braço direito, para aliviar a tensão.

Precisava de um descanso, mas não ia pedir ajuda a Billy.

– Você não vai me contar o que planejou para deter Orson e Mathilda? – perguntei, tentando ganhar tempo.

– Mais tarde. Primeiro vamos levar isto para o bosque. Lá poderemos conversar com tranquilidade.

– Qualquer um que te ouvisse pensaria que se trata de um assunto de segurança nacional.

Billy riu.

Uma hora depois, abandonamos a casa da senhora Harnoise.

O trajeto até o bosque foi, contrariamente ao que eu temia, muito fácil. Afinal, levar dois painéis no bagageiro de cada bicicleta não era muito diferente de transportar uma criança, coisa que nós dois havíamos feito uma infinidade de vezes. As únicas precauções que tomamos foi cuidar da verticalidade nas curvas e lembrar a todo momento que os painéis sobressaíam meio metro de cada lado. Estive a ponto de cair, mas consegui frear completamente a bicicleta e descer dela com um pulo.

Às quatro da tarde, os sete painéis que tinham servido de abrigo a Maximus estavam parcialmente ocultos atrás do tronco caído, e nós sentados sobre ele, repondo as energias. Billy tirou da mochila uma vasilha com dois sanduíches de salame e queijo, especialidade da senhora Pompeo, e, seguindo um ritual que havíamos feito uma infinidade de vezes, eu me encarreguei de tirar o salame de um dos sanduíches e colocá-lo no outro. Então Billy deu cabo do seu.

Quando terminamos, Billy guardou a vasilha na mochila e procurou algo mais.

– Agora você vai me falar do plano? – perguntei.

– É claro. Mas primeiro quero te mostrar uma coisa.

Tirou algo da mochila e sustentou-o diante de meus olhos.

Estremeci.

Era a sobrecapa de *Lolita*.

11

Se Billy tivesse tirado da mochila um coelho branco, minha surpresa não teria sido maior. Quando vi a fotografia de *Lolita*, olhando para mim com aqueles olhos sugestivos enquanto provava o pirulito de morango, não imaginei que aquela sobrecapa pudesse ser de um exemplar diferente do da senhora Meyer. Meu amigo a segurou um instante à altura do meu rosto e depois a virou. A princípio não entendi a razão pela qual ele me exibia o verso da sobrecapa, pois ele era branco, mas quando minha atenção se focou nas orelhas, entendi. A rubrica da senhora Meyer não estava ali. Aquela sobrecapa pertencia a outro exemplar!

– Por Deus, Billy, você quase me mata de susto.

– Desculpe.

– Não desculpo nada. Você fez isso de propósito, para me matar de susto.

Ele sorriu.

– Onde você conseguiu isso? – perguntei.

– Na casa de Archi.

Archibald era o mais velho dos irmãos Pompeo. Era dezoito anos mais velho que Billy.

– É exatamente a mesma edição que a da senhora Meyer – observei.

– A verdade é que não achei que seria tão fácil encontrá-la. Tinha pensado em ir à biblioteca, onde tenho certeza de que ninguém sentiria falta de uma sobrecapa, mas Archi tem tantos livros que pensei em passar na casa dele. E encontrei.

– Ele sabe que você pegou?

Billy riu.

– Eu sabia que você ia me perguntar isso. Não, ele não sabe. Eu disse a ele que ia dar uma olhada nos livros para ver se havia algum que me interessasse; como estão organizados por autor, foi fácil encontrar. Peguei a contracapa emprestada e escolhi um livro do Verne para ler depois: *O raio verde*.

Devolvi a sobrecapa.

– Fico feliz por seu irmão ter esse livro, mas ainda não entendi o que você está tramando, além de me dar um susto mortal.

– Pensei muito no que você me contou. Se ninguém na casa sabia desse livro, então é lógico supor que o descobriram observando você pela janela, enquanto lia na cama. Foi uma casualidade.

– Imagino que sim.

Fiquei olhando para ele. Billy parecia considerar óbvio alguma coisa que me escapava.

– O que é? – perguntei.

– Por que alguém te espiaria, Sam? Você não percebe?

Não respondi.

– Porque você lhe agrada! – sentenciou Billy. – E já que tínhamos dois suspeitos em mira, então já sabemos quem está por trás disso...

Neguei com a cabeça.

– Isso é ridículo!

– Você é que acha. Para mim está claro.

– Em primeiro lugar, não acredito que a atração seja a única razão para espiar alguém.

Mas é exatamente por essa razão que você espia Miranda.

– De qualquer modo, não descarto que esses dois estejam trabalhando em conjunto.

– Vamos continuar pensando assim, por favor.

– Está bem.

– E então, qual é o plano?

– Antes deixa eu dizer mais uma coisa. Ao colocar o livro no sótão, mas sem a sobrecapa, eles deixaram tudo pronto para dar o golpe final a qualquer momento; no entanto, não fizeram isso. Por que não deixar o livro junto com a sobrecapa? Há apenas uma resposta que me ocorre: eles vão te chantagear.

– Já tínhamos pensado nisso.

– Em algum momento alguém vai se aproximar para te pedir alguma coisa. Mathilda ou Orson.

– Malditos...

– E é por isso que nós não vamos fazer nada para saber quem está por trás disso. Essa pessoa vai se aproximar. Uma vez que estejamos seguros de quem é, vamos procurar a melhor forma de fazê-la acreditar que você recuperou a sobrecapa. Faremos com que te veja com ela ou que alguém mais o faça e lhe conte, depois veremos qual é a melhor estratégia. Tenho certeza de que logo que vir a sobrecapa, essa pessoa irá ao seu esconderijo para verificar se nós a tiramos de lá. E nós vamos segui-la. Se for necessário, pediremos a ajuda de Randy, ou de Tweety, qualquer um da granja em quem você tenha confiança, para que nos ajude a não perder a pista. Imagine que ela pode estar escondida na granja, mas também pode estar em qualquer outra parte, incluindo este bosque. Depois que soubermos qual é o esconderijo, faremos a troca. E você estará a salvo.

Billy era um gênio.

– Pode funcionar.

– Vai funcionar! Assim que chegar a hora, faremos com que o culpado nos leve ao seu esconderijo, você vai ver.

– E o que vamos fazer depois de recolocar a sobrecapa?

Meu amigo ficou de pé no tronco, como um alpinista em cima de uma montanha. Com voz triunfal, respondeu:

– O plano se voltará contra eles. Se o esconderijo estiver diretamente relacionado com Orson ou Mathilda, poderíamos encontrar um jeito de eles serem pegos com a mão na massa.

– Mas eles vão ficar sabendo que fui eu!

– Vamos lhes dar o que merecem.

Pensei nisso um segundo.

– Você sabe tudo o que Tweety me contou de Orson. E Mathilda é pura maldade. Sempre tento me manter longe daqueles dois.

Billy me deu as costas e caminhou até o extremo do tronco com os braços estendidos, como um equilibrista.

– Você vai ver como tenho razão. Esse assunto é mais obscuro do que imaginamos. Vamos ter uma surpresa quando eles te contarem o que é que desejam em troca.

Desci do tronco e lhe dei um leve chute. Billy se desequilibrou e deu duas ou três braçadas antes de pular no chão.

– Quando vamos levar a madeira? – perguntei.

– Acho que ela não corre perigo aqui, mas é melhor fazermos isso amanhã.

Concordei com ele. Era hora de ir embora.

Montamos nas bicicletas e nos dirigimos para a Center Road. Preferi pedalar devagar, acusando o esforço feito nos trajetos desde a casa da senhora Harnoise; em troca, Billy se vangloriou de sua energia inesgotável dando voltas desnecessárias, exibindo-se ostensivamente e depois voltando para o meu lado.

– Em que você está pensando? – ele disparou em uma de suas corridas.

Era difícil enganarmos um ao outro – às vezes eu suspeitava que era impossível. Nós nos conhecíamos bem demais. Na verdade eu pensava em algo que ele havia dito minutos antes, quando ainda estávamos na clareira, acerca das razões de se espiar alguém...

– Em nada – menti.

– Sim, claro. – Billy descreveu um círculo ao meu redor. – E eu sou Elvis.

– Está bem, está bem – cedi, e lancei mão da primeira coisa que me ocorreu. – Estava pensando naquela mansão da Maple Street.

– O que há com ela?

– Vi que uma família se mudou para lá há alguns meses.

– Ahã...

– Parecem ricos. – Eu não tinha nenhuma intenção de falar de Miranda nem dos Matheson. Por que tinha escolhido justamente falar da casa da Maple Street?

– Se vivem ali são ricos, Sam.

– Imagino que sim.

– Vou perguntar para o meu tio, ele sabe de tudo.

– Não!

Billy me observou longamente, avançando sem prestar atenção no caminho de terra pelo qual transitávamos.

– Por que não?

– Era só uma curiosidade.

– Exatamente por isso é que vou perguntar ao meu tio – disse Billy. Pedalou com violência e saiu disparado.

Quando o alcancei, tive a sensação de que ele tinha esquecido completamente nossa conversa sobre a mansão da Maple Street, e fiquei feliz com isso.

12

Mas Billy não tinha esquecido nossa conversa sobre a casa da Maple Street.

No dia seguinte, quando nos dispúnhamos a prender novamente os painéis no bagageiro das bicicletas, ele soltou:

– Você não vai acreditar! Falei com meu tio Patrick sobre aquela família da Maple Street, e acontece que ele é um velho amigo do dono da casa. E bem próximo, pelo que me disse. Sua empresa foi encarregada de supervisionar a reforma antes da mudança.

Gelei. A lembrança do homem que havia orquestrado os trabalhos durante os dias de mudança me assaltou. Descobri então por que seu rosto me havia parecido familiar.

– Ele disse alguma coisa?

– Trata-se da família Matheson – disse Billy. – O único herdeiro é Preston, o amigo do meu tio, que ficou misteriosamente afastado do país durante anos, e que agora, sem mais nem menos, regressou. Durante todo esse tempo ele não veio uma única vez, nem sequer para o funeral de seus pais. Não é intrigante?

A informação me angustiou. Não consegui me conter.

– Onde eles viveram todo esse tempo?

– Em Montreal. Parece que a família tem empresas madeireiras em toda a costa leste, e também no Canadá.

– A casa é um pouco assustadora – comentei.

– É mesmo. Escuta isto: meu tio disse que ela foi construída a pedido expresso do pai de Preston, um tal Alexander, e que tem uma porção de passagens secretas e galerias subterrâneas. Ele viu algumas delas, as que precisavam de reforma.

– Passagens secretas? Não acredito que haja nenhuma passagem secreta.

– É verdade! Meu tio Patrick me garantiu. Na sala, enquanto um de seus empregados polia a pedra da chaminé, uma pequena placa deslizou, e atrás dela havia um registro. Eles acharam que era de água e o abriram. Depois de alguns momentos escutaram um ruído atrás de uma estante de livros. Descobriram que era uma porta falsa ativada hidraulicamente. – Ele fez uma pausa. – "Hidraulicamente" quer dizer com água.

– Eu sei o que quer dizer "hidraulicamente".

Billy me fitava com um olhar enigmático.

– Aonde ia dar essa porta secreta?

– Não sei. Ele não disse. Mas a questão não é essa.

– Qual é a questão?

– Que talvez haja outras passagens secretas que o tal Preston possivelmente nem conhece – disse ele com veemência.

– É a casa dele. É claro que ele deve conhecer todas.

– Talvez não.

Encolhi os ombros.

– E daí se houver outras passagens?

Eu não sabia como terminar aquela conversa. Billy declarou:

– Vou entrar nessa casa.

Minha primeira reação foi rir. Estávamos sentados no tronco, e quase caí para trás.

– Por que não levamos esses painéis de uma vez, Billy, assim você para de sonhar?

Desci do tronco.

– Espere. – Billy me puxou pelo braço. Quando me voltei, ele repetiu com seriedade: – Vou entrar naquela casa, de verdade.

– Você pretende trepar em um dos muros? Vão chamar a polícia.

– Meu tio visita a casa quase toda semana. É uma casa grande, e ainda há muitos consertos para fazer. Agora ele está consertando o aquecimento central, para que esteja pronto no inverno. Eu disse que quero ir com ele.

– E o que ele respondeu? – perguntei com uma inexplicável pontada de receio no peito.

– Que sim!

O mundo despencou sobre mim.

– Não sei, Billy... o que você vai fazer? Vai começar a investigar os quartos? A casa está habitada!

– Ei, o que está acontecendo com você? Não sei o que vou fazer. Talvez eu dê apenas uma olhada. Eles têm alguns empregados, eu poderia falar com eles, não sei. Meu tio disse que a filha dos Matheson é mais ou menos da nossa idade, e que é uma beleza. Aposto que consigo falar com ela.

A menção de Miranda, apesar de Billy não ter dito o seu nome, me provocou um incontrolável sentimento de usurpação.

– Sam, que diabo está acontecendo com você? Existe alguma coisa nessa casa que te preocupe? Porque se são essas histórias que circulam, pode dizer.

– Não é isso – apressei-me em responder.

– Então...?

– Não é nada.

Billy não estava convencido.

– Você quer ir comigo? – De repente, seu rosto se iluminou. – É isso, não é?

Neguei imediatamente.

– Porque se for isso, eu poderia falar com meu tio.

– Você não precisa fazer isso.

Billy me estudou com uma sobrancelha levantada, mas deu de cara com um rosto de pedra.

– Você quer que eu te conte o que mais eu descobri?

A contragosto, concordei.

– Preston Matheson e meu tio eram sócios – disse Billy. Ele se sentou na terra, e eu o imitei. – Eles se conheceram na escola, mas nunca foram amigos. Preston era um idiota arrogante cheio de grana por causa da fortuna da família, mas inteligente para os negócios. Um dia telefonou para ele e disse que tinha intenção de aplicar dinheiro em empreendimentos locais, e que tinha ouvido dizer que ele ia pedir um empréstimo no banco. Meu tio não sabia como Preston Matheson ficara sabendo disso, mas imaginou que tivesse sido por algum contato do banco. A verdade é que as condições de Preston eram muito melhores. Ele daria o capital e cobraria uma porcentagem das vendas. Eles seriam sócios. Preston fez a mesma coisa com outros investimentos de capital aqui em Carnival Falls e em outras cidades: White Plains, Rochester, Dover. Patrick disse que nunca conheceu ninguém com semelhante faro para os negócios. A loja de ferragens começou como um lugar pequeno que vendia a varejo, e agora... bom, você viu, ocupa meio quarteirão, tem dez empregados e fornece quase tudo para o ramo de construção.

– Você não conhecia a história?

– Eu sabia que Patrick tinha um sócio quando começou, mas nada mais.

– E por que eles deixaram de ser sócios?

– Há uns dez anos, quando a loja de ferragens estava em pleno crescimento, Preston Matheson disse ao meu tio que sairia de Carnival Falls e que não tinha interesse em conservar suas propriedades. Queria liquidar tudo depressa e desaparecer.

– Ninguém sabe por que ele tomou uma decisão tão repentina?

– Não. Pelo menos Patrick nunca soube, ou me fez acreditar nisso. Parece que houve uma porção de boatos, coisa bem típica desta cidade.

Enquanto ouvia a história do pai de Miranda, evoquei o seu rosto. Nunca havia reparado muito nele.

– E então, o que aconteceu com a sociedade na loja de ferragens?

– Você não vai acreditar – disse Billy inclinando-se para a frente. Imitei-o instintivamente. – Preston Matheson renunciou à sua parte. Deixou tudo para meu tio e foi embora.

"Quando voltou, há alguns meses, foi à loja e disse para um dos empregados que queria falar com meu tio, que naquele momento estava em seu escritório ocupado com algumas questões. Quando lhe avisaram, Patrick achou que se tratava de uma brincadeira. Ele me confessou que no fundo acreditava que Preston estivesse morto. Mas era ele, e disse que ia voltar para a cidade, para a casa da Maple Street, que não tinha intenção de falar da loja de ferragens, que o negócio era do meu tio, como tinham acertado tempos atrás, mas que precisava de um favor."

– Um favor? – Billy era um excelente narrador; seu talento provocava em mim uma profunda inveja.

– Ele pediu ao meu tio que se ocupasse pessoalmente da reforma da casa.

– Claro, a reforma.

– Patrick não cobrou um centavo por isso.

– E não perguntou a ele por que partiu?

– Não. Mas não foi preciso. Mais tarde ele ficou sabendo.

– Por que ele foi embora? – perguntei.

– Você não sabe?

Eu teria deixado passar alguma coisa?

– Não tenho a menor ideia.

– A filha! – disse Billy. – Eu te disse que ela tem a nossa idade. Ela já havia nascido quando ele tomou a decisão de ir embora. Evidentemente, ela nasceu no Canadá, e por alguma razão ele não quis trazê-la para cá. A propósito, ela se chama Miranda.

Concordei com cautela.

– É estranho que ele ocultasse a existência de uma filha no Canadá – prosseguiu Billy. – Talvez os pais se opusessem à relação, ou a mãe de Miranda não fosse digna da família.

Qualquer pessoa que tivesse visto Sara Matheson saberia que isso era uma idiotice, pensei.

Encolhi os ombros.

– Isso não te intriga? – Billy abriu os braços, aflito. – Achei que você fosse pirar com essa história! Fiquei atormentando meu tio com perguntas para te contar todos os detalhes... Vamos, Sam, é uma história fascinante! Não me diga que não está a fim de saber de tudo, de ir a essa casa, de conhecer Preston e Miranda.

Tive vontade de gritar que sim, que não havia nada no mundo que eu desejasse mais do que conhecer Miranda, a menina que eu havia observado sub-repticiamente durante meses, a garota dos meus sonhos, que me deixava sem fala, sem cabeça, que tinha revolucionado minhas convicções e virado meu mundo de cabeça para baixo. A menina que me havia marcado, sem o saber, como nunca alguém voltaria a fazer. Pensei em tudo isso e respondi:

– Não quero ir a essa casa.

– Por que não?

Porque não quero ir com você, Billy. Porque Miranda é minha. Ela pertence a um mundo do qual você não faz parte, e não sei se quero que isso mude. Por isso.

– Realmente não sei, Billy.

— Mas eu pensei que você fosse achar incrível a ideia de entrar naquela casa. Foi você que me perguntou primeiro por ela, e agora que eu consegui todas essas informações...

Meu amigo estava decepcionado. Normalmente, quando embarcávamos em alguma aventura, o entusiasmo era mútuo.

— Você está chateado?

— Não.

Minutos depois penetramos no bosque montados em nossas bicicletas. Conforme passávamos, os painéis que haviam pertencido à casinha de Maximus, que sobressaíam à largura do estreito caminho de pedestres, varriam o mato crescido e alguns arbustos. Billy pedalou com veemência, a toda a velocidade, e eu suspeitei que na verdade ele queria se afastar de mim. Não tentei seguir seu ritmo. Tinha minhas próprias questões internas para resolver. A primeira delas era por que havia declinado a oferta de visitar Miranda. Afinal, eu não havia concluído, exatamente no dia anterior, quando a observava do olmo, que havia chegado o momento de me aproximar dela? Por que então recusara a primeira possibilidade que me aparecia?

13

Vi a frágil figura de Joseph Meyer de costas, junto à janela. Segui o rastro de sua colônia secreta com passos vacilantes e me detive, à espera de que ele se voltasse e me lançasse seu característico olhar avaliador.

– Sou eu, senhor Meyer, Sam – indiquei.

Duas caixas de música entoaram seus últimos compassos e emudeceram; só a que estava sobre a escrivaninha continuou animando com seus acordes as figurinhas circenses de lata.

– Aproxime-se, Sam – pediu o senhor Meyer. – Veja como se movem as pernas de pau desse homenzinho, até parece que ele anda com elas!

– É incrível!

– É verdade.

Ficamos em silêncio até que a melodia se extinguiu. Achei que o senhor Meyer ia dar corda à caixa novamente, como fazia quase sempre, mas dessa vez ele se recostou no espaldar da cadeira e entrelaçou as mãos sobre o peito. Com um movimento calculado e preciso, fez a cadeira rodar e me fitou.

– É a primeira vez que entro neste quarto – disse ele solenemente. – Acabei de vê-la sair... minha própria esposa. Me pergunto se ela vai voltar.

– É claro que vai voltar.

Ele me lançou um olhar inquisidor. Acrescentei:

– Com certeza ela foi jogar *bridge* na casa de alguma de suas amigas. – Em seguida enumerei as amigas de Collette como se se tratasse de uma lista de nomes de presidentes aprendidos na escola.

Joseph afastou um inseto imaginário para aclarar as ideias.

– As "meninas" – resmungou.

Concordei com entusiasmo. Ele mal sorriu, e examinou as prateleiras repletas de caixas de música.

– Ela nunca me permitiu entrar aqui. – Refletiu. – Durante anos me perguntei qual seria o segredo tão terrível oculto atrás dessa porta.

Olhou para a caixa de música pousada na escrivaninha. O homem de pernas de pau estava petrificado, os dois palhaços detidos em plena pirueta, e as bolas do malabarista levitavam diante de sua cabeça. Os olhinhos vivazes de Joseph Meyer passeavam de uma atração a outra.

– Todos esses detalhes... – disse ele maravilhado, apesar de eu saber que na verdade ele não podia apreciá-los. Talvez seu cérebro tivesse se apiedado dele e lançasse mão de seus arquivos para suprir a visão deteriorada. – Os espectadores parecem tão felizes...

Deixei que ele tecesse mais alguns comentários a respeito da multidão divertida e em seguida sugeri que fôssemos ler no terraço dos fundos, seu lugar predileto da casa. Primeiro ele me deu as desculpas costumeiras, dizendo que sua vista já não era a mesma de antes e que nem de óculos conseguia ler as letras pequenas, ao que eu respondi, como de costume, que leria por ele. E isso o animou. Ele arrumou o lenço de seda que lhe envolvia o pescoço e saímos.

Uma agradável brisa morna soprava no terraço dos fundos. O senhor Meyer ocupou sua cadeira de balanço, e eu uma das três cadeiras de metal com almofada. De vez em quando ele se voltava e me lançava um olhar desconfiado, como se ambos fizéssemos parte de um jogo cujo objetivo final fosse submeter o adversário. Era fascinante ver aqueles olhinhos tentando ler as minhas intenções. Eu sabia que devia mencionar meu nome de vez em quando, porque, mesmo que não significasse nada para ele, algum mecanismo interno parecia se ativar e fortalecer sua confiança em mim. Era talvez a manifestação de um instinto primitivo, algo que a vida em sociedade se encarregava ano após ano e geração após geração de matar silenciosamente, sepultando-o em algum lugar profundo, mas que continuava ali, talvez com o único propósito de aflorar em pessoas como o senhor Meyer. A única coisa que eu devia fazer era demonstrar carinho e segurança, e isso era suficiente para despertar o instinto adormecido: a confiança no próximo.

O jardim dos fundos da casa dos Meyer, em comparação com os vizinhos, era uma versão em miniatura da floresta Amazônica. Collette não gostava de grama curta nem de arranjos florais que pareciam ter saído de manuais de jardinagem. Pelo contrário, permitia que a relva crescesse mais de dez centímetros e que as plantas proliferassem à vontade. Ted King, um jovem jardineiro do bairro, recebia instruções precisas de Collette Meyer quando vinha uma vez por mês. "Não quero chegar à janela da cozinha e ver um cartão-postal, Ted. As plantas são lindas em estado natural. Cortá-las o tempo todo é como vestir os bichos de estimação; e não preciso te dizer como acho idiota vestir os bichos de estimação."

De vez em quando, minha visita coincidia com a presença de Ted. Uma vez o jovem me disse que a filosofia de Collette havia gerado brigas entre os vizinhos, que afirmavam que um único jardim mal conservado desmerecia toda a vizinhança e os fazia parecer um bando de desleixados, e que Collette, diplomática como era, havia concordado em propiciar um cuidado regular ao jardim dianteiro, mas de modo algum concordaria em fazer algo no traseiro. Eu gostava daquela anarquia descontrolada com que as plantas cresciam ali atrás, colonizando os caminhos de pedra e trepando umas sobre as outras. Não era um jardim muito grande, mas atravessar seus trinta metros podia ser uma aventura emocionante, porque Collette o utilizava além disso como museu tecnológico; havia uma geladeira, uma máquina de lavar roupa e uma de lavar louça das quais as trepadeiras haviam se apropriado. Eram o equivalente aos arrecifes criados artificialmente, mas em versão tecnológica e terrestre.

O mais importante de tudo era que Joseph desfrutava enormemente suas horas de ócio no terraço dos fundos.

– Sebastian está a ponto de ser sepultado pelas ervas daninhas – comentou Joseph.

Procurei Sebastian debaixo de uma parreira de ramos curvados. Felizmente, o anão de gesso continuava em sua posição habitual, e Joseph tinha razão, ele estava quase oculto pela relva. O tempo o havia desbotado, e um golpe pré-histórico lhe havia arrancado a ponta do gorro vermelho, mas continuava em estado de tolerar decentemente o decorrer do tempo. Eu não gostava muito dele; havia algo em seu estranho olhar petrificado que sempre me desagradava. Eu havia imaginado mais de uma vez que, ao olhar naquela direção, Sebastian não estaria mais ali. Mas o anão alegrava Joseph. O senhor Meyer podia não se lembrar de mim ou do quarto das caixas de música, mas lembrava-se perfeitamente do nome daquele insuportável anão sorridente.

– Em um instante arranco o mato que está na frente dele – eu disse, indo contra meu verdadeiro desejo. – Além de ter que ficar olhando sempre a mesma coisa, agora o mato ainda o impede de enxergar.

O senhor Meyer soltou uma risadinha.

– Essa foi boa, Sam. Muito engraçado – elogiou ele.

Fiquei um pouco sem graça porque meu comentário não fora espontâneo, e sim o resultado experimental de minhas visitas passadas. O senhor Meyer adorava as brincadeiras acerca da falta de mobilidade de Sebastian. Era um golpe fácil.

– O que você trouxe? – perguntou.

Entre mim e ele se interpunha uma mesinha de ferro, que eu utilizava para exibir o butim literário que havia escolhido na biblioteca de Collette. Além dos três livros, havia também o jornal local.

O senhor Meyer separou o *Carnival News* com certo desprezo. Concentrou-se nos livros. Um era uma antologia de contos de Jack London. Os outros, dois romances policiais curtos de Lawrence Block, autor que eu sabia não ser dos seus preferidos.

– Não há nada como uma boa história de detetives – disse Joseph, que durante seus anos de advogado era conhecido por uma grande perspicácia em conduzir as disputas judiciais.

– Pode crer.

Ele pousou os livros sobre a mesa e fixou a vista na parte mais afastada do jardim. Escondido parcialmente atrás de uma bétula havia um quartinho que antes havia funcionado como lavanderia e que agora servia de depósito de toda a documentação que Joseph havia acumulado durante sua carreira profissional. Era possível que seu cérebro tivesse estabelecido alguma conexão entre os livros e aquela construção cinza quase invisível entre tanta vegetação.

– O que há ali? – perguntou ele, apontando com um dedo firme como uma carranca de proa.

Era uma pergunta nova. Normalmente o senhor Meyer não se afastava do repertório habitual.

– O senhor quer dizer além dos velhos documentos do escritório?

Ele abaixou o braço.

— Os documentos do escritório, é claro. Espero que Collette não leve adiante suas constantes promessas de queimá-los.

Senti desconforto diante daquela conversa que tomava rumos inesperados; peguei o jornal (só porque estava mais perto do que os livros) e o abri uma página qualquer. É impossível saber se os acontecimentos seguintes teriam se produzido da mesma forma se eu não tivesse aberto o *Carnival News* naquele exato instante naquela página específica.

— Vejamos o que diz o jornal de notícias locais — eu disse em tom alegre.

O *Carnival News* tinha uma seção de atualidade nacional e internacional na qual se incluíam artigos de outros jornais que cobriam os aspectos básicos da economia e outras questões gerais. Normalmente eu a pulava inteira. Para Joseph, o presidente era Jimmy Carter, e isso era algo que não convinha questionar. Apesar de se referir a ele como "aquele democrata moloide", e que o fato de ficar sabendo que ele havia sido sucedido por um republicano — mesmo que fosse um ator — o encheria de alegria, eu sabia que trazer Joseph para a realidade proporcionava uma lucidez instantânea que desaparecia com a velocidade da respiração em uma vidraça. Quando ele via televisão ou tomava conhecimento de algum acontecimento recente, arqueava as sobrancelhas e seu rosto revelava uma mescla de revelação e horror, e imediatamente sua mente era arremessada ao passado. Era evidente que não havia nada prazeroso para ele nessa efêmera teletransportação ao futuro. Por isso eu normalmente procurava no jornal artigos de âmbito local, relacionados à abertura de uma nova loja, à construção de uma ponte ou a coisas dessa natureza. Tudo aquilo que usufruísse da bênção atemporal.

Foi dessa forma que dei com a notícia que tanta transcendência adquiriria para mim nesse verão. E apesar de o título ser suficiente para entender por que o jornal local não gozava de grande prestígio, não pude ocultar meu interesse. Li em voz alta:

Novas provas poderiam confirmar a presença de extraterrestres em Carnival Falls

Philip Banks, o renomado investigador britânico do fenômeno óvni residente há anos em nossa cidade, fez essa declaração ontem em uma conferência realizada na biblioteca pública, diante de uma pequena multidão de entusiastas seguidores de suas teorias. Respeitado por alguns, classificado como um excêntrico visionário por outros, o certo é que o anúncio suscitou reações díspares. As cadeias nacionais repercutiram essa notícia que poderia reafirmar as crenças de milhares de pessoas que ano após ano se reúnem nesta e em outras cidades à espera de avistar óvnis. A comunidade científica, por seu lado, tem se mostrado cautelosa; diversos catedráticos consultados preferiram não emitir julgamentos precipitados e esperar para dispor de mais informações. Por seu lado, o professor Ronald T. Frederickson, da Universidade Harvard, consultor da Nasa e célebre, entre outros feitos por seus confrontos com o próprio Banks, foi categórico: "As possibilidades de que estejamos sós no universo são incrivelmente baixas. É como lançar um dado mil vezes e obter sempre o mesmo número. No entanto, quando a existência de vida extraterrestre for confirmada, não será por um pequeno grupo de loucos que gostam de acampar sob intempéries com telescópios de brinquedo. Seremos nós, os cientistas, que transmitiremos esse conhecimento à humanidade".

As amostras para análise, que poderiam confirmar a existência de vida extraterrestre, foram recolhidas há mais de dez anos pelo próprio Banks e guardadas zelosamente até hoje. Ele mesmo apresentou detalhes a esse respeito, afirmando que no dia 10 de abril de 1974, em um horário indeterminado da noite e sob uma chuva torrencial, uma jovem enfermeira chamada Christina Jackson viajava em um Fiesta na Rodovia 16 quando, por razões que ainda hoje não foram completamente esclarecidas, o veículo perdeu o controle e se estatelou contra umas árvores. Pelo menos meia dúzia de testemunhas concordam que naquela mesma noite, em plena tormenta, três luzes sulcaram o céu descrevendo movimentos impossíveis de executar por qualquer mecanismo terrestre. Quando a polícia chegou ao lugar do fato, o corpo de Christina Jackson já não estava ali. Apesar de a teoria policial ser de que a mulher foi lançada do carro pelo impacto e arrastada pelo rio Chamberlain, a hipótese nunca chegou a ser confirmada de modo irrefutável, pois o corpo não foi recuperado. O seu desaparecimento se soma a mais de dez outros que tiveram lugar em Carnival Falls e nas regiões próximas, sobre as quais pesa a suspeita de abduções extraterrestres. Banks, que investigou ativamente o caso e que inclusive chegou a afirmar que contava com um filme que provava a existência das misteriosas luzes – apesar de nunca ter chegado a exibi-lo publicamente –, conseguiu coletar restos de uma substância misteriosa nas proximidades do Fiesta conduzido pela mulher. Ele assegura que essa substância não é sangue humano, e que pertenceria a um ser de outro planeta.

Uma década depois, parece ser o momento de finalmente se conhecer a verdade. Banks alvoroçou a todos com o anúncio de provas de última geração que estão sendo realizadas na Suíça. A esse respeito, esclareceu: "Possivelmente muitos de vocês não estão familiarizados com o conceito de DNA – as moléculas que carregam a informação genética de todos os organismos vivos –, mas asseguro que isso dará o que falar no futuro. Há apenas um ano o especialista em genética Ale Jeffreys desenvolveu um método de identificação por meio de DNA que poderia ser usado do mesmo modo que as impressões digitais. Não apenas será possível identificar espécies, como indivíduos específicos. Em dois ou três anos, não será descabido prender um criminoso porque deixou na cena de um crime uma gota de sangue ou um fio de cabelo". Há meses Banks vem anunciando a intenção de analisar a substância, no entanto, foi apenas ontem que forneceu dados a respeito do procedimento, confirmando que as amostras já se encontram nos laboratórios europeus para ser estudadas, e que é possível que até o fim do verão ele possa dar a conhecer os resultados. "Os membros desta comunidade sabem que destinei boa parte da minha fortuna pessoal à investigação do fenômeno óvni. Apesar de existirem inúmeras provas deixadas pelas constantes visitas de seres extraterrestres ao nosso planeta, ainda há muitas pessoas que resistem a aceitar esse fato. Espero que até o fim do verão possa convencer a todos de que o que venho sustentando há anos é verdade."

O senhor Meyer deve ter percebido o meu inusitado interesse, porque não me interrompeu.

Não era a primeira vez que Philip Banks mencionava o acidente de minha mãe. Sempre me perguntei se Banks saberia da minha existência ou se, como me diziam Amanda e Collette, os serviços sociais teriam executado seu trabalho com perfeição, preservando tanto minha existência quanto minha identidade. Parecia que isso era verdade, porque Banks nunca se ocupou de mim em seus artigos.

– Philip é um bom homem – disse Joseph ao fim de alguns instantes. Balançava-se suavemente, com o olhar fixo no infinito.

Surpreendeu-me que ele se referisse a Banks pelo primeiro nome.

– O senhor o conhece?

– Todos o conhecem em Carnival Falls. Você não, Sam...?

Sua voz tremeu antes de pronunciar meu nome, que em sua cabeça com certeza havia sido escrito com areia úmida, junto ao mar de suas recordações mais profundas. Para preservá-lo era preciso repassá-lo continuamente, mas as ondas eventualmente acabariam por apagá-lo.

– Eu ouvi o nome dele somente algumas vezes – menti. Apesar de na granja me terem dito que Banks era um pirado, eu sempre havia lido seus artigos.

– Ele mora na Maple Street. Numa casa imponente.

– É, eu vi. – De fato, eu a vira uma infinidade de vezes ultimamente, porque ficava muito próxima da casa da família Matheson. – Então é verdade que o senhor o conhece?

– Claro!

– Me fale dele – pedi. Joseph adorava falar do passado. O passado o afastava das incertezas do presente.

Ele se acomodou na cadeira de balanço e começou:

– Banks recebeu uma herança importante de um tio que nunca tinha conhecido. Tinha vinte anos, e transformou-se em milionário do dia para a noite. Isso foi no ano de 1936. Ele veio da Inglaterra e se reuniu com a advogada de seu tio, uma linda jovem com um dos nomes mais bonitos que ouvi na vida. Ela se chamava Rochelle. Não é lindo mesmo?

Concordei.

– Banks era um rapaz inteligente, e achou que seria uma boa ideia contratar um advogado local. Naquela época eu já começava a dar os primeiros passos na profissão, e não havia muitas opções em Carnival Falls. Os escritórios não eram como agora. Eram... – fez uma pausa reflexiva – como esses negócios familiares em que o trato é mais amável: uma pequena doceria ou uma alfaiataria, se é que você me entende. Nós ouvíamos os clientes, os convidávamos para passar no escritório atulhado de papéis e decorado com o melhor gosto possível mas com austeridade, e os ouvíamos. Agora... os escritórios parecem mais essas cadeias de lanchonete em que a única coisa que importa é faturar. Meus colegas agora se referem aos clientes como casos. Para nós, eram pessoas.

Falar de seu tempo de advogado era uma de suas fraquezas. Às vezes eu me sentia mal, porque a realidade que ele descrevia havia piorado substancialmente nos últimos anos. Nesse aspecto, sua enfermidade era uma bênção. Eu nunca me queixava; deixava que ele se estendesse, apesar de conhecer suas reflexões de cor. Em seguida simplesmente o ajudava a reencaminhar a conversa.

– O senhor estava falando de Banks e da sua herança.

– Ah, sim. Philip me pediu que verificasse a questão da sua herança. Não queria ficar com dinheiro que não lhe pertencesse. Entrei em contato com Rochelle, e, de fato, o jovem era o beneficiário do testamento. Seu tio não tivera filhos, e aparentemente guardava no coração um especial carinho por uma de suas irmãs, que se revelou ser a mãe de Banks. Mas o destino lhe havia preparado outra surpresa, além de dinheiro no banco.

– Qual? – perguntei logo. Tudo o que se referia a Banks me intrigava. Eu não sabia muita coisa a seu respeito.

– Philip e Rochelle se apaixonaram perdidamente. Eles se casaram poucos meses depois de se conhecerem, e se mudaram para a casa da Maple Street.

– Eu não sabia que Banks era casado.

– Não é – acrescentou Joseph imediatamente. – Não é mais. O casamento durou pouco tempo.

Levou os dedos polegar e indicador ao fino bigode e o penteou com um ar circunspecto. Tinha nos olhos aquele brilho especial que surgia quando revolvia as recordações que se negavam a ceder à fatalidade do mal de Alzheimer.

– Eles ficaram casados por sete anos – disse ele em voz grave. – Uma noite, Rochelle saiu de casa sozinha no carro para visitar a mãe. Uma hora depois, um amigo de família ligou para Philip. Disse que havia reconhecido o carro de sua esposa abandonado em pleno cruzamento, acho que na Madison. Banks foi ao lugar, e de fato, ali estava o carro de Rochelle, com o motor ligado, os faróis acesos e a porta aberta. Mas não havia sinal dela. Philip me confessou mais tarde que o rádio estava sintonizado na estação favorita de sua esposa, e que quando pôs a cabeça dentro do carro para dar uma olhada, ainda era possível sentir o perfume dela. Nunca mais a viu, nem ao filho que ela levava no ventre.

Fiquei sem saber o que responder. Amanda não falava quase nunca do acidente de minha mãe, mas com Collette eu havia falado algumas vezes, e estranhei o fato de ela nunca ter mencionado nada do passado de Banks. As duas o consideravam um visionário, mas mesmo assim... Senti pena da perda do pobre homem. E não me passou despercebido o fato de sua esposa ter desaparecido quando viajava em seu carro, com um filho no ventre...

– Era um menino ou uma menina? – perguntei.

– Quem?

– O senhor acabou de dizer que Rochelle estava grávida. Ia ter um filho ou uma filha?

Joseph emitiu uma risadinha suave.

– Pois naquela época acho que não era possível saber.

Concordei. Joseph estava em um de seus dias lúcidos. Normalmente perdia a concentração e começava a dormitar, mas ainda não revelava sinais de sonolência.

– Banks achou que os extraterrestres a levaram? – perguntei. – Ele lhe disse alguma coisa, senhor Meyer?

– Philip estava convencido disso. Um bêbado sem importância disse que tinha visto umas luzes intensas, e desde então ele não abandonou essa ideia. Começou a investigar como um possesso. – Joseph acenou negativamente com a cabeça. – Um dia ele veio me procurar, e apesar de eu não o considerar meu amigo, aparentemente ele me via como tal. Eu o fiz entrar, e ele começou a falar de todas as provas que havia reunido nos últimos meses. Eu o escutei respeitosamente, mas afinal lhe disse que todas aquelas teorias eram puro lixo, uma maneira de esconder a realidade da morte de Rochelle, e que, se ele não começasse a enfrentar esse fato, nunca conseguiria superar aquilo completamente. Fui duro, eu sei. Achava que era o melhor conselho que poderia lhe dar. Ele não viu as coisas desse modo. A partir de então nós nos distanciamos.

Enquanto o senhor Meyer terminava o seu relato, abaixei a vista e segui as palavras do artigo que havia lido minutos antes, repassando frases isoladas como se desse os retoques finais a uma pintura, aplicando pinceladas aqui e ali: 10 de abril de 1974. Chuva torrencial. O veículo perdeu o controle. Três luzes cortaram o céu. Dez desaparecimentos. Abduções. DNA... Essa pintura era parte da minha vida, pensei.

Fechei os olhos. Vi o Fiesta transitando em câmara lenta por uma faixa de luz, para finalmente se estatelar contra uma muralha de troncos. A potência do impacto foi tal que me arrancou com uma sacudidela de minha fantasia. A noite tempestuosa foi substituída pela tipologia miúda do *Carnival News*. Separei aquela página do jornal e a enrolei. Joseph me observou, aprovando minha ação em silêncio.

Passamos a hora seguinte lendo alguns contos de London. Escolhi os que conhecia melhor para poder me abstrair deles o máximo possível. Meu interesse continuava focado no artigo do *Carnival News*, que certamente Collette não havia lido, porque de outro modo o teria feito desaparecer antes que eu o visse.

Minha falta de entusiasmo pela leitura devia estar evidente em minha voz, porque Joseph começou a dormitar em "A fogueira", um de seus contos favoritos. Quando percebi que ele ocultava um bocejo com o punho, interrompi a leitura e lhe sugeri que fosse dormir sua sesta.

Ele me fitou com incredulidade, com aquele olhar desconcertado que regia o início e o fim de nossos encontros. Aceitou em silêncio. Eu lhe disse que o acompanharia até o segundo andar, e ele concordou. Segui Joseph enquanto ele subia a escada, colocando invariavelmente os dois pés em cada degrau a agarrando o corrimão com força. Recompôs as energias no patamar da escada, e eu esperei em silêncio. Quando ele chegou ao segundo andar, percorreu o corredor arfando baixinho. Na metade do caminho, deteve-se. Lançou um olhar contrariado para o quarto das caixinhas de música e por duas vezes fez um gesto negativo com a cabeça. Segundos depois eu o vi entrar em seu quarto, sem se voltar para me dar uma olhada.

Fiquei ali de pé, observando o corredor vazio. Depois de um momento voltei para o terraço dos fundos para recolher os livros e devolvê-los à biblioteca, mas antes disso tratei de arrancar o mato que crescia diante de Sebastian. Apesar de com certeza naquele momento o senhor Meyer já ter esquecido a minha promessa, eu a cumpri.

– Agora você não tem mais do que se queixar – eu disse para Sebastian.

O sorriso de meia-lua fixo naquelas bochechas gordinhas e vermelhas foi a única resposta que obtive.

Entrei na casa. Collette chegaria de um momento para outro, e eu poderia ir embora. Enquanto a esperava, pensei na página enrolada que guardava no bolso traseiro da calça.

14

A semana transcorreu calmamente. As ameaças de Amanda não mais se fizeram ouvir, o que, longe de me tranquilizar, me inquietou, pois imaginei que ela continuaria suas averiguações em silêncio. Pedi a Randy que me mantivesse a par de qualquer boato que pudesse ouvir na granja, mas ele não ficou sabendo de nada importante.

Entretanto, minha verdadeira preocupação era Billy. Durante três dias seguidos ele não foi à clareira nem me telefonou. Esperei-o durante horas, em companhia dos mosquitos e de meus pensamentos, com a esperança de ouvir sua bicicleta à distância e em seguida vê-lo entrar triunfalmente a toda a velocidade, mas ele não apareceu. Cheguei a pensar que ele havia ficado ofendido por eu me negar a acompanhá-lo à casa de Miranda, o que me levou várias vezes a imaginar que naquele momento estava com ela, divertindo-se a valer naquela mansão de sonho. Chorei, reprovando-me por não ter aceitado seu convite, mas no fundo tinha a horrível convicção de que se tivesse novamente a oportunidade de fazê-lo, tornaria a recusar. Nem sequer me atrevi a voltar à Maple Street e trepar no olmo para espiar os Matheson. Pelo menos assim podia imaginar que Billy na verdade estava em sua própria casa, que tinha pegado um vírus e que sua mãe não lhe permitia levantar da cama nem mesmo para me ligar. Descobrir Billy e Miranda no jardim de inverno teria sido horrível.

Passar um verão inteiro sem Billy era inimaginável. Ele não era apenas o único com quem eu compartilhava meus problemas; além disso, eu tinha me tornado absolutamente dependente dos seus conselhos. Eu não obedecia a suas sugestões cegamente – de fato, quase sempre fazia alguma objeção –, mas seus argumentos eram essenciais na hora de tomar decisões, e o inverso também acontecia, ou ao menos eu acreditava nisso. Nunca nada se havia interposto entre nós. Nem ninguém.

No sábado passei a tarde na granja atrás de uma barricada de troncos, em companhia de um bloco e uma esferográfica. Naquele lugar relativamente tranquilo, onde alguns meses atrás Orson havia pedido a Tweety que lhe passasse parte da lenha para inpressionar Randall, tentei escrever outro poema como o que havia dado a Miranda. Mas depois de uma hora não consegui nada além de uma série de pontos recobertos de tinta.

Enquanto lutava com a página em branco e às vezes me refugiava nela para não pensar em Billy e Miranda, uma sombra ovalada obscureceu o bloco. Levantei a cabeça devagar, com a convicção de que encontraria a figura desproporcional de Orson esgrimindo uma acha, dizendo que me arrebentaria um dedo e depois diria que havia sido um acidente.

– Oi, Sam.

Era Randall. À contraluz, seu chapéu de palha parecia um disco voador. Katie estava a seu lado.

– Oi – eu disse.

A presença de ambos me desconcertou. Sabia que entre eles existia um vínculo especial, fortalecido pelas viagens mensais a Concord para visitar a mãe de Katie, hospitalizada, e que ela considerava Randall como um pai – apesar de o seu ter perdido o juízo e de a figura paterna lhe despertar emoções contraditórias –, mas eu não fazia a menor ideia do que eles poderiam querer de mim. Primeiro pensei em *Lolita*, mas se por acaso eles suspeitassem ou soubessem de alguma coisa, teria sido mais lógico que Amanda falasse comigo. Ela não delegaria esse assunto para Randall, e muito menos para Katie.

Eles se sentaram em dois troncos. Deixei o bloco de lado e abracei os joelhos.

Katie ajeitou o vestido comprido e cruzou as pernas. Reparei em sua cintura de boneca, que apesar da posição não havia aumentado nem um centímetro. Seus seios enchiam o decote de um modo delicioso. Tentei afastar os olhos dela, mas durante um instante não consegui. Sua beleza despreocupada era magnética.

– Faz alguns dias que você não vai ao bosque – disse Randall. Tirou o chapéu e o segurou no colo. Seu fino cabelo estava comprimido nas laterais.

– Eu fui ontem – respondi com cautela. Ainda não tinha adivinhado o propósito daquela conversa.

Fez-se um silêncio de apertões no chapéu e olhadelas esquivas. Randall não era bom com sermões, confrontações, conselhos ou que diabo fosse aquilo.

Finalmente ele me cravou os acanhados olhos azuis e lançou a pergunta que tinha atravessada na garganta:

– Você leu o artigo, Sam?

Soltei uma lufada de ar. Em comparação com outros cenários, esse não me inquietava particularmente. A presença de Katie começava a ter um pouco mais de sentido.

– Li na casa dos Meyer – respondi despreocupadamente. Não havia razão para mentir. Os Carroll sempre haviam sido sinceros em relação ao meu passado, e Katie era uma das poucas pessoas da granja que sabia de toda a verdade.

– Você está bem? É por isso que não tem ido ao bosque?

Sorri com franqueza.

– Estou bem. Aquele homem...

– Banks é um maluco – apressou-se a completar Randall. – Falei com um advogado para intimá-lo se ele continuar dizendo aquelas coisas.

– Agradeço muito, mas não é necessário. Estou bem, de verdade. Sei que tudo o que ele diz são bobagens. Foi um acidente. Os extraterrestres não existem.

Eu não sabia até que ponto acreditava em tudo aquilo, mas havia aprendido aquela lição há tanto tempo que a repetia sem problemas e com a segurança necessária para convencer quem quer que fosse. Não eram apenas os Carroll que consideravam Banks o rei dos malucos; Billy também.

– Fico feliz de saber que você pensa assim – disse Randall sem poder ocultar o alívio.

– Além disso – eu disse –, esse homem sofreu muito com a morte da esposa. Talvez os extraterrestres o ajudem a superar isso.

O alívio desapareceu instantaneamente do rosto de Randall, substituído por uma careta desconcertada.

– Quem lhe disse isso? – ele perguntou ao mesmo tempo que trocava um olhar rápido com Katie, que na mesma linguagem muda lhe respondia com uma negação.

Achei engraçado aquele diálogo surdo diante do meu nariz.

– Quem me contou foi o senhor Meyer – eu disse minimizando a importância do caso. – Na verdade, não me preocupo com as teorias espaciais de Banks.

Randall me examinou com uma sobrancelha levantada, com certeza consciente de suas limitações para ler o que ia no íntimo das pessoas.

– É verdade – repeti, agora esboçando o melhor sorriso do meu arsenal. – Estou aqui porque quero escrever uma história.

Ergui o bloco para dar credibilidade a minhas palavras.

– Fico feliz que você encare dessa maneira – tornou a dizer Randall. – Você sabe como gostamos de você, Sam.

– Eu sei. E agradeço muito.

Randall tornou a pôr o chapéu e foi embora.

Katie me convidou a ocupar o tronco que Randall havia deixado vazio, e quando me teve a seu lado me deu um abraço. Pude sentir a dureza de seu seio esquerdo com o braço: uma agradável sensação paralisante que lentamente se tingiu de culpa. Katie era apenas quatro anos mais velha que eu, mas naquela época a diferença era enorme, principalmente porque ela aparentava três ou quatro anos mais, e no meu caso os hormônios se ocupavam do assunto do meu crescimento com uma calma espantosa.

Conversamos durante algum tempo. Ela concordava que todas aquelas histórias a respeito de seres de outros planetas eram ridículas, e me disse que não hesitasse em procurá-la se tivesse perguntas a fazer ou se alguém me fizesse algum comentário indevido. Eu lhe disse que faria isso.

15

Segunda-feira vaguei sem rumo pela granja; percorri os canteiros, passei algum tempo no galinheiro e por último me entretive no esqueleto de madeira do que seria a ampliação da casa. Encontrei Randy agachado atrás de um montículo de areia. Ele usava um chapéu de palha como o de Randall e empunhava seu revólver de brinquedo. Parecia alerta. Quando me viu fez sinal para que me afastasse, obviamente porque delataria sua presença, e eu assim o fiz. Decidi entrar na casa, talvez para me fechar no meu quarto por algum tempo, quando um ruído me deteve. Uma pena amarfanhada apareceu por trás do terraço.

– Psiu, Sam!

Segui a voz. Justin, o menorzinho da casa depois de Florian, me observava deitado no chão. Ele havia pintado as bochechas com barro.

– Você viu Randy? – perguntou ele lançando olhares furtivos para os lados.

– Não.

– Verdade?

– Por acaso não é traição perguntar?

Justin pensou por um segundo.

– Não combinamos isso – disse ele.

– Mas eu não o vi.

O garotinho cruzou o terraço em grande velocidade e foi se esconder atrás de uns vasos. Rex o descobriu e começou a cheirá-lo. Fiquei a observá-lo por um instante enquanto o pobre Justin tentava afastar o desorientado cachorro, que achava que aquele alvoroço todo era um convite para brincar.

Quando me voltei para entrar na casa, uma silhueta cinzenta surgiu repentinamente de trás da porta de tela e me deu um susto mortal. Dei um salto e levei a mão à boca para abafar um grito.

– Te assustei? – perguntou Mathilda.

– Claro que não.

– Você está tremendo.

Neguei com a cabeça.

– Você não vai ao bosque? – ela perguntou de repente. – Seus amigos guaxinins não te querem mais por lá?

– Tenho mais amigos que você!

Mathilda deu mais um passo à frente. Nossos rostos estavam agora a escassos dez centímetros de distância, separados unicamente pelo arame da tela.

– Você não tem amigos – disse Mathilda com a frieza de uma pedra de gelo. Quando queria, aquela garota podia ferir como uma adaga afiada.

– Não vou discutir com você. – Estiquei o braço para abrir a porta. Mas Mathilda fez o mesmo, só que mais depressa. Agarrou a maçaneta de dentro e a girou. Em seu rosto se desenhou um sorriso de regozijo. – Me deixe entrar – exigi.

Girei a maçaneta com todas as forças. A porta não se moveu nem um milímetro. Mathilda era grande para sua idade, e extremamente forte. Quando se confrontava comigo, eu tinha a sensação de que o diabo estava do seu lado, permitindo que ela transformasse sua fúria em força. O certo é que não me atrevi a tentar de novo, por medo de que ela tornasse a me vencer.

– O que você vai fazer se eu não deixar? – ela grunhiu.

Eu sabia que Claire estava na cozinha, e inclusive que Amanda estava zanzando pelo andar de baixo, mas havia certas regras de honra, especialmente entre mim e Mathilda, que não deviam ser rompidas. Nós devíamos resolver nossas pendências sem a ajuda de ninguém. Choramingar diante dos mais velhos era sinal de covardia.

Fitei-a durante alguns segundos, afrouxando a tensão do braço com que agarrara a maçaneta, estudando seus olhos como um pistoleiro pronto para sacar a arma. Quando achei que ela não estava esperando, empurrei a porta com violência.

Mas novamente foi como se ela estivesse soldada no batente.

Seu sorriso se alargou.

– Você tem medo de ficar fora? – perguntou ironicamente. – É isso?

– Abra!

– Mas estamos em pleno dia! Do que você tem medo, Sam?

– Me deixe entrar – resmunguei.

– Ah, claro, já sei o que acontece. Você tem medo de que também venham te buscar, não é? Que os homens verdes aterrissem com um disco voador aqui mesmo, na granja, e te levem para o planeta deles para fazer experimentos. Não é verdade?

O comentário me pegou totalmente de surpresa. Supunha-se que Mathilda não soubesse nada a respeito do acidente de minha mãe, nem das histórias de Banks.

Considerei a possibilidade de dar meia-volta e vagar pela granja mais um pouco – afinal de contas, não tinha nada para fazer lá dentro –, ou esperar no terraço até que alguém entrasse ou saísse, ou que a própria Mathilda se cansasse de vigiar a porta. Teria sido um bom plano. Um plano inteligente. Mas dessa vez a ira se apoderou de mim de um modo quase desconhecido. Foi como aquelas sequências de fogos de artifício do 4 de Julho que parecem não acabar nunca, que se sobrepõem umas às outras com suas formas floridas e cintilantes. Quando parecia que a fúria em meu interior ia diminuir, uma nova explosão se apresentava. Devia fechar os olhos por um momento para não reagir, conter meu desejo de arremeter contra a porta em uma sucessão de chutes ou gritar descontroladamente. Em geral, nessas situações me ajudava pensar em Billy, em seus conselhos de não entrar no jogo do adversário da vez, de manter a cabeça fria em situações-limite, de que um soldado que foge serve para outra guerra, e em todas as coisas que ele me dizia quando eu lhe falava de minhas desavenças na granja. Mas a versão cerebral de Billy não me ajudou dessa vez. Quando agucei o ouvido para escutá-la, não houve nada mais do que um vazio atroz.

– Nada do que você diz me afeta – eu disse em um tom neutro bastante aceitável.

A questão era saber se ela acreditava mesmo naquilo. Que Randall e Amanda estivessem a par de minha história era uma coisa. Que Claire e Katie soubessem, também não fazia mal. Mas Mathilda? Eu não tinha ideia de que ela soubesse daquilo. Imaginei que ela devia ter escutado alguma conversa que não devia, e havia guardado seus dardos para lançá-los quando eu menos esperasse. Mathilda tinha a diabólica capacidade de espetar as feridas com seu ferrão de escorpião. Eu nunca assumiria isso em voz alta diante de ninguém, nem sequer diante de Billy, mas aquela garota parecia capaz de ler a mente. Às vezes, suas frases, carregadas de ironia como vermes fedorentos, acertavam o alvo com precisão cirúrgica. Nessa ocasião, seu comentário a respeito de minha falta de amizades teve um efeito particular por causa de meu recente e desconcertante distanciamento de Billy.

Mathilda deve ter percebido em meu rosto que suas aguilhoadas haviam surtido efeito. Soltou a maçaneta e me sorriu placidamente, convidando-me a passar. Percebi que quando tomasse a iniciativa de abrir a porta, ela se adiantaria e me impediria de fazê-lo, mas então algo aconteceu. O telefone começou a tocar na sala, e tive certeza de que devia ser Billy, que me chamava para se encontrar comigo na clareira e me falar de sua visita à casa de Miranda. Senti um desejo irrefreável de falar com ele. Abri a porta com um golpe rápido, tão rápido que Mathilda mal teve tempo de se surpreender, ou talvez estivesse apenas brincando comigo e dessa vez não tivesse intenção de me deter. Era algo digno dela. Apesar disso, ela permaneceu de pé, bloqueando-me a passagem.

O telefone continuava tocando. Ninguém havia se aproximado ainda para responder à ligação, mas alguém o faria de um momento para outro.

Avancei um passo até quase encostar em Mathilda. Ela encheu o peito e seu semblante se intimidou.

– O nome disto são peitos, Sam... Olhe bem, porque estou vendo que você não sabe o que é isto – disse Mathilda rindo.

– Saia daí! – disparei.

Escapuli pelo espaço entre o batente da porta e Mathilda. Ela não me impediu de passar, mas bem poderia ter me dado uma rasteira no momento exato, e isso teria sido suficiente para que eu aterrissasse de bruços no chão.

16

Não me lembro de ter pedalado até o bosque com mais entusiasmo e felicidade que naquela tarde, depois do telefonema de Billy. Sua casa ficava mais perto do bosque do que a granja, então eu sabia que dificilmente poderia chegar antes dele, mas esforcei-me o máximo que pude para conseguir exatamente isso. Enquanto me lançava a toda a velocidade por Paradise Road, pensei na conversa que havíamos tido imediatamente depois de minha confrontação com Mathilda. Parecia-me ter percebido um entusiasmo genuíno na voz do meu amigo. Billy me pediu desculpas por não ter ido à clareira nos últimos dias, e repetiu duas ou três vezes que tinha muita vontade de me ver, que tinha, na verdade, necessidade de me ver; que tinha visitado a mansão dos Matheson e tinhas muitas coisas para me contar. Ele falou quase o tempo todo. Durante a conversa, procurei um mau sinal, mas não o encontrei. Ele pediu para nos encontrarmos no Limite, e isso era razoável, se quiséssemos nos ver o mais depressa possível.

Com efeito, quando cheguei, Billy já estava lá. Estava deitado sobre uma das mesas de madeira – a poucos metros da que Tweety havia escolhido no dia em que me falou das maldades de Orson em Milton Home –, em uma postura mortuária, com as mãos entrelaçadas no peito e os olhos fechados, banhado por um sol que não chegava a queimar. Uma faixa de luz biselava seu corpo imóvel. Se o guarda o visse, não hesitaria em fazer soar seu apito e lhe passar uma descompostura – talvez até entrasse em contato com a senhora Pompeo –, mas ele não estava à vista. De fato, não havia ninguém nas proximidades, e por isso a calma era quase completa, interrompida unicamente pela passagem de algum carro em Wakefield Road.

Apoiei a bicicleta na de Billy, que descansava sobre um cesto de papéis de metal. O ruído alertou meu amigo, que se sentou na mesa com um movimento rápido e se espreguiçou.

– Você estava dormindo mesmo? – perguntei.

Seu rosto se iluminou.

– Você não sabe como senti a sua falta, Jackson – disse ele ignorando a minha pergunta.

– Pode economizar o discurso, Billy – eu disse minimizando a importância da ocasião com um gesto. – Você devia ter me ligado.

– Quando você tem razão você tem razão, para que negar?

Sentei em um dos bancos. Ele escorregou até o que estava em frente com uma ansiedade fora do comum, o que, tratando-se de Billy, era um verdadeiro acontecimento.

– Tenho tantas coisas para contar!

– Imagino que sim.

Falei com indiferença, como na última vez em que tínhamos nos visto, quando Billy me havia contado a história dos negócios em comum entre seu tio e Preston Matheson. Dessa vez também me assaltou uma mescla irrefreável de ansiedade e ciúme. Sabia que não podia prescindir do que meu amigo havia averiguado daquela família – e especialmente de Miranda –, e que além disso ele me contaria de todo modo, porque quando Billy metia algo na cabeça, era exatamente igual à sua mãe, mesmo que ele não aceitasse isso nem em um milhão de anos.

– Antes de mais nada – disse ele com seriedade –, vi o artigo no jornal. Imagino que você saiba a que artigo me refiro.

Assenti.

– Como você se sente a respeito disso, Sam?

Seu rosto expressava uma genuína preocupação.

– Acho que estou bem. Eu li por acaso em companhia do senhor Meyer, na casa de Collette. Não pensei muito nisso por um bom tempo, até que a imbecil da Mathilda resolveu esfregá-lo na minha cara só para me chatear.

– Maldita espertalhona. Ela te falou alguma coisa a respeito do livro?

– Não, só me falou do artigo.

– Acho que o responsável pela operação *Lolita* não vai se aproximar de você para te encher com outro assunto.

– Não falei com Orson nem uma única vez.

Fazia apenas alguns segundos que compartilhávamos aquela mesa e já estávamos conversando com a mesma fluidez e confiança de sempre. Às vezes eu tinha a sensação de que, não importava o rumo que nossa vida tomasse, sempre existiria um laço entre Billy e mim; mas depois vinham aqueles nefastos períodos de silêncio, que, por mais que não fossem prolongados nem frequentes, eu muitas vezes supervalorizava, e que sacudiam as bases da nossa amizade, fazendo fraquejar minhas convicções.

– Logo vamos ficar sabendo quem está por trás da história do livro, você vai ver.

– Não sei se me alegro ou tremo de medo.

– Eles não sabem com quem estão se metendo.

Mudei de assunto:

– O que você tem de tão incrível para me contar?

– Como disse por telefone, fui à mansão dos Matheson – sentenciou ele.

Billy fez uma pausa, dando-me a impressão de que esperava por uma saraivada de perguntas que não veio. Eu tinha a intenção de modificar minha atitude e mostrar mais interesse, mas sabia que isso não seria fácil. A ideia de que meu amigo soubesse mais de Miranda que eu – e que inclusive poderia ter "falado" com ela – me consumia por dentro como um tumor maligno.

– Duas vezes! – completou Billy.

– Duas?

– Sim, duas! Não é incrível? Mas deixe eu começar do princípio. Sexta-feira, meu tio Patrick tinha que ir à casa verificar o trabalho de uma de suas equipes, que está tratando de instalar um novo sistema de rega. Você não vai acreditar, mas os jardins da casa são incríveis. Eu nunca tinha visto nada parecido. Você iria se surpreender.

Sorri diante do comentário. Sem dúvida, Billy é que se surpreenderia se naquele exato momento me desse na telha descrever cada detalhe dos jardins dos Matheson.

– Não, de verdade! – insistiu Billy notando minha contrariedade. – Aquela casa é digna dos Carrington.* Preston Matheson evidentemente tem muito dinheiro, mas seu antepassado, além de milionário, devia ser um excêntrico. Visto de fora já é incrível, eu sei, mas por dentro é de cair o queixo... qualquer um poderia se perder ali! Bom, qualquer um, não. Eu é claro que não.

Billy riu de sua própria piada.

– De fora me pareceu ser bem impressionante – comentei, para dizer alguma coisa.

– Fiquei fascinado com os jardins. Há fontes, apesar de a maioria delas não terem sido consertadas e ainda não terem água, e uma quantidade incrível de flores. Meu tio me disse que a senhora Matheson gosta muito de flores, por isso vou pedir à minha mãe uma muda de sua coleção de orquídeas para lhe dar de presente daqui a algum tempo.

– Você conheceu a senhora Matheson?

– Não no primeiro dia. Quem nos recebeu foi Preston Matheson, um homem com o aspecto de um diplomata e... do que você está rindo tanto?

Afoguei um risinho. Eu também havia pensado que o senhor Matheson tinha o aspecto de um diplomata quando o vira pela primeira vez.

– Nada, continue...

– Meu tio me apresentou e o homem me cumprimentou, mas depois eles se sentaram na sala para discutir a questão do sistema de rega e se esqueceram de mim. Eu me sentei em uma das poltronas e fiquei observando cada detalhe. Tudo naquela sala parece ter sido feito para gigantes. O teto é altíssimo. Os quadros que decoram as paredes são do tamanho de portas. Vi a biblioteca da qual Patrick tinha me falado, junto de uma lareira capaz de permitir a entrada de dez Papais Noéis de uma só vez, e que esconde a passagem secreta. Passei quase dez minutos sentado em minha poltrona, até que não aguentei mais. – Billy riu, como se o que acabara de dizer fosse óbvio.

– Dez minutos sem fazer nada pode ser o seu recorde pessoal.

---

*   Os Carrington eram uma família de ficção, o núcleo da trama de uma popular série de televisão da década de 1980 intitulada *Dinastia*.

– Não é mesmo? – Billy riu. – Afinal me levantei e comecei a percorrer a sala. Patrick imediatamente me lançou um olhar de soslaio. Ele tinha me avisado que não fizesse nada que não devesse, e aquele olhar me lembrou disso, mas eu só ia matar um pouco a minha curiosidade. Duas empregadas cruzaram a sala em diversas oportunidades, e eu sorri para ambas, mas nenhuma me disse nada. Acho que não estou a par das normas da classe alta.

– Só mesmo você é capaz de bisbilhotar em uma casa de gente desconhecida. Você é incorrigível.

Billy encarou meu comentário como um elogio.

– E ainda bem que eu fiz isso. Depois de alguns minutos o senhor Matheson interrompeu a conversa com meu tio e me perguntou se eu gostava da casa, ao que eu respondi que era claro que sim, e então ele me fez uma pergunta...

Billy se deteve.

– Qual?!

– Ele me perguntou quantos anos eu tinha. E quando respondi ele me disse que sua filha era da mesma idade que eu, que se chamava Miranda e que com certeza ficaria encantada de me mostrar a casa.

Ao escutar o nome de Miranda dos lábios de Billy, experimentei um ataque concentrado dos ciúmes que me haviam invadido antes, só que agora se apresentaram todos juntos, e o efeito foi o de uma pontada intensa. Endireitei-me no banco e mudei de posição para disfarçar o mal-estar. Sentei-me de lado.

– Você falou dela no outro dia – obriguei-me a dizer.

– Justo nesse momento uma das empregadas estava descendo do segundo andar com um cesto de roupa, e Preston lhe perguntou por Miranda. A empregada respondeu que ela estava no jardim de inverno, e que ia buscá-la.

A essa altura, de boa vontade eu teria me lançado por cima da mesa e teria agarrado meu amigo pelo pescoço para que ele terminasse logo de contar a história. A ansiedade me devorava.

– Quando Miranda apareceu, fiquei sem ar – disse Billy. – Patrick é exagerado para algumas coisas; minha mãe costuma dizer que é preciso dividir por dois tudo o que ele diz. Mas dessa vez ele tinha razão. Ela tem o cabelo loiro e encaracolado como Ashley Smith, mas com mais volume, e... e seus olhos são menores que os de Ashley, mas de um azul intenso... como os seus!

Não pude evitar enrubescer. Certamente meus olhos eram da cor dos de Miranda. Eu o havia confirmado graças ao binóculo de Randall.

– Não fique sem graça, Sam – disse Billy em tom de brincadeira. – Seus olhos são mais bonitos.

– Cale a boca, Billy – disse eu, fazendo-o parar sem um resquício de amabilidade.

Ele deu uma risada curta.

– Miranda usava um vestido que parecia de festa, com um decote amplo e sem mang...

– Está bem, está bem – eu disse fazendo-o parar. – Ela é a própria rainha da beleza. Já entendi.

Estava ficando difícil controlar as emoções. Compreendi que era possível que Billy tivesse visto a correntinha com a meia-lua...

Desde que Miranda não a tivesse atirado no lixo.

Era um alívio, entretanto, eu nunca ter mostrado a Billy meu próprio pingente, que sempre escondia debaixo da camiseta. Mas nesse instante tomei nota mentalmente para tirá-lo e guardá-lo na caixa florida. Não podia me expor a deixar que a correntinha se quebrasse ou ficasse visível por acidente.

– Não pretendia ser tão enfático – desculpou-se Billy. – Desculpe.

– É a quinta vez que você me pede desculpas.

– Tem razão. Mas pode ter certeza de que não faltará oportunidade para que você também conheça Miranda. Você vai se dar maravilhosamente bem com ela, e tenho certeza de que vocês farão...

– Não acredito – interrompi. – Parecemos ser de mundos muito diferentes. Afinal, ela mostrou a mansão?

Billy notou a carga de ironia com que pronunciei a palavra "mansão". Levantou ligeiramente as sobrancelhas, contrariado.

– Quando Preston Matheson lhe pediu para mostrá-la, ela lhe disse que uma tal senhora Davidson estava esperando por ela no jardim de inverno para lhe ministrar a aula do dia. Depois eu soube que Miranda perdeu vários dias de escola no Canadá, e está aproveitando o verão para recuperá-los.

A senhora Lápide.

– Ou seja, você mal conheceu a garota – eu disse sem conseguir ocultar o entusiasmo.

Mas eu havia esquecido o início da nossa conversa.

– Foi por isso que eu voltei! – exclamou Billy. – Ontem. Fui lá de bicicleta, dessa vez sem Patrick. O único inconveniente foi que antes de sair cometi a estupidez de dizer à minha mãe que iria à casa dos Matheson. Todos os dias saio de casa e ela nunca me pergunta aonde vou, sempre imagina que venho ao bosque; no entanto, dessa vez ela se pôs na minha frente e me disparou uma bateria de perguntas. E não consegui mentir. Contei que ia à mansão da Maple Street, que Patrick estava fazendo reformas lá e que eles eram milionários. E adivinha a sua reação: ela me disse que não queria que eu fosse à casa de desconhecidos. Não sossegou até que falou com Patrick, pediu o telefone da casa e falou com a mãe de Miranda, Sara. Fiquei com vergonha só de ouvir. Sabe o que Sara Matheson me disse quando cheguei à sua casa?

– O quê?

– "Sua mãe é uma senhora muito loquaz" – disse Billy, dando uma gargalhada. – Como você deve saber, essa é a forma bem-educada que os milionários têm de dizer que a pessoa é insuportável. Loquaz.

– Significa que ela fala muito...

– Eu sei o que significa, Sam.

Lutei mais uma vez contra a crise de ciúme.

– Passei a tarde com Miranda – disse Billy adotando uma expressão sonhadora. – Ela deixou seus amigos e alguns primos no Canadá; não tem amigos em Carnival Falls, não conhece ninguém e está com muito medo de não ser aceita.

– Isso é bobagem. Se ela é bonita e tem dinheiro, é claro que vai estudar na Bishop e fazer amigos em um piscar de olhos.

A Bishop era a escola particular de Carnival Falls. Billy a havia frequentado durante a pré-escola e o primeiro ano, mas depois sua família foi obrigada a mudá-lo para a Lelland. Para ele, tinha sido a melhor coisa que poderia ter acontecido, porque ele detestava o uniforme de casaco azul e, mais do que isso, os fedelhos presumidos que o usavam; mas para a senhora Pompeo, que fora obrigada a tomar a decisão em prol dos estudos universitários dos irmãos de Billy, foi uma catástrofe da qual ainda se lamentava toda vez que tinha oportunidade.

– O senhor Matheson já fez os arranjos necessários para que Miranda comece o oitavo ano na Bishop. É por isso que ela está se preparando com a senhora Davidson. É claro que os garotos vão dar em cima dela, mas o verão é longo, e agora ela está sozinha.

Billy esboçou um sorriso de tubarão.

– Sinto um pouco de pena dela.

– Até que enfim, damas e cavalheiros – vociferou Billy pondo-se de pé em cima do banco –, um gesto de humanidade!

– Sente-se – pedi enquanto olhava de um lado para outro a fim de comprovar que não houvesse ninguém por perto que pudesse nos ver.

Ele me atendeu.

– Miranda me mostrou quase todos os cômodos da casa – disse Billy, agora a sério. – Com exceção do quarto dos pais e de alguns outros cômodos. No total são mais de trinta. Há bibliotecas, sala de música, dois ou três sótãos, um porão enorme que mal conseguimos explorar, mil banheiros e muitos quartos vazios. Nem mesmo ela está familiarizada com a casa, e eu tive dificuldade de me orientar. É desconcertante! Há passagens que não levam a parte alguma, portas trancadas, desníveis em muitos dos quartos. Fiquei assombrado. Miranda me confessou que durante dias não conseguia pegar no sono naquela casa, e que ainda hoje não se acostumou com os rangidos que ouve à noite, sons estranhos que em sua casa no Canadá nunca havia escutado. Eu gostaria de ter investigado um pouco mais, mas ela não quis. Me disse que não se sentia à vontade vagando pela casa, que normalmente fazia sempre os mesmos caminhos e que passava a maior parte do tempo no jardim de inverno, onde se sentia como ao ar livre.

– Você esteve lá?

– Onde?

– No jardim de inverno!

– É claro. Mas primeiro deixe eu te contar mais algumas coisas sobre a casa. Os empregados, por exemplo, vieram do Canadá. Estão há vários anos com a família. Miranda me disse que os ouviu queixando-se da casa.

– Ela te contou muitas coisas...

– Era evidente que ela tinha necessidade de falar. Mas escute isto, é de arrepiar. Em muitas paredes da casa, quase tocando o teto, há uma série de máscaras entalhadas em pedra. São decorativas. Miranda me disse que sonha com elas, que sente que, quando anda pela casa, aqueles rostos de pedra a vigiam. Eu os observei cuidadosamente, e... todos os rostos são diferentes! Não é incrível?

Fiz uma careta. Imaginava Billy com Miranda, vagando por aquela mansão que minha imaginação havia concebido de acordo com o relato do meu amigo, e os ciúmes começaram a dar lugar a um vazio desolador. Uma parte de mim não queria continuar a ouvir, mas outra precisava fazê-lo. Era uma sensação horrível.

– Depois disso fomos para o jardim de inverno. E afinal acabei não dando a orquídea à senhora Matheson, porque isso teria dado à minha mãe mais uma oportunidade de se intrometer. Quase não conversei com os pais dela. Eles se mantiveram distantes o tempo todo, o que na casa deles é muito fácil. Achei-os um pouco... misteriosos.

– Todos os milionários são misteriosos.

– Pode ser. Miranda também não me falou muita coisa a respeito deles; era como se preferisse fugir do assunto. Ela me perguntou a respeito dos garotos de Carnival Falls, sobre seus costumes e principalmente sobre o bosque. Seu pai lhe contou algumas histórias, e ela só conhece o Limite, mas quer conhecer o resto todo.

Dei uma risadinha. Se havia alguma coisa de que eu e Billy podíamos nos vangloriar, era exatamente de conhecer o bosque.

– Você vai vê-la de novo? – perguntei.

Dessa vez foi Billy quem riu.

– Parece que sim.

– Quando?

Ele ficou novamente de pé sobre o banco e fingiu que consultava um relógio imaginário.

– Vamos ver... Hmmm... deixe eu consultar o relógio – disse com uma sobrancelha levantada. – Vamos ver...

Tornou a sentar, praticamente deixando-se cair, e arrematou:

– Eu diria que... em trinta segundos.

Em seus olhos vi o que faltava. Dei meia-volta.

Miranda caminhava em nossa direção. Estava a uns vinte metros de distância. Empurrava uma bicicleta resplandecente e usava um vestido branco como a neve.

Atrás pude ver o Mercedes da família, estacionado em Wakefield Road. Um empregado lia o jornal apoiado na porta do carro.

Então entendi por que Billy havia marcado comigo no Limite.

– Miranda! – gritou Billy, gesticulando várias vezes.

Miranda parou a meio metro de onde estávamos. Deve ter notado um certo terror no meu rosto, porque ficou séria. Eu não conseguia me mover. Um de meus braços continuava pousado na mesa de madeira, e parecia ter se transformado numa peça de chumbo maciça, porque não consegui levantá-lo. Fiquei assim, com o rosto voltado para observar Miranda, mas incapaz de acabar de me virar e ficar de pé.

Billy rodeou a mesa, imagino que com intenção de nos apresentar. Eu sabia que não poderia dizer nada, que se por acaso tentasse pronunciar uma palavra naquele momento, poria tudo a perder. Ao mesmo tempo, sabia que Miranda falaria de um momento para outro, que ouviria sua voz pela primeira vez, e que isso seria equivalente a dar um salto no vazio. O simples fato de tê-la tão perto, de poder observá-la de um modo que nem sequer o binóculo de Randall me havia permitido, era demais para mim.

– Você deve ser Sam, não é?

O eco de sua voz reverberou em minha cabeça. Era doce como o gorjeio de um pássaro.

Ela me estendeu a mão.

Mexa-se, braço, mexa-se de uma vez!

Apertei sua mão como pude. E então, enquanto acariciava aquela mão delicada e a apertava com suavidade, uma série de alarmes encadeados disparou por todo o meu corpo.

– E você deve ser Miranda – eu disse sem tremer. – Muito prazer.

– Obrigada. Billy me falou muito de você.

Sorrimos, e provavelmente nesse exato instante o destino bateu o martelo de minha vida.

17

Nessa noite adormeci de madrugada. Passei a maior parte do tempo na pequenina escrivaninha do meu quarto. Havia aberto meu bloco numa página em branco, mas apenas à guisa de desculpa para evocar a tarde passada no Limite em companhia de Miranda e de Billy. Pus os calcanhares na beira da cadeira e abracei os joelhos; com o queixo pousado no antebraço, repassei todos os detalhes do encontro. Agora podia ouvir mentalmente a voz de Miranda, apreciar gestos seus que antes não conhecia, como quando inclinava a cabeça para prestar atenção na gente, ou quando encolhia os ombros ao rir.

Cerca das onze da noite, um golpe na porta me fez pular de susto. Meu joelho se moveu espasmodicamente, fazendo meu braço saltar como se tivesse vida própria e meu queixo bater. Um ato bastante engraçado, imagino. Enquanto massageava a mandíbula e fechava os olhos diante da dor na língua – que eu acabara de morder –, ouvi a voz pausada de Amanda do outro lado da porta. Ela só disse o meu nome, mas foi o suficiente para que eu compreendesse. As regras da granja eram que no verão podíamos ficar acordados até as dez. Às vezes Amanda se levantava para ir à cozinha beber um pouco de água, e imaginei que, ao notar a luz filtrada por baixo da porta, havia decidido me chamar a atenção. Optei por não responder, porque intuí que Amanda não devia estar do outro lado esperando uma resposta, mas na cozinha, e verificaria minha obediência quando voltasse. Apaguei a luz e percorri às cegas os três passos até a cadeira. Sobre a escrivaninha havia um abajur que emitia uma luz fraca que não seria percebida do corredor, mas não a acendi. À medida que meus olhos se acostumavam à escuridão, o quarto foi se desenhando em tons de cinza e azul, graças ao resplendor da lua.

Minha atenção se concentrou no montinho prateado junto ao bloco, resplandecente como um botão de mercúrio. Estiquei a mão e com o dedo o desfiz, reconhecendo a forma de meia-lua de metal e os diminutos elos da correntinha que até algumas horas atrás levava em torno do pescoço. Comecei a lhe dar forma até desenhar um coração. Não o fiz conscientemente, relembrando minha emoção dessa tarde ao ver que Miranda não havia se desfeito do presente. Apesar de ter noção de que nunca poderia lhe revelar que eu é que lhe havia dado aquilo, o fato de saber que a acompanhava quando eu não estava ao seu lado me emocionava. Sabia também que, dadas as novas circunstâncias, eu não poderia usar minha correntinha o tempo todo, mas poderia ao menos fazê-lo na solidão do meu quarto, e esse era um preço mais do que justo por ver Miranda dia após dia. Só de pensar que naquela tarde, no Limite, podia ter nascido entre os três um vínculo de amizade, uma sensação de vertigem se apoderava de mim.

Abri a gaveta da escrivaninha e varri a correntinha com a mão até que caísse dentro dela.

Recordei o momento em que Miranda ocupara a mesa de piquenique, ajeitando o vestido para que não amarrotasse. Surpreendi-me quando ela escolheu sentar-se ao meu lado, apesar de ser perfeitamente razoável, porque para fazê-lo junto de Billy teria que rodear a mesa. Imediatamente meu amigo assumiu o controle da situação. Disse que o vestido era muito bonito, mas inadequado para o bosque; e que se ela quisesse fazer parte do grupo, deveria usar *jeans* como eu. Miranda, longe de considerar aquilo uma imposição, uma ordem ou algo do tipo, mostrou-se entusiasmada e disse que pediria à mãe que lhe comprasse alguns *jeans*, porque normalmente não usava calças. De fato, disse que não tinha nenhuma. Billy e eu trocamos um olhar de absoluta incredulidade, como se ela nos tivesse revelado algo inconcebível. Ao notar nossa perplexidade, ela nos explicou que perto de sua casa, em Montreal, não havia bosques, mas apressou-se a acrescentar que gostava muito da natureza. Seu interesse parecia genuíno, apesar de uma voz maliciosa em minha mente não parar de me sussurrar que Miranda se interessava por nós porque éramos os primeiros que o destino punha no seu caminho. Eu podia ter apenas doze anos recém-feitos, mas sabia como funcionava a sociedade. Miranda era linda, milionária, e atrairia todos os garotos e garotas de Carnival Falls como um foco de luz faz com os insetos, e então ela escolheria os melhores e iria embora com eles. A voz maliciosa estava disposta a apostar que em um ou dois meses Miranda nem sequer nos cumprimentaria. No entanto, era essa mesma voz que uma semana antes, enquanto eu entalhava um coração no olmo da Maple Street, me havia assegurado que eu nunca me atreveria a me aproximar de Miranda. E entretanto ali estávamos nós.

A outra questão que imediatamente preocupou Billy, além da roupa inadequada, foi a presença da sentinela de uniforme que lia jornal no carro. Era razoável que, por ser a primeira vez que Miranda ia ao bosque, algum dos empregados a acompanhasse, mas isso não podia se repetir; limitaria enormemente nossas possibilidades de ação. Apesar de que qualquer um daria isso como certo, evidentemente Billy – que, como bom observador, entendia que dentro da lógica de não ter calças se poderia esperar quase qualquer coisa – preferiu levantar a questão, com certa delicadeza, é preciso reconhecer. Perguntou a Miranda pelo homem do carro, e deixou que ela se explicasse. Miranda nos disse que aquele indivíduo se chamava Elwald, e que tanto ele como sua esposa Lucille haviam trabalhado durante anos como empregados de seus avós, Alexander e Alice, ali em Carnival Falls. Quando eles morreram, Preston lhes havia proposto viajar para o Canadá e continuar servindo a família, e eles aceitaram. A filha de ambos, Adrianna, os havia acompanhado.

Quando Billy abriu a boca, possivelmente para ser mais explícito a respeito da presença de Elwald, eu o detive com um gesto e intervim pela primeira vez. Disse a Miranda que normalmente não nos reuníamos onde estávamos naquele momento, mas que tínhamos um lugar especial dentro do bosque, um lugar secreto, que gostaríamos de compartilhar com ela. Billy ficou petrificado diante de minha revelação, e só se acalmou quando expliquei a Miranda que não era nada além de uma clareira localizada não muito longe dali, onde ninguém nos incomodava. Apesar de não parecer, frisei, uma infinidade de crianças e passeadores de cachorros vinham ao Limite, e também adolescentes que ficavam se amassando e dando beijos de língua. Ela riu do meu comentário e imediatamente acrescentou que adoraria conhecer aquele lugar tão especial. Então deu uma olhada em direção a Elwald, e seu rosto se anuviou. Compreendeu que a clareira deixaria de ser um lugar mágico se Elwald e seu jornal viessem conosco.

A solução de como nos livraríamos do empregado chegou pela mão de Billy, como era de se esperar. Nessa mesma noite ele pediria à sua mãe para falar com os Matheson e lhes explicar que ele passaria na casa de Miranda para buscá-la – pois, afinal de contas, a mansão ficava no caminho de sua casa – e se comprometeria a levá-la. O rosto de Miranda se iluminou diante da perspectiva, mas ela ficou em dúvida se seus pais permitiriam, principalmente Preston. É claro que ela não conhecia o poder de convicção da senhora loquaz. A senhora Pompeo poderia convencer uma pedra de que era um cocô de cachorro endurecido. E além disso poderia chegar a se ofender se a família de ricaços não aceitasse o seu oferecimento.

Meia hora depois de chegar, Miranda se desculpou e nos anunciou que tinha que voltar para casa, porque tinha prometido à sua mãe que voltaria logo. Disse também que no dia seguinte tinha que assistir à aula da senhora Davidson – a quem minha cabeça teimava em continuar chamando de senhora Lápide –, e que à tarde aproveitaria para ir ao centro comercial comprar calças. Combinamos de nos encontrar na quarta-feira.

Na penumbra do meu quarto, sorri diante da perspectiva de um novo encontro com Miranda. Nunca na minha vida senti tanta ansiedade por um dia que ainda estava por vir.

18

No dia seguinte encontrei Billy na clareira, com o sorriso triunfal de um caçador que posa para a fotografia junto do animal abatido, com a diferença de que a seus pés estava a sua bicicleta e sua mão segurava um galho torcido, e não uma espingarda. Ele havia entrado na casa dos Matheson, travara amizade com a filha, tudo contra meus prognósticos, e agora queria o reconhecimento disso. Billy era assim. Quando metia alguma coisa na cabeça, os genes maternos se ativavam, e ele não parava até conseguir. Às vezes brincava que ia ser presidente, e no fundo eu ficava em cólicas, porque com Billy, quanto mais se tentasse dissuadi-lo de uma coisa, pior era.

Brequei a bicicleta arrastando os pés sobre a terra – os freios gastos faziam apenas metade do trabalho – e apeei de um salto. Pus as mãos na cintura e o fitei, repreendendo-o em silêncio com um movimento de cabeça, sem pestanejar e com o queixo projetado para a frente.

Billy continuou sorrindo, mas sem responder. Queria o reconhecimento do seu feito.

– E aí? – perguntou enfim, sem conseguir se conter. Abriu os braços e o galho despencou.

– Você me impressionou – admiti. – Conseguiu ser convidado para a mansão dos Matheson e andou pela casa toda... exatamente como queria.

– Não estou falando disso. O que você achou de Miranda?

Afastei a vista imediatamente.

– Ah, você está falando disso... – Chutei a roda da bicicleta, e a crosta de barro se desprendeu. – Ela parece ser muito simpática.

– Simpática... – repetiu Billy como um médico que analisa o diagnóstico de um colega.

Dei outro pontapé na roda.

– Que diabo está acontecendo com você, Sam?

– Nada.

Pense rápido. Pense. Pense.

– Como é?

– É que eu achei que você ia me pedir desculpas pelo que aconteceu no outro dia – improvisei. – Por todos aqueles dias de ausência.

Meu amigo relaxou.

– Ah, isso! Vamos, foram só três dias. E além disso já te pedi desculpas ontem. Perdi a noção do tempo.

Era verdade, Billy já tinha se desculpado. Além disso, não tinha sido tão grave.

– Miranda parece fantástica – comentei.

Billy sorriu ao comprovar que eu não tinha nada contra ela, como talvez tivesse receado.

– Acredito que sim – disse ele.

Fui até o tronco caído e me sentei sobre ele.

– Sua mãe falou com os Matheson?

Billy se sentou ao meu lado.

– Falou. Mas confesso que logo que pedi achei que talvez fosse a pior ideia que já tive. Primeiro ela me fez uma bateria de perguntas a respeito da família, de minha estada na casa, dos costumes deles, enfim, você sabe, coisas de mãe. – Ele parou, e ao compreender o que acabava de dizer, fez um gesto de aborrecimento. – Desculpe, Sam. Coisas típicas da minha mãe.

O comentário não me incomodou.

– Eu sei o que você quer dizer.

– No meio do questionário, eu disse que não tinha a menor ideia de todas as coisas que ela estava perguntando. Como vou saber quais são as crenças religiosas dos Matheson? E o que eles pensam a respeito do aborto? É ridículo! Minha mãe consegue me deixar maluco, ela tem essa capacidade de fazer as perguntas mais insólitas, e quando a gente lhe diz isso ela sempre vem com alguma frase do tipo: "Só estava dizendo que...", ou: "Fiz apenas uma pergunta, Billy, você não

tem por que ficar assim". Você imagina entrar naquela casa enorme e perguntar...
– continuou Billy apontando para o céu com o galho: – "escute, senhora Matheson, a senhora tem alguma opinião formada a respeito do aborto? Só estou perguntando porque minha mãe precisa de uma definição sua a respeito disso. A loquaz, essa mesma. E se a senhora é daquelas que acha que é livre para decidir se deve trazer alguém a este mundo, passando por cima de Deus... bom, é melhor não mencionar isso quando a vir".

– Mas ela concordou?

– Eu lhe disse que se ela não quisesse fazer isso, então que não fizesse, que para mim tanto fazia, que era apenas uma questão de gentileza para com os novos vizinhos, como ela havia me ensinado.

– Boa jogada.

– Não tão boa. Minha mãe estava arrumando a roupa em uma das prateleiras do meu quarto, e quando se virou para mim, ela me perguntou... – Billy imitou a voz da mãe: – "Você gosta dessa menina, Billy?"

Ficamos em silêncio por um instante.

– Nada escapa da senhora Pompeo – observei.

Billy me olhou com a boca aberta.

– Não faça como ela. Eu só disse que ela é bonita, mais nada.

– Como quiser. Ela aceitou?

– Afinal, aceitou. Falou com Sara Matheson. Escutei apenas uma parte da conversa, mas ela não precisou insistir nem explicar quase nada. Elas também falaram da igreja e de outras coisas.

– Então amanhã você vai passar na casa dela para buscá-la?

– Vou. Só espero que a senhora Matheson não tenha dito que sim apenas para se livrar de minha mãe.

– Com certeza eles devem estar encantados com o fato de sua filha se integrar tão rápido.

– Espero que sim. Amanhã poderemos ter certeza.

Billy desceu do tronco e foi até o centro da clareira, agora utilizando o galho como um bastão. Traçou uma linha mais ou menos reta na terra, que foi apagando com os próprios passos. Percebi que ele queria me dizer mais alguma coisa.

– Ontem, quando você falou com Miranda da clareira...

Ele manteve a cabeça baixa, com a vista posta num desenho que rabiscava com a ponta do galho.

– E então? – animei-o.

– Achei que você ia falar do... do outro.

– Parece um pouco apressado, você não acha?

– É, concordo com você.

Ele continuava rabiscando a terra com o galho.

– Mas na hora certa acho que poderíamos contar.

Ele levantou a cabeça de repente.

– Você não acha?

– Claro!

Billy podia ser o menino mais tagarela do planeta, mas em determinadas circunstâncias precisava de um pouco de ajuda externa para dizer as coisas. Naquele momento eu soube que a senhora Pompeo não havia se enganado quando perguntara ao filho se ele gostava de Miranda. Talvez nem mesmo Billy tivesse ainda total consciência disso, mas o fato é que ele gostava de Miranda.

E eu, é claro, não podia culpá-lo por isso.

19

A bifurcação desde Center Road até a clareira não passava de uma trilha de folhas espezinhadas. Apesar de sempre me aventurar até ali de bicicleta, dessa vez me apeei e percorri os metros finais caminhando, espantando uma nuvem de mosquitos. Detive-me no fim daquele caminho criado à base de pisadas e rodas de bicicleta. No centro da clareira estavam Billy e Miranda, sentados de costas para mim, ligeiramente inclinados para a frente sobre a caixa de ferramentas. Se bem que no dia anterior eu havia dito a Billy que não via inconveniente em dividir nossos segredos com Miranda, o fato de ele lhe revelar o conteúdo da caixa de ferramentas em minha ausência me doeu. Meu amigo exibia naquele momento os mapas do bosque, mais de dez no total, que havíamos confeccionado e protegido com náilon, para que a umidade não os estragasse. Ela acompanhava as explicações de Billy com atenção.

Sem fazer ruído, subi na bicicleta e acelerei com algumas pedaladas enérgicas, para me deter instantes depois com minha clássica metodologia de frear com os pés. Minha entrada intempestiva os assustou um pouco, o que não me pareceu nada mal.

– Oi, gente! – gritei enquanto parava na outra extremidade da clareira.

Miranda ficou de pé primeiro, como se tivesse sido descoberta fazendo algo indevido, e Billy o fez um instante depois, com a mesma expressão de culpa no rosto.

– Oi, Sam! Estávamos te esperando.

– Sinto muito. Tive uma manhã complicada na granja. – Deixei a bicicleta junto das outras.

Voltei-me e reparei na roupa de Miranda: ela usava uma calça cáqui linda e uma camiseta preta com uma estampa da Smurfette. A camiseta não era muito justa, mas ainda assim notei a existência de dois seios florescentes. Não eram grandes como os de Mathilda, mas ali estavam.

– Não gostou da minha roupa?

Ergui os olhos.

– Está muito bem. Vai ser melhor para andar no bosque, você vai ver.

– Billy me mostrou os mapas que vocês fizeram – disse Miranda.

– Para nos ocupar até que você chegasse – apressou-se Billy a acrescentar.

– Vamos sentar? – sugeri. – Billy, por favor, me passe o repelente. Hoje os mosquitos estão insuportáveis.

Meu amigo foi até a sua mochila e tirou o tubo de aerossol do bolso dianteiro, onde a senhora Pompeo se preocupava em colocá-lo sempre, e o lançou na minha direção.

– Tome – disse ele.

Apesar de o tubo descrever uma parábola perfeita, o lançamento me pegou de surpresa, e apenas consegui colocar as mãos diante do rosto, como um vampiro que tenta se proteger do crucifixo, e o tubo de aerossol bateu nelas e caiu. Apanhei-o com um grunhido de desagrado.

– Eu ainda não fui picado – disse Billy.

– Eles nunca te picam – repliquei enquanto borrifava uma boa quantidade de repelente. – Eles preferem as pessoas que tomam banho.

Miranda riu.

– Você quer? – ofereci. Ela hesitou um instante, procurando pela aprovação de Billy.

– Nós sempre compartilhamos – disse ele.

É claro que não lhe lancei o tubo, mas aproximei-me dela e o estendi. Durante um minuto, as pontas de seus dedos deslizaram sobre a minha mão. Foi um contato breve e superficial, mas intenso. Nós havíamos dado um aperto de mãos no Limite, mas dessa vez foi diferente, ao menos para mim.

Outra relíquia para minha coleção, pensei.

Miranda aplicou apenas dois tímidos jatos de repelente nos braços.

– Tenho uma surpresa – anunciou ela de repente.

Eu e Billy trocamos um olhar desconcertado.

– Ah, não é nada importante – disse Miranda notando o nosso interesse. – Eu trouxe uma coisa.

Ela foi até a sua mochila e tirou um pote plástico.

Billy, que ainda segurava os mapas em uma das mãos, tornou a guardá-los na caixa de ferramentas e a fechou. Sentamos formando um triângulo. Miranda colocou o recipiente no centro e o abriu. Inclinei-me com curiosidade e imaginei uma versão diminuta de Elwald, com seu minijornal e uma mobília na mesma escala. "Não posso deixar de vigiá-los. São ordens do senhor Matheson."

– Por que você está sorrindo? – perguntou Billy enquanto Miranda tirava a tampa hermética.

– Cale a boca – respondi sem olhar para ele.

Miranda fez o anúncio formal:

– São os biscoitos especiais de Lucille, com raspas de chocolate.

Eram grandes e pareciam macios, com pedaços de chocolate do tamanho de moedas. Havia mais de dez, e estavam colocados uns sobre os outros, cuidadosamente separados por guardanapos de papel.

– Sobreviveram! – disse Miranda, contente.

– Foi por isso que viemos tão devagar? – queixou-se Billy. – Parecem mesmo deliciosos.

– Tem quatro para cada um. Atacar!

Os biscoitos especiais de Lucille eram deliciosos. Dei cabo do primeiro com gosto, saboreando a massa, que não era quebradiça como a dos biscoitos de má qualidade. Por cortesia, esperei que Billy pegasse seu segundo biscoito e me servi de mais um. Cada um era do tamanho de uma xícara de café. Quando cheguei à metade, meu estômago já havia se dado por satisfeito. Se eu estivesse a sós com Billy, teria guardado meio biscoito para comer depois, mas preferi não fazer isso dessa vez. Gente rica não fazia esse tipo de coisa, pensei. Acabei de comer e tive uma revelação a respeito de Miranda. No fundo, continuava acreditando em tudo o que havia dito a Billy: que quando começassem as aulas na Escola Bishop, ela faria novos amigos – amigos do seu nível –, e então se esqueceria de nós. No entanto, uma parte de mim começava a achar que havia uma possibilidade remota de que as coisas fossem diferentes. Por um instante, fantasiei que a nossa seria uma amizade duradoura, como a de Collette Meyer e as meninas.

Entretanto, os biscoitos especiais de Lucille diziam outra coisa. Desde que conhecia Billy, o máximo que havíamos comido no bosque haviam sido os sanduíches de salame da senhora Pompeo, e isso só porque ela o obrigava a levá-los consigo para repor as energias. Agora tínhamos diante de nós uns biscoitos dignos de uma fotografia de Betty Crocker, e mal nos conhecíamos! O que viria a seguir?

Você gostou dos biscoitos, Sam?

Billy e eu pertencíamos ao mesmo mundo: o mundo da escola pública, que por sua vez tinha suas castas bem diferenciadas, é claro, mas, aos olhos dos "outros", éramos a mesma coisa. Quando Miranda compreendesse isso ou a forçassem a fazê-lo, acabariam os biscoitos especiais de Lucille, e seríamos novamente Billy, eu e os ocasionais sanduíches de salame da senhora Pompeo. Ninguém mais.

Billy estalou os dedos diante de meus olhos.

– Te fizeram uma pergunta.

Pisquei.

– Você gostou dos biscoitos, Sam? – tornou a perguntar Miranda.

– São deliciosos – eu disse massageando o estômago.

Ficamos em silêncio. Tive a impressão de que Miranda se concentrava nos sons do bosque, tão familiares para nós mas sem dúvida cativantes para uma garota da cidade. Pelo menos pude distinguir o grasnar de umas gralhas e os gorjeios curtos de vários rouxinóis.

– Contei para Sam como é a sua casa – disse Billy com seu talento inato para romper o silêncio, fosse ele incômodo ou não.

– Foi meu avô que a construiu – disse Miranda.

– É enorme – disse Billy.

– É. Aos poucos estou me sentindo mais à vontade nela. Sam, você tem que vir conhecê-la!

Suas palavras me provocaram um calafrio. Nem em minhas fantasias mais ousadas havia imaginado que a própria Miranda me convidaria para ir à sua casa.

– Eu adoraria!

– Por que você disse que não se sente completamente à vontade? – perguntou Billy com alguma impaciência.

– Bom, meu irmão pequeno, Brian, dorme com meus pais – explicou Miranda. – Acho que seria diferente se ele fosse maior e eu pudesse dividir o quarto com ele, tê-lo por perto para poder conversar com ele de noite e coisas assim. Mas ele tem só um ano. É como se eu fosse filha única, e as casas grandes e desconhecidas, bem, metem um pouco de medo de noite...

Deixou a frase em suspenso.

– Você se refere aos rangidos de madeira e essas coisas? – perguntei.

– Rangidos, o vento, uma janela mal fechada, barulhos com os quais não estou acostumada – explicou Miranda. – Em Montreal vivíamos em uma casa grande, mas eu a conhecia como a palma da mão. Quando era pequena costumava ir ao quarto de Elwald e Lucille, e eles me deixavam ficar ali sem contar nada aos meus pais, mas agora sou grande demais para isso.

Eu achava fascinante escutá-la. Penetrar no seu mundo. Ainda continuava a descobrir inflexões em seu tom de voz ou pequenos gestos faciais. Era o nosso primeiro encontro, o batismo de uma amizade nascente, e Miranda sentia necessidade de falar de seus sentimentos. Uma espécie de apresentação formal, imagino.

– Por que vocês saíram do Canadá? – perguntou Billy.

Lancei ao meu amigo um olhar intenso, mas Miranda não pareceu se incomodar com a pergunta, ao contrário.

– Quer saber? – disse ela. – Em primeiro lugar, não sei por que moramos lá.

Repassei mentalmente a história de Preston Matheson, que um belo dia havia desaparecido de Carnival Falls.

– Do que você está falando?

– Meus pais não falam disso – respondeu Miranda. – Bom, na verdade eles não falam disso comigo. Eu perguntei algumas vezes, especialmente à minha mãe, mas ela me respondeu que sou muito nova para compreender certas coisas. Acho que nem ela sabe. Eu os ouvi discutir.

– Eles discutem muito? – perguntou Billy.

– Sim – disse Miranda. – Agora mais do que antes.

Ela parecia estar agradecida por compartilhar aqueles detalhes de sua vida. Compreendi que Miranda, rodeada de opulência e empregados dispostos a fazer as coisas por ela, não tinha amigos com quem falar de seus problemas, como Billy e eu fazíamos todos os dias.

– Meu pai viajava muitas vezes a Montreal para resolver os negócios da família. Sempre se hospedava no mesmo hotel, que pertencia aos meus outros avós. Foi lá que ele conheceu minha mãe e...

– Os seus avós têm um hotel no Canadá? – perguntou Billy, fascinado.

– Sim. Na verdade, são dois.

– Incrível!

– Billy, não a interrompa.

Miranda sorriu.

– Meus pais começaram a sair, e em pouco tempo minha mãe ficou grávida. De mim. Acho que deve ter sido uma... surpresa.

– Sua mãe é muito jovem – comentou Billy.

– Billy! – Dei-lhe um empurrão.

Miranda riu. Ela não parecia incomodada com as constantes intromissões de Billy.

– Sim, minha mãe era muito jovem. Eles foram morar em uma casa com a ideia de vir viver em Carnival Falls quando eu nascesse. Minha mãe queria passar a gravidez perto de meus avós, mas estava entusiasmada com a ideia de vir morar aqui.

A essa altura, meu interesse na história começou a aumentar. Sabíamos que um belo dia Preston tinha saído de Carnival Falls sem dar explicações, mas agora descobríamos que ele tivera intenções de voltar com sua nova família quando acabasse de construir sua casa.

O que havia acontecido nesse ínterim?

– Quando eu nasci, a casa nova não estava terminada. Os meses foram passando, e afinal nós ficamos no Canadá.

– Sua mãe mudou de ideia e quis ficar lá? – perguntei.

– Não sei. Alguma coisa aconteceu. Sabem que eu não tenho nenhuma fotografia com meus avós paternos? Nunca os conheci. Algo fez com que meu pai não quisesse voltar a Carnival Falls, e até onde eu sei ele nunca disse a ninguém por quê. Minha mãe já jogou isso na cara dele várias vezes, quando eles discutem.

– E o que ele fez com a casa que estava construindo? – perguntou Billy.

– Acho que ele vendeu. Quando isso tudo aconteceu, eu era uma recém-nascida. Fiquei sabendo de tudo no ano passado, quando de repente meu pai meteu na cabeça que tínhamos que vir para cá. Foi terrível. Minha mãe não aceitou, nem aceita até hoje. Achei que eles iam se divorciar.

Os olhos de Miranda ficaram úmidos. Senti o impulso de me aproximar e abraçá-la, mas foi uma ideia que nasceu e morreu no mesmo instante.

– Não precisa continuar, se não quiser – eu disse.

– É bom ter amigos com quem falar.

– Você não tem amigos no Canadá? – perguntou Billy com aquela delicadeza digna de um jumento.

– Ah, sim. – Pelo menos a pergunta lhe arrancou um sorriso. – Mas eu não falava muito dessas coisas com minhas amigas. A maioria dos pais delas estavam divorciados ou mal se viam, e elas me diziam que as brigas da minha casa eram normais. Com certeza tinham razão, mas...

– Você ficou mal com isso.

– Sim, é doloroso ouvi-los discutir. Meu pai fez o possível para nos agradar, mas minha mãe não gostou nada da ideia de nos mudarmos depois de tanto tempo.

Recordei a expressão pétrea de Sara Matheson, de pé junto do Mercedes, com o filho pequeno nos braços, no dia em que a família visitou a casa pela primeira vez.

– Mas sabem do que mais?

– O quê?

– Ultimamente ela tem ficado mais à vontade. Já fez amigas, e tem um montão de plantas que ela adora. Acho que pouco a pouco ela está se sentindo melhor em Carnival Falls.

– E o que foi que fez seu pai mudar de opinião? – perguntou Billy.

– Quando minha mãe lhe pergunta, ele diz que seus filhos precisavam conhecer a cidade em que ele cresceu. Mas acho que deve haver algo mais.

– Eu também acho – disse Billy. – Além disso, é muito estranho que durante todo esse tempo ele não quisesse voltar nem uma única vez. Nem mesmo quando seus avós morreram...

– Billy! – disparei.

– Desculpe.

– Você e suas perguntas! Deixe Miranda contar o que quiser. Ela não é como eu, que você fica metralhando com perguntas o tempo todo.

Billy abaixou os olhos como um garotinho que levou um pito. Miranda lhe deu uma palmadinha no ombro.

– Tudo bem, Billy – disse ela. – Entendo a sua curiosidade.

Meu amigo me lançou um olhar triunfante, e eu disfarcei com uma careta.

– Vou contar um segredo – anunciou Miranda.

A palavra "segredo" era uma das poucas que atraía a atenção de Billy imediatamente.

– Somos todos ouvidos.

– Não sei se meus avós ficaram sabendo que meu pai se casou e teve uma filha.

– Você acredita mesmo nisso? – perguntou Billy, sem conseguir esconder a incredulidade.

– Não é que eu acredite realmente. É que eu quero acreditar nisso. De que outro modo se explica que meus avós nunca tenham ido me visitar?

20

Naquela noite, no meu quarto, enquanto me lembrava da maciez dos biscoitos especiais de Lucille e de suas gloriosas raspas de chocolate, e, é claro, de Miranda, um ruído lá fora me deixou instintivamente alerta. Enrolei-me como um novelo na cama, com o lençol até o queixo e os olhos bem abertos.

O que exatamente eu achava que tinha ouvido?

Uma corridinha.

A primeira coisa que pensei foi em Rex, mas conhecia o andar do pastor-alemão; aquilo havia sido diferente, menos compassado. O ruído se fizera ouvir justo diante da minha janela.

Eu não costumava ter medo à noite; nem a escuridão nem a solidão pareciam me afetar muito.

À medida que os minutos passavam, fui me convencendo de que o que acabava de escutar havia sido o andar apressado de um animal, talvez de um guaxinim, um esquilo ou uma ratazana.

Em meu interior ativou-se esse mecanismo racional que os seres humanos usam para se defender do pior; esse que nos assegura – que nos convence, na verdade – de que o estranho que nos segue de perto na rua numa noite chuvosa não tem más intenções, mas simplesmente caminha atrás de nós por acaso. Mas às vezes os ruídos na casa são causados por intrusos, e certos perseguidores têm realmente a intenção de nos fazer mal.

Então uma silhueta descomunal se recortou por trás da janela.

Lancei um grito que rapidamente sufoquei com a mão. A silhueta não se moveu nem desapareceu, como uma parte de minha mente insistia que aconteceria de um momento para outro. Devia ser minha imaginação; tinha que ser! Talvez se eu fechasse os olhos... era possível que ela desaparecesse. Mas eu não ia fechar os olhos por nada deste mundo. Meu coração batia como se tivesse sido acionado pelo pistão de um carro de Fórmula 1. O lençol não era proteção suficiente. Eu tremia dos pés à cabeça, e aquela silhueta continuava ali, deformada pelas dobras da cortina, mas nem por isso menos ameaçadora.

E então ela se moveu. Estava fazendo algo.

Por Deus, não abra a janela nem quebre a vidraça; não faça isso, por favor, porque se você fizer, vou gritar e fazer xixi nas calças, é isso que vou fazer; por favor, por favor, por favor.

Sussurrei aquelas palavras, como uma oração, incapaz de fechar os olhos, incapaz de me mexer, incapaz de pensar com clareza.

O intruso não tentou forçar a janela, ou assim me pareceu, mas estava fazendo alguma coisa ali fora, eu não tinha dúvida. Seria um bêbado urinando? Eu sabia que os bêbados urinavam em qualquer parte, mas o que estaria um bêbado fazendo ali? Isso não tinha cabimento.

Não entre, não entre, não entre, não entre, não entre.

E ele não entrou.

Mas fez algo pior.

Com os nós dos dedos, bateu na vidraça. Foram cinco, dez, cem mil vezes. Não sei quantas. A única coisa que sei é que a cada novo golpe meu coração ficava menor, minha bexiga se inchava e meu corpo tremia cada vez mais. Eu não sabia se alguém poderia escutar o som do andar de cima, mas queria acreditar que sim, que Amanda ou Randall ou alguém desceria de um momento para outro e acenderia as luzes do terraço ou faria alguma coisa. Chamar a polícia, talvez. Afinal de contas, havia um estranho batendo na janela.

Um maldito lunático que ficava batendo nas janelas!

Quando ele se dignou a parar, a silhueta não se moveu. O que de certo modo foi pior, porque agora eu podia ouvir minha respiração acelerada enquanto me convencia de que o intruso estava tramando algo, e não podia ser outra coisa além de...

A silhueta desapareceu.

Não tinha sentido convencer-me de que ela não havia estado ali, que eu havia imaginado aquilo ou sonhado. Tinha sido real. Como as batidas. E se eu precisasse de uma prova a esse respeito, ela estava ali, na janela. Em um dos quadrados de cristal havia algo: um objeto retangular. A questão era se eu me atreveria a me levantar e ir dar uma olhada, porque nesse instante todos os meus músculos estavam emperrados, minhas articulações enferrujadas, e pensar em me descobrir para percorrer os poucos passos até a janela me parecia impossível. Menos ainda abri-la e ficar à mercê daquele estranho. Podia ser uma armadilha.

Eu não faria isso. Esperaria pelo dia seguinte. À luz do dia, as coisas seriam diferentes.

Vem ver do que se trata, Jackson!

Era a voz de Billy.

E se tivesse sido Billy?

A silhueta me havia parecido de alguém maior, mas.. a incidência da luz e a cortina podiam ter me confundido. No entanto, por que Billy deixaria algo na minha janela e iria embora?

Tentei pensar como meu amigo, e concluí que ele não teria batido na vidraça, mas teria chamado meu nome em voz baixa. Mas uma vez que a semente da dúvida havia sido plantada, não houve remédio. Sabia que teria que ir verificar. Poderia fazê-lo rápido, disse mentalmente. Em menos de um minuto. Muito menos.

Sem pensar mais, dei um salto e aterrissei no meio do quarto. Com uma passada cheguei à janela, afastei a cortina de um golpe e através da vidraça vi um pedaço de papel dobrado. Abri a janela e peguei a mensagem a toda a velocidade. Li:

LOLITA
VENHA ATÉ A CAMINHONETE ABANDONADA.
AGORA!

21

A caligrafia me pareceu desconhecida, apesar de a letra grosseira me dar uma ideia bem clara de quem podia estar por trás daquilo.

Por que marcar um encontro na caminhonete abandonada?

Lolita.

Minha primeira reação foi não sair.

Imaginei o rosto desconcertado de Billy quando eu lhe dissesse que não tinha ido ao encontro. Meu amigo tinha razão em uma coisa: a manobra do livro no sótão era a ponta do *iceberg*, o início de um plano mais intrincado, que nós não compreendíamos. Agora eu tinha a possibilidade de averiguar um pouco mais. Mas também estaria jogando em terreno desconhecido. Sair em plena noite? Isso não seria equivalente ao que acontecia nos filmes de terror, quando a loira passeia pela casa de calcinha, com uma panela como única arma de defesa?

Não sabia o que decidir. Abri a cortina e olhei pela janela. A relva prateada se perdia em um mar negro. Uma pilha de lenha se erguia como a barbatana de um tubarão gigantesco.

De repente a silhueta voltou a surgir. Dessa vez eu estava a poucos centímetros da janela, de modo que pude ver com clareza os olhos vermelhos, o pelo aveludado e...

– Rex! – sussurrei. – Você quase me mata de susto!

Abri a janela.

O cachorro plantou as duas patas dianteiras na janela e permitiu que eu lhe fizesse uma carícia. Depois se afastou e correu até a esquina da casa. Ali se deteve, olhou para mim, expectante, voltou e tornou a fazer a mesma coisa.

– Você quer que eu te siga?

Reuni a coragem. Caminhar com Rex me daria segurança. Apesar disso, eu sabia que se me pegassem fora da casa me castigariam; especialmente se não pudesse justificar a razão da fuga.

E se fosse esse o objetivo?

Chega!

Consultei meu relógio e verifiquei que eram onze horas em ponto. Tinha que tomar uma decisão. O olhar de Rex me pedia a mesma coisa.

– Espere eu me vestir – eu disse para Rex, que parecia me entender perfeitamente.

Vesti a mesma roupa que tinha usado naquele dia e peguei um blusão antes de sair. A noite estava fresca.

Saí.

– Fique perto de mim.

O blusão era de capuz, mas não me pareceu prudente cobrir-me com ele. A caminhonete abandonada estava no terreno de Fraser, um homenzarrão irascível e de mau gênio que bem poderia atirar em um encapuzado no meio da noite, mesmo que este não passasse de um metro e cinquenta. Caminhei próximo da cerca de arame com Rex trotando ao meu lado com a língua pendurada. Sua companhia me tranquilizava. Percorri uns cento e cinquenta metros até o fundo. As plantações à minha direita eram exércitos alinhados de soldados raquíticos. Alguns agachados, outros de pé. Havia couve-flor, tomate, alface, pepino, que abasteciam com folga as necessidades da granja, mas que ocupavam uma porção relativamente pequena dos cinco hectares totais. A granja dos Carroll produzia basicamente batatas e milho.

Detive-me um instante e dei uma olhada por cima do ombro na direção da casa. Não havia nenhuma luz acesa nos quartos. Com as mãos nos bolsos, caminhei com o olhar posto na ponta de meus chinelos. Ao chegar ao fundo, virei à direita, seguindo a cerca, até o canteiro de batatas, que em questão de um mês estariam prontas para serem colhidas.

Percorri os metros finais com a horrível sensação de estar a ponto de cometer um erro pelo qual pagaria caro.

Apenas três fios de arame me separavam do terreno de Fraser. Justamente do outro lado havia uma ruazinha de terra, e mais além um milharal infinito. A brisa noturna agitava as plantas altas com suas rajadas intermitentes, como se seres invisíveis corressem pelo meio delas, perseguindo uns aos outros. Rex se sentou ao meu lado. Assim como nós éramos proibidos de cruzar o limite da propriedade, o mesmo acontecia com Rex, que com certeza era mais obediente que todos nós. Seus olhos refletiam a lua, e me pareceu notar certa tristeza neles, como se ele soubesse que eu teria que passar para o outro lado e lamentasse não poder me acompanhar.

– Não se preocupe, Rex – eu disse, acariciando-o. – Se você fosse um ser humano, eu poderia dizer que ninguém vai ficar sabendo se você me acompanhar, mas a sua lealdade é para com Randall. Eu entendo.

Agachei-me e cruzei a cerca entre o primeiro e o segundo fios.

– Fique aqui, garoto. Aqui.

Apesar de a caminhonete abandonada estar a quase cinquenta metros depois do começo da ruazinha interna, eu me sentiria melhor sabendo que Rex estava por perto. Se alguma coisa me acontecesse, eu poderia chamá-lo, e era até possível que o animal ignorasse as regras de seu dono para me resgatar. Mas era melhor não pensar em coisas ruins. Olhei pela última vez na direção da casa, agora praticamente oculta pelo celeiro.

Por que não marcar comigo no celeiro?

Por que na caminhonete?

Da caminhonete só restava uma carroceria enferrujada coberta de mato. As rodas haviam desaparecido, assim como as portas e o capô. A cavidade originalmente ocupada pelo motor era um suporte natural e lugar de passagem de guaxinins, esquilos, ratos e até serpentes, dependendo da temporada. A carroceria estava ligeiramente inclinada para trás, e mantinha-se relativamente limpa por causa da chuva que escorria por ela. Era óbvio que tinham nos proibido de nos aproximar dela simplesmente pelo fato de estar na propriedade de Fraser, mas de vez em quando alguém dava uma volta por ali. Eu suspeitava que Randall e Amanda sabiam disso, mas não se preocupavam muito. Pessoalmente, preferia o bosque.

Quando eu já havia percorrido a metade do trajeto, a caminhonete ainda parecia uma forma escura da qual a lua não conseguia arrancar um único reflexo. Um ponto luminoso vermelho foi o primeiro indício de que ali havia pelo menos uma pessoa. Diminuí a marcha. O ponto vermelho se movia de um lado para outro, descrevendo formas rebuscadas, em seguida ficava parado, brilhava um pouco mais e tornava a se deslocar.

Nenhum de meus irmãos fumava oficialmente, apesar de eu saber que alguns o faziam ou já haviam provado alguma vez. Ainda não conseguia distinguir os traços da pessoa recostada na carroceria aberta da caminhonete, mas percebi que era maior que eu, isso era certo, e que estava sentada na carroceria. Dava profundas tragadas no cigarro, e em seguida apoiava o braço na beirada, enquanto lançava a fumaça para um lado. Me lembrei da história de Tweety, de Milton Home, quando Orson e sua turma haviam sido acusados de roubar o maço de Marlboro de um dos zeladores. Aquela história havia terminado com o bode expiatório de axilas queimadas. Perguntei-me como terminaria essa.

– Quem é você? – perguntei com voz trêmula.

O estranho não me respondeu. Em vez disso deu uma tragada no cigarro, que brilhou pela última vez e depois saiu voando, ainda aceso, descrevendo uma parábola perfeita em direção ao milharal.

Só faltava aquele idiota começar um incêndio.

– Achei que você não vinha mais – disse Orson.

Eu não sabia se me alegrava ou não por não ter me enganado desde o princípio.

– O que você quer, Orson?

– Antes de mais nada, chegue mais perto.

– Estou bem aqui. Diga o que você quer.

– Você não ouviu? Quero que você chegue mais perto. – Falava com voz fria. Não havia nela nem sombra da cortesia com que habitualmente se comportava na granja. – Não se preocupe, não vou te obrigar a me dar uma chupada, apesar de ter certeza de que você gostaria, não é?

Riu despreocupadamente. Era a primeira vez que eu me deparava com o verdadeiro Orson, pensei, aquele que Tweety me havia retratado com as histórias do orfanato. Compreendi que o rival que eu conhecia, que me observava com desconfiança nas refeições, me fazia comentários ferinos e me desafiava permanentemente, também fazia parte de um disfarce, uma máscara sobre outra máscara. O verdadeiro Orson Powell estava ali à minha espera na carroceria da caminhonete abandonada. Nesse instante eu soube que o havia subestimado, que não estava diante de um grandalhão idiota e impulsivo, mas perante um tipo calculador e decidido como um carrasco, que não apenas era capaz de planejar sozinho o estratagema do livro no sótão como muitas outras coisas.

Fui até a caminhonete, mas não subi. Parei a um metro da carroceria.

– Por que você está agindo dessa maneira? – perguntei.

Orson era agora um fantasma de feições cinzentas, mas pude notar seu desconcerto.

– Você está com medo?

– Não, mas isso parece uma estupidez.

A expressão de Orson se endureceu, mas só por um instante.

– É melhor assim. Ninguém vai nos incomodar. E agora suba.

Subi, mas afastei-me dele o máximo possível. Sentei na extremidade do parapeito, do lado oposto ao seu. Queria demonstrar que não tinha problema em fazer o que ele me pedia, mas ao mesmo tempo não queria limitar demais minhas probabilidades de fuga.

– Diga logo o que você tem para me dizer.

Orson procurava alguma coisa no bolso. Tirou um maço velho de cigarros, pegou um e acendeu-o. Deu uma longa tragada e descreveu com uma boca de peixe alguns círculos de fumaça.

– Você sabia que era eu, Sam?

– Não estou entendendo.

– Que tirei aquele livro de merda do seu esconderijo. Você sabia que tinha sido eu?

– Imaginei que poderia ter sido você – respondi secamente.

Ele soltou uma de suas gargalhadas. Perguntei-me se seu propósito seria me incomodar, o que estava conseguindo com folga, ou se aquilo era parte do Orson oculto por trás daquele, o que eu não conhecia. Lembrei que Tweety, quando me contara como Orson havia queimado a axila do garoto em Milton Home, dissera que ele tinha nos olhos um brilho enlouquecido. Naquele momento não tinha encarado aquilo ao pé da letra, mas nesse instante me perguntei seriamente se de fato não haveria rastros de loucura em Orson. Analisado desse ponto de vista, o que ele havia feito com *Lolita* e esse encontro no meio da noite ganhavam um novo sentido.

– Quero que você saiba de uma coisa, Sam – disse ele com o olhar nas estrelas. – A história do livro foi divertida, não vou negar. Realmente, foi muito divertida.

E seria ainda mais divertida se Amanda encontrasse a sobrecapa por casualidade e visse as iniciais na orelha. Talvez eu mate a vontade e ainda faça isso. O que você acha que ela faria?

– Como vou saber? – respondi de má vontade.

– Imagine. Você tem uma boa imaginação, não tem?

– Acho que ela ficaria chateada comigo. Talvez me proibisse de sair durante o verão inteiro. Não sei.

– Sim, é provável que acontecesse algo assim – disse Orson, e levou o cigarro à boca. Mudou de assunto abruptamente. – Eu poderia te estuprar, sabe?

Esfregou os genitais.

– Pare com isso. Por favor.

– Você não entende, não é? – disse ele, erguendo a voz.

Será que ele estava interpretando um papel? Estava tentando me atormentar, ou aquilo era um genuíno sinal de loucura? Precisei entrelaçar as mãos com força e escondê-las no peito para evitar que tremessem.

– O que é que eu não entendo? – consegui articular.

– Que a história do livro é apenas uma amostra do que sou capaz de fazer – disse ele enquanto passeava com o cigarro diante dos olhos, como se quisesse me hipnotizar. – Sim, eu poderia te acusar de ler aquele livro de merda, mas podia te fazer coisas piores. Poderia fazer com que te mandassem embora da granja...

Seus olhos seguiam o cigarro enquanto ele falava:

– É claro que aquela bichinha do Tweety deve ter te contado algumas coisas. Você e eu não tivemos oportunidade de conversar porque você sempre está naquele quartinho minúsculo, ou na merda do bosque, mas agora temos tempo de sobra. Quando eu quero uma coisa, eu consigo. Entende?

– Sim.

– Se me ocorrer falar com você a sós, em plena noite, enquanto mexo no pau, eu consigo. Consigo o que quero. Te tiro aquele livro e faço você vir. E se não arrasto você até aqui e ninguém vai ficar sabendo. E se eu achar que você vai me denunciar... não sei, te corto a língua. Fui claro, não é mesmo?

Fiquei sem saber o que responder. Nunca ninguém havia falado comigo daquela maneira. O medo ganhava terreno como um incêndio fora de controle, encurralando meus pensamentos e reduzindo-os a um punhado de conceitos imprecisos. Eu havia subestimado Orson. Estava ali a sós com ele. À sua mercê.

A voz de Tweety retumbou em minha cabeça, quase como uma mensagem celestial.

Aprendi que muitas vezes é melhor deixar o orgulho de lado e usar a cabeça.

– Você foi claro – eu disse, fazendo um esforço para que a frase não soasse irônica.

– Ótimo. Gosto disso. – Orson tornou a lançar o cigarro aceso na direção do milharal. – Gosto muito, na verdade. E agora que você sabe como são as regras do jogo, vou te dizer o que quero de você.

Eu e Billy havíamos imaginado que o ladrão de livros poderia estar interessado no meu quarto, mas agora eu sabia que isso era bobagem. Agora que via os olhos de Orson – "agora que você conhece as regras do jogo" –, sabia que por trás daquela manobra havia algo muito mais sinistro. Entretanto, não conseguia imaginar o que era.

– Como vão as coisas com os Meyer? – ele quis saber.

A pergunta me pegou de surpresa.

– Eles são muito amáveis comigo.

– Aposto que você os conhece bem, não é?

– Sim.

Orson assentia, como um professor que toma a lição.

– E você vai à casa deles duas vezes por semana – disse ele em tom reflexivo. – Eles confiam em você. Você é da absoluta confiança de Collette Meyer e daquele velho que adora ficar em casa o dia inteiro, não é?

Ele esboçou um sorriso lupino. Estava se divertindo com o meu desconcerto. Eu não tinha ideia de como Orson conhecia os Meyer, e a menção daquele nome não havia sido arbitrária, mas uma provocação. O certo é que se ele procurava me intrigar e me preocupar ainda mais, havia conseguido. O que tinham os Meyer a ver com todo aquele assunto?

– Você os conhece? – perguntei, sem saber se era o que ele pretendia.

– Só o que dizem deles aqui na granja – disse ele como se aquilo não lhe importasse –, que te protegem e te dão dinheiro para passar algum tempo com o ancião.

– Na realidade eles dão dinheiro a Amanda – corrigi.

– Se você está dizendo...

Tive a impressão de notar algo na sua expressão. Algo que não estava ali antes. Talvez ele tivesse mentido ao me dizer que não conhecia os Meyer, pensei.

Consultei o relógio. Fazia menos de quinze minutos que eu havia chegado à caminhonete abandonada, mas parecia uma eternidade. Eu havia aprendido mais a respeito de Orson Powell nos últimos minutos que durante os cinco meses que ele havia passado na granja.

– Vou te dizer o que preciso que você faça por mim.

– O quê?

– Quero entrar na casa dos Meyer – disse Orson de repente.

– O quê?!

– Isso que você ouviu. Preciso ter acesso completo a essa casa, e você vai se encarregar de que isso aconteça. Três ou quatro horas, não mais que isso. Mas os Meyer não devem estar lá.

Meu pulso se acelerou outra vez.

– Não posso fazer isso.

Orson se pôs de pé à velocidade da luz. A reação foi tão repentina que, em parte por querer observar quão alto ele era e também pela sacudidela da carroceria, estive a ponto de cair para trás. Agarrei-me ao parapeito com as duas mãos. Orson se aproximou e se sentou ao meu lado. Pousou a mãozona desproporcional no meu joelho e o massageou ligeiramente. Deixou-a ali enquanto falava:

– Não me faça repetir as coisas, Sam.

– Não.

– Está prestando atenção?

Dessa vez não consegui responder. Quando abri a boca, foi como se um punhado de areia deslizasse por minha garganta. Assenti várias vezes.

– Bom – disse Orson sem retirar a mão do meu joelho. – Quero que você consiga que eu entre na casa o quanto antes, durante algumas horas. Quando você tiver tudo arranjado, irei com você e você vai me esperar fora.

– Você vai...?

– Não vou fazer nada que eles possam te jogar na cara. – Agora seu tom era paternalista e compreensivo, o que de certo modo era pior. Eu podia sentir na bochecha sua respiração cheirando a cigarro. – Você entendeu, Sam? Diga que sim.

– Não posso fazer isso – sussurrei. – O senhor Meyer não sai quase nunca.

Orson retirou a mão do meu joelho.

– É verdade – quase supliquei. – Ele não sai nunca. Não vou poder fazer isso. Não vou conseguir.

– Psssiu... Calma.

Minhas pernas tremiam. Minhas mãos tremiam. Minha voz tremia. Minhas intenções de manter um certo controle tinham ido para o inferno. Orson era dono absoluto da situação.

Ele ficou de pé. Cruzou a carroceria e se sentou outra vez no parapeito em frente, mas mais próximo do que antes. Olhou-me fixamente.

– Logo tornaremos a conversar, e você vai me dizer quando iremos lá. – Ele massageou outra vez a entreperna.

– O que você vai fazer? – perguntei, entrando em desespero.

– Não é da sua conta. Mas posso assegurar uma coisa: se você cumprir a sua parte no trato, ninguém vai ficar sabendo.

Baixei a vista. Não conseguia continuar a olhá-lo nos olhos. Com a vontade submetida e uma confusão absoluta, não tinha como enfrentar aqueles olhos. Pensei vagamente em Billy, mas sua sabedoria não veio em meu auxílio. Eu não tinha a mais remota ideia do que Orson estava tramando e de qual poderia ser o seu interesse nos Meyer ou em sua casa.

– Nem pense em falar disso com ninguém – sentenciou Orson como se estivesse lendo minha mente. – Se eu ficar sabendo que você contou isso para Amanda ou Randall, primeiro vou negar, e depois vou partir seus ossos. Isso sem contar que vão ficar sabendo das suas leituras sujas e das suas fotografias de mulheres. Os Carroll vão adorar saber quem você é realmente, Sam Jackson.

Essa última ideia o fez rir abertamente.

– Você entendeu?

Assenti em silêncio. Nunca havia sentido tanto medo em toda a vida.

– E agora vai embora logo, antes que eu mude de ideia a respeito daquela chupada.

Desci da caminhonete sem esperar um único segundo. Caminhei de costas.

Agora ele vai cair na gargalhada.

Mas Orson não riu. Quando me voltei sobre o ombro, vi que ele me observava fixamente e em silêncio.

22

Cheguei à casa de Billy sem aviso prévio, de manhã bem cedo. Encontrei a senhora Pompeo na porta da rua, caminhando devagar por causa do sobrepeso que, na sua idade, começava a se transformar em uma complicação. Ela se apoiava parcialmente no carrinho de compras.

– Olá, Sam – disse ela quando me viu.

– Oi.

Ela parou.

– Você está se sentindo bem?

– Sim, muito bem.

– Você não está com bom aspecto. Billy está tomando café. Se vocês forem ao bosque, diga para ele não se esquecer de levar os sanduíches. Estão na geladeira.

– Vou me lembrar, não se preocupe.

– Tem certeza de que está bem?

– Tenho.

– Mande lembranças a Amanda por mim.

A casa estava em silêncio. Na sala, a costumeira multidão de Pompeos sorridentes me recebeu – quadros nas paredes, porta-retratos nas estantes e nas mesinhas decorativas; a vida dos quatro irmãos de Billy, já casados e com as respectivas famílias, podia ser seguida com precisão através daquelas fotografias. Em uma das paredes estava a série especial de Billy, com sua roupa de marinheirinho e o sorriso forçado, que anualmente era fotografado pelo senhor Pasteur a pedido expresso da senhora Pompeo. Aproximei-me da última, que via pela primeira vez, e não pude evitar sorrir perante as feições tensas de meu amigo. Era espantoso como o sorriso, que nas primeiras fotografias era de autêntica felicidade, se transformava nas últimas em uma careta dolorosa.

Um grito chegou da cozinha.

– Você está vendo a última fotografia?

– Não! Como você sabe que estou aqui?

– Te vi pela janela.

Não respondi.

– Pare de olhar para ela!

– Eu não estava olhando para ela! Mas agora estou. Você está muito fofo.

Encontrei Billy na cozinha diante de uma tigela de cereais intacta. Quando me sentei à mesa à sua frente, ele a arrastou para o meu lugar.

– Imagino que você não tenha tomado café – disse ele.

– Não.

– O que está acontecendo? – Billy percebeu imediatamente que alguma coisa não andava bem.

Contei-lhe o incidente da noite anterior. Falar do sucedido me ajudou a descarregar parte da tensão, apesar de com isso violar uma das ordens expressas de Orson.

À medida que eu avançava no relato, os olhos de Billy, que já por si não estavam muito abertos, foram se fechando até se transformarem em duas fendas. Quando lhe contei tudo, esperei em silêncio que ele me dissesse algo, mas sua mente não funcionava tão rápido a essa hora da manhã.

– E então?

– Pelo menos ele nos disse o que quer – refletiu Billy em voz alta. – Você disse que não há meio de ele conhecer os Meyer?

– Não que eu saiba.

– A primeira coisa que você vai fazer é lhe dizer que dentro de uma semana ele poderá entrar na casa, que o senhor Meyer tem consulta com o médico ou algo assim. Com isso ele vai ficar tranquilo e pensar que tudo está indo como ele deseja. E isso nos dará tempo para averiguar o que há por trás desse estranho pedido.

Eu sabia qual seria a reação do meu amigo, mas tinha outros planos.

– Billy, eu contei isso porque você é meu amigo e eu precisava falar com alguém, mas não vou fazer nada.

– O quê?

– Você não o viu – eu disse com o olhar nos flocos de cereal que se inchavam de leite. – Eu nunca tinha visto Orson assim. Nem ninguém, na verdade. Os olhos dele pareciam os de um maluco, e eu acreditei em tudo o que ele me disse. Ele me assustou muito mesmo.

– Entendo – disse Billy em voz baixa. – Mas você não pode deixar ele consiguir o que quer, não é mesmo, Sam? Você vai permitir que ele entre na casa dos Meyer?

Eu estava quase chorando.

– Ele me disse que eles não perceberiam – sussurrei.

– Vamos supor que seja verdade. Vamos supor por um momento que você permita que ele entre na casa dos Meyer e que eles nunca percebam o que seja que haja ali, nem nós. Você acha que ele vai parar por aí? Amanhã, depois de amanhã ou no próximo mês ele vai te ameaçar outra vez, a você ou a alguém da casa.

– Você está me dizendo que eu deveria falar com Amanda? Fiquei a noite toda pensando nisso. Você se lembra da história que Tweety me contou, a do zelador de quem roubaram o maço de cigarros em Milton Home?

– Sim, lembro. Não acho que falar com Amanda seja uma boa ideia. Pelo menos não agora. Está certo que ela é como uma mãe para você, e afinal é muito provável que acredite em você. O que me preocupa é o que Orson possa fazer enquanto isso.

– É melhor a gente não se meter com ele, Billy. Se você tivesse visto como ele estava, concordaria comigo.

– Não sei. Antes de falar com Amanda, acho que deveríamos tomar algumas precauções. Por enquanto você poderia perguntar aos Meyer se eles conhecem Orson.

Pensei nisso durante um segundo. Não era má ideia, e não parecia que pudesse piorar as coisas.

– Você vai comer os cereais? – perguntou Billy. – Agora me deu fome.

Devolvi a tigela para ele. Meu estômago parecia uma pedra.

23

A excursão ao pântano das borboletas seria especial por vários motivos. Para começar, seria a primeira incursão no bosque em companhia de Miranda. E se havia algo que eu não queria era desperdiçá-la comentando meu encontro com Orson na caminhonete abandonada, razão pela qual pedi especialmente a Billy para não falar disso. Ele e eu havíamos ido ao pântano das borboletas tantas vezes que não seria possível enumerá-las, mas seria a primeira vez para Miranda, e não me parecia justo aborrecê-la com meus problemas.

Quase todas as crianças conheciam o pântano, e era provável que encontrássemos algumas durante a travessia ou ao chegar lá. Em nossos mapas havia lugares muito mais inacessíveis, longínquos e secretos, mas nesse dia em que o verão começava formalmente, não se tratava de fazer grandes proezas nem de presumir. A questão era passá-lo bem.

Quando cheguei à clareira, Miranda e Billy já estavam ali, e dessa vez não me surpreendi ao vê-los juntos inspecionando o conteúdo da caixa de ferramentas. Eu tinha visto as bicicletas na barraca do senhor Mustow, um homem que, além de vender hambúrgueres e batatas aos visitantes do Limite, havia assumido o papel de cuidador de bicicletas. Nesse dia a travessia seria a pé.

– Até que enfim! – disse Billy quando me viu. Ele tinha vestido sua roupa especial, a que eu chamava de "roupa de caçador", um casaco de flanela bege com duzentos bolsos que havia pertencido a um de seus irmãos e que era alguns números maior que o seu, e um boné que não combinava exatamente com ele, mas quase. Ele me lançou um olhar entre preocupado e suplicante para que não fizesse nenhum comentário a respeito.

– Você não acha que está um pouco quente para usar esse casaco? – disparei.

Billy negou com a cabeça, mas não ficou muito chateado. Minha observação havia sido bastante sutil, em comparação com outras. Pisquei um olho para ele.

– Acho que está muito apropriado para nossa missão – comentou Miranda, um pouco desconcertada.

Billy inflou o peito diante da "missão". Parecia até que Miranda já começava a entender os códigos do meu amigo tão bem como eu. Billy segurava um dos mapas do bosque – *como se fizesse falta!* –, e imaginei que até a minha chegada ele estivesse explicando os perigos que teríamos de enfrentar, como faria o capitão Nemo diante da tripulação do *Nautilus*. Devia ter revelado seu arsenal de histórias do bosque, especulado a possibilidade de encontrarmos um cervo ou até um urso, coisas que na zona que pretendíamos explorar seria impossível.

– Sam, você precisa passar repelente – disse Miranda aproximando-se com o tubo. – Billy me disse que hoje os mosquitos estão especialmente agressivos.

Reparei na roupa de Miranda. Ela usava uns *jeans* ligeiramente justos, que lhe ficavam muito bem, apesar de não se adaptarem especificamente às necessidades do bosque, e uma camiseta rosa. O cabelo estava preso.

– Sim, é verdade – eu disse enquanto passava o repelente. – O calor está pesado para esta época.

Isso os fez rir. A temperatura havia subido pelo menos sete ou oito graus desde o dia anterior, superando os trinta. Talvez estivesse próxima dos trinta e cinco. Seria divertido ver quanto tempo Billy aguentaria com seu casaco de caçador.

– Estamos prontos? – perguntou Billy ainda em seu papel de capitão Nemo. – Temos tudo o que é preciso?

Eu conhecia a importância que aqueles rituais tinham para ele, portanto não ri, apesar de estar morrendo de vontade. Um bebê poderia chegar engatinhando ao pântano das borboletas.

– Os sanduíches estão na minha mochila – disse Miranda, solícita.

– A toalha está comigo – eu disse. – Exatamente como você me pediu.

– Ótimo. Temos repelente suficiente para manter esses desgraçados longe de nós – disse ele depois de sacudir o tubo.

Billy não estava exagerando a respeito dos mosquitos. O calor os havia deixado afoitos. Uma nuvem de pontos dançantes estava se tornando cada vez mais espessa na clareira. A notícia de que ali havia sangue fresco estava correndo a todo o vapor.

– Em marcha!

E assim nos pusemos os três em movimento. Da clareira saíam quatro caminhos bem definidos. Tomamos o mais largo de todos, em direção ao oeste.

Meu maior receio era que Miranda se aborrecesse durante a caminhada. Afinal de contas, não era necessário atravessar riachos, trepar por barrancos escarpados nem nada tão emocionante. Aquilo era como caminhar pelo Limite. No entanto, Miranda observava tudo como se aquele caminho vegetal fosse o corredor do Museu Vaticano. De comum acordo, diminuímos o passo para que ela pudesse se aproximar das plantas que lhe chamavam a atenção, deter-se diante do canto de algum pássaro ou observar uma fila de insetos particularmente interessantes.

– O que são estas? – perguntou ela.

Billy havia se autoproclamado o encarregado de responder às perguntas, e eu permiti. A cada dia que passava era mais evidente seu interesse por Miranda.

– Gaultérias – respondeu.

Miranda observava aquele arbusto vulgar com verdadeiro interesse. Billy e eu permanecemos atrás, com alguma expectativa. Apesar de não o manifestarmos em voz alta, acho que pensamos que ela podia estar zombando de nós.

– Parecem enfeites de Natal. – Miranda se agachou e segurou na palma da mão um ramalhete de pequenos frutos vermelhos.

– Mais adiante acho que há alguns azevinhos – eu disse. – Os frutos são de um vermelho mais intenso e as folhas, mais bonitas.

– É verdade – apressou-se a confirmar Billy.

– Dá para comer? – Miranda tinha um dos frutinhos entre os dedos.

– Claro! – Billy se aproximou e, sem nenhuma delicadeza, arrancou um galho com dois ou três ramalhetes de frutos em forma de bolotas. Colheu três ou quatro e meteu-os na boca de uma vez.

Billy odiava gaultérias; dizia que tinham gosto de meias úmidas. Era a primeira vez na vida que eu o via engolir quatro ao mesmo tempo.

Então tive certeza de que a história de meu amigo e Miranda era muito séria. Se Billy fazia por ela sacrifícios em sua dieta alimentar – claramente um dos pontos inegociáveis entre ele e a humanidade –, é porque estava disposto a fazê-los em quase qualquer coisa.

Billy estendeu uma gaultéria a Miranda enquanto mastigava a pasta avermelhada e fingia que não era a mesma coisa que mastigar uma meia úmida. Ela a enfiou na boca com delicadeza. Primeiro saboreou-a e afinal a mordeu. Quando a engoliu, Billy ainda batalhava com as suas.

– É bom – disse Miranda, mas todos compreendemos que se tratava de um comentário bem-educado.

Billy aproveitou um descuido de Miranda para engolir as gaultérias com uma careta de desagrado.

– Você não vai comer as outras, Billy? – perguntei com ironia, referindo-me ao ramalhete que ele ainda segurava.

Meu amigo resmungou algo e se desfez dos frutos. Se não fosse por Miranda, ele certamente teria dado conta de um sanduíche para tirar o sabor ruim da boca; mas, claro, se não fosse por ela ele também não teria comido um punhado de gaultérias antes.

Miranda continuou a fazer perguntas, e durante os minutos seguintes nos transformamos em seus guias, apesar de eu deixar que Billy tomasse a iniciativa a maioria das vezes. Ela nos perguntou pelo repique de um pica-pau, por várias espécies de árvores, entre elas amieiros, abetos e outras que não soubemos identificar. Ela nos disse que seus pais lhe haviam dado de presente uma máquina fotográfica, e que lhes pediria permissão para trazê-la consigo na excursão seguinte. Então foi a nossa vez de nos maravilharmos, porque nenhum dos garotos de Carnival Falls tinha uma máquina fotográfica própria.

– O que é isso?! – gritou Miranda de repente, alarmada.

Billy tinha se aproximado de mim para me dizer que devíamos nos desviar do caminho para ver alguns azevinhos, e eu estava respondendo que não me parecia uma boa ideia, quando Miranda nos surpreendeu com aquela exclamação. Durante uma fração de segundo pensei que ela tivesse visto um urso-negro. Nós nunca havíamos topado com um, mas sabíamos o que deveríamos fazer se isso acontecesse algum dia: correr como o diabo fugindo da cruz.

Voltei-me, com o coração na boca. Billy instintivamente me agarrou o braço.

Nós dois nos tranquilizamos ao mesmo tempo.

– É só um pavão – disse Billy.

O pequeno animal nos observava fixamente, de pé no meio do caminho, a não mais de cinco metros de onde estávamos. Tinha a cabeça erguida, exibindo seu leque de penas multicoloridas com todo o orgulho que é possível atribuir a uma ave. Um raio de sol que se filtrava entre as árvores fazia resplandecer sua plumagem azul-metálica.

– É um macho – eu disse.

– Como você sabe?

– Pelo colorido.

Miranda afastou o olhar da ave pela primeira vez e me fitou como se eu tivesse revelado o nome científico do animal ou algo assim.

– Ele deve ter escapado de algum lugar – observou Billy.

– Parece estar bem alimentado.

Dei dois passos. O animal se fixou em mim, mas não retrocedeu.

– É evidente que ele está acostumado com as pessoas – eu disse. – Do contrário já teria ido embora.

– Eles voam?

– Não. Saltam e esvoaçam um pouco, mas nada mais.

– É muito bonito.

Quando me aproximei um pouco mais, o pavão retrocedeu um pouco, mas sem tirar a vista de cima de mim.

– Não acredito que ele nos deixe chegar muito perto – eu disse.

Billy não disse nada. Os animais – especialmente os de granja – eram especialidade minha.

– E se lhe oferecermos algo para comer? – propôs Miranda.

Jogar um sanduíche de queijo para um pavão era o tipo de coisa que as pessoas da cidade faziam.

– Eles se alimentam de grãos, e acho que de insetos também – eu disse com seriedade. – Esse deve saber muito bem como chegar a algum milharal.

– Vamos tentar tocá-lo – disse Billy.

– Ele não vai deixar.

– Tente.

Girei a cabeça e o olhei com uma careta. Depois me agachei e avancei em direção ao animal, estendendo a mão como se pretendesse alimentá-lo.

145

– Fiquem onde estão – ordenei.

Depois de alguns minutos de tentativas, o pavão havia retrocedido o suficiente para se internar no matagal que ladeava o caminho, mas ainda nos observava com certo interesse. Quando cheguei bem perto, passei o braço em volta dele e consegui capturá-lo. Tranquilizei-o com a voz e lhe acariciei o peito. A princípio, a ave tentou soltar as asas, mas rapidamente se tranquilizou.

Miranda me observava fascinada, como se eu tivesse subjugado um leão e não uma ave gorduchinha e idiota, que nem conseguia voar.

– Venham aqui perto devagar.

Quando meus amigos lhe acariciaram o pescoço esbelto, o pavão moveu a cabeça para os dois lados, com os olhos penetrantes postos em cada um de nós alternadamente.

– Oi, lindo – dizia Miranda com os olhos postos no animal, agora em meus braços. – Como você é bonzinho!

Eu não conseguia tirar os olhos de Miranda, aproveitando que ela observava o pavão. Recordei o poema que lhe havia escrito, em que dizia que me conformava em sonhar com seu sorriso ou imaginar seu rosto... mas nada daquilo era verdade. Acreditar que podia sonhar com ela ou imaginá-la era dar-me demasiada importância ou menosprezar sua beleza. A doçura com que ela falou com o animal me fez estremecer. Meus sentimentos para com ela cresciam, e isso me aterrorizava profundamente.

– Acho que ele quer que você o ponha no chão, Sam – disse Billy. – Ele está agitando as patas.

Miranda se afastou imediatamente.

Depositei a ave no chão. Billy tinha razão. O pavão se internou no matagal como um gordo que abre caminho na multidão. Quando se afastou alguns metros, ele se voltou. Seu pescoço aparecia entre as plantas rasteiras como um periscópio colorido.

– Adeus, amigo – disse Miranda solenemente.

O resto do trajeto se desenrolou em silêncio. Ou bem Miranda havia se dado por satisfeita com nossa sucinta lição de botânica e de fauna, ou algo havia acontecido e eu não tinha percebido. Mesmo quando nos desviamos até o bosquezinho de azevinhos, percebi que ela estava ausente. Alguns mosquitos traçavam órbitas ao nosso redor, e receei que a estivessem aborrecendo além da conta. Quando lhe perguntei se queria reforçar a dose de repelente, ela respondeu que não. Sacudiu a cabeça e sorriu para mim, mal consciente dos mosquitos, que ela afastava quase sem perceber.

Billy também notou sua mudança de atitude.

– O que está acontecendo? Você não gosta do bosque? – perguntou ele.

Miranda pareceu ficar surpresa. Apressei-me a intervir.

– Billy é assim diplomático às vezes. Não se preocupe, podemos fazer outras coisas também.

– Oh, não, não é isso, verdade. Adorei o bosque! – Miranda mantinha a vista no chão. – É que... eu estava pensando no pavão.

– O que tem ele? – Billy viu um galho caído e se agachou para pegá-lo.

– Se ele escapou de alguma granja... – disse Miranda em voz baixa – ... talvez não saiba como se alimentar sozinho.

Billy retirava os brotos menores do galho para utilizá-lo como guia e afastar os arbustos do matagal. Ele sempre fazia isso.

– Não se preocupe com isso! – disse ele minimizando o problema. – No bosque há alimento suficiente para todos os animais.

– Mas é que... – insistiu Miranda – ... o modo como ele permitiu que Sam o pegasse... É óbvio que ele está acostumado a estar com pessoas.

Eu contradisse Billy sutilmente:

– Os pavões não são animais agressivos – eu disse aproximando-me de Miranda. – É provável que ele esteja no bosque já há algum tempo e tenha aprendido a viver sozinho. Você viu que eles não são ágeis e não gostam de se mexer muito. Apenas o necessário.

Meu comentário lhe arrancou um sorriso.

– E se o encontrarmos?

– Eu o levarei para a minha casa – disse eu com segurança. Apoiei timidamente a mão em seu ombro. – Você não precisa se preocupar.

– Isso seria incrível!

Por um momento tive a embriagadora sensação de que Miranda me abraçaria. Seu rosto se iluminou, e ela comemorou dando pulinhos e aplaudindo... mas não me abraçou.

Billy me olhava com uma sobrancelha levantada, com uma expressão mais próxima da confusão que do aborrecimento. Enquanto erguia seu galho como um bastão, consegui ler em seu olhar exatamente o que ele pensava: que seria impossível encontrar aquele pavão outra vez, e que, se esse milagre acontecesse, levá-lo à granja dos Carroll, longe de lhe comprar um bilhete de salvação, o condenaria a uma ceia de Ação de Graças, onde ele seria o convidado de honra. Com uma leve inclinação de cabeça e abrindo ao máximo os olhos, procurei responder ao meu amigo que às vezes, com as mulheres, um pouco de carinho e cuidado é melhor do que um coquetel de sinceridade. Ele assentiu suavemente.

– Estamos perto do pântano – anunciei. – Mais tarde nos ocuparemos do pavão. Vamos curtir enquanto os mosquitos permitirem.

– Perfeito! – respondeu Miranda, renovada. Mudando de tom, ela acrescentou: – Billy, os mosquitos não chegam perto de você.

– É o repelente.

– Não é verdade – brinquei, sabendo que meu amigo não se sentia exatamente feliz porque os mosquitos o desprezavam. Uma vez ele tinha me dito, metade a sério, metade brincando, que um explorador devia ser capaz de tolerar o assédio dos mosquitos.

– É incrível – disse Miranda, que observava como vários deles revoluteavam em torno dela, debatendo-se entre lançar-se desenfreadamente ou esperar que o repelente perdesse o poder, e, no entanto, nenhum se aproximava de Billy em um raio de um metro.

– É a vantagem de andar ao lado dele – observei.

Miranda riu. Billy forçou um sorriso.

– Vamos – disse ele erguendo o galho bem alto.

Alguns minutos depois, chegamos ao pântano das borboletas. Diferentemente de outros lugares que nós havíamos batizado, ele era conhecido por esse nome por quase todos os garotos de Carnival Falls. Miranda estava visivelmente surpreendida.

Apesar de ser evidente que havíamos caminhado por uma encosta contínua durante todo o percurso, o desnível entre a desembocadura da trilha e o cume do barranco que tínhamos diante de nós chamava a atenção. Por cima do cume de pedra crescia uma fileira cerrada de árvores que se debruçavam sobre o abismo. A água de um riacho sem nome caía em forma de cascata em vários lugares. Em épocas de intensas tempestades, o volume de água era tanto que banhava completamente a superfície escarpada. Abaixo se formava uma verdadeira lagoa de quase um metro de profundidade. Em épocas de seca ou durante o curto e às vezes recalcitrante verão da Nova Inglaterra, as cascatas desapareciam, e a terra ficava seca e gretada.

Nessa tarde, o solo estava lodoso, e em determinadas zonas era possível caminhar sem afundar. A ausência de raios de sol, que mal se podiam filtrar uma vez por dia durante alguns minutos apenas, fazia do pântano um lugar sombrio e úmido, onde afloravam rochas e alguns troncos raquíticos que se esforçavam por sobreviver. As samambaias, que cresciam à vontade em vários lugares, eram as únicas plantas às quais a combinação de penumbra e umidade parecia cair às mil maravilhas.

A sorte estava a nosso favor, porque sabíamos que mesmo em dias nos quais as condições eram propícias, as borboletas podiam passar horas sem se deixar ver. Nesse dia em particular havia muitas. Elas voavam sobre as samambaias, quase sempre aos pares. A maioria era constituída de borboletas-monarcas, mas havia algumas grandes cor de violeta e outras brancas. Muitas crianças e alguns adultos eram aficionados da observação de borboletas, e não era difícil ver alguém no pântano com seu bloco, tomando notas detalhadas de cada borboleta que avistava, às vezes com binóculo ou a olho nu, e muitas vezes armados de redes para capturá-las.

– Não parece ser real – disse Miranda.

E durante um bom tempo permanecemos os três ali de pé, sem dizer nada, contemplando as borboletas como se se tratasse de uma exibição de aviões. Apesar de eu ter visitado o pântano uma infinidade de vezes e em muitas delas ter visto borboletas em maior quantidade e variedade, dessa vez foi como se fosse a primeira. Como se eu o estivesse fazendo através dos olhos de Miranda.

Ficamos bem no centro do pântano, em uma zona alta onde a terra estava suficientemente firme. Para chegar até ali usamos um caminho de pedras, apesar de que a verdade é que quase não havia água – dois ou três charcos grandes e nada mais. O resto era simplesmente terra alagada. Foi sorte, porque quando a água se acumulava era impossível penetrar no pântano sem afundar até os joelhos.

Abri a toalha com alguma vergonha. Estava velha e esburacada. Eu a havia resgatado da casa dos Meyer antes que Collette a atirasse no lixo, e eu e Billy costumávamos usá-la com frequência. Mas Miranda não fez comentário algum. Imagino que aquilo tudo era novo para ela, e a pobre toalha era uma peça a mais.

Para ela, que tinha vivido em casas suntuosas, comido nos melhores restaurantes e visitado hotéis de cinco estrelas com os avós, um piquenique no pântano das borboletas era tão extravagante como para mim um banquete no Hilton. Bastava ver seu rosto para compreender isso. Mesmo Billy, que tivera a ideia da excursão, estava surpreendido com o interesse de Miranda.

Quando Billy e Miranda tiraram os sanduíches de suas mochilas, outra vez senti o mesmo sentimento de injustiça. Minha única contribuição para com a empreitada havia sido aquele infeliz pedaço de pano no qual estávamos sentados, que de maneira alguma equilibrava nossas contribuições. Mas obriguei-me a deixar esses pensamentos de lado. Se Miranda ia ser minha amiga, teria que me aceitar como eu era, e eu devia fazer o mesmo com ela.

— Então você vive numa granja – disse Miranda. Segurava em uma das mãos um sanduíche da senhora Pompeo.

— Sim. É a granja de Amanda e Randall Carroll – expliquei. – Eles me adotaram quando eu tinha um ano. Somos catorze no total, entre meninos e meninas. Os Carroll são rígidos em algumas coisas, especialmente Amanda, mas são bons comigo. Devo muito a eles.

Miranda assentiu.

— O que aconteceu com seus pais?

— Nunca conheci meu pai. Até onde sei, ele nem sabia que eu existia. Minha mãe nunca contou a ninguém quem era ele.

Billy havia deixado de lado sua loquacidade habitual e nos observava com uma expressão que eu nunca tinha visto nele, entre supreendido e horrorizado. Ele conhecia a história da minha vida, é claro, mas era a primeira vez que me via revelá-la a alguém com tamanha naturalidade. Mesmo ele e eu havíamos falado disso apenas um punhado de vezes.

— Minha mãe morreu em um acidente de carro. Tenho algumas fotografias dela guardadas. – Inclinei-me e peguei um sanduíche. Isso deu a Miranda a oportunidade de provar o seu. – Collette Meyer, uma mulher muito boa, que também me ajudou muito, era a secretária do diretor do hospital em que minha mãe trabalhava como enfermeira, e ela também me contou algumas coisas. Quando aconteceu o acidente com o carro, Collette cuidou de mim. Ela tomou as providências para que me aceitassem na granja. Os Meyer são como meus avós.

– Eu não conheci meus avós paternos, e os maternos sempre foram muito frios comigo, como se eu não tivesse muita importância para eles. Quase todas as minhas amigas tiveram avós carinhosos com elas.

– Joseph Meyer era assim comigo antes de começar a se esquecer das coisas, mas Collette continua. Os dois são muito bons.

O calor ali não era sufocante como debaixo do sol. A umidade do pântano era agradável, e os mosquitos, em parte por causa do repelente e em parte pela presença de Billy, não nos incomodavam muito. De vez em quando, algum se aproximava mais do que devia e nós o caçávamos, e isso era tudo. O som das cascatas era tranquilizador.

Nesse momento, três borboletas – uma azul e duas vermelhas – esvoaçaram perto de nós. Ficamos muito quietos observando-as. Elas pousaram numa pedra a poucos metros dali, alinhadas como as velas coloridas de um barco.

– O acidente em que minha mãe morreu aconteceu quando eu era bebê – eu disse de repente.

A cara de Billy se transfigurou.

– Sam... – começou ele.

Não lhe dei atenção.

– Aconteceu quando eu tinha um ano – continuei. – Estávamos voltando do hospital onde minha mãe trabalhava dois períodos. Ela alugava um quarto muito pequeno e tinha acabado de comprar um carro. Um Fiesta. Por isso não tomamos o ônibus naquela noite. Chovia muito.

Os artigos do jornal diziam que a tempestade daquele 10 de abril de 1974 foi uma das piores em anos. O Chamberlain transbordou em vários lugares, e a visibilidade nas estradas era péssima. O *Carnival News* fez na chamada uma breve menção ao acidente, que terminou com a legenda: "Continua na página 15". No dia seguinte, da página 15 caiu no esquecimento, o que, em certo sentido, tinha alguma lógica: havia sido apenas um acidente ocasionado pelas condições meteorológicas, mas nada mais que isso. O repórter que cobriu a notícia, um homem chamado Robert Gree, teve a deferência de entrar em contato com o hospital municipal e escrever umas palavras bonitas sobre Christina Jackson; entre outras coisas, ele disse que todos a recordariam como uma mulher empreendedora e valente. Sempre guardei aquelas palavras em meu coração, porque, mesmo tendo sido escritas por um repórter que nem ao menos a conhecia, foram as únicas que restaram a respeito dela durante muito tempo.

Mas nesse dia, do mesmo modo que não falaria de Orson e de suas ameaças, eu também não tinha intenção de falar de Banks.

– Alguém avisou a polícia; alguém que passou por ali e viu o carro incrustado contra a árvore. Até onde sei, a princípio acharam que o Fiesta estava abandonado. Meu corpo tinha ficado preso entre o teto abaulado e o banco. Foi um milagre eu sobreviver.

– E sua mãe? – perguntou Miranda com todo o tato possível.

– Não a encontraram – sussurrei. – O delegado estava convencido de que minha mãe havia sido jogada para fora do carro e tinha caído no rio Chamberlain. Eu nunca voltei àquele lugar, nem sei exatamente onde fica, mas o jornal dizia que a distância era de uns trinta metros.

Billy atacou o terceiro sanduíche. Parecia que a única coisa que ele conseguia fazer era comer. *Quando você pretende parar?*, diziam seus olhos. Ele não estava preocupado com o fato de no momento não ser o centro das atenções, mas com minha inesperada decisão de contar a Miranda a história de minha vida. Eu nunca tinha feito isso com ninguém, nem mesmo com meus irmãos na granja.

– Eles procuraram no rio? – Miranda parecia estar genuinamente interessada.

– Sim, e também no Union Lake. Não encontraram.

– É uma história muito triste – disse Miranda. Ela se aproximou de mim e colocou uma das mãos sobre a minha. – Você é muito valente.

"Valente." Robert Green havia dito isso a respeito de minha mãe.

– Você acha?

– Claro. – Ela retirou a mão. – Você não foge da realidade.

Muitos anos se passariam até que eu compreendesse a verdade revelada por aquelas palavras. O certo é que, por algum motivo do qual naquele momento não tive muita consciência, aquela frase me animou a desafiar meus próprios limites.

– Depois esse sujeito, Banks, começou a inventar coisas – sentenciei.

Eu disse isso sem pensar muito. O rosto de Miranda se transformou quando mencionei Banks.

– Philip Banks? – perguntou ela.

Assenti.

– Ele mora na mesma rua que você – refleti em voz alta. – Você o conhece?

– Ele veio à minha casa algumas vezes – respondeu Miranda, e depois acrescentou em tom de desculpa: – Para nos desejar as boas-vindas. Ele e meu pai se conhecem... de antes. Quem é ele?

– É um lunático – apressou-se a afirmar Billy.

Miranda ficou sem saber o que dizer. Estava visivelmente desconcertada com o comentário.

– Não se preocupe, Miranda – intervim imediatamente. – O fato de seu pai conhecê-lo, e até de ser amigo dele, não significa nada. Sabe o que eu acho?

Ela havia abaixado a cabeça. Não nos olhava. Parecia estar a ponto de chorar.

– O quê? – perguntou em um tom apenas audível.

Lancei a Billy um olhar fulminante. *O que está acontecendo com você?* Se alguém devia estar se sentindo mal, era eu, não ele.

– O homem perdeu a esposa há muitos anos – expliquei. – Tudo isso deve tê-lo afetado profundamente. Acho que Banks acredita no que diz a respeito dos extraterrestres.

– Não importa se ele acredita ou não – disse Billy. – Por culpa dele a cidade fica cheia de máscaras alienígenas todo Halloween. As pessoas acreditam que uma nave espacial vai aterrissar em seu jardim e convidá-las para dar um passeio. Quase metade das pessoas desta cidade acredita em homenzinhos verdes. É ridículo!

– Banks disse que sua mãe foi levada pelos extraterrestres? – perguntou Miranda.

Concordei.

– Eu não acredito em extraterrestres – completou ele.

Eu também não acreditava neles, e estava de acordo com Billy que por culpa de Banks muitas pessoas mantinham vivas as histórias de discos voadores, repetindo-as com detalhes de sua própria autoria. Em Carnival Falls não era estranho escutar que um amigo, que por sua vez tinha um amigo que era piloto do governo, tinha visto uma vez tal ou tal outra coisa. Tudo fantasias improváveis.

Mas muitas vezes me perguntei até que ponto minhas convicções eram férreas e até que ponto Billy havia influenciado minha maneira de pensar. O pai de Billy era engenheiro, como todos os seus irmãos; ele havia sido criado em um lar onde havia regras claras, racionais; mesmo a senhora Pompeo se comportava de acordo com um punhado de regras arbitrárias, mas precisas. Meu amigo havia crescido traçando mapas do bosque, idealizando métodos de orientação; era um hábil construtor e planejador... Não havia espaço em sua cabeça para elucubrações sem pé na realidade. E quanto a mim, o lar dos Carroll também era regido por regras, é claro, mas a mais importante de todas era a fé. Fé em Deus.

Fé.

Não razão.

E por acaso não seria lógico em meu caso aferrar-me a essa fé – alguma fé – que contemplasse a possibilidade de que minha mãe estivesse viva? Porque se Banks estivesse certo, então Christina Jackson não havia sido lançada trinta metros por cima de um exército de árvores, nem arrastada pela corrente de um rio.

No mundo proposto por Philip Banks, as coisas eram mais simples.

Muito mais simples.

Se Billy não fosse tão enfático em suas convicções, eu poderia talvez pensar de modo diferente.

– Tem mais uma coisa – disse eu com firmeza.

– Sam, por favor – começou Billy. – Não faça isso...

Eu o detive com um gesto.

– Me deixe falar – pedi.

Ele concordou a contragosto.

– Às vezes eu sonho com aquela noite – comentei. – A noite do acidente. Billy disse que não devo interpretar os sonhos literalmente, que podem conter detalhes inventados ou...

– Simbólicos.

– Sim, simbólicos, e concordo com ele. Mas este é tão real... e nunca muda.

Fiz uma pausa.

Pedi a Billy o repelente, e ele o entregou com solenidade. Passei o produto enquanto selecionava cuidadosamente as palavras.

– Em meus sonhos, estou viajando no carro com minha mãe na noite da tempestade. Ela se volta e me olha, e seu rosto é igual ao das fotografias, só que mais luminoso e mais bonito. Chove demais; os trovões retumbam a cada momento. Eu estou na minha cadeira com Boo, meu urso de pelúcia, que de repente cai no chão e...

– Chega, Sam... – pediu Billy.

– Billy, me deixe contar, nem que seja só mais esta vez – supliquei. Podia sentir as lágrimas a ponto de sair. Sabia que assim que terminasse de falar elas brotariam sem remédio. – Quando minha mãe se volta para pegar Boo, uma luz intensa aparece no para-brisa. Ela não vê, porque... bom, ela está virada para mim... mas imagino que a intui. Sim, ela a intui.

"Talvez se ela estivesse olhando para a estrada, e não preocupada em pegar Boo no chão, talvez... tivesse podido fazer alguma coisa. Esquivar-se daquela luz."

Billy baixou a cabeça. Miranda me observava fixamente.

– Em meus sonhos, quando o carro se arrebenta, minha mãe está ali, posso ver seu rosto entre os dois bancos da frente. Ela está morta, ou parece estar, mas não saiu voando em direção ao rio, nem mesmo saiu do carro. Tenho certeza de que ela estava usando o cinto de segurança.

– O que acontece depois? – perguntou Miranda em voz trêmula, mais baixa que o vento, o som cristalino da cascata ou o canto dos pássaros.

– Alguém a arrasta para fora do carro... – eu disse. Uma grossa lágrima trêmula sulcou minha face. – E faz isso com uma velocidade espantosa.

– Alguém?

– A chuva golpeia o teto do carro. Não consigo ouvir mais nada. Mas definitivamente há alguém lá fora. Depois...

Mais lágrimas.

– ... depois tudo fica turvo. Quase sempre acordo nesse momento.

Era a segunda vez na vida que eu falava de meus sonhos. A primeira havia sido com Billy, alguns anos atrás. Parecia que haviam tirado um peso de cima de mim.

Miranda se inclinou e tornou a pousar a mão sobre a minha.

– Acredito em você – disse ela.

Depois de alguns segundos, Billy caminhou de joelhos até se aproximar o suficiente. Ele também colocou a mão sobre a de Miranda e a minha.

– Eu também acredito em você, Sam – disse ele, e, apesar de sua boca ter ficado aberta por um segundo, não acrescentou mais nada. E eu com certeza lhe agradeci por isso.

24

No dia seguinte fomos à Biblioteca Municipal. Billy tinha a ideia destrambelhada de que em seus arquivos poderíamos encontrar a conexão entre Orson e os Meyer. Eu achava que aquilo era perda de tempo, mas ele insistiu. Disse que a biblioteca tinha um novo sistema de microfilme, e que seria fácil procurar nos jornais de alguns anos atrás. Quando lhe perguntei a que época em particular se referia, ele me disse que a volta de Orson a Milton Home seria um bom ponto de partida. Havia ali um período de tempo em branco do qual nem sequer Tweety sabia muita coisa. Orson havia sido acolhido por uma família aos sete anos, e voltou ao orfanato três anos depois. Sabíamos que o sobrenome dessa família era French, porque Tweety nos havia dito que Orson se fez chamar dessa forma durante alguns meses, e que algum tipo de tragédia familiar acontecera para que ele regressasse a Milton Home. A teoria de Billy era que Joseph Meyer, como advogado, devia ter tido alguma participação naquele trágico episódio.

Minha única preocupação era que Orson, que já havia dado mostras de suas tortuosas táticas de manipulação, ficasse sabendo de nossa visita à biblioteca.

Nem pense em falar disto com ninguém. Se eu souber que você contou para Amanda e Randall, em primeiro lugar vou negar, e depois te parto os ossos. Compreendeu?

Estávamos no saguão do edifício. Um quadro colocado em um cavalete anunciava os programas de verão e as próximas atividades da biblioteca. Havia cinco ou seis anúncios presos com percevejos. Em um deles, um Grilo Falante muito bem-feito dizia em um balão que dia 30 de junho vencia o prazo para se increver na maratona de leituras de verão. "Garotada, o que estão esperando?", dizia o pôster. "Vocês podem ganhar uma coleção completa de clássicos!"

– Vir aqui foi um erro – opinei.

– Por quê?

Apontei um dos anúncios...

Bacharel Philip Banks
Fazendo contato
Sexta-feira, 26 de julho

Local: Auditório da Biblioteca Municipal de Carnival Falls

O respeitado estudioso do fenômeno óvni dará pela segunda vez em nossa cidade uma de suas famosas conferências, na qual mostrará sólidas provas da existência de vida em outros planetas e suas constantes visitas à Terra. Serão ouvidos testemunhos de abduções e avistamentos.

Adquira seu ingresso na biblioteca a um custo de 15 dólares. Atenção: os lugares são limitados.

Importante: O senhor Banks divulgará os resultados de provas revolucionárias. Não perca! Faça parte da história!

Billy me puxou pelo braço.

– Vamos, Sam, falta mais de um mês para isso.

– Eu sei. – Não me mexi. – É um presságio.

– Não pense nesse lunático do Banks. O importante é que aqui vamos encontrar a conexão entre Orson e os Meyer. Você vai ver que tenho razão.

– Não sei, Billy.

– Vamos, se eles morreram em um acidente ou algo assim, com certeza o jornal deve ter publicado alguma coisa.

– Pode ser, mas...

– Nada de mas.

Cruzamos a porta.

Eu gostava da biblioteca. Era, junto com a volumosa coleção de livros de Collette, minha única fonte de leituras, e continuaria sendo por mais alguns anos, até que meu primeiro emprego me permitisse comprar meus próprios livros. O silêncio – que o senhor Petersen se encarregava de preservar como uma relíquia – era uma das coisas que mais me atraía. Às vezes eu passava minutos inteiros escutando o crepitar das páginas, uma cadeira arrastada em alguma parte, murmúrios sem dono.

Mas o que mais me agradava era outra coisa. Na minha cabeça havia na verdade duas bibliotecas. Numa, a luz natural entrava fartamente pelas oito claraboias, as estantes se erguiam como os muros de um castelo colorido e as mesas compridas de fórmica resplandeciam. Era a biblioteca luminosa. Mas havia outra biblioteca, a das tardes de inverno ou dos dias de chuva, quando as claraboias se transformavam em retângulos negros e a luz artificial mal conseguia chegar às estantes que circundavam as paredes. Era a biblioteca escura. Eu gostava de pensar que a biblioteca estava viva.

Billy seria o responsável por falar com o senhor Petersen e lhe pregar uma mentira a respeito de uma investigação de que um de seus irmãos o havia encarregado para sua tese de doutorado. O que eu menos queria era que Stormtrooper, para quem qualquer desculpa era motivo para se aproximar de Amanda na igreja com fofocas, desconfiasse que estávamos metidos em algo estranho.

Meu amigo foi até o balcão com um ar despreocupado. Billy era um esmerado ator quando se propunha a isso.

Para chegar ao arquivo de microfilme, atravessamos uma porta perto do salão de conferências, que me fez recordar o letreiro da entrada.

"Não perca! Faça parte da história!"

O arquivo era um aposento não muito grande, com quatro unidades para leitura de microfilme. Uma moça de uns vinte e cinco anos que mascava chiclete e fazia anotações em um caderno ficou visivelmente surpreendida quando entramos. Estávamos em 1985, alguns anos antes do advento maciço dos implantes de silicone, de maneira que uns seios como os daquela moça faziam com que os olhos se colassem neles, não importava se você fosse homem ou mulher, ou se a motivação fosse a libido ou a inveja.

– Meu nome é Danna – disse a moça dirigindo-se a Billy, que continuava encantado com seus para-choques. – Mas é claro que você já leu no meu crachá.

De fato, no peito esquerdo reluzia um crachá com seu nome: "Danna Arlen".

– Vocês procuram a biblioteca infantil? – Danna me piscou um olho indicando que aquilo não era a sério. Billy nem percebeu.

– Queremos consultar os microfilmes – disse meu amigo impostando ligeiramente a voz.

– De quanto tempo atrás?

– Três ou quatro anos.

Danna pareceu contrariada.

– Nosso arquivo remonta aos últimos setenta anos. Algo tão recente pode ser averiguado no *Carnival News*, que, como vocês sabem, fica aqui ao lado. Eles têm os jornais dos últimos cinco anos disponíveis para consulta.

Tive vontade de dar uma boa cotovelada nas costelas de Billy, apesar de a responsabilidade de não ter reparado em algo tão óbvio como o que a bibliotecária acabava de mostrar ser mútua. Se tivéssemos ido diretamente ao jornal, teríamos evitado Stormtrooper, que nesse exato instante podia estar telefonando para Amanda.

– Além disso – completou Danna –, lá vocês podem examinar dois ao mesmo tempo e fotocopiar os artigos; infelizmente, a biblioteca não conta com impressão de microfilme. São equipamentos caros, e o orçamento não permite.

Pelo menos isso não era problema para nós. Não tínhamos intenção de levar nada impresso.

– Queríamos aproveitar para conhecer as máquinas de microfilme – retrucou Billy.

Danna assentiu.

– Então vou mostrar como funcionam. É divertido.

Ela se voltou por um instante e examinou as inscrições nas laterais de uma série de caixas alinhadas em uma estante. Pegou uma e a abriu. Dentro dela havia um rolo de microfilme.

– Meu namorado trabalha no jornal – acrescentou Danna –, então, se vocês não encontrarem aqui o que procuram, posso pedir a ele que os ajude lá.

Caminhamos até uma das máquinas leitoras. Estavam dispostas em duas mesas compridas.

— Seu namorado está na seção de acidentes? – perguntei.

A moça me observou com incredulidade. Ela tinha começado a introduzir o carretel de microfilme na leitora.

— Sim – respondeu ela. – Por que você está perguntando?

Fiz essa pergunta porque o artigo sobre a batida do carro de minha mãe havia saído na seção de acidentes, e o repórter havia dito coisas bonitas a respeito dela, mas eu não pretendia lhe contar isso.

— Por nada. Ouvi dizer que todos os seus artigos são muito bons.

Ela concordou com certo pesar. Observei que ela não usava anel de noivado.

Ela terminou de colocar o carretel no lugar e ligou a máquina. A tela se iluminou.

— Esta é a tecla para avançar e retroceder rapidamente – explicou ela. – E esta aqui é para avançar pouco a pouco. Aqui está todo o ano de 1981.

— Muito obrigado, senhorita Arlen.

— Se precisarem de alguma coisa, podem me pedir, está bem?

Billy se concentrou na leitura com sua costumeira paixão quando algo lhe interessava. Durante alguns minutos tentei fazer o mesmo, mas em duas ou três ocasiões ele mudou os *slides* antes que eu sequer tivesse acabado de ler os títulos, e outras vezes ficou olhando para eles eternamente. Era óbvio que não compartilhávamos o mesmo entusiasmo por nossa investigação. Mudei de lugar, sentando quase um metro longe dele, e fiquei a observá-lo. Ele nem pareceu perceber. Seu aspecto operando aquela máquina concebida para adultos não deixava de ser cômico e perigoso ao mesmo tempo, como o de um menino atrás do volante de um caminhão.

Dez minutos depois me levantei. Billy continuou sem perceber, o que me indignou um pouco. Tive vontade de dar um chute no banco ou gritar alguma coisa em seu ouvido, mas preferi atravessar a sala em silêncio. Aproximei-me de Danna Arlen e fiquei ao seu lado.

— Você gosta? – perguntou ela depois de algum tempo. Minha presença não parecia incomodá-la.

— Está ótimo – respondi com genuíno assombro.

Ela estava dando os últimos retoques em um desenho feito apenas com caneta esferográfica preta. Em primeiro plano havia duas flores (que na minha cabeça eram brancas), e atrás, uma donzela com um vestido muito enfeitado, um toucado elaborado e uma mão estendida em direção às flores. Era uma princesa. Devia ser.

– Você devia se dedicar a fazer isso – eu disse sem tirar os olhos do desenho. A profundidade gerada pelas flores em primeiro plano e o braço em perspectiva eram incríveis.

– Obrigada – disse ela.

– Mas é verdade.

Danna virou a página do caderno e começou um novo desenho. Os primeiros traços pareciam revelar montanhas ao longe.

– Você gosta de desenhar? – perguntou ela.

– Não muito. – Depois de uma pausa, acrescentei: – Eu gosto de escrever.

Na folha começava a se materializar o que na verdade era uma cadeia de montanhas, com seus picos nevados e ilhas de vegetação na base.

– Isso é muito bom – disse ela. – O que você escreve?

– Contos. De princesas e castelos. Estou aprendendo.

A facilidade com que eu tinha revelado aquilo me assustou.

– Se você escreve na sua idade – refletiu Danna –, deve ser esse o seu talento. Se você se esforçar, poderá chegar longe.

Ela continuou desenhando com habilidade. Entre as montanhas apareceu um castelo. Em primeiro plano, outra vez flores. Parecia que a mulher sentia uma predileção especial pelas flores; ou eram o seu ponto forte, e ela se envaidecia disso.

Fiquei pensando. Tinha me esquecido de Billy e da leitora de microfilmes. O zumbido suave do motor que fazia correr a fita foi o único som audível durante os minutos seguintes.

Se você se esforçar...

No centro do desenho começou a tomar forma o corpo de uma princesa.

... poderá chegar longe.

Com o canto do olho percebi um movimento frenético. Voltei-me sutilmente e lá estava Billy, agitando os braços como as pás de um moinho, de olhos arregalados. O desenho estava quase terminado, e eu queria ver a conclusão, mas afastei-me e fui até onde estava o meu amigo, que me observava com o olhar triunfal de um arqueólogo que acaba de desenterrar um osso antiquíssimo.

– Leia – disse ele. – Você não vai acreditar.
Li o artigo em voz baixa.

Carnival Falls, 14 de maio de 1981
Primeira página do *Carnival News*

Empresário detido pelo assassinato da esposa

O fato ocorreu ontem à tarde na casa da família French, em Riverside Road, em um confuso episódio cercado de muitas dúvidas. Marvin French, de 57 anos, um empresário farmacêutico aposentado, foi detido pela polícia local para ser transferido a uma prisão do distrito. O delegado Nichols concedeu uma curta entrevista à imprensa, na qual explicou as circunstâncias da prisão.

Uma ligação para o 911, recebida às 16h47 da quarta-feira, alertou a polícia, que chegou à residência do empresário apenas dez minutos depois. O corpo sem vida de Sophia French foi encontrado dentro da piscina vazia, com múltiplas fraturas e um traumatismo craniano que deve ter sido a causa da morte. De acordo com o delegado Nichols, a mulher já havia falecido quando a polícia chegou ao lugar. O delegado esclareceu: "Temos provas cabais para considerar este acidente como um assassinato e proceder imediatamente à detenção do senhor Marvin French como autor material. Já fizemos isso. No momento não podemos revelar a natureza das provas".

Durante o dia de ontem, algumas pessoas se aproximaram da delegacia para manifestar seu repúdio em relação ao crime, entre as quais vários ex-empregados de French que não hesitaram em taxá-lo de explorador e má pessoa. Só alguns poucos amigos da família se mostraram profundamente emocionados e surpreendidos. Entre esses últimos se achava Philip Banks, que...

Banks?
Levantei os olhos.
– Acabou? – perguntou Billy.
Apontei com o dedo até onde havia lido.
– É o suficiente – disse ele.

Apertou a tecla de avanço da máquina e uma série de páginas projetadas desfilaram em grande velocidade. Finalmente se detiveram em um artigo do dia seguinte.

– Continua lendo...

Carnivall Falls, 15 de maio de 1981
Primeira página do *Carnival News*

Marvin French confessa:
"Eu a matei!"

Surpreendentes as declarações do empresário farmacêutico que ontem foi detido em sua casa pelo assassinato de sua esposa, Sophia Nadine French. Ele disse isso antes de ser transferido para a Penitenciária de Belknap, em Laconia, quando entrava na radiopatrulha. O homem, de 57 anos, surpreendeu os policiais quando levantou a cabeça e começou a gritar: "Eu a matei! Ela merecia! Era uma puta de merda", diante de inúmeras testemunhas circunstanciais. A intempestiva reação foi captada por várias câmeras de televisão, e deixou estupefatos os presentes, entre eles seu advogado, Joseph Meyer, que minutos depois declarou que a reação de seu cliente era fruto da pressão por ter passado a noite em um calabouço, e que de modo algum correspondia à verdade do sucedido, nem poderia ser utilizada em um julgamento para provar nada. É bom lembrar que...

– O senhor Meyer era o advogado de Marvin French – eu disse com incredulidade.
– Aí está a conexão – disse Billy cheio de si.
– Você lembra alguma coisa disso?
– Não, mas tínhamos apenas oito anos. Você não vê? O pai adotivo de Orson matou a mulher, e ele foi devolvido ao orfanato.
– Coitado – murmurei.
Billy me lançou um olhar indignado.
– Orson não é nenhum santo. Lembre-se do que ele te disse na caminhonete abandonada.

– Que bom – resmunguei –, você tinha que me lembrar disso justo agora.

Nossa conversa tinha feito Danna levantar a cabeça duas ou três vezes.

– Vamos embora, por favor – eu disse.

Quando Billy se levantou da cadeira, Danna se aproximou.

– Vocês terminaram?

– Sim. Muito obrigado por tudo.

– Espere. – A mulher foi até o escritório, voltou com uma folha do seu caderno e a estendeu para mim. – Isto é para você.

O gesto me comoveu. Agradeci pelo desenho, que com certeza me serviria mais tarde como fonte de inspiração, e que além disso eu conservaria durante muito tempo como recordação das palavras da mulher. O destino fez com que nunca mais voltássemos a nos encontrar, mas tive a sorte de conhecer seu futuro marido. A notícia seguinte que tive dela, muitos anos depois, saiu em todos os jornais nacionais por conta de uma tragédia que teve como epicentro o desaparecimento de seu filho Benjamin. Lamentei profundamente a notícia.

Billy quase me arrastou para me obrigar a sair da biblioteca. Trazia algo nas mãos. A princípio pensei que ele não queria que eu tornasse a ver o anúncio da conferência de Banks, mas quando ele começou a correr a toda a velocidade depois de ter descido as escadarias, percebi que era outra coisa. A cada passada a distância entre nós dois aumentava. Durante um instante tive a descabelada ideia de que ele estava querendo fugir de mim. Ele atravessou a porta do *Carnival News* a toda a carreira, sem diminuir o ritmo nem um instante. Eu parei antes de entrar. Precisava recuperar o ar.

Encontrei-o no pequeno saguão junto à recepção, onde funcionava o arquivo administrado pela senhora Collar. Evidentemente, Billy acabava de lhe dizer algo, porque a velha senhora assentiu, dirigiu-me um rápido olhar e depois foi buscar algo nas estantes atrás de si.

– Pode-se saber o que você está procurando agora?

– O motivo – respondeu Billy com um olhar crítico.

– O motivo...? – eu disse sem entender nada.

– Deve ter acontecido algo para que Orson precise entrar na casa dos Meyer. E eu acho que sei o que é.

A senhora Collar nos entregou uma pilha com os jornais das últimas semanas. Pediu-nos que tivéssemos cuidado, porque eram os que mais tarde seriam encadernados.

– Procure nos obituários – disse Billy. – Marvin French. Vamos começar duas semanas antes do roubo de *Lolita*.

Mais uma vez Billy estava certo.

Marvin French havia morrido na prisão de causas naturais em 8 de maio, doze dias antes de o livro ser encontrado no sótão da granja. Havia um único obituário da Associação Cristã de Patrocinadores de Jovens, que citava suas generosas contribuições e seu trabalho dentro da Penitenciária Estatal de Concord. Billy estava eufórico.

A senhora Collar nos perguntou se precisávamos fazer uma fotocópia do artigo, e respondemos em uníssono que não.

A caminho do bosque nos perguntamos qual seria a relação entre a morte de Marvin French e a necessidade de Orson visitar a casa dos Meyer. A primeira coisa que pensamos foi que talvez com a morte dos French Orson pudesse herdar todo o seu dinheiro.

Seria possível?

Expliquei a Billy que às vezes os processos de adoção não eram imediatos, que havia períodos de experiência e um número enorme de procedimentos burocráticos que podiam levar anos. Era muito provável que Orson não tivesse os direitos de um filho biológico no momento da morte de sua mãe adotiva, quando regressara a Milton Home. Se tivesse sido assim, por que não reclamar o dinheiro diretamente? Seria preciso um administrador e esperar a maioridade para dispor dele com total liberdade, mas nada além disso.

De todo modo, Billy e eu tínhamos a certeza de estar na direção correta. Joseph Meyer havia sido o advogado de Marvin French; era lógico supor que qualquer documentação legal devia ter sido entregue a ele. E já sabíamos como funcionava a memória de Joseph naqueles anos, quando o mal de Alzheimer começava a fazer das suas. Eu e Billy falávamos exatamente disso quando me lembrei de uma frase de Orson durante nosso encontro na caminhonete abandonada.

Eles confiam em você. Você tem a confiança absoluta de Collette Meyer e desse velho que adora ficar em casa o dia inteiro.

Orson não sabia que Joseph tinha Alzheimer! Por isso estava tão desesperado para entrar na casa dos Meyer, porque quando as autoridades haviam notificado Joseph a respeito da morte de seu cliente, algo ia acontecer.

E nessa ocasião já imaginávamos que documento legal poderia estar em mãos do advogado de Marvin French e que Orson poderia estar interessado em destruir.

Um testamento.

25

Mas não era um testamento.

Dois dias depois de nossa investigação na biblioteca, perguntei a Collette por Marvin French; expliquei a ela que ele era padrasto do rapaz que havia chegado havia pouco tempo à granja dos Carroll (intencionalmente omiti a informação do falecimento, e ela não deu mostras de ter se inteirado disso pelos jornais), e que Joseph o havia mencionado alguns dias antes, quando me falava de seus anos de profissão em um momento de lucidez. Collette me disse que então era possível que eu soubesse mais do que ela a esse respeito, porque ela apenas se lembrava de que French era um cliente de Joseph que fora preso depois de confessar o assassinato da esposa. Aqueles anos, confiou-me ela, haviam sido terríveis... os piores. Joseph chegava do trabalho, preparava um sanduíche e sentava-se à mesa da cozinha com ela. Conversavam por algum tempo, e em seguida ele ia para o quarto para voltar cinco minutos depois, preparar outro idêntico e dizer as mesmas coisas. Às vezes ele tinha consciência de suas lacunas mentais, e então caía em pranto, e Collette ficava com o coração partido. Era uma época que ela preferia esquecer.

Billy chegou à casa dos Meyer às duas, como havíamos combinado. Collette se entreteve alguns minutos conosco e praticamente nos obrigou a beber um copo de chocolate com leite e comer dois biscoitos cada um. Ela nos disse que estávamos gastando muitas energias no bosque, e que parecíamos dois esqueletos. Disse isso olhando especificamente para mim, para que não restassem dúvidas de que era a mim que ela se referia. O certo é que nesse verão Billy estava me levando daqui para lá como se eu fosse uma pipa, desarmando casinhas de cachorros, transportando madeira de bicicleta pelo bosque e executando muitas outras atividades. Era impossível seguir o ritmo de um garoto que tinha a força de um furacão.

Antes de sair, Collette me lembrou de que Joseph não tinha passado bem a noite, e que eu o deixasse fazer uma sesta um pouco maior do que de costume. Era uma ótima notícia, porque nossa intenção era revistar os documentos do quartinho no jardim dos fundos. Billy tinha certeza de que lá encontraríamos o testamento de Marvin French.

Saímos da casa pela porta do terraço.

– Esse anão me deixa com os nervos à flor da pele – disse Billy.

– Sebastian.

– Já sei o nome dele, mas me recuso a dizer. O fato de ele ter nome é exatamente o que me deixa com os nervos à flor da pele. Se fosse só um anão de gesso, não seria tão grave.

Sebastian nos observava em silêncio.

– Se você acha...

– É a maneira como a gente pensa nele – explicou Billy, como se eu tivesse lhe pedido. Ele desceu os degraus do terraço e caminhou por um dos canteiros atapetados de folhas. Enquanto passava ia afastando alguns galhos.

– O que você quer dizer com "a maneira como a gente pensa nele"? – perguntei enquanto o seguia.

– Que se você dá um nome a ele, então permite que sua cabeça pense: Sebastian está me olhando; Sebastian tem vida própria; Sebastian é um gnomo de pedra filho da puta capaz de me dar um chute na bunda.

– Se ele não tivesse nome você não pensaria isso?

– Não. É como aquela árvore: dê um nome para ela e veja como ela vai te agarrar quando você passar.

Eu gostava quando Billy fazia aqueles discursos. Contradizê-lo era divertido e um verdadeiro desafio, quase um exercício diário da nossa amizade.

– Você tem medo do Sebastian – afirmei.

Billy negou com a cabeça, abatido. Havíamos chegado ao quartinho.

– Você acha que as ratazanas deixaram alguma coisa inteira? – perguntou ele.

As trepadeiras cobriam completamente as paredes, mas ali não havia ratazanas. Collette instruía Ted King, o jardineiro, para que colocasse veneno e armadilhas.

– Você também tem medo de ratazanas? – brinquei.

– Vamos.

A porta não estava fechada a chave. Quando a atravessamos, foi como se nos tivéssemos metido em uma bola de fogo.

– Meu Deus! – Billy retrocedeu, arrastando-me para fora. – Lá dentro está fazendo mil graus!

– É o teto de zinco – comentei.

– Vamos deixar a porta aberta por alguns minutos.

Concordei.

Ele me olhou, surpreendido. Era a primeira vez que eu não o contradizia nesse dia.

– Às vezes até que você tem boas ideias – disse em minha defesa. – Muito de vez em quando, mas acontece.

Uma língua de fogo saía do quartinho. Dentro dele podíamos ver as estantes com os documentos que Joseph havia acumulado durante os últimos anos de seu exercício profissional. Era terrível pensar que muitos daqueles expedientes não significavam nada para ele. Se ele os folheasse, teria a impressão de que se tratava do trabalho de um estranho. De certo modo, aquele quartinho era a memória perdida de Joseph Meyer, pensei.

– Vamos entrar de uma vez – eu disse. – O senhor Meyer pode acordar de uma hora para outra.

Billy pegou uma cadeira e a arrastou até uma das estantes. Subiu nela e agarrou a pasta mais alta, exatamente a que estava bem na ponta.

– Tomara que seja um "a" ou um "z" – rezou.

Entendi perfeitamente que o que ele esperava era que as pastas estivessem dispostas em ordem alfabética.

– Merda! – sussurrou, fechando a pasta de um golpe.

– O que foi?

– "M" – disse ele devolvendo a pasta ao seu lugar e dando uma olhada na estante toda. Eram quatro prateleiras repletas.

– Vamos ter de revistar uma por uma – disse ele. Na outra parede havia três arquivos e algumas caixas empilhadas. Era melhor pensar que a pasta de French devia estar nas estantes.

– Aqui em cima o calor é insuportável. – Billy pulou da cadeira. Tirou o pó das mãos e sacudiu a camiseta várias vezes.

– Vamos começar de baixo, então. Se tivermos sorte, nós encontraremos antes de chegar à metade.

– Aposto que é a que está justo ao lado da que acabo de pegar.

– Preste atenção. – Pisquei o olho para ele. – Eu te conheço e, se você não a pegar, não vai parar de pensar que era essa.

Billy tornou a subir na cadeira com uma expressão aborrecida.

– Dawson – disse com resignação depois de abrir a segunda pasta. – Esqueça, podemos ficar aqui o dia inteiro. É melhor começar pelas de baixo.

Por sorte, Joseph Meyer havia sido um homem organizado, e apesar de na estante as pastas estarem colocadas arbitrariamente – talvez porque Collette tenha acreditado que não tinha sentido organizá-las por ordem depois de transportá-las para o quartinho –, cada ficha tinha na primeira folha um separador de papelão com o nome do cliente, a data de admissão do caso e alguns dados mais, o que facilitou incrivelmente a tarefa. Em poucos minutos estávamos suando profusamente, mas avançávamos rápido. Quando chegamos à metade, subimos em uma cadeira – eu tive que trazer a minha do terraço, porque ali havia apenas uma – e continuamos sem trocar palavra.

Em pouco mais de meia hora havíamos terminado. Não encontramos nem rastro da ficha de Marvin French.

– Não entendo – disse Billy. – Era cliente dele, não era?

– Vamos beber alguma coisa, por favor – eu disse. – Vou me desidratar.

Billy já estava se aproximando dos arquivos, mas eu o convenci a descansar um pouco. Quando saímos do quartinho, foi como entrar em um aposento refrigerado. Aproveitei para subir ao segundo andar e comprovar que Joseph emitia seus suaves roncos característicos.

Voltamos dez minutos depois.

Os arquivos não estavam trancados a chave. Diferentemente das estantes, ali as fichas estavam em ordem alfabética. Havia pequenas orelhas sobressaindo que assinalavam o início de cada letra.

– Vamos encontrá-la aqui – disse Billy com uma segurança à prova de bala.

– Você tem certeza disso?

– Claro! É evidente que nas estantes estão as fichas mais velhas, você não viu as datas? Aqui estão as últimas, e isso faz todo o sentido.

– Estão mais à mão.

– É claro.

Os dedos de Billy já deslizavam sobre as fichas, pulando de uma para outra como se fossem as cordas de uma harpa. Pegou um. Foster. Pegou a seguinte. French.

– Bingo! – gritou.

Tirou uma pasta fina. Pelo que pude verificar, era até possível que estivesse vazia. Billy a abriu e revistou o seu conteúdo. Eu o olhava com expectativa. Ele descartou um papel. Depois outro. Mais outro.

– O que foi? – perguntei.

– Não tem nada aqui – disse ele, desconcertado.

Peguei a pasta e folheei os documentos. Uma era a cópia de um formulário de admissão à penitenciária, e o outro uma cópia de uma declaração de meia página assinada por French, que não dizia nada que não soubéssemos.

– Não entendo – disse Billy passeando pelo quartinho. – O sujeito foi condenado por nada menos que um assassinato. Isso deveria ter gerado toneladas de papéis.

– Mas ele se declarou culpado – eu disse, apesar de pensar que isso não era razão suficiente para que o relatório legal constasse apenas de duas míseras folhas.

Billy se apoiou em uma estante menor e mais rústica que as outras. Nas estantes havia todo tipo de objetos que claramente constituíam os poucos pertences que Joseph havia trazido do escritório antes de ir embora; a maioria eram enfeites. O mais volumoso era um globo terrestre coberto por uma grossa camada de pó. Belo paradoxo.

– Tem de haver mais alguma coisa... – continuava dizendo Billy. O suor lhe escorria da testa.

– Talvez alguém do escritório tenha se encarregado do caso – eu disse, tentando encontrar uma explicação. – Já sabemos que o mal de Alzheimer estava fazendo das suas naquela época. Não seria estranho se...

– Olhe! – gritou Billy interrompendo-me com um gesto.

– O quê?

Billy apontava para uma maleta de couro que estava em uma das prateleiras do móvel. Tinha o formato daquelas usadas pelos médicos. Mas não era preta. Rapidamente entendi o que havia atraído a atenção de meu amigo. Eram as iniciais gravadas em um canto: M. E. F.

Acabávamos de ver o relatório de French. Já sabíamos que seu segundo nome era Eugene. Aquelas eram as iniciais dele!

– Abra! – gritei.

Billy continuava apontando para a maleta como um cão de caça faria com sua presa.

Quando vimos o que havia dentro, a surpresa foi imensa. Estávamos tão condicionados pela ideia da existência de um testamento que não tínhamos dedicado nem um segundo sequer a explorar outras possibilidades. Billy espalhou o conteúdo na prateleira. Eram quatro fitas de Super-8.

– Não tínhamos lido que Meyer era fã de cinema? – perguntei.

As quatro fitas tinham etiquetas. Billy leu em voz alta as três primeiras:

– "Pôr do sol em Union Lake", "Sophia", "Marvin"...

Ao chegar à de Marvin French, ele se deteve. Em seus olhos pude ver a certeza de que essa era a fita que Orson procurava.

– Precisamos ver – disse ele com voz trêmula. – Deve ser uma espécie de legado.

Mas nesse momento eu mal lhe prestava atenção. Tinha lido a etiqueta da quarta fita, que, diferentemente das outras, tinha somente uma data: 10 de abril de 1974.

Meu coração ficou paralisado. Billy não a reconheceu, mas eu é claro que sim.

Era a data da morte de minha mãe.

26

Eu estava de pé diante do portão de ferro dos Matheson. Se aquele verão tivesse sido um sonho, o instante em que estiquei o braço para alcançar a campainha teria sido um bom momento para acordar, abrir os olhos na escuridão do meu quarto e descobrir que na realidade eu não havia conhecido Miranda, que o mais próximo que havia chegado a estar dela na vida real havia sido aquele portão, quando lhe havia deixado a caixinha de papelão.

Uma empregada veio me atender. Eu ia entrar na casa de Miranda! Não parecia importar muito que eu nunca tivesse feito amizade com ela, que tivéssemos passado horas no bosque e no pântano das borboletas; a casa havia se transformado em um lugar especial para mim. O fato de uma empregada se incomodar em vir me dar as boas-vindas tornava tudo mais cerimonioso.

Desejei que Billy já tivesse chegado. Apesar de termos combinado de nos encontrarmos às três e eu não ter chegado nem um minuto antes da hora, sempre existia a possibilidade de que meu amigo estivesse atrasado, o que me fez estremecer. Não queria ficar a sós com os Matheson... não ainda. Sem o apoio de Billy, diria alguma coisa imprópria, derrubaria um abajur ou faria papel ridículo de alguma forma.

– Você deve ser Sam, não é? – perguntou a mulher. Eu a tinha visto uma infinidade de vezes na época em que ficava espiando a casa, mas vê-la de perto revelou detalhes novos, como havia acontecido com Miranda.

Ela me disse que seu nome era Lucille, como eu já havia imaginado. Cumprimentei-a por seus deliciosos biscoitos com raspas de chocolate, e ela ficou satisfeita.

Deixei minha bicicleta na entrada e caminhamos até a casa. As copas das árvores agitando-se com a brisa da tarde e o murmúrio da água nas fontes fizeram com que o silêncio não parecesse incômodo, mas quando entramos na casa o vazio se fez sentir. Estive a ponto de agarrar Lucille pelo braço e lhe pedir que não me deixasse ali, naquele vestíbulo desproporcionado. E se os pais de Miranda aparecessem? Eles notariam que eu não era da sua classe. Sua filha poderia ser um pouco ingênua, mas eles perceberiam na mesma hora. Os bons costumes ditavam que eu teria que vê-los, agradecer-lhes por me receber em sua casa e essas coisas... Meu Deus! Em que raio de lugar estaria Billy quando eu mais precisava dele?

– Seu amigo... – disse Lucille, e deixou a frase em suspenso.

Já chegou. Já chegou. Já chegou. Já...

– Billy – completei.

– Sim, ele. Falou com Miranda e disse que vai chegar mais tarde. Teve um contratempo.

Meu coração quase parou.

– A senhora Matheson está na sala – disse Lucille. Em seu tom estava implícito que devíamos nos dirigir para lá primeiro.

Eu a segui. Uma das coisas que aprenderia mais tarde a respeito daquela mansão era que a quantidade de salas e antecâmaras obrigava as pessoas a referir-se a elas de algum modo específico. Naquele momento estávamos nos dirigindo para o salão dos quadros. Em uma das paredes havia cinco óleos gigantes, provavelmente retratos dos antepassados de Miranda. Havia dois homens de aspecto corpulento e olhar severo com uma tela exclusiva, e no resto havia duas ou mais pessoas. As mulheres usavam vestidos franzidos e penteados altos; mesmo as mais novinhas aparentavam mais idade do que deviam ter, a julgar por sua estatura.

O choro de um bebê me sobressaltou. O salão dos quadros era tão grande que eu não havia notado que em uma das poltronas de veludo aparecia a cabeça de uma mulher. Quando ela ficou de pé comprovei que não era ninguém mais senão Sara Matheson. Ela caminhou até uma grande janela que dava para os jardins, segurando o bebê virado de barriga para baixo e embalando-o.

Lucille pigarreou para lhe chamar a atenção.

– Senhora...

Sara se voltou. O próprio Brian Matheson interrompeu por um instante seu choro e levantou a cabecinha para olhar para nós.

– Oh, graças a Deus! – Sara foi ao encontro da empregada. Parecia aborrecida. – Não sei o que acontece com ele agora. Acho que está sem fome.

Lucille acomodou Brian no peito e o embalou com suavidade. O choro foi diminuindo até que finalmente parou por completo.

– Leve-o, Lucille, por favor. Veja se ele dorme um pouco.

Vamos, diga que estou aqui!

A empregada assentiu e antes de sair me apresentou. Eu continuava de pé à porta daquele enorme salão.

– Olá, senhora Matheson. – Minha voz tremeu ligeiramente. A expressão de Sara se suavizou ao me ver.

– Você deve ser...

– Sam Jackson, senhora – eu disse.

Aquilo não explicava nada, pensei. Miranda não devia ter dito nada a seus pais sobre mim, é claro, e mesmo que o tivesse feito, eles não se lembrariam. Aquela mulher devia ter outras prioridades, coisas importantes em que pensar...

– Miranda nos convidou para ver filmes – acrescentei imediatamente.

– Ah, sim, claro. Você e aquele menino... Billy são seus novos amigos.

Novos amigos.

Concordei. Não pude evitar esboçar um sorriso.

A mulher se aproximou de uma mesinha e pegou uma cigarreira de couro. Acendeu um cigarro.

– Vocês são os amigos do bosque – disse ela envolta em um rodamoinho azulado.

Amigos do bosque.

– Eu sou a Sara. – Pela primeira vez ela me dirigiu um sorriso cansado. – Miranda está no jardim de inverno. Venha comigo.

Ela se aproximou, detendo-se um instante na metade do caminho para dar uma tragada no cigarro. Me lembrei de que Billy havia me dito que durante suas visitas à mansão a mulher não havia se mostrado muito hospitaleira, mas agora parecia amável. Perguntei-me se o fato de Brian ter ido dormir a sesta teria algo a ver com isso. Provavelmente sim.

– Sua casa é muito bonita – eu disse quando estávamos saindo do salão dos quadros.

– Obrigada! Ainda estamos nos acostumando com ela. Ficou muito tempo desabitada, e há muitas coisas que precisam de atenção.

– Claro.

Toda aquela conversa... Sam Jackson frequenta a alta classe!

Cruzamos um arco de madeira que nos conduziu a uma das bibliotecas. Perguntei-me se teriam descoberto que ali havia a passagem secreta de que Billy me falara. Passeei a vista pelas estantes, quase tão altas quanto as da biblioteca local, e de repente minha atenção se focou nos rostos de pedra alinhados na parte superior das paredes. Billy também havia me falado deles, mas vê-los era completamente diferente. Eram muito piores do que os retratos a óleo. Os rostos de pedra tinham relevo, para começar, e mesmo sendo brancos, o pó acumulado os havia tingido, dando-lhes um aspecto lúgubre.

– Esses rostos de pedra são horríveis – disse Sara notando meu interesse. – Não sei em que meu sogro estava pensando quando decidiu colocá-los ali. Eles estão na casa toda!

– Cada um é diferente do outro – observei.

Com efeito, os rostos tinham traços parecidos, com seus caracóis arredondados e seus olhos negros; havia alguns com barba, um de mulher, outro tão magro que parecia o diabo. Só ali consegui contar onze no total.

– Meu sogro gostava de gastar dinheiro com bobagens – disse Sara.

Não soube como responder a isso, mas não foi preciso. Sara se deteve. Já tínhamos quase chegado.

– No final do corredor você vai encontrar o jardim de inverno. Miranda está lá.

– Eu agradeço muito, senhora Matheson.

– De nada. Foi um prazer te conhecer, Sam.

– Igualmente.

Houve um instante de incerteza. Nós nos observamos em silêncio, com a sensação, ao menos da minha parte, de que era necessário – por alguma misteriosa razão – dizer algo mais.

– Montamos a sala de projeção lá em cima – disse Sara –, então tenho certeza de que vocês vão se divertir. Miranda tem vários desenhos animados da Disney.

– Tenho certeza que sim.

É claro, naquele dia não estávamos planejando ver nenhum desenho animado da Disney. Tínhamos nossos próprios filmes, gentileza do defunto Marvin French.

– Eu agradeço por tudo, senhora Matheson – tornei a repetir.

A mulher assentiu e saiu, deixando atrás de si uma faixa de fumaça branca como a de um barco que se perde no horizonte.

Dirigi-me ao jardim de inverno.

27

Pude ver Miranda por entre as plantas das prateleiras, sentada na mesa redonda. Parecia estar concentrada em um livro. Avancei até que a prateleira deixou de me proteger, e então ela notou minha presença com o rabo do olho. Levantou a cabeça e seu rosto se iluminou com um sorriso. Pulou da cadeira e correu para mim.

– Oi, Sam! – disse ela. – Que bom que você chegou!

Quando ela se aproximou o suficiente de mim, deu-me um abraço rápido e despreocupado. Tão rápido e despreocupado que apenas atinei retê-la entre meus braços durante um curtíssimo instante.

– Eu estava estudando o livro de aritmética. Odeio aritmética!

Sorri. A última coisa em que eu estava pensando era na aritmética. Durante o curto abraço, o perfume de maçã do xampu que sem perceber eu já havia começado a associar com Miranda me invadiu. Nesse dia ela usava um vestido branco e a correntinha que eu lhe havia dado de presente.

– Quer dizer que Billy vai chegar um pouco mais tarde... – comentei.

– É. – Ela me pegou pela mão e me arrastou até a mesa. – Você quer que eu te diga uma coisa?

– O quê?

Miranda me pegou pela mão.

– É melhor que Billy se atrase um pouco – disse ela, e fez uma pausa durante a qual receei o pior. – Preciso falar com você.

Ela disse isso seriamente.

Quando chegamos à mesa, Miranda começou a separar seus livros.

– Você quer suco? – Ela indicou a jarra no centro da mesa. Estava cheia até a metade. Junto dela havia dois copos limpos.

Dois.

Você deixou esta correntinha na porta da minha casa, Sam?

Por que você faria algo assim?

– Você quer? – repetiu Miranda gentilmente.

– Sim, é claro – respondi com perplexidade.

Servi suco em um dos copos e bebi um pouco. De pé diante da parede de vidro, observei os jardins que conhecia tão bem, e o fato de fazê-lo dessa nova perspectiva não deixou de me maravilhar. Mas minha atenção se fixou rapidamente no olmo do outro lado do muro. Aquela árvore era testemunha da minha participação nesse mundo do qual agora eu parecia fazer parte.

Você tem me observado daquela árvore, Sam?

– Eu também tinha que te dizer uma coisa – eu disse, ainda perscrutando os jardins.

– Você está me deixando intrigada. – Miranda tinha se aproximado de mim pelas costas, e escutei sua voz muito próxima. Quase soltei o copo. – Aconteceu alguma coisa?

Bebi mais um gole de suco.

– Vamos sentar – pediu Miranda.

Concordamos que ela falaria primeiro. Antes de começar, ela pegou a mochila que estava em uma das poltronas, apoiou-a no colo e remexeu o interior em busca de alguma coisa. Quando vi de que se tratava, contive a respiração. Miranda extraiu a caixinha que eu havia deixado na porta de sua casa, mil anos atrás. Algumas pobres letras dignas de um pedido de resgate continuavam ali: "Miranda". Em meio ao desespero, alegrei-me por não ser a minha caligrafia habitual.

Esperei em silêncio.

Miranda apoiou a caixinha na mesa e desatou o laço azul.

– Faz algum tempo – disse ela – recebi este pacote na porta de casa. Bom, na verdade alguém o deixou lá.

Brincou com a caixinha entre os dedos.

– O que ela contém? – perguntei com um fio de voz.

Se tudo aquilo estava realmente acontecendo, se não era um truque barato da minha cabeça ou um sonho, então era melhor eu me comportar de acordo com as circunstâncias.

– Esta correntinha – disse Miranda colocando as mãos atrás da cabeça para abrir o fecho.

– Está bem, não precisa tirar.

Ela parou e concordou. Então pegou a meia-lua entre os dedos e a ergueu diante do rosto para que eu pudesse vê-la. Enquanto eu fingia examiná-la, convenci-me de que teria que me desfazer da correntinha que ainda conservava na granja. Era muito arriscado conservá-la.

– É uma bugiganga – disse Miranda –, mas é bonita, não acha?

Uma bugiganga.

A frase se cravou em meu peito como uma flecha envenenada. Provava que Miranda não tinha ideia de que eu havia deixado a caixinha de papelão na porta de sua casa, mas ao mesmo tempo doía horrivelmente.

– Oh, eu não quis dizer isso – disse Miranda, que evidentemente captou alguma coisa da minha comoção. – Eu sei que o dinheiro não é importante para dar um presente...

Ela parecia estar verdadeiramente compungida.

– Não se preocupe.

– Mas o que vale é a intenção, é claro.

Ela abriu a caixinha e fez o que eu tanto receava. Estendeu-me a folha de papel dobrada em dois. Observei-a com incredulidade.

– Estava dentro – disse ela.

Minhas mãos continuavam debaixo da mesa.

– Isso deve ser particular – eu disse. – É uma carta?

– Ninguém leu. Vamos, pode pegar. Confio em você.

Estiquei a mão e peguei a folha.

– Tem certeza que quer que eu leia?

Ela assentiu com um sorriso. Parecia divertida.

Ela vai zombar.

Desdobrei a folha, e ali estava o meu poema, datilografado na máquina de escrever do senhor Meyer. Apesar de sabê-lo de cor, eu o li em voz alta.

Ela vai rir quando eu terminar.

– E então? – disse Miranda depois de alguns segundos.

Uma bugiganga.

Ergui os olhos. A expressão de Miranda era de verdadeira expectativa.

– Foi você que escreveu? – perguntou ela, enigmática.

Gelei. Devo ter me ruborizado de modo evidente.

– Desculpe, Sam! Eu não quis insinuar que você... – Dessa vez foi Miranda que ficou ruborizada. – Ah, você vai pensar que sou uma idiota. É claro que sei que você não escreveu para mim. Seria estúpido. É que... achei que... talvez você tivesse...

Obriguei-me a falar. Entendia perfeitamente a que Miranda se referia.

– Você quer saber se eu escrevi em nome de alguém?

Ela assentiu. Tornei a dobrar a folha e a devolvi. Ela a guardou na caixa de papelão.

– Sinto muito, Sam, é que, como você me disse que escreve... imaginei que talvez tivesse ajudado alguém.

– Você está falando de Billy? – perguntei abertamente.

– Sim – admitiu ela.

– Sinto muito, não conheço esse poema.

Miranda pareceu se acalmar.

– Sabe de uma coisa? – perguntou ela.

Neguei com a cabeça.

– Quando recebi o poema e a gargantilha, não conhecia ninguém em Carnival Falls. Tinha ido ao centro comercial e ao Limite, e realmente vi garotos da nossa idade, mas nem cheguei a falar com ninguém. Confesso que foi difícil; pensei que nunca faria amigos aqui. Por isso o presente me chamou a atenção. Quem daria um presente a uma garota que nem conhece?

– Você tem toda a razão.

– Então Billy apareceu com o tio, que estava fazendo umas reformas na casa. Ele nunca me disse, mas me deu a impressão de que... ele...

– Gosta de você?

Agora Miranda estava de olhos baixos.

– Sou uma boba – sussurrou.

– Não, você não é boba de jeito nenhum.

– Sou sim. Eu não devia estar falando disso com você. Mas é que Billy tinha me dito que vocês se conhecem desde crianças, que são quase como irmãos, e por isso pensei que...

Não conseguiu continuar. Seus olhos estavam úmidos.

– Por favor, Miranda, não chore. É verdade que nós te conhecemos faz pouco tempo, mas já gostamos muito de você. Nós somos como... os três mosqueteiros.

Isso pareceu alegrá-la. Senti o impulso de rodear a mesa e abraçá-la, mas me contive.

– Não conte a Billy isso dos três mosqueteiros – eu disse para animar a conversa. – Ele vai dizer que não é nem um pouco original.

Funcionou. Consegui fazê-la rir.

– Obrigada. Você sempre me consola. Vai achar que sou uma menina mimada e idiota.

– Não acho nada disso. E quanto a Billy, pode ser que você tenha razão, eu também acho que ele gosta de você. E isso não me surpreende, porque você é uma garota muito bonita.

Eu disse isso sem que minha voz tremesse e olhando-a nos olhos. Sabia que aquilo seria o mais próximo que eu estaria em toda a vida de lhe confessar meus verdadeiros sentimentos, então acho que aproveitei e o fiz com toda a ousadia.

– Você acha que ele gosta de mim de verdade?

– Acho que sim.

Ela limpou uma lágrima que havia ficado em sua bochecha.

– Eu também achei que sim – confessou. – Por isso imaginei que talvez você o tivesse ajudado.

– Não, eu não ajudei. E também não acredito que Billy tenha algo a ver com esse poema. Ele é, digamos... mais prático.

Miranda refletiu por um segundo.

– Você tem ideia de quem pode ter me deixado isso?

– Nenhuma – eu disse. Não tinha outro remédio a não ser mentir. Se pudesse voltar atrás e não lhe dar o presente, eu o teria feito sem hesitar, mas não havia como mudar o fato consumado. – Talvez tenha sido algum garoto que te viu no bosque, como você disse. Muitos vão querer namorá-la, você vai ver.

– Não sei. Não acredito. – Por alguma razão, tive a absurda ideia de que Miranda realmente acreditava no que dizia, que os meninos podiam não estar interessados nela.

Por que uma menina que tinha tudo pensaria assim?

– Posso te pedir uma coisa, Miranda?

– Sim, claro. O que quiser.

– Não diga nada a Billy sobre esse presente – eu disse indicando a gargantilha.

Miranda riu.

– Que engraçado, eu ia pedir exatamente a mesma coisa.

– Então será um segredo nosso.

Minhas palavras a animaram. Ela ficou de pé e me estendeu a mão por cima da mesa. Fiz o mesmo e a apertei.

– Trato feito – dissemos em uníssono.

Rimos, e isso terminou de sepultar a conversa que acabávamos de manter. Então ela me fitou com um olhar manhoso.

– Você acha bom? – perguntou ela à queima-roupa.

– O quê?

– O poema. Você acha que é bom?

– Não entendo muito de poesia. Gosto de fantasia, de histórias de mistério, como as de Judy Bolton.

Seus olhos continuavam com aquele brilho peculiar que eu havia notado antes. Aquela intuição.

– Eu acho que o poema é muito bom – disse ela.

Será que ela estava me pondo à prova? Estava duvidando do que eu havia dito?

– Pode ser.

– É. Quero dizer, também não sou especialista em poesia, mas me parece que esse vale a pena. Apesar de que... o mais provável é que o tenham copiado de algum livro.

Ela deixou a frase em suspenso.

Se aquilo era uma estratégia, quase chegou a surtir efeito, porque o reconhecimento por aquele poema, ao qual eu havia dedicado muitas horas, estava me relaxando, e a qualquer momento eu poderia dar um passo em falso. Senti o impulso de lhe dizer que o poema parecia sincero e que era muito provável que fosse original, que ela era bem capaz de despertar todos aqueles sentimentos – e muitos mais –, mas mordi a língua. Miranda nunca saberia o que eu sentia por ela.

Nunca.

– E você, o que queria me dizer? – perguntou Miranda.

Foi um alívio mudar de assunto. Quando chegasse à granja, eu enterraria a gargantilha para que ninguém jamais a encontrasse.

– Tem a ver com as fitas que encontramos na casa de Collette – eu disse.

Baixei o tom de voz, apesar de não haver ninguém ali que pudesse nos ouvir. No dia anterior, na clareira, tínhamos falado a Miranda de meus problemas com Orson, de minha inimizade com ele e de seu plano para entrar na casa dos Meyer. Falamos também dos artigos do jornal, da prisão de Marvin French pelo assassinato da esposa e das fitas que tínhamos encontrado entre os pertences de Joseph. Ela sabia de tudo, menos que uma das fitas tinha a data do acidente de minha mãe. Eu não tinha dito nada nem para Billy, não sabia muito bem por quê.

– Se Billy tiver razão – comentei –, em uma dessas fitas esse homem deixou seu testamento. E Billy não costuma se enganar nessas coisas. Ele tem um sexto sentido.

A teoria de Billy era que Marvin French havia deixado seu testamento em uma fita e a tinha entregado a seu advogado para que a revelasse quando ele morresse. A lógica indicava que Joseph deveria por sua vez entregar a fita a alguém mais jovem do escritório, mas sua doença havia lhe passado a perna, e ele tinha esquecido o assunto. Evidentemente, Orson sabia de sua existência.

No entanto, havia duas questões estranhas. A primeira: por que Orson não tentara recuperar a fita antes? Billy dizia que, como French tinha apenas sessenta e um anos no momento de morrer, era muito possível que o fato o tivesse pegado de surpresa. Orson devia ter planejado roubar a fita assim que atingisse a maioridade, garantindo assim todo o dinheiro. A questão seguinte, que a própria Miranda havia levantado, tinha a ver com a pouca validade legal de uma fita para expressar uma vontade. Por que Marvin French escolheria deixar um legado em um filme? Billy dizia que as pessoas excêntricas faziam esse tipo de coisa, mas reconhecia que aquilo podia ser uma falha em sua teoria. Talvez Marvin quisesse dizer algumas coisas "para a posteridade", justificou ele. Miranda disse que talvez fosse uma boa ideia consultar um advogado, alguém que estivesse informado a respeito de heranças e coisas desse tipo. Todos nós concordamos que era exatamente isso que faríamos depois, porque sabíamos que cedo ou tarde teríamos que envolver algum adulto naquilo, possivelmente Collette ou Amanda. Qualquer que fosse o conteúdo da fita, estava claro que não chegaria às mãos de Orson.

– Como você sabe, encontramos quatro fitas – eu disse enchendo-me de coragem. – Duas têm o nome do casal French, outra se intitula "Pôr do sol em Union Lake". A última não tem nome, mas sim uma data.

Miranda me observava, ansiosa.

Engoli em seco.

– É o dia 10 de abril de 1974, o dia em que aconteceu o acidente de minha mãe no carro... o dia da tempestade.

O rosto de Miranda se transformou. Havia incredulidade, mas também uma ponta de confusão.

– O que você acha que isso pode significar? – perguntou ela com cautela.

– Não sei. Provavelmente nada.

– Mas... justo essa data... Billy sabe disso?

– Não. Eu não disse nada para ele. Em um dos artigos do jornal, vimos que French tinha algum tipo de relacionamento com Banks, que eles eram amigos ou algo assim. Eu sei que Billy vai pensar que estou alimentando todas as fantasias daquele homem, dos extraterrestres e essas coisas.

Expor em voz alta exatamente o que eu pensava me tirou um peso das costas. Depois de mentir a respeito da gargantilha e do poema, era um alívio poder conversar com Miranda com toda a franqueza. O certo é que durante os últimos dois dias, eu não havia parado de pensar na relação entre French e Banks, e no que isso podia significar. Quase podia escutar a voz de Billy me dizendo que eu estava dando muita importância a uma simples casualidade.

– Em que você está pensando, Sam?

– Quero ver essa fita – eu disse com firmeza. – Sem que Billy saiba.

Miranda sopesou a ideia, assentindo suavemente.

– Como você quiser. Mas... você não acha que seria bom que Billy nos acompanhasse? Ele pode ter uma mente um pouco fechada para algumas coisas, como você sempre diz, mas tenho certeza de que ficará do seu lado se houver algo nessa fita que tenha a ver com o acidente da sua mãe.

– Com certeza. Mas às vezes ele diz umas coisas e não entende que minha mãe está por trás de tudo. É como se...

– Está bem, Sam. Não precisa continuar – disse Miranda, e sorriu para mim. – Sabe de uma coisa? Fico muito feliz por você confiar em mim, por eu ser sua amiga. Em Montreal, nem mesmo com minhas amigas da vida toda cheguei a ser tão franca como com você. Fico muito agradecida. Se é isso que você quer, vamos procurar um jeito de ver essa fita só nós, sem Billy. Depois contaremos para ele. Você tem a minha palavra.

– Ótimo.

– Onde está essa fita?

– Junto com as outras. Billy vai trazê-las.

– Elwald preparou a sala de projeções no sótão – disse Miranda.

– Genial!

– Só falta Billy chegar.

– Isso não é verdade – ouvimos do corredor.

Nós nos voltamos ao mesmo tempo.

Ali estava Billy, caminhando alegremente com a mochila nas costas.

28

Não foi fácil ver as fitas de Super-8 de Marvin French. O primeiro empecilho foi Elwald, que quis tratar da operação na improvisada sala de projeção no sótão dos Matheson. Ele até se mostrou surpreendido com nosso interesse em desenhos animados para crianças pequenas. Fazia anos que Miranda não os via, e além disso a família tinha uma coleção de fitas VHS que eram a novidade do momento. Quando já tínhamos visto meia dúzia de desenhos, exagerando as reações, apesar de algumas gargalhadas genuínas, Miranda pediu a Elwald que nos deixasse sozinhos, que Billy já sabia manejar o projetor e que podíamos resolver tudo sem ele. Ela disse isso em tom solene e com um certo ar autoritário que não deixou de me surpreender, porque em meu mundo as crianças não diziam aos adultos – nem mesmo sugeriam – o que deviam fazer. Houve um momento de hesitação, depois do que o homem nos lançou um olhar em que imagino que se convenceu de que nada ali em cima poderia nos fazer mal, e finalmente foi embora.

O sótão dos Matheson era monstruosamente grande. Ocupava metade da planta da casa, e a falta de divisões fazia com que parecesse até maior, apesar de a luz que se filtrava pelas mansardas fechadas ser pouca. Por toda parte havia móveis cobertos com panos empoeirados; parecia uma cidade fantasmagórica e cinzenta. Caixas de papelão, espelhos gigantes, pinturas amontoadas, mobília suficiente para equipar duas ou três casas normais. Então me lembrei da mudança feita quando a família chegara, alguns meses atrás, e compreendi que os móveis que via ali em cima eram os que estavam originalmente na mansão. Os Matheson haviam trazido consigo sua própria mobília.

Quando ficamos sozinhos, por alguns segundos não fizemos outra coisa a não ser observar o quadrado de luz que se projetava na tela. O ventilador interno do projetor era o único som audível. Uma constelação de grãos de pó dançava no cone de luz. Foi Billy que se levantou e foi buscar a mochila. Tirou de dentro dela a maleta de Marvin French e voltou para a sua cadeira. Segurava-a no colo como se fosse um aluno à espera de ser chamado para mostrar a lição.

– Billy, você está bem? – perguntou Miranda.

– Estou – respondeu ele, mas havia um tom crítico em sua voz.

Não foi preciso discutir a respeito de qual seria a fita que veríamos primeiro; seria a que estava rotulada com o nome de Marvin. Em menos de um minuto ela já estava montada no projetor.

Billy acionou o botão de reprodução, e a fita começou a rodar.

29

A primeira cena nos manteve em suspense. Vimos um escritório maciço, de madeira lustrada, apinhado, mas arrumado. Havia um abajur com um pé de bronze, uma delicada máquina de escrever, livros, dois ou três porta-retratos; atrás havia uma estante e uma poltrona vazia. Depois de alguns instantes, aquela tomada de plano fixa se deslocou ligeiramente. Um diploma emoldurado ficou visível junto da estante. Depois do pequeno ajuste no enquadramento, um homem entrou em cena. Nós o víamos de costas, caminhando a passos mudos, com o andar cansado, até que ele ocupou a poltrona e apoiou os braços nos braços da poltrona. Vestia um terno caro, apesar de um ou dois tamanhos menor que o que seu ligeiro excesso de peso requeria, e seu aspecto era impecável: o espesso bigode estava perfeitamente delineado, assim como o cabelo que rodeava a coroa no alto da cabeça; a calva reluzia. Do bolso do casaco, o homem tirou uns óculos redondos de armação delgada, que colocou com elegância. E então tive a certeza do que aconteceria, que ele olharia para a câmera – coisa que não havia feito até então – e diria alguma frase de filme como: "Se você está vendo isto é porque estou morto..." Contive a respiração. Billy literalmente havia inclinado o corpo para diante, até quase cair da cadeira.

Marvin French não falou. Estava claro que também não tinha intenção de fazê-lo, porque aquela fita não tinha som.

Como ele nos daria seu legado se não podia ser ouvido?

Observamos, expectantes, mas a tensão se dissipou lentamente quando French começou a bater com dedos velozes a máquina de escrever sobre a escrivaninha. De tanto em tanto tirava a vista do papel e observava um caderno que havia a um lado, e logo retomava a escrita. Depois de quase um minuto, ergueu a vista e olhou para alguma coisa atrás da câmera, mas ostensivamente afastada dela, talvez para um canto, um quadro, quem sabe. Claramente, o importante não era o que ele olhava, mas a pose sonhadora que adotava durante aqueles segundos, até que se pôs novamente de pé e caminhou até a câmera.

A imagem se interrompeu repentinamente.

Tivemos apenas um segundo para trocar olhares desconcertados. O que havia sido aquilo?

Mas não houve tempo para discutir, porque depois de uma porção de filme em branco, o retângulo de luz na tela de projeção voltou a se encher. Dessa vez com uma poltrona de dois lugares. French voltou a aparecer em cena, sentou-se e começou a ler um livro, com o olhar concentrado por trás dos óculos redondos. Em determinado momento, acomodou o livro no colo e penteou o bigode com a mão várias vezes, sem interromper a leitura.

As cenas se sucederam. No total, foram sete. Todas tinham lugar em diversas localizações da casa, e mostravam Marvin French em situações cotidianas: caminhando por um jardim com as mãos entrelaçadas nas costas, estudando dois quadros abstratos, examinando uma tira de celuloide; em todas ele aparecia reflexivo e com ar intelectual, sempre operando ele mesmo a câmera. Não havia naquele filme caseiro lugar para atos frívolos, como ver televisão ou preparar um sanduíche. Se o homem pretendia deixar um legado, uma imagem do que havia sido a sua vida fora da prisão, procurava mostrar que fora a de um indivíduo centrado e respeitável. Era difícil relacionar aquele homem bem-vestido e de modos refinados às declarações feitas no momento de sua prisão.

Eu a matei! Ela merecia. Era uma puta de merda.

A última cena nos desconcertou e desanimou ao mesmo tempo. Durante mais de um minuto, a tela permaneceu em branco, e a não ser pelas manchas com formas de parasitas e pelas imperfeições do celuloide, teríamos imaginado que tinha terminado. Mas não era verdade. Quase no centro, apesar de um pouco deslocado à direita e acima, surgiu uma luz, como um único farol em uma ladeira cheia de neve. A luz aumentou de intensidade e logo perdeu o foco, até que adquiriu a forma de um losango rodeado de uma auréola multicolorida.

Ficamos olhando para aquela luz, hipnotizados. Quando o filme chegou ao fim, Billy, que continuava inclinado para a frente, estava quase caindo da cadeira.

– Não é nada do que esperávamos, hein? – disse Miranda.

Billy fez voltar a fita na velocidade máxima e a tirou do projetor. Olhou para ela sem ocultar a decepção.

– Por que esta fita estaria em poder do advogado? – perguntou a si mesmo em voz baixa. Deixou-a na mesa e, sem dizer palavra, inclinou-se e pegou a maleta. – Vamos ver o resto.

– O resto? – perguntei.

– Sim – disse Billy enquanto sopesava as três fitas restantes. – A que diz "Sophia" deve conter mais poses na casa, só que de sua mulher. – Deixou aquela fita na mesa e pegou a de "Pôr do sol em Union Lake". – Esta deve ser uma merda paisagística. – Descartou-a também. – Esta tem apenas uma data. É de mais de dez anos atrás, mas, quem sabe, talvez o homem tenha imortalizado sua vontade muito antes de ir para a prisão.

Billy começou a abrir a caixa metálica em que estava guardada a fita. Miranda o deteve.

– Espere, vamos ver primeiro a da mulher. Talvez tenha sido ela que deixou um testamento. Já te ocorreu que talvez o dinheiro seja dela?

Se eu tivesse dito isso, Billy não teria dado atenção, mas como foi Miranda ele parou e refletiu por um momento. Na penumbra do sótão, seus olhos resplandeceram.

– E por isso ele a matou... – disse Billy, maravilhado.

– É claro – concluiu Miranda.

Enquanto Billy montava a fita de Sophia French, toquei suavemente o braço de Miranda, agradecendo em voz baixa. Se não fosse pela sua intervenção, naquele momento Billy continuaria teimando em ver a fita com a data do acidente. Miranda esboçou um sorriso e com um gesto me fez ver que o que acabava de fazer não tinha importância.

Mas Billy tinha razão, aquele filme era semelhante ao de Marvin, era mudo, e não havia nele nenhuma herança. No caso da mulher, as atividades que havia escolhido para ser imortalizada em celulóide tinham a ver com tarefas do lar, e dessa vez não era necessário que saísse de quadro para operar a câmera; para isso ali estava seu marido. Primeiro vimos Sophia na sala, tricotando uma malha que em determinado momento ela examinava erguendo-a diante de si. Era uma mulher bonita, pelo menos dez anos mais jovem que Marvin. Tinha o cabelo preso em um coque e olhava por cima de uns óculos alongados que lhe davam um ar aristocrático. Depois a vimos na cozinha, movendo-se à vontade de um lado para outro. Em determinado momento ela abriu a geladeira para pegar algo e a fechou com um gracioso movimento dos quadris. Nesse momento olhou pela primeira vez para a câmera e reprimiu uma risada marota. A cena seguinte a mostrava de costas, mas seu rosto era visível no espelho que tinha diante de si. Já não sorria.

Com o filme de Sophia experimentei certo pudor. A mulher havia sido assassinada, e isso tornava o ato de imiscuir-se em sua vida muito pior, não sei muito bem por quê. Perguntei-me se ela intuiria naquele momento, diante do espelho, que seu marido seria capaz de matá-la. Seus olhos pareciam dizer que sim, apesar de ser difícil lê-los; neles havia mistério e algo que podia ser cansaço. Desejei que a fita terminasse de uma vez por todas, mas Billy queria vê-la.

Eu havia me desligado por um breve momento das cenas de Sophia French, que naquele instante estava de pé perto de um roseiral, colhia uma flor entre os dedos e a cheirava, fechando os olhos. Tornei a prestar atenção quando a vi enveredar por um caminho de pedra, rodeada de jardins, com um vestido de gala e uma sombrinha para se proteger do sol. A tomada estava sendo feita a partir de um ponto alto, provavelmente de uma das janelas do segundo andar. A razão pela qual me concentrei na imagem projetada foi que atrás da mulher estava a piscina onde a polícia a encontraria morta mais tarde. O ângulo da tomada não permitia ver o fundo, mas sim boa parte de um dos muros que cercavam a casa.

A piscina estava vazia.

Um sinal de alerta se acendeu em minha cabeça.

Billy se inclinou para a frente.

Reparei em um detalhe importante: a câmera estava se movendo. Marvin seguia os passos da esposa, portanto ele estava no andar de cima. Contive a respiração. A mulher levantou a cabeça e fez uma graciosa reverência para a câmera, muito sutil, mas perceptível, se se prestasse atenção. A sombrinha ocultava parcialmente seu rosto, mas parecia que ela sorria. Seus pés estavam muito perto da borda da piscina. Perigosamente perto.

Então aconteceu.

Tive um sobressalto. Miranda deixou escapar um grito de horror que o sótão se encarregou de repetir em cada canto.

Orson surgiu de um dos cantos da imagem e investiu a toda a velocidade contra Sophia, que apenas conseguiu soltar a sombrinha e agitar os braços no vazio para adiar o inevitável. Caiu de costas.

Orson aproximou-se rapidamente da piscina e depois olhou para os lados, comprovando que ninguém o via. Parecia estar disposto a seguir seu caminho quando lhe ocorreu erguer a cabeça.

Então foi a minha vez de deixar escapar um grito.

Foi como se ele estivesse me olhando, apesar de ser evidente que quem ele havia descoberto no segundo andar era Marvin, que registrara tudo com sua câmera de Super-8. Naquele momento, Orson não tinha mais de dez anos. Era grande para a idade, mas ainda não havia alcançado seu tamanho gigantesco; entretanto, ali estava sua eterna expressão de ressentimento e ódio desapiedado.

Ninguém atinou em fazer nada ou dizer alguma coisa, e o mesmo deve ter acontecido com Marvin, que continuou filmando, procurando processar o que acabava de acontecer, talvez repetindo o fato em sua cabeça algumas vezes.

O filme terminou abruptamente, e a imagem de Orson com o rosto voltado para cima e o olhar desafiante se cravou em minha retina, receio que para sempre.

Poucas vezes em minha vida tive tanto medo como naquele momento, naquele sótão enorme cheio de monstros empoeirados. Abracei os cotovelos com as mãos e então, em algum momento, desmaiei.

Segunda parte

Hoje (I)
2010

1

Minha vida não seria o que é hoje a não ser por um acontecimento fortuito que se deu pouco depois de minha graduação no instituto, em 1991.

Eu havia decidido que não iria para a universidade. Tinha o firme propósito de dedicar-me a escrever profissionalmente. A ideia de passar horas em meu escritório e depois ver o resultado em um exemplar impresso com uma linda capa e meu nome destacado em grandes letras me seduzia. Nessa época os editores começavam a prestar muita atenção nas capas – talvez demasiada –, e as livrarias se esmeravam em apresentar seus livros da melhor forma possível, acompanhando as pilhas de exemplares com objetos que tivessem a ver com a trama. Hoje em dia trata-se de um fenômeno bem comum, especialmente nas cidades importantes. Mas naquela época, em Carnival Falls, isso era uma novidade. Eu passava horas diante da vitrine da Livraria Borders, na Main Street, e também na do senhor Gibbs, apesar de o velho não estar muito de acordo com essa história de enfeitar seus livros como árvores de Natal. Além das torres de livros, havia os pôsteres promocionais, nos quais os autores sorriam como estrelas de cinema e transbordavam confiança. Em meu caso, não era apenas a vaidade o que me motivava; havia também algo íntimo, que naquela época não conseguia explicar muito bem, e que tinha que ver com um certo sofrimento interior (apesar de não ser exatamente um sofrimento). Há pouco tempo, falando desse assunto com uma escritora de certo renome, ela me disse com toda a naturalidade que esse mal-estar não era nada além de "gases literários". Ri muito com isso, mas me pareceu extremamente acertado.

Graças à ajuda de Collette Meyer, consegui um estágio não remunerado no *Carnival News*, que, apesar de ser um jornal local, era o único lugar onde eu poderia ter, em algum momento, a oportunidade de escrever em troca de um pagamento. Comecei com entusiasmo, servindo café para o pessoal, e até isso me esforçava para fazer com perfeição; também corrigia alguns artigos. Foram semanas esgotantes, porque as regras na granja dos Carroll mudaram no momento em que alcancei a maioridade; eu trabalhava na horta de manhã e de tarde me enclausurava no escritório. Sabia que teria de abandonar a granja a qualquer momento, que o período de tolerância não se prolongaria muito; eu tinha que deixar o lugar para as crianças que realmente precisavam.

O entusiasmo pode ser um combustível grandioso na hora de lutar por um sonho, mas em meu caso comecei a suspeitar que a porta que levava à minha carreira literária era ridiculamente pequena, e que poderia passar vinte anos trabalhando no *Carnival News* até conseguir, com sorte, um lugar na redação.

O certo é que desde a entrada no jornal eu não havia escrito uma mísera linha de ficção. Minha magra produção literária se limitava às histórias de cavaleiros andantes e intrigas palacianas que havia criado em minha adolescência, e que começavam a me parecer lamentáveis. Nem uma mísera linha mais. No *Carnival News* haviam tido a deferência de me permitir redigir dois artigos. "É uma grande responsabilidade, Sam, todos estamos muito orgulhosos de você." Um era uma noticiazinha de cinquenta palavras para encher espaço: a família Coleman lamentava a perda de seu cachorrinho Willis e oferecia uma recompensa para quem pudesse fornecer alguma informação sobre o seu paradeiro; um garoto estava desconsolado, por favor, ajude-nos! O outro artigo procurava incentivar todas as crianças da cidade a inscrever-se no clube de xadrez local. O coordenador do clube, um tal Dimítri Não Sei de Quê, me confessou que estava desesperado, porque cada vez menos crianças se interessavam pelo xadrez, e me pediu que escrevesse algo que o mostrasse como realmente era: um esporte emocionante, que desenvolvia o intelecto e era muito divertido quando se tinha um domínio mediano do jogo. Enquanto ele falava comigo, lembro-me de ter pensado em como era ridículo ouvir aquele homem que provavelmente havia inventado aquele nome russo tentando me convencer de que podia ser emocionante duas pessoas ficarem sentadas durante horas sem fazer nada. O artigo foi um desastre, é claro, apesar de o diretor Green tê-lo achado incrível.

Quando eu teria tempo para escrever algo sério? Minha vida era um vaivém entre a colheita de batatas e os artigos sobre cachorros perdidos. Patético.

O estágio no jornal não foi o meu golpe de sorte, como eu havia acreditado a princípio. Este veio depois, quando fazia quatro meses que eu trabalhava lá, e o mais engraçado é que a princípio eu nem percebi. Chegou em forma de convite. Katie havia ido embora para Nova York, recém-formada; ela sim, tinha intenções de ir para a universidade, e seus pais lhe haviam deixado uma poupança no banco exatamente para isso. Ela se transformara numa mulher decidida e disposta a assumir riscos; havia perdido aquela constante pátina de tristeza que carregava desde a infância. Parecia ter feito as pazes com o pai, ter aceitado seu suicídio como uma tragédia do passado, e continuava visitando a mãe, apesar de esta não a reconhecer e se referir a ela como "a enfermeira mais linda do mundo". Às vezes, na intimidade, aquela tristeza que a caracterizava durante nosso período na granja aflorava, mas a Katie nova-iorquina teria enganado a qualquer um. Continuava sendo linda e inteligente, e receber o seu convite para passar duas semanas em seu apartamento foi um sonho que eu não esperava realizar. Para alguém como eu, que apenas tinha ido algumas vezes a Rochester e cuja viagem mais extraordinária havia sido até Boston, aonde fora com Randall, que ia resolver alguns negócios, Nova York era o mesmo que a Lua.

Subi no ônibus com grande expectativa. Não apenas ia conhecer uma cidade de verdade – Katie havia nos falado tanto dela que realmente havia despertado minha curiosidade –, mas também sentia saudades de minha irmã. Durante os anos de instituto, era ela que me continha, com quem eu desabafava e a quem pedia conselhos sempre que precisava. Eu lhe contava absolutamente tudo, inclusive meus verdadeiros sentimentos em relação a Miranda e tudo o que aconteceu naquele verão de 1985.

Katie estudava economia, algo para o que parecia ter excelentes qualidades e que a fascinava. Para mim era surpreendente vê-la com todos aqueles livros técnicos e o *Wall Street Journal*, como se fossem revistas de fofocas. Ela dividia um apartamento com duas moças da mesma idade, que havia conhecido no mundinho da moda. Katie fazia trabalhos de modelo e sessões fotográficas para ajudar a pagar os estudos. Era duas mulheres em uma, e eu a admirava incrivelmente por isso.

As duas semanas que passei em seu apartamento foram inesquecíveis. A cidade me impressionou, é justo dizer, apesar de em alguns momentos eu sentir uma falta de integração tão grande que queria voltar para o jornal, para o bosque que tão bem conhecia, para o meu lugar. As garotas que moravam com Katie foram muito amáveis e me deixaram ficar em um quartinho perto da cozinha, não muito maior do que o aposento onde cresci.

Diferentemente de Katie, suas companheiras de apartamento tinham muito tempo livre, e assim organizavam e iam a festas quase todo o tempo. E foi assim que me relacionei com mais gente do que conheci em Carnival Falls em toda a minha vida. Três vezes durante aquelas duas semanas houve festas em nosso apartamento, e quase todos os inquilinos do edifício compareceram, na maioria estudantes ou rapazes da idade de Katie. As portas de cada apartamento ficavam abertas, e podíamos andar por todo lado. Havia música de todos os estilos e personagens incríveis, que jamais pensei conhecer. Tudo era tão diferente ali... Em Nova York compreendi que meu sonho de escrever era absolutamente lógico. Era fácil chegar a essa conclusão quando ao seu redor a maioria tinha sorte na música, no teatro ou se definia como "artista plástico". Durante esses dias, provei pela primeira vez bebidas com álcool além de cerveja e mantive longas conversas com desconhecidos, falando de sonhos e bebendo, sem amarras, sem julgamentos, sem compromissos.

Amei aqueles dias em Nova York. Conheci uma nova maneira de viver, que intuía existir em algum lugar, mas que nunca pensei poder estar me esperando ao virar a esquina. Regressar a Carnival Falls depois daquilo ia ser como acordar de um sonho extremamente agradável.

Mas o destino havia me preparado uma surpresa. Katie me apresentou a Heather dois dias antes de meu pouco ansiado regresso, em uma daquelas festas ecléticas e cheias de gente que eu tanto desfrutava. Eu estava em um dos apartamentos, junto com um jovem e sua namorada, os três jogados em um sofá, resolvendo questões essenciais do universo, quando chegaram as garotas. Heather estudava direito: aquele era seu primeiro ano na universidade, e Katie a conhecera na biblioteca, ou foi isso que eu imaginei ter ouvido – nessa noite eu havia batido minha marca pessoal de três *cubas libres*, e minhas ideias fluíam com uma agradável lentidão. Heather se sentou ao meu lado, nossas coxas se tocaram, e Katie saiu descaradamente, como um empregado da FedEx que fez a entrega de um pacote. A conversa com Heather se desenrolou de maneira espontânea, e não me surpreendi ao descobrir que ela já sabia muitas coisas a meu respeito – gentileza de Katie, é claro. Eu poderia tê-la beijado naquela noite. Em determinado momento, nossos rostos estavam tão próximos que pude sentir o cheiro de um chiclete que ela havia mascado antes. Senti que seria apenas uma questão de me inclinar ligeiramente para a frente, e assunto resolvido. Gostei de Heather desde o princípio, e se não a beijei naquele instante não foi por falta de vontade ou porque achasse que ela recusaria o beijo; na verdade, não sei por que não o fiz.

Naquela noite não dormi, fiquei na cozinha, vendo o Brooklyn surgir magicamente em meio à bruma do amanhecer.

Pela manhã, Katie me fez um oferecimento que mudaria tudo. Eu poderia viver com ela e suas amigas por algum tempo, vários meses se necessário, sempre e desde que achasse que o quartinho junto à cozinha era suficiente para mim. Aceitei imediatamente, sem pensar duas vezes. Poderia conseguir um emprego naquela grande cidade, claro que sim. E quando tivesse meu próprio dinheiro poderia colaborar com os gastos, e mais tarde mudar-me dali. Basicamente, era o mesmo plano que eu havia delineado em Carnival Falls, mas com uma diferença fundamental: ali eu seria livre.

Enquanto a Grande Maçã se espreguiçava, eu entendi: soube com toda a certeza que aquele era o ar que manteria meus sonhos vivos. Abracei minha irmã e lhe agradeci com toda a alma. Minha vida ia mudar.

Minha experiência em cuidar de idosos e na colheita de verduras não foram de grande utilidade na hora de conseguir um emprego decente, mas dediquei-me a procurar durante o dia inteiro, todos os dias. Assim, comecei em um restaurante como ajudante de cozinha, depois passei a outro e a outro. Não era suficiente para me mudar, mas pude colaborar com o aluguel, apesar de elas insistirem em que minha parte não fosse proporcional, mas menor. "Você está nesse cubículo perto da cozinha, não é justo dividirmos em partes iguais." Eu estava contente de fazer parte daquela sociedade, gostava de estar em um cubículo junto à cozinha, gostava até da falta de ordem que reinava naquele apartamento, onde os horários eram flexíveis e sempre havia tempo para receber os amigos. E depois havia as modelos, claro: dezenas de mulheres esculturais, lindas e jovens desfilando despreocupadas pela sala, altas e magras, quase de outro planeta.

Convidei Heather para sair duas vezes, e a relação se firmou. Apaixonei-me a uma velocidade meteórica, tal como havia acontecido com Miranda em minha outra vida, com a diferença de que com Heather ocorreu o mesmo. Tínhamos muitas coisas em comum, mas talvez a mais importante fosse ter encontrado recentemente um novo horizonte. Ela provinha de uma família rica – quando eu soube, achei que meu destino de conviver com a aristocracia estava escrito em algum lugar –, fora criada por uma mãe de temperamento um pouco fraco e por um pai que gostava de que as coisas fossem feitas do seu jeito. No secundário, começou a sair com um rapaz de uma família como a sua, sempre de acordo com os desígnios do pai, que havia acertado tudo com o futuro sogro, com quem fazia negócios e jogava golfe. Heather se submeteu à pressão do pai, um erro enorme, que a tornou infeliz durante o último ano escolar. Quando se formou, havia chegado o momento de se casar; mais uma vez, estava tudo acertado. Heather se sentia sozinha, sem ninguém com quem compartilhar o que verdadeiramente lhe ia na alma. Havia passado meses engolindo sua aflição, compartilhando seus problemas com alguns amigos que tentavam contê-la, mas afinal foi ela, num impulso de coragem praticamente desconhecido, que encarou o pai e lhe disse tudo. Absolutamente tudo. Foi ao seu escritório, tirou-lhe das mãos o relatório que ele estava lendo e lhe disse toda a verdade, tudo o que estava se passando em seu coração.

 Heather fez um pacto com o pai. Nao se casaria com aquele rapaz, evidentemente, e ele não interferiria em nenhuma de suas decisões sentimentais. Em troca, ela iria para a universidade e se formaria advogada, e assim continuaria a tão ansiada tradição familiar. No devido tempo se encarregaria do escritório. Como o pai não tinha muitas opções, acabou por aceitar.

 Minha relação com Heather durou cinco anos. Os três primeiros foram de sonho, desses em que a gente sente que o amor nunca vai acabar, porque tudo é perfeito, porque o desgaste que afeta quase todos os casais por alguma razão mágica não nos alcançará. Heather gostava muito de advocacia, apesar de espertamente ter feito o pai acreditar que para ela seria um sacrifício, e era uma aluna aplicada, de modo que isso não lhe deixava muito tempo para a nossa relação. Da minha parte, depois de minha passagem pelos restaurantes, consegui um emprego na Doubleday como assistente de edição, e isso foi como tocar o céu com as mãos. Eu tinha escrito algumas coisas durante esse tempo, mas sentia que meu estilo ainda estava em desenvolvimento. Muitas vezes tive o impulso de dizer a meus chefes que tinha material para publicar, de lhes mostrar algo para que pelo menos me dessem sua opinião, mas o instinto me ordenou que não fizesse isso, que esperasse. E assim fiz. Trabalhei duro, duríssimo, cheguei a editar livros de autores de renome, e mesmo que o crédito nunca fosse meu, isso não me importava. O salário não era excelente, mas permitiu que eu alugasse um apartamento com Heather. Olhando para esse período com distanciamento, foi nessa época que nossa relação começou a se deteriorar. Alguma coisa despertou dentro de mim, alguma coisa que havia estado hibernando durante anos. Acredito que meu trabalho na Doubleday, que me punha em permanente contato com os escritores, pode ter sido o estopim, ou talvez eu tivesse alcançado um certo grau de maturidade. Não sei. Eu tinha vinte e dois anos, e sentia premência de escrever. Escrever se tornou a minha prioridade. Não Heather.

Foi ela que um dia me disse que precisávamos conversar – essa frase que quase não requer mais explicações. Mas eu estava esperando por isso e o desejava. A separação foi de comum acordo, apesar de parecer que isso nunca é possível. No fundo do coração, sabíamos que a relação já não era a mesma, que não tinha sentido pôr a culpa nas horas que eu passava diante da máquina de escrever, no seu ambiente na universidade, na sua família, em nada. Identificar as razões não mudaria o resultado. Às vezes teimamos em procurar explicações para as coisas em vez de aceitá-las como são.

Nessa ocasião meu salário havia melhorado, e tive condições de alugar meu próprio apartamento. A ruptura com Heather me fez sofrer demais, mas eu estava começando a suspeitar que é possível sair do amor com integridade, que as feridas cicatrizam. Além disso, eu tinha algo a que me agarrar: meu primeiro manuscrito estava quase pronto. Era uma história sobre uma assassina em série e um detetive obcecado em capturá-la. Eu achava que podia funcionar. Durante esses anos, havia aprendido alguma coisa no mundo editorial. Estava na reta final da história e via potencial nela, muito potencial. O título provisório era *Eva*, o nome com que a mulher assinava seus crimes.

Naquele momento, meu chefe na Doubleday era Edward Perry, um homem de visão e instinto que iria longe no mundo editorial. Quando lhe entreguei o manuscrito, com alguma presunção, devo reconhecer, ele achou que eu estava brincando. Eu lhe disse que aquilo era sério, que escrevia praticamente desde que fazia xixi na cama, e que havia esperado até ter algo que valesse a pena mostrar. Devo ter dito isso com convicção, porque sua expressão mudou, e ele me disse que daria uma olhada no fim de semana, e que segunda-feira me daria uma opinião inicial depois de ler algumas páginas. Perry avaliava os textos segundo um método que ele mesmo havia denominado "os três níveis de Perry". Primeiro abria o livro ao acaso e lia uma página. Se gostasse do estilo, o primeiro nível de Perry havia sido satisfeito, e ele lia outra página qualquer. Em seguida uma terceira. Se achasse que o que tinha nas mãos tinha potencial, o segundo nível de Perry havia sido alcançado, e ele lia os dois ou três primeiros capítulos. O passo seguinte, o terceiro nível de Perry, era ler o livro completo. Ele me disse que não faria uma exceção comigo.

Não foi necessário esperar até segunda-feira para saber a sua reação. No domingo ele ligou para a minha casa. Quando ouvi sua voz, já sabia que ele tinha gostado, e antes que ele pudesse me dizer alguma coisa, perguntei até que nível ele havia chegado. Ele me disse que até o terceiro. Na editora, sabíamos que, quando um livro alcançava o terceiro nível de Perry, era quase certo que seria publicado. Meu chefe tornou a me perguntar se aquilo não era uma brincadeira do escritório e se eu realmente havia escrito aquele livro. E esse foi o melhor cumprimento que ele poderia ter feito.

No dia seguinte ele me propôs assinar um contrato para publicar *Eva*.

Hoje tenho trinta e sete anos. Já publiquei outros seis livros desde minha estreia literária, e depois de Heather outras mulheres entraram em minha vida, apesar de eu só ter tornado a me apaixonar uma vez mais. O nome dela era Clarice, e com ela tive a convicção de que a busca havia chegado ao fim, que ela seria a eleita, que nosso gostos comuns dariam aquele toque adicional para que a relação perdurasse. Enganei-me.

2

Todos os anos volto a Carnival Falls. Gosto de me reencontrar com minha cidade natal, de recordar os velhos tempos, de visitar os entes queridos, de participar de alguma celebração, de um dia festivo, de alguns aniversários. Pegar o carro e viajar pela Interstate 95 se transformou em um dos maiores prazeres de minha vida.

Minha primeira parada foi na Harding Street, como tantas outras vezes, e caminhei até a casa dos Meyer, que agora pertencia a um casal jovem cujos filhos tinha visto involuntariamente crescer ao longo dos anos, sem que eles percebessem. Comprei um sorvete no 7-Eleven de Harding & Bradley e me sentei em um banco bem diante da casa.

Joseph morreu dois anos antes de eu deixar a cidade. Ele se foi deste mundo silenciosamente enquanto dava uma cochiladinha na poltrona do terraço dos fundos onde tantas vezes nós nos sentávamos e eu lia para ele.

Em minhas primeiras viagens a Carnival Falls, visitei Collette naquela casa. Foram três anos no total, até que ela também morreu, receio que de um modo não tão aprazível quanto o de Joseph. No caso dela, foi um infarto.

O lógico teria sido eliminar aquela parada de meu passeio. E quase fiz isso. Mas naquele primeiro ano sem Collette, dirigi até à sua casa sem pensar, imagino que para dar uma olhada na fachada, para ver se estava ocupada e essas coisas, e desde então não deixei de fazê-lo. Compro o sorvete e me sento diante da casa. Termino o sorvete e continuo ali por cerca de meia hora. É o meu momento com eles, apesar de o fato de ter em minha casa de Nova York a caixa de música predileta de Collette, a do circo, e dar corda a seus múltiplos mecanismos ser sempre uma desculpa para evocar tudo o que aquelas duas pessoas maravilhosas fizeram por mim.

Muitas vezes pensei em pedir à nova família que me permitisse entrar na casa, apenas por curiosidade, mas ainda não o fiz. Uma vez me aproximei o suficiente para ver de soslaio o jardim dos fundos. O quarto onde Joseph guardava os documentos do escritório, no qual Billy e eu descobrimos as fitas de Marvin French que mostravam Orson assassinando a mãe adotiva, já não existe. Foi demolido. Todas as plantas estão bem podadas, e a grama regada. Há flores e até brinquedos de criança. Eu não quis ver mais nada. Para mim, aquele jardim será sempre o pomar com trastes imprestáveis que Collette tanto amava, o território de Sebastian. Em minhas fantasias, imaginava que a nova família havia arrumado o jardim, mas que o anão de gesso continuava no mesmo lugar de sempre, como amo e senhor de tudo. Não queria entrar na casa; melhor deixá-la como a recordava. Sempre me dizia que talvez no ano seguinte, mas sabia que era uma desculpa para voltar ano após ano. Nunca tornaria a entrar naquela casa, a não ser em minhas lembranças.

Tinha terminado o sorvete havia algum tempo. Ainda segurava o palito entre os dedos, como uma pequenina batuta. Às vezes via crianças brincando no caminho e ficava um pouco mais, mas nesse dia não havia ninguém, apesar da temperatura agradável.

Voltei ao meu PT Cruiser e me dirigi à Cook Street. Tinha feito esse trajeto tantas vezes de bicicleta que percorrê-lo em meu carro moderno me dava uma sensação especial, incrivelmente grata, com certeza.

3

A granja não havia mudado muito desde minha partida. Estacionei perto da caminhonete de Randall, de onde pude ver a janela de meu antigo quarto, que agora funcionava como despensa e que ninguém havia tornado a utilizar. A recordação da silhueta de Orson na noite em que me convocou para encontrá-lo na caminhonete abandonada me assaltou, e isso foi suficiente para que meu sorriso se dissipasse no espelho retrovisor. Orson Powell era a única lembrança daqueles anos que ainda me provocava calafrios.

Uma batidinha na janela me arrancou de minha fantasia.

– Sam, que prazer ver você!

Era Amanda. Desprendi-me das teias do passado sacudindo a cabeça. Esbocei um sorriso, desci do carro e nos abraçamos.

Amanda estava chegando aos setenta. Continuava sendo uma mulher incrivelmente forte e saudável, mas os anos de trabalho duro haviam deixado sua marca. Ela ganhara vários quilos, e caminhava com a ajuda de uma bengala. Seu cabelo, que usava recolhido em um coque, estava completamente branco. Quando a tive entre os braços, pude sentir o perfume e o pó de arroz no rosto, e percebi que aqueles detalhes eram para mim. Permanecemos nessa posição por um bom tempo, depois caminhamos até a casa sob a estrita supervisão de Homero, um pastor-alemão filho de meu saudoso Rex.

Quando entramos na sala, Randall se levantou de sua poltrona de leitura e se aproximou. Sua compleição musculosa lhe havia permitido chegar à velhice de maneira mais sutil. Com sua clássica camisa xadrez, suas calças de flanela e seu chapéu de palha, quase parecia o mesmo de sempre. Mas em seu rosto os anos passados sob o sol também haviam deixado sua marca.

– Você deixou crescer a barba, Randall – eu disse enquanto o abraçava e estremecia ao sentir a fragilidade de seu corpo. Suas omoplatas pontiagudas se cravaram em meus braços.

Quando me afastei, reparei que ele estava bem mais magro que no ano anterior, e que debaixo da barba incipiente as maçãs do rosto sobressaíam.

– Estamos todos muito contentes! – disse ele enquanto massageava a barba. – As meninas estão preparando um almoço para fazer as honras à sua chegada.

Claire dava indicações a duas meninas para se livrar e vir ao meu encontro. Era a única que continuava na granja desde a minha época, e com o tempo seu papel de organizadora havia se fortalecido. À medida que a fonte de energia de Amanda se esgotava, a de Claire se tornava cada vez mais poderosa. Observei-a um momento, enquanto ela falava com Jodie e com outra menina que devia ter chegado à família nesse ano, e até o modo como se inclinava, a postura dos braços, tudo me recordava nossa mãe, a mulher que agora tinha ao meu lado e que se sustentava em pé com a ajuda de uma bengala, mas que no passado me parecia indestrutível.

– Sam! – Claire se aproximou a passos largos, secando as mãos com um pano de prato. Estreitou-me em um abraço de urso e me disse ao ouvido: – Como você pôde fazer aquilo com a pobre Miriam?

Ri com vontade. Miriam não era uma de minhas conquistas amorosas, mas a protagonista de meu último romance, *Sentinela noturna*, uma mulher que sofria o assédio desapiedado de um psicopata disposto a lhe arruinar a vida a qualquer preço.

– Silêncio! – disse Amanda, que estava sentando com alguma dificuldade em uma das poltronas da sala. – Acabei de começar a ler.

Indicou um dos exemplares que eu lhe havia enviado pelo correio fazia apenas algumas semanas. Um marcador aparecia entre as primeiras páginas.

– Desta vez fui a primeira – disse Claire com orgulho.

– Você está vendo, Sam – disse Randall, que tirou o chapéu e também se sentou. – Algumas coisas não mudam nesta casa. Sempre me deixam por último.

– Eu também quero ler! – gritou Jodie da cozinha.

– Tempere as saladas! – disparou Claire para ela com voz de trovão. – Você ainda é muito pequena!

– Tenho oito anos! Já li todos os de Harry Potter.

A outra menina, que parecia ser dois anos mais velha, lhe disse que os dois livros de Harry Potter que tinha lido não contavam, porque eram para crianças. Claire lhes ordenou que parassem de discutir, mas as garotinhas continuaram, apesar de em voz mais baixa. Era um alívio ver que as regras na granja estavam um pouco mais suaves.

Andei até um móvel perto da porta, algo que sempre gostava de fazer durante minhas visitas. Contemplei o exército de porta-retratos sobre a prateleira, inclinando-me ligeiramente, com as mãos nas costas.

– Quantos são agora, Amanda? – perguntei.

– Sessenta e dois – respondeu ela de sua poltrona.

Amanda podia estar perdendo a força física, mas lembrava-se perfeitamente de todos nós.

Na cozinha, as duas meninas continuavam discutindo. Dos livros de Harry Potter, o assunto havia mudado para o que cada uma ia ser quando crescesse. A maior dizia que seria modelo, como Katie. Jodie seria escritora, como eu, mas esclarecia que escreveria histórias românticas, que pudessem ser lidas pelas meninas da sua idade.

Parei diante da fotografia de Tweety, em que ele abria a boca e observava o céu com expressão sonhadora. Ela havia sido tirada antes de sua chegada à granja, durante os anos em que aquela careta exagerada era o mais parecido com um sorriso que ele conseguia dar. Tweety continuava vivendo em Carnival Falls, e dava aulas de história. Conversávamos regularmente por telefone, e às vezes brincávamos a respeito de sua velha paixão pelas histórias em quadrinhos.

Eu gostava de percorrer aqueles rostos. Ali estavam todos os meninos que haviam passado pelo lar dos Carroll. Não havia privilégios de nenhum tipo; realmente, algumas fotografias eram maiores do que outras, mas isso era fruto do acaso. A minha estava atrás de todas, e era uma das poucas em preto e branco. Havia sido tirada na granja, quando eu estava começando a andar. Nela se via meio corpo de Amanda, que me levava pela mão.

Eu estava observando a fotografia de Randy, carrancudo sob o chapéu de vaqueiro, quando Amanda se aproximou de mim por trás. Ouvi seus passos, acompanhados da batida da bengala.

– Cada vez que te vejo olhando essas fotografias digo a mim mesma que da próxima vez vou tirá-la daí...

Eu sabia a que fotografia ela se referia, é claro. Não muito longe da minha estava a de Orson Powell. Era um retrato em tons pastel, de quando ele tinha seis ou sete anos. Arrogante e arrumado, tinha os olhos brilhantes, o sorriso exagerado e o cabelo recém-cortado. Orson sabia como impressionar os outros, é claro que sim.

– Eu mal tinha notado – menti. – Além disso, a verdade é que Orson me dá um pouco de pena.

Amanda me deu uma palmadinha nas costas.

– Todos devem estar aqui – disse ela com resignação. – Absolutamente todos... Não posso fazer exceções. Deus os enviou para cá, e tratei de fazer o melhor que pude com cada um de vocês.

Olhei para ela e apoiei a mão em seu ombro.

– Você sabe que eu compreendo, Amanda. Não precisa me dar explicações.

– Fico contente que você entenda – disse Amanda. Ela me deu duas palmadinhas mais nas costas e ficou ao meu lado em silêncio.

Um instante depois levantei a cabeça. Ali estava o crucifixo de gesso, parecendo menor com o passar dos anos.

– Você vai ficar conosco? – perguntou Amanda repentinamente.

A pergunta me pegou de surpresa. Normalmente eu me hospedava no Hotel Cavallier, em Paradise Road. Observei Amanda e vi um brilho de súplica em seus olhos.

– É claro que sim, evidente! – respondi.

– Preparamos uma cama no quarto de Claire – disse ela baixando a vista ligeiramente. – É o único lugar disponível.

– Não tem problema.

Amanda sorriu.

– Tudo certo então! – Ela se voltou e se encheu de energia, batendo palmas vigorosamente.

Imediatamente Claire ficou alerta. As duas mulheres trocaram um olhar, e foi o suficiente para compartilharem o que acabávamos de resolver um instante atrás.

Alguns minutos depois, todas as crianças da granja apareceram para almoçar e me cumprimentaram, alguns com verdadeira efusividade, outros com desinteresse. A agitação tomou conta da sala. Amanda permaneceu sentada, onipresente, cheirando o ar e lançando olhares penetrantes por cima dos óculos retangulares. Claire verificava se todos haviam lavado as mãos antes de sentar à mesa e organizava suas ajudantes de cozinha para que trouxessem a comida.

Sentamos à mesa como de costume, meninos e meninas em lados opostos.

4

Billy vivia em uma linda casa em Redwood Drive. Não a antiga Redwood Drive, que ainda era território das mansões que continuavam em pé, mas quase um quilômetro mais ao norte, em uma zona onde antes não havia nada além de um bosque, mas que com os anos fora se transformando em um exclusivo subúrbio de casas ultramodernas.

Meu amigo também teve seu golpe de sorte, apesar de que em seu caso, é justo dizer, não foi uma réstia de probabilidade ínfima, como minha teimosa batalha em Nova York, mas um enorme letreiro de neon visível a quilômetros de distância. Billy mostrou ser um gênio da computação. E, é claro, precisava ter um diante de si para se dar conta disso. A senhora Pompeo dizia que havia sido uma sorte que os computadores não se tivessem popularizado antes que seu filho cursasse os últimos anos do secundário, porque nesse caso ele não teria conhecido o bosque nem teria tido amigos ou vida social. Sua paixão era tão forte que a família quase não ofereceu resistência quando o caçula rompeu a tradição de engenharia dos Pompeo.

Ele se formou com louvor em Harvard, e as ofertas de trabalho chegaram imediatamente. Billy recusou todas. Fundou uma empresa de *software* para bancos com um estudante cujo sobrenome era LeClaude. Continuou com a empresa durante uma década e ficou rico, depois vendeu sua parte a LeClaude e se instalou na casa maravilhosa em que vivia. "Um dia me cansei", foi a sua explicação. "Era mais empresário que programador." Agora era assessor de diversas firmas que o consultavam em matéria de segurança informática; também dava seminários em universidades e trabalhava em projetos pessoais que nem sequer se dava ao trabalho de me explicar. Quando nos reuníamos, quase nunca falávamos de nossas ocupações.

Caminhei até a casa, localizada numa suave colina rodeada de verde, por um caminho de pedra estreito e sinuoso. Era outro momento mágico de minhas viagens a Carnival Falls, porque nunca avisava Billy. Gostava de surpreendê-lo.

Cinco metros antes de chegar à porta, ela se abriu.

Do umbral, Billy olhava para mim. Mas não era o homem em que havia se transformado, mas o menino que eu havia conhecido no segundo ano da Lelland School, o que me oferecia o sanduíche de salame e queijo.

– Sam! – disse o menino depois de hesitar por um instante, avaliando se seria melhor sair da casa ou esperar-me ali.

Percorri os metros finais acelerando o passo. Agachei-me e dei-lhe um beijo na bochecha, enquanto lhe revolvia o cabelo.

– Oi, Tommy! Seus pais estão? – perguntei enquanto espiava por cima de sua cabeça. Era evidente que ele não estava sozinho em casa, mas não vi ninguém.

– Mamãe foi ao cabeleireiro, e papai foi ao banheiro fazer cocô. Levou o seu livro.

Não pude deixar de sorrir. Tommy permaneceu sério. Continuava de pé no umbral, como se conversar ali fosse a coisa mais normal do mundo. Para um menino de seis anos naturalmente era.

– Já sei contar até cem!

– Verdade?

– Sim! Um, dois, três, quatro...

Continuou até trinta e quatro, omitindo o dezenove e o vinte e nove, e deteve-se aborrecido ao ouvir passos procedentes da escada.

– Não acredito! – Era a voz de Billy. – Sam Jackson em pessoa!

Ele cruzou a sala a passos largos e me abraçou com força. Tommy ficou preso entre as minhas pernas e as de Billy.

– Eu sabia que você viria! – disse Billy. – Já faz uma semana que sei. Ontem eu disse para...

– Papai!

Billy se afastou, e Tommy conseguiu se livrar da armadilha de pernas.

– Desculpe, filho.

Tommy se afastou correndo. Ao vê-lo, era impossível não lembrar as antigas birras de Billy quando as coisas não saíam do jeito que ele queria.

– Não sei a quem ele saiu com esse gênio – disse Billy.

– Ele estava me mostrando que já sabe contar até cem – expliquei.

– Ele chegou ao cinquenta?

Neguei com a cabeça.

– Então eu te salvei – disse ele. – A partir do cinquenta, a cada cinco números ele repete o quarenta e sete; parece que é uma espécie de curinga. É impossível não rir na primeira vez.

– Você não vai me convidar para entrar?

Ele fez uma pausa.

– Você não sabe como estou feliz de te ver aqui.

– Eu sei.

Uma vez na sala, Billy me ofereceu algo para beber, apesar de se tratar de mera formalidade. De acordo com o ritual, beberíamos cerveja no jardim dos fundos.

Antes de chegar à cozinha, Billy se deteve, como se se lembrasse de alguma coisa. Voltou-se para mim.

– Quer ver uma coisa incrível?

Em seus olhos surgiu aquele brilho especial que eu vira tantas vezes em nossa infância, que pressagiava que a maior bobagem deste mundo estava a ponto de brotar de seus lábios.

– Desde que não seja um dos seus computadores ultrapequenos e ultrachatos...

– Você continua usando máquina de escrever?

– É claro!

– Meu Deus!

– O que você quer me mostrar? Preciso me preocupar?

– Não. – Seus olhos continuavam brilhando. – Me espere aqui.

Ele desapareceu atrás da porta interna da garagem.

Voltou depois de um minuto. Segurava um quadro de tamanho médio contra o peito, de maneira que eu não podia vê-lo.

– O que é?

– Me entregaram na semana passada.

Ergui as sobrancelhas. Realmente, não tinha ideia do que poderia ser.

Ele virou o quadro solenemente, e quando o vi caí na gargalhada. Agarrei as costas de uma poltrona para conseguir me manter de pé. Era engraçado demais!

– Não posso acreditar!

– Vou pendurá-lo aqui na sala com os outros.

O que ele segurava não era nada além de uma versão adulta – e bem recente – das fotografias com o clássico chapéu de marinheiro, como as que a senhora Pompeo o obrigava a tirar quando criança no estúdio fotográfico do senhor Pasteur. A pose do rosto era a mesma, com o queixo ligeiramente erguido para um lado e a expressão de alegria que nos retratos da infância fora se transformando cada vez mais em uma careta de ódio camuflado.

– O fundo é o mesmo – disse ele com orgulho –, você acredita?

Notei que, com efeito, atrás de Billy havia umas nuvens pomposas e desbotadas que me pareciam familiares.

– O senhor Pasteur morreu – explicou ele –, mas seu filho conserva o estúdio como se fosse um museu. Ficou encantado de me tirar a fotografia.

– Você não percebeu?

– O quê?

– Quando você era menino, odiava essas fotografias. Você dizia que elas eram "a degradação personificada".

Billy pousou o quadro.

– E são, isso é que é incrível! – disse ele enquanto entrava na cozinha. – Cerveja?

– Claro!

Ele saiu da cozinha com um pacote de seis latas de Budweiser.

– Acho que isso é suficiente – anunciou enquanto carregava as cervejas em uma das mãos e com a outra me enlaçava o pescoço. – Vamos logo. Temos que ficar em dia!

Ocupamos duas poltronas de madeira.

Tommy brincava com umas caixas de papelão de eletrodomésticos.

– Ele adora as caixas – comentou Billy enquanto me entregava uma cerveja e pegava uma para si. – Não presta muita atenção nos brinquedos.

– Talvez o pequeno Tommy retome a tradição familiar – comentei. Nesse momento o garoto empilhava três caixas, formando uma torre que tinha duas vezes o seu tamanho.

– Os tios bem que gostariam disso – brincou Billy com os olhos no infinito. De repente ficou sério. – Sabe de uma coisa, Sam?

– O quê?

– Quando vejo Tommy cair de bruços, passar perto de uma tomada, tentar trepar em uma cadeira ou qualquer ação que remotamente represente um perigo, sinto alguma coisa no peito. Então penso em nós, que passávamos o dia inteiro no bosque, a quilômetros e quilômetros de distância, sem nos preocuparmos com nenhum perigo.

– Eram outros tempos.

– Sim, claro. O que eu quero dizer é que... agora começo a entender minha mãe. Ela podia ser chata com aquelas recomendações, ser severa quando me castigava e me deixar envergonhado com as coisas que dizia – não conseguiu evitar um sorriso –, mas deixava eu me perder no bosque com você durante horas. E nunca lhe agradeci por isso.

Ele fez uma pausa e bebeu um pouco de cerveja. Limpou a espuma com a língua. Podíamos passar meses sem nos vermos, mas existia entre nós uma ligação primitiva. E nesse momento percebi que a fotografia que ele me havia mostrado alguns minutos antes, mais do que uma brincadeira para festejar com os amigos, era uma homenagem à defunta senhora Pompeo. Sua forma de lhe dizer que estava disposto a fazer as pazes.

– Às vezes eu o superprotejo – refletiu Billy voltando a Tommy, que derrubara as caixas com um tapa e aplaudia o ocaso de sua escultura. – Não sei se seremos bons pais. Nossa geração, quero dizer.

– Os tempos não estão fáceis. Hoje o problema não é dar liberdade. Há perigos muito reais lá fora.

– É verdade. Mas ainda assim acho que há algo mais, que no fundo somos inseguros por alguma razão e temos medo de fracassar estrepitosamente.

Fiquei em silêncio. Tinha tomado quase metade da minha lata e já sentia um leve enjoo.

– Você tem alguma coisa para me dizer, Billy?

– Muitas coisas!

– Vamos...

– Que te amo?

– Muito engraçado.

Ele refletiu um instante.

– Sabe, no bosque proibiram que as crianças ultrapassem o Limite.

– Quando éramos pequenos também era proibido, mas nós íamos do mesmo jeito.

– Agora é diferente. Há um ou dois guardas implacáveis. Se você não estiver em companhia de alguém mais velho, não deixam passar. E se te encontram do outro lado...

Deixou a frase em suspenso.

– Quantos já desapareceram? – perguntei com voz trêmula.

– Seis desde o pequeno Green. Um a cada ano e meio. Sempre participo das buscas; ninguém conhece esses bosques tão bem quanto eu. Posso te dizer uma coisa?

Assenti.

– É como se o bosque tivesse mudado – disse Billy em tom reflexivo –, como se o perigo fosse algo palpável. Não sei como explicar isso.

– O bosque é um lugar perigoso – afirmei. – Sempre foi. Nosso erro foi subestimá-lo.

Billy terminou a primeira lata. Amassou-a e deixou-a sobre a mesa. Nenhum de nós queria continuar naquele rumo, porque fazê-lo suporia remontar ao final do verão de 1985, no qual conhecemos uma menina maravilhosa por quem ambos havíamos nos apaixonado.

– Devíamos ter te escutado – eu disse.

Billy sabia a que eu me referia, não era preciso explicar-lhe. Nossas mentes estavam novamente sincronizadas.

– Você tinha que ir até o fim – disse ele. – Não sei se te disse alguma vez, acho que sim, mas eu sabia que você iria ao fundo da questão. Sabe quando eu percebi isso?

– Quando?

– Na biblioteca, quando vimos o anúncio da conferência de Banks. Eu vi isso nos seus olhos; soube que você não desistiria. E me sinto orgulhoso disso.

– Que bom que você pensa assim.

Poucas vezes minha mente voltava àquele verão, mas quando o fazia, especialmente ao que havia acontecido no bosque durante a última semana de férias, eu sabia que aquela havia sido a única maneira de deixar o assunto em paz.

– Se pensarmos bem – refleti em voz alta –, foi uma sucessão de fatos improváveis que foram nos guiando. Você se lembra de como deu com o alçapão na casa de Miranda?

Nesse momento Tommy ergueu a cabeça, alerta.

– Às vezes os acontecimentos daquele verão se misturam – reconheceu Billy com certo pesar. – É como se uma parte de mim estivesse fazendo o possível para esquecê-los; pelo menos alguns deles.

Estiquei-me para pegar minha lata de cerveja e beber a metade restante.

Tommy permaneceu com a vista cravada na porta, a alguns metros de onde Billy e eu estávamos sentados. Voltei-me em sua direção justamente a tempo de ver uma silhueta cinzenta surgir por trás da porta de tela.

A porta se abriu.

– Mamãe! – gritou Tommy, e saiu correndo.

Quando chegou ao terraço, sua mãe já estava ali com os braços abertos para acolhê-lo.

– Querida, veja quem veio nos visitar – disse Billy.

– Sam, que prazer te ver! – exclamou Anna enquanto se livrava com suavidade dos braços do filho.

– Meu chocolate? – perguntou Tommy.

Anna tirou da bolsa a barra de chocolate que havia prometido ao menino e ele a agarrou com mão certeira. Caminhou em direção a suas caixas enquanto rasgava a embalagem. Anna se aproximou. Billy a havia conhecido durante uma viagem de negócios na costa oeste, uns dez anos antes. Naquela época, ele estava instalado em Boston, e seu trabalho o impedia de se mudar, de modo que pediu a Anna que fosse morar com ele. Na mesma noite em que lhe fez a proposta, ele me ligou para me contar. Eu lhe disse que ele estava louco, é claro, que um milionário como ele não podia andar oferecendo a mulheres que conhecia nada menos que em Los Angeles que se mudassem para a sua casa. Ele me disse que quando eu conhecesse Anna mudaria de opinião, e eu respondi que não acreditava nisso, que era uma decisão precipitada. Mas é claro que eu havia me enganado.

Passei o resto da tarde com eles. Anna deixou mais uma cerveja para Billy e levou o resto. Trouxe limonada e biscoitos, que comemos enquanto conversávamos. Anna era uma leitora entusiasmada de meus livros, e sempre que tinha a oportunidade me dava suas impressões. Billy se manteve à margem dessa conversa, atendendo aos pedidos de Tommy, cansado de brincar com as caixas e receoso de participar de nossa reunião.

Eu lhes disse que ficaria dois ou três dias em Carnival Falls, e combinamos de jantar juntos no dia seguinte.

Terceira parte

Os homens-diamantes
1985

# 1

Uma comitiva integrada pelo delegado Nichols, dois de seus ajudantes e um representante do escritório de serviços sociais levou Orson Powell da granja na noite de 11 de julho, para dois dias depois transferi-lo para o Internato Juvenil Fairfax, em Portsmouth. Os meninos que haviam passado muitos anos no circuito de orfanatos, como Tweety ou Randy, referiam-se a esse lugar de pesadelo como "a prisão". Diziam que os internos mais malvados e incorrigíveis iam parar lá, que a segurança era mais rígida que em Alcatraz e que os problemas eram resolvidos com a morte. Tweety me proporcionou a maior quantidade de informação fidedigna, apesar de eu sempre ter suspeitado que havia muita fantasia em torno de Fairfax, talvez alimentada pelos guardas dos outros centros, que ameaçavam com uma transferência para Portsmouth como se fosse a antessala do inferno. O que na verdade me parecia um dado certo era que na "prisão" a segurança era levada a sério, que havia guardas postados em torres, sistemas de alarme e até cercas eletrificadas, quase como em uma prisão de verdade. Isso me tranquilizou.

Desmascarar Orson me valeu o apelido de detetive Jackson, que meus irmãos usavam alternadamente como motivo de orgulho ou de gozação, de acordo com a circunstância. O descobrimento fortuito do jovem assassino, cujo mérito não podia ser atribuído inteiramente nem a mim nem a meus amigos, deu lugar a uma série de especulações mais ou menos consensuais. A verdadeira história que incluía aquele momento imortalizado em celuloide – que tivemos a desgraça de presenciar no sótão dos Matheson – era medonha. Depois de registrar com sua câmera de cineasta amador o modo como a esposa foi empurrada para a piscina vazia e provavelmente sair de casa correndo, pular dentro dela e comprovar que de fato Sophia estava morta, o próprio Marvin avisou a polícia. Era difícil saber o que ele fez nos minutos anteriores – além de se lambuzar do sangue da esposa e deixar suas impressões digitais por toda parte –, mas com toda a certeza deve ter escondido a fita que incriminava o filho adotivo. As razões por que fez tal coisa deixaram este mundo com ele. Talvez, depois dos três anos de convivência com Orson, Marvin já tivesse notado seu caráter violento e se sentisse responsável por não ter conseguido corrigi-lo, ou talvez carregasse sua própria carga de culpas e tenha aceitado que devia pagar o preço por aquele crime.

É provável que o incidente tenha calado muito fundo na personalidade de Orson. Quando mais tarde descrevi a Tweety o modo intempestivo como o grandalhão se lançou como um touro enfurecido contra a mãe adotiva, ele me explicou que Orson nunca se comportou daquela forma nos anos que passou em Milton Home. Aquele instante de fúria desenfreada em que se deixou levar sem medir as consequências possivelmente lhe mostrou como devia proceder daí em diante se quisesse sobreviver.

Havia um elo perdido entre a detenção de Marvin French e o complicado estratagema de Orson para me manipular e se apoderar da fita que o incriminava. Como ele soubera que o filme estava em poder de Joseph Meyer? A teoria de Billy era que Orson havia presumido que, uma vez que o pai adotivo assumira a culpa pelo assassinato, não devia ter intenção de que a fita viesse à luz. Ele poderia tê-la destruído antes da chegada da polícia ou escondido para que seu advogado a recuperasse mais tarde e cumprisse a missão de se desfazer dela sem deixar rastro.

– Os advogados não podem revelar o que o cliente não quer – havia explicado Billy a Miranda e a mim. – Isso se chama sigilo profissional.

Joseph poderia ter se desfeito da fita, atendendo a um pedido de seu cliente. Mas e se por alguma razão não o fizera? Orson havia aprendido com seu erro. Um ato impulsivo quase pusera em evidência sua verdadeira natureza, e ele se preocupou com o fato de que uma coisa assim não voltasse a acontecer. Além disso, a sorte estava do seu lado, porque na granja ele se encontrou comigo: a conexão perfeita com o senhor Meyer. Provavelmente seu evidente desprezo por mim tenha se originado quando soube de minha relação com ele. Que coisa melhor do que me submeter por meio do temor? Se não fosse por Billy, tenho certeza de que teria me conformado com todas as suas exigências.

A faceta precavida de Orson, no entanto, foi que acabou por condená-lo. Se ele tivesse se comportado com a mesma arrogância impune de que havíamos sido testemunhas no sótão dos Matheson, a fita continuaria acumulando pó no quartinho dos Meyer, sob a estrita vigilância de Sebastian.

Com a partida de Orson, a segunda metade das férias de verão prometia ser muito mais prazerosa. Até Mathilda se mostrou cautelosa e menos impositiva do que de costume. Tive uma conversa a sós com Amanda, que se encarregou de lhe dar o caráter formal necessário para que eu soubesse que ela estava zangada, quando na verdade eu sabia que não estava. Ela me disse que se sentia traída, que tinha confiança em mim e não queria que eu tornasse a lhe mentir. Confessou-me que havia lido algumas páginas de *Lolita*, e que afinal de contas não era um livro ruim, mas que isso não mudava o fato de que eu devia ter lhe dito a verdade desde o princípio. Enquanto ela falava comigo, percebi que na verdade ela tinha lido o livro inteiro e tinha gostado. Não mencionou a fotografia que havia dentro do livro, nem eu. Melhor assim.

Mesmo com as atenuantes lógicas pelo fato de eu ter sido objeto da manipulação de um psicopata como Orson, meu castigo foi inevitável. Eu havia mentido, e na granja dos Carroll isso sempre tinha consequências. Amanda decidiu que durante uma semana eu não poderia sair, a não ser para ir à casa dos Meyer.

Durante o quinto dia de castigo, eu estava brincando com Rex atrás do canteiro de batatas, lançando um galhinho para que ele o trouxesse de volta, quando Randy chegou correndo a toda a velocidade, e uma vez ao meu lado se dobrou ao meio por causa do esforço.

– Na... na frente... da casa... tem... tem... uma princesa.

– O quê?

Caminhei devagar, com Rex dando saltos ao meu redor.

– Ela me pediu para te avisar – disse Randy, ainda aspirando o ar em grandes golfadas. Ele me seguia com alguma dificuldade, dobrando-se de quando em quando para se recuperar.

Miranda me esperava atrás da cerca.

– É Miranda – eu disse a Randy.

Ele arregalou os olhos. A filha dos Matheson já era popular na granja, por causa das últimas notícias, mas ninguém a tinha visto.

– Posso escutar? – perguntou o garoto.

– Não – respondi secamente. – Isso é coisa de adultos. E não vá dizer nada para Amanda.

– Mas Amanda vai vê-la de qualquer jeito.

– Faça o que estou dizendo.

Randy obedeceu e saiu dali. Rex hesitou um instante, sem saber se o seguia ou não, mas eu ainda segurava o galhinho, e então ele permaneceu perto de mim.

Aproximei-me da cerca lentamente, pensando nas possíveis razões que teriam trazido Miranda à granja. Ela tinha posto um vestido branco pouco prático para andar de bicicleta, o que me fez pensar que provavelmente sua visita não havia sido muito planejada.

– Oi, Sam. – Ela estava apoiada na bicicleta numa posição muito sensual. – Você está bem?

– Estou – respondi.

Joguei o galhinho o mais longe que pude – não foi muito – e me apoiei em uma das traves de madeira da cerca.

– Fico muito contente. Vim sozinha.

Miranda olhou para sua bicicleta com orgulho. O que para qualquer garota de Carnival Falls era coisa de todos os dias, para ela claramente constituía uma conquista.

– Parabéns. E de vestido!

– Obrigada!

Ela deu um passo na minha direção, e instintivamente senti o impulso de retroceder.

– Só faltam dois dias para que você possa vir conosco ao bosque – disse ela alegremente.

– Sim. Dois dias passam voando.

– Billy me disse que está organizando uma expedição especial, algo grandioso. Não quis me contar nada.

Eu já sabia de que se tratava. Rex voltou com o galhinho entre os dentes. Sua presença me serviu de desculpa para afastar a vista por um momento e não me denunciar.

– Logo saberemos o que ele está planejando – eu disse. – Com certeza deve ser alguma coisa *an-to-ló-gi-ca*.

Miranda riu da minha imitação de Billy.

O cachorro saltava de um lado para outro, querendo chamar atenção.

– Estou muito feliz de te ver, Sam.

– Também estou muito contente com a sua visita.

– Assim não quebramos as regras de Amanda – disse ela olhando para a cerca que se interpunha entre ela e mim. – Não é?

– Você tem razão. É como uma visita à prisão.

Ela sorriu. Deu um passo à frente e seu rosto ficou apenas a alguns centímetros do meu.

– Tem mais uma coisa que eu queria te dizer – sussurrou ela.

– O quê? – consegui articular.

Miranda agarrou a cerca e um de seus dedos roçou o meu. Ela abriu os olhos, consciente daquele deslize involuntário e sem saber se afastava o dedo ou o deixava onde estava. A mesma dúvida me assaltou, e optei por não fazer nada. Acho que essa foi a primeira vez que me perguntei se Miranda suspeitaria do que eu sentia por ela.

– Quando dei as fitas para meu pai – disse Miranda, obrigando-me a fazer um esforço mental para compreender do que ela estava falando –, não entreguei a da data do acidente.

– Você ainda está com ela...? – perguntei com cautela.

Ela concordou.

Afastou-se da cerca.

– Eu queria que você ficasse sabendo, Sam – disse Miranda enquanto montava na bicicleta, tomando o cuidado de dobrar devidamente o vestido. – Assim você terá tempo para decidir o que faremos com a fita. Achei que talvez você quisesse usar esses dois dias para refletir sobre isso.

– Billy sabe?

– Não. Mas acho que devíamos contar.

Concordei.

– Nos veremos daqui a dois dias – eu disse.

– Tchau, Sam.

Miranda foi embora pedalando em um ritmo que me pareceu hipnótico. Fiquei a observá-la até ela se transformar em um pontinho e desaparecer na Paradise Road.

Não sei por quanto tempo fiquei assim, até que algo duro me golpeou o joelho.

Rex estava me pedindo para jogar o galho novamente.

2

Outra coisa que fiz naqueles dias de tédio e solidão foi me desfazer da gargantilha. Não podia me expor a que alguém da granja a descobrisse por acidente e sua existência chegasse aos ouvidos de meus amigos. Dessa forma, guardei-a em um potinho vazio de graxa para sapatos e a enterrei no terreno de Fraser, não muito longe da caminhonete abandonada. O solitário ritual de sepultura seria o começo de uma nova etapa, disse eu com meus botões, na qual deixaria para trás minha época de espiar às escondidas de cima do olmo e de pensar em Miranda como um objeto proibido, quase uma obsessao. Agora ela era minha amiga, algo que eu nem sequer havia considerado possível algumas semanas atrás, e não podia estremecer se ela me encostasse o dedo ou me abraçasse. As coisas precisavam mudar.

Decidi que meu primeiro dia fora da granja seria uma festa. Faríamos a excursão que Billy havia organizado; eu morria de vontade de ver o rosto de Miranda quando ficasse a par do nosso grande segredo.

3

– Billy, não podemos andar com esse calor!

Estávamos na clareira. Billy usava seu casaco de flanela, em cujos bolsos levava toda a sua coleção de instrumentos de explorador, que ele havia se encarregado de nos mostrar um por um alguns instantes antes, e entre os quais havia um bloco de notas, uma bússola, um aparelhinho para medir alturas cujo nome não me preocupei em registrar, uma lupa – diante da qual quase soltei uma gargalhada, porque era evidente que Billy estava tentando impressionar Miranda – e algumas coisas mais.

– Já sei, já sei – aceitou ele. – Faz um pouco mais de calor do que o previsto.

– Mais do que o previsto? – me queixei. – É o dia mais quente dos últimos dez anos. Mais de quarenta graus!

Miranda se mantinha prudentemente à margem da discussão.

– Nós temos cantis – disse Billy levantando o dele como um talismã. Estava de pé sobre o tronco, e ao fazê-lo quase perdeu o equilíbrio.

– Quer descer daí? Você ainda vai acabar quebrando a cabeça.

– Sou o líder da expedição! – grunhiu ele com a vista posta nas árvores.

Fiz um gesto negativo com a cabeça. Captei uns quantos mosquitos que revoluteavam por perto e os espantei com um tapa.

– Billy, deixe de bobagem!

O calor era abrasador. Eu não havia exagerado ao dizer que aquela era a temperatura mais alta dos últimos dez anos; os noticiários diziam isso a todo instante. Todos nós havíamos recebido as recomendações de praxe para nos mantermos bem hidratados, fora dos raios diretos do sol e sem fazer grandes esforços físicos. Só Billy poderia ter pensado em caminhar quase dois quilômetros pelo bosque com aquele calor infernal.

– Billy, seja sensato, por favor – insisti.

– O que você acha, Miranda?

– O que vocês dois decidirem está bem. Sam tem razão, o calor está insuportável.

– Exatamente! – disse ele imediatamente. – E aqui na clareira estamos protegidos. Será pior quando andarmos debaixo do sol.

Não havia muitos trechos expostos ao sol, mas tudo era válido para dissuadir Billy de suas loucuras. Além disso, eu sabia que sua insistência era porque assim poderia fazer alarde de seus mapas e suas técnicas de orientação, variando a rota conforme o seu capricho, desviando-nos das trilhas conhecidas se lhe desse na veneta. Habitualmente eu não me oporia, mas as condições daquele dia eram extremas.

– Tenho muita vontade de ver esse lugar tão importante para vocês – disse Miranda. – Eu acho que podemos ir do mesmo jeito. Não sei se aguentaria esperar nem mais um dia.

Billy baixou a vista.

– Vamos, Billy... fale – eu pedi.

Billy deu um salto e aterrissou no chão.

– Existe a possibilidade de ir de bicicleta – disse ele em tom abatido. – O trajeto é um pouco mais longo e mais chato...

– É disso que eu gosto em você – eu disse enquanto o abraçava. – Está sempre disposto a ouvir a opinião dos outros.

Ir de bicicleta foi melhor. Billy percebeu isso no instante em que liderou a curta caravana por um dos caminhos que partia da clareira. Tinha apenas um metro e meio de largura, mas estava livre de obstáculos, portanto pudemos andar a uma boa velocidade, espantando as nuvens de mosquitos que se erguiam à nossa passagem. O esforço se fez sentir, especialmente perto do fim, mas o suor que nos sulcava o rosto e empapava nossas roupas era premiado com a distância percorrida. A cada pedalada frenética, imaginava-me avançando a passos pesados debaixo do sol, à mercê dos mosquitos, e a energia brotava com força renovada.

Billy se entregou ao prazer de vociferar quase todo o tempo, soltando gritos de guerra e palavras de alento, seduzindo-nos com o fruto secreto daquela travessia, que incluía um descanso à sombra e manjares deliciosos. Em duas ou três ocasiões ele se adiantou, e da retaguarda lhe gritei que andasse mais devagar, mas ele não me deu atenção. Miranda ia na minha frente, balançando o corpo de um lado para outro, às vezes sem nem se apoiar no assento.

Pouco antes de chegar, tivemos que nos deter para cruzar um riachinho.

– É o mesmo que nós vimos no pântano das borboletas – explicou Billy. – Só que aqui ele é mais largo.

– Hoje ele não está muito mais largo – especifiquei enquanto bebia um quarto do cantil.

Cruzamos o riacho por um caminho de pedras.

– Falta muito? – perguntou Miranda.

– Surpresa! – bradou Billy.

– No máximo duzentos metros – eu disse secamente, enquanto montava novamente na bicicleta.

Miranda riu. Começava a se divertir com nossas alfinetadas.

Fizemos o resto do trajeto mais devagar, em parte por causa do cansaço e em parte porque avançávamos junto ao riacho, e o espaço não era muito folgado. Em determinado momento, Billy fez uma curva abrupta e penetrou em uma passagem estreita entre dois arbustos baixos e densos. Miranda parou um instante e se voltou para me consultar se aquele era o mesmo o caminho ou se se tratava de uma brincadeira de nosso amigo. Assenti para lhe indicar que, de fato, aquele era o caminho correto.

Depois de percorrer alguns metros por aquele corredor vegetal, alcançamos Billy, que havia deixado sua bicicleta no chão e nos esperava com as mãos na cintura.

– Pelo menos aqui o sol não entra – eu disse enquanto saltava da bicicleta.

Miranda permaneceu alguns segundos sentada na sua, observando o pequeno bosque de abetos prateados.

– É muito bonito – disse ela varrendo com a vista o solo atapetado de agulhas escuras e de pinhas, além de ramos cinzentos.

– Não há mosquitos – disse Billy.

– Daqui a pouco eles chegam – repliquei.

Miranda continuava observando tudo com admiração, mas em pouco tempo percebi que ela me lançava olhares interrogativos. Era evidente que não se atrevia a perguntar se aquele era o lugar que queríamos que ela conhecesse ou uma parada obrigatória que valia a pena conhecer e nada mais. Claramente, não justificava uma travessia no dia mais quente da década.

– Você gosta? – perguntou Billy, ainda enigmático.

– Gosto. Que árvores são essas?

– Abetos – disse ele.

– Prateados – completei eu. – No bosque há milhões de abetos comuns.

– Nada chama sua atenção, Miranda?

Miranda estava desconcertada. Tornou a dar uma olhada ao seu redor e negou lentamente com a cabeça.

– Eu te disse, Sam – atestou Billy. – É impossível que alguém a descubra.

– Chega de brincadeira, Billy – eu disse. – Vamos subir de uma vez.

E foi assim que Miranda ficou conhecendo nosso grande segredo: a casa da árvore. Ela ainda não estava pronta, mas no verão anterior nós havíamos instalado a base, que era o mais difícil, e durante o resto das férias pensávamos em terminar as laterais.

Billy havia se encarregado de escolher a árvore. Depois de inúmeros passeios, de selecionar as possíveis candidatas e de uma análise detalhada, descobriu aquele abeto-prateado que se adaptava perfeitamente a nossas necessidades. A chave, havia me explicado Billy, eram uns galhos em forma de forquilha a oito metros de altura, onde a base de madeira podia se fixar bem. Para começar, aquela era uma árvore sempre verde, uma condição necessária para que a casa não pudesse ser detectada nem mesmo no inverno. Além disso, por baixo da altura na qual estava colocada, havia mais dois níveis de galhos frondosos que serviam para ocultá-la. Billy considerou bem esse ponto na hora de selecionar o abeto. Quando ele o mostrou para mim pela primeira vez, trepou na árvore e amarrou uma série de panos vermelhos nos ramos que serviriam de apoio. Depois me pediu que andasse em todas as direções e tentasse enxergar os panos vermelhos, o que foi impossível.

– Uma casa na árvore? – perguntou Miranda, fascinada.

Estávamos reunidos em volta do tronco de nosso abeto.

– Isso mesmo – eu disse. A casa também me enchia de orgulho.

– Como vamos subir?

Os primeiros galhos estavam a quase dois metros de altura.

– Vou trazer a escada – indicou Billy. – Enquanto isso vocês podem ir esconder as bicicletas.

– Escada? – perguntou Miranda.

– Você já vai ver – eu disse.

Miranda e eu levamos as bicicletas para os arbustos rasteiros onde havíamos desviado da primeira vez. Era também o lugar onde escondíamos a madeira que ainda não havíamos utilizado.

– O que aconteceu? – perguntou Miranda quando afastamos os densos ramos dos arbustos para penetrar de gatinhas. Ela havia percebido imediatamente a minha preocupação.

– Faz alguns dias nós desmantelamos a casinha do cachorro da senhora Harnoise – expliquei. – A madeira deveria estar aqui.

Não havia nem rastro da casinha.

– Ah!

– Billy vai ficar chateado. Alguém nos roubou!

Quando voltamos ao abeto, Billy já tinha trazido o galho especial que utilizávamos como escada. Tinha quase dois metros de altura, e tínhamos aparado as ramificações para que ficassem semelhantes a degraus. Mas o mais incrível era que podíamos deixá-lo em qualquer parte sem que corresse perigo.

– Eu vou subir primeiro – anunciou Billy. – Vou mostrar para Miranda como é fácil. Você me segue.

Uma vez que alcançamos os galhos mais baixos da árvore, o truque consistia em trepar em sentido contrário ao dos ponteiros do relógio. Billy e eu havíamos nos encarregado de podar os ramos que dificultavam a subida, e em seu lugar tínhamos colocado estrategicamente três cordas às quais nos agarrávamos para passar de um nível de galhos para outro. Miranda não titubeou em nenhum momento diante do desafio. Ela estava exultante.

Quando estávamos a meia altura, foi a vez dela de agarrar a primeira corda. Ainda com os pés no mesmo galho que eu, ela me olhou durante um breve instante. Outra vez seu rosto estava muito perto do meu, como no dia em que viera me ver na granja, com seu vestido branco. Agora não havia cerca entre nós.

– É como em *Indiana Jones* – disse ela com uma alegria autêntica.

– O truque é não olhar para baixo.

Ela saltou resolutamente. Um de seus pés aterrissou no galho seguinte, e agarrando a corda, ela terminou por se firmar. Como uma verdadeira amazona, pensei.

– Ótimo! – exclamou Billy. – Sam não conseguiu fazer isso na primeira tentativa.

– É claro que consegui! – protestei imediatamente.

Mas Billy já estava morrendo de rir sem me escutar.

Antes de chegar lá em cima compreendi por que os restos da casinha do cachorro da senhora Harnoise não estavam escondidos debaixo do arbusto. Billy os havia utilizado para terminar o parapeito de contenção durante minha semana de castigo.

A casa da árvore estava pronta.

4

O projeto da casa da árvore foi criado quase que por acaso.

Patrick, o tio de Billy, recebeu umas máquinas embaladas em umas enormes caixas de madeira, e meu amigo pediu-as ao tio sem um propósito específico. Enquanto as desmantelava, a ideia lhe ocorreu. Quando ele me falou do ambicioso projeto pela primeira vez, eu lhe disse que ele estava louco, e disparei uma série de objeções que iam desde onde conseguiríamos o dinheiro para comprar o resto dos materiais até como transportaríamos toda aquela madeira até o coração do bosque. Billy me ouviu com atenção e em seguida me mostrou uma série de projetos feitos com tinta em papel vegetal com uma precisão espantosa. Nós levaríamos a madeira em várias viagens, em nossas bicicletas, e a armazenaríamos na barraquinha de comida do senhor Mustow, que já havia lhe dado permissão. Quanto aos outros materiais, disse ele, Patrick nos daria. Não era muito, apenas alguns pregos, cordas e ferramentas de mão. Nos projetos, Billy havia concebido a maneira de fixar a base, que segundo ele era o mais difícil de tudo. Poderíamos construir o parapeito com calma, e o teto seria opcional.

Concretizamos as tarefas preliminares de acordo com o cronograma que Billy elaborou. Transportar a madeira até a barraca de comida do intrigado Mustow nos deu o que fazer no início do verão de 1984. Muitos garotos se interessaram pelo destino daquelas tábuas, e dissemos a todos que elas pertenciam a um cliente do tio de Billy, que nos pagaria cinco dólares para transportá-las. Alguns se ofereceram para ajudar, mas Billy não aceitou. Aquilo tinha que ser um segredo nosso, disse ele. Quando a casa da árvore estivesse pronta nós decidiríamos a quem convidar.

A etapa seguinte consistia em escolher a árvore adequada. A mais interessante, com certeza. Caminhamos por trilhas conhecidas e por outras não tanto. Billy havia delimitado o terreno onde devíamos procurá-la. A árvore não podia ficar perto demais do Limite, dizia ele, porque haveria muitos garotos rondando por ali o dia todo, o que dificultaria a construção e também que a casa passasse despercebida. Também não poderíamos escolher uma árvore muito distante. Foi emocionante examinar exemplares e compará-los com os parâmetros exatos que Billy havia desenhado em seus projetos de engenheiro. Foram quinze dias de longas caminhadas.

Afinal Billy deparou com o abeto-prateado.

O começo da construção acabou sendo traumatizante. Trabalhar naquela altura – apesar de termos sempre a precaução de nos amarrar em algum galho – foi mais complicado do que havíamos imaginado. Billy tinha que fazer todo o trabalho, porque eu sentia enjoo assim que me instalava em um dos galhos daquela árvore imponente. Quando a vertigem me dava folga, meus golpes com o martelo eram tão fracos que o resultado era deplorável. Isso para não falar de quando as ferramentas me caíam da mão e eu perdia dez minutos para descer e tornar a subir. Mas para Billy as coisas também não estavam indo muito melhor. Era difícil manobrar as tábuas àquela altura. A primeira semana se passou assim, com avanços mínimos, porque não encontrávamos a maneira de fixar as primeiras tábuas de maneira que permitissem sustentar o resto.

Foi Billy que encontrou a solução, é claro. Ele disse que teríamos que construir a base embaixo e depois içá-la. E antes que eu perguntasse como faríamos, ele já estava me explicando que ia pedir ao tio uma roldana metálica e uma corda resistente. Eu nem sabia o que era uma roldana.

Daí em diante a construção foi sobre rodas. Preparamos uma base quadrada de dois metros e meio de lado e deixamos umas gavetas previstas em uma das paredes, para abraçar os ramos do abeto. Levamos quase todo o verão para aprontá-la, mas isso deu mais brilho ao içamento, porque em algumas horas passamos de não ter nada a ter quase tudo. O resultado foi majestoso.

– O que você acha, Miranda?

Ajoelhados, ficamos juntos em um dos lados. Apesar de o parapeito estar terminado, era perigoso permanecer de pé.

– É maravilhosa – disse Miranda, olhando para o oceano verde sobre o qual flutuávamos.

– Acabamos de terminar as paredes – disse Billy, e me lançou uma olhadela cúmplice.

Dei-lhe um sorriso que nossa amiga, absorta na paisagem, não notou. Apesar de a casa da árvore ter nascido como um dos tantos projetos delirantes e irrealizáveis de Billy, a verdade é que com o correr dos dias do verão anterior, eu havia me entusiasmado quase tanto como ele.

– Alguém mais sabe? – perguntou Miranda.

– Ninguém – disse eu. – Somente nós três.

– Não consigo acreditar que vocês tenham feito isso sem ajuda – maravilhou-se ela.

– O maior mérito foi de Billy.

– Foi um trabalho de equipe – disse Billy, ruborizando-se. – Tivemos que permanecer pendurados a esta altura, como trapezistas.

– Incrível! Eu nunca fui ao circo, mas já vi trapezistas na televisão.

– Você nunca foi ao circo?! – perguntamos Billy e eu em uníssono.

Dessa vez foi Miranda que ficou ruborizada. Tínhamos nos afastado da balaustrada e estávamos no centro da casa da árvore, em volta das três mochilas dispostas em um montinho no centro.

– Não, nunca fui – reconheceu Miranda, constrangida. – Minha mãe disse que...

Ficamos na expectativa de que Miranda terminasse a frase, mas ela não o fez.

– As pessoas ricas não gostam de circo – disse Billy, saindo em resgate de Miranda com toda a naturalidade. – Preferem o teatro. Não há nada de errado nisso.

Miranda ficou em silêncio. Até eu fiquei em dúvida se o comentário de Billy era de deboche, mas ele já estava abrindo sua mochila para tirar os sanduíches de salame da senhora Pompeo, dando o assunto por encerrado.

Não voltamos a falar do circo nem dos passatempos de gente rica. Estávamos famintos, e tínhamos uma boa quantidade de coisas para comer. Tirei da mochila a toalha de Collette e a estendemos na base de madeira. Dessa vez não foi um momento penoso para mim, porque Katie havia me ajudado a preparar uns pãezinhos deliciosos, que exibi com orgulho. Billy lambeu os lábios ao ver o saco de papel transbordando de tão cheio. Miranda tirou da mochila dois potes de geleia e um de manteiga de amendoim. Eram de marcas caras, daquelas às quais Amanda se referia como proibitivas, e que eu nunca havia provado.

Aquele seria nosso primeiro piquenique na casa da árvore. Um grande acontecimento.

– Um momento – disse Miranda.

Ela nos entregou umas pequenas facas sem fio para untar os pãezinhos.

– São de prata? – perguntou Billy.

– Que importa se são de prata? – provoquei.

Mas Billy havia dito aquilo apenas para me provocar. Antes que eu terminasse a frase ele já estava rindo e pegando o primeiro pãozinho. Ele o abriu com os dedos e depois o untou com manteiga. Miranda e eu o seguimos um instante depois, mas preferimos a geleia.

– Aqui não faz tanto calor – comentou Billy.

– Faz sim – respondi.

– Mas menos que lá embaixo.

– Estaríamos até agora andando debaixo de sol, provavelmente na metade do caminho.

– Nada disso. Já teríamos cruzado o riacho, tenho certeza.

Miranda nos olhava, divertida.

– Vocês adoram brigar um com o outro – comentou ela.

– A culpa é do Billy – expliquei. – Ele sempre acha que tem razão.

– Quase sempre tenho mesmo.

– Não desta vez. Você não quer admitir que foi melhor vir de bicicleta.

Silêncio.

– Está vendo, Miranda?

Billy pensou um instante na resposta:

– Às vezes faço coisas para que Sam tenha razão.

A frase fez com que nós três ríssemos.

De repente, Miranda ficou séria.

– E se alguém subir?

– Não se preocupe – tranquilizei-a. – Depois de utilizar o galho-escada, eu o icei até a árvore.

– Vocês pensaram em tudo – disse ela. Terminou de preparar seu segundo sanduíche e em seguida se deitou na base de madeira.

– Minha mãe diz que não devo comer deitada, que posso me engasgar – comentou ela.

Eu me estendi ao seu lado.

– Quero lhes contar uma coisa... – disse Miranda.

Meu coração parou. Foi o tom da sua voz. Por um segundo tive a convicção de que ela falaria da gargantilha e do poema; apesar de no jardim de inverno havermos prometido não voltar a tocar no assunto, talvez ela tivesse mudado de opinião.

– O quê? – perguntou Billy.

– Eu já havia falado disso com Sam – acrescentou Miranda com um certo tom de culpa.

Deixei de respirar à espera da revelação que poria tudo a perder.

– Entre as fitas de Marvin French – disse Miranda –, havia uma rotulada com a data do acidente da mãe de Sam.

Até os pássaros pareceram ter ficado em silêncio.

Foi um alívio descobrir que não íamos falar da gargantilha e do poema; apesar disso, notei a tensão de Billy, que também ficou quieto como uma estátua.

– Vocês entregaram ao delegado? – perguntou ele.

– Não – respondemos em uníssono.

Inclinei-me para poder ver o rosto de meu amigo, e percebi que ele lutava para ocultar a surpresa de ter sido mantido à margem.

– Vocês assistiram?

– Não, ela está no sótão da minha casa. Eu escondi lá. E acho que deveríamos vê-la.

Admirei a valentia de Miranda. Compreendi, talvez pela primeira vez, que dentro daquela menina aparentemente frágil, criada entre os empregados, havia uma pessoa com convicções e vontade de lutar por elas.

– Não me parece uma boa ideia – disse Billy. – Deveríamos entregá-la à polícia. Pode ser uma prova.

– Precisamos vê-la – insistiu Miranda. – Se for uma fita qualquer, não faremos nada com ela. Se for importante para a polícia, nós a entregaremos. Depois veremos o que vamos dizer. Com certeza, Billy, você vai pensar em alguma coisa.

– Pode ser – aceitou ele. – O que não entendo é por que vocês acreditam que ela pode estar relacionada com o acidente. Até onde sabemos, a única relação entre os French e Sam é através daquele psicopata do Orson.

– Marvin French era amigo de Banks – lembrei a Billy. – Nós lemos isso no artigo do jornal, lembra?

– Eu receava isso – resmungou Billy. – O lunático do Banks, que...

– Billy... – Miranda o deteve amavelmente. – Você tem razão, ele é um pouco destrambelhado, mas nós não temos nada a perder, não é? Assistimos à fita, e se não tiver nada que ver com nada, podemos esquecer esse assunto.

O poder de Miranda em ação. Bastava que ela levantasse a mão ou olhasse para Billy para que ele fizesse o que ela queria.

Miranda se levantou.

– Precisamos formalizar o que começamos no pântano das borboletas.

– O quê? – perguntou Billy.

Miranda me tomou a mão e a segurou com a palma para cima. Eu a observava sem entender, mas incapaz de lhe perguntar o que pretendia fazer. Com a mão livre, ela agarrou uma das facas de prata e a aproximou do meu pulso. Apoiou-a sobre minha pele um instante, como se ensaiasse o movimento que tinha pensado em fazer, mas então afastou-a e introduziu-a no pote de geleia de morango. Pegou uma boa quantidade, e quando deslizou a ponta da faca sobre minha pele, um sulco de geleia apareceu em meu pulso.

Ela soltou a minha mão, que eu de qualquer modo mantive na mesma posição.

– É a sua vez, Billy.

Não diga que isso é idiota, por favor. Não recuse. Dê a mão para ela sem reclamar. Por favor.

Billy estendeu a mão.

Miranda repetiu o ritual.

Observei meu amigo com o pulso lambuzado de geleia, e mais uma vez me maravilhei com o que Miranda era capaz de fazer com ele. Durante nossa excursão ao pântano das borboletas, recordei, Billy havia engolido um punhado de gaultérias só para demonstrar a nossa amiga que eram comestíveis. Agora permitia que lhe untasse o pulso de geleia. Era incrível.

Um gesto me arrancou de meus pensamentos. Miranda me oferecia a faca. Agarrei-a e a introduzi no pote da geleia proibitiva. Untei o pulso de Miranda, e nós três seguramos os antebraços um do outro, formando um triângulo.

O pacto estava completo.

– Ver essa fita é importante para Sam – disse Miranda com seriedade, olhando para cada um de nós. – Quando algo é importante para um de nós, deve ser para os outros três, estão de acordo?

Assentimos em silêncio.

Eu não parava de me espantar. Nunca me esquecerei desse dia; era como se Miranda tivesse esperado o momento adequado para nos falar daquela maneira. Até então Billy e eu havíamos funcionado de uma maneira muito simples: ele dispunha e eu o seguia, às vezes discutia com ele e o fazia reconsiderar alguma coisa, mas, em linhas gerais, ele era o líder, e eu estava de acordo com isso. Miranda rompeu esse esquema naquela tarde escaldante, com seu espontâneo pacto de geleia de morango.

Miranda e eu nos limpamos com guardanapos de papel. Billy lambeu o pulso até deixá-lo reluzente, e depois usou o guardanapo. Quando terminou, nós o olhávamos como se ele fosse um selvagem, mas ele se mostrou orgulhoso de seus atos. Com toda a seriedade, disse:

– Como vamos fazer para assistir a essa fita? – Em seus olhos se acendeu a chama do desafio por vencer. – Não podemos pedir a Elwald que projete outra vez os desenhos animados da Disney, não acham? Não podemos nem mesmo pisar no sótão sem levantar suspeitas, não depois do que aconteceu com Orson.

Billy era rápido. Enquanto eu tentava analisar o lado romântico de nossa amizade, a mente de meu amigo já organizava um plano prático para conseguirmos cumprir nosso compromisso, avaliando os possíveis obstáculos.

– Já sei como iremos ao sótão sem que ninguém da minha casa fique sabendo – disse Miranda.

5

Miranda nos fez entrar por uma porta de serviço. Cruzamos o jardim dos Matheson correndo, por um dos lados da propriedade. Ninguém nos viu, ao que soubéssemos. Era hora da sesta, e Miranda nos assegurou que sua mãe a aproveitava para dormir, porque durante a noite o pequeno Brian a acordava várias vezes para mamar, e que seu pai se trancava no escritório. Os criados não seriam problema.

Percorremos a mansão como três ladrões, sempre precedidos por Miranda, que dava uma olhada rápida em cada um dos aposentos e nos fazia sinais para que a seguíssemos. No salão dos quadros, os antepassados de Miranda nos acossavam com seus olhares penetrantes. Ao chegar ao segundo piso, quase derrubei um vaso chinês, que Billy conseguiu aprumar a tempo. Uma vez no sótão, fechamos a porta, e só então começamos a nos sentir fora de perigo.

– Isso foi divertido – disse Miranda. Era a única que estava sorrindo.

– Existe a possibilidade de alguém subir aqui? – perguntei.

– Não.

– E se não te encontrarem no seu quarto?

A pergunta de Billy tinha muito mais sentido que a minha.

– Eu disse a Adrianna que iria ao bosque com vocês.

– E a sua bicicleta? – retrucou Billy no mesmo instante.

– Eu escondi na garagem. Sossegue, não estamos correndo perigo. E se nos descobrirem diremos que estamos brincando. Não se preocupem.

Miranda tinha razão. Talvez estivéssemos exagerando um pouco.

O projetor e a tela continuavam onde os havíamos deixado; ninguém havia se dado ao trabalho de tirá-los dali. Nossa amiga se embrenhou no labirinto de armários, poltronas, guarda-roupas e outros móveis. Não a seguimos, mas víamos sua cabeça aparecer por trás do que parecia ser uma cômoda. Ela tirou o pano que a cobria e desapareceu por um instante enquanto se agachava e tirava a fita de dentro de uma das gavetas. Voltou e a entregou a mim com solenidade. A etiqueta com a data escrita na linda e diminuta caligrafia de Marvin French continuava ali, desafiadora: "10 de abril de 1974".

Entreguei-a a Billy.

Nós nos juntamos em volta do projetor enquanto Billy introduzia a fina tira de celuloide por uma série de rolos. Observei a tela à espera de que a imagem fosse projetada.

Ali estava outra vez Sophia French com o vestido bordado e a sombrinha para se proteger do sol, caminhando pela beira da piscina com ar displicente. De um momento para outro, Orson se lançaria contra ela como uma locomotiva saída do inferno. Mas antes Sophia se inclinou ligeiramente, como se procurasse a cumplicidade da câmera que seguia seus movimentos a partir do andar de cima. O queixo ficou visível, mais afilado que antes, os olhos... seus olhos encontram a câmera. E ela sorri.

É minha mãe!

Dei um salto. O sorriso era o mesmo que o de meus sonhos.

– Sam, você está bem?

Miranda me sacudia.

Na tela havia um retângulo branco. Billy não havia iniciado a projeção.

– Estou bem.

– Pois não parece, pode acreditar.

– Eu vi uma coisa... – eu disse. – Foi muito real. Era Sophia French outra vez, na piscina, antes do... do Orson.

Detive-me.

– Como você viu? – interessou-se Billy. – Na tela?

– Sim. Bom, não. Imagino que tenha sido na minha cabeça.

A visão do rosto de minha mãe sob a sombrinha continuava gravada em minha retina. Era uma bobagem, porque ela não era nada parecida com a senhora French. E no entanto...

– É como se ela quisesse me dizer algo... – sussurrei, e assim que escutei minhas próprias palavras me arrependi de tê-las pronunciado.

Ninguém se atreveu a perguntar a quem eu me referia, se à senhora French, morta quatro anos antes depois de partir a cabeça contra o fundo de uma piscina vazia, ou a minha mãe.

– Billy, comece a projeção – pediu Miranda.

Parecia ser a única maneira possível de esquecer o que acabava de acontecer.

O retângulo branco escureceu. A qualidade era péssima. O filme havia sido gravado de noite, no meio da tempestade, com o que as condições de iluminação não ajudavam em absoluto. Não tinha som, o que levou Billy a verificar os controles do projetor até se certificar de que com efeito aquela fita era muda.

O que tínhamos diante de nós não era outra coisa além da Rodovia 16, onde o acidente do Fiesta havia acontecido. A câmera estava posicionada alguns metros acima do nível da estrada, com certeza em uma colina. Billy acreditou distinguir um fio de alta tensão perto da velha Igreja de Saint James, com o qual, se ele estivesse certo, o trecho de estrada que estávamos vendo estava um quilômetro ao sul do lugar exato do acidente do Fiesta. A espera ia chegar ao fim, pensei. Aquele filme estava relacionado ao acidente de minha mãe de um modo que ainda não podíamos precisar. E o mais inquietante era que estava havia anos no quartinho dos Meyer, sob a custódia constante de Sebastian. Seria possível que eu estivesse vendo imagens do dia do acidente? Parecia fascinante, mas era difícil imaginar por que alguém teria instalado uma câmera precisamente ali naquele dia, em meio ao dilúvio universal. Apesar de que, é claro, a única prova de que aquela tempestade havia sido a que acontecera no dia 10 de abril de 1974 era a etiqueta da fita.

Durante dez minutos não aconteceu nada, apenas movimentos horizontais de um lado para outro. De repente o vaivém hipnótico se rompeu, e a câmera se voltou violentamente para a esquerda. Um relâmpago deu um brilho metálico à Rodovia 16, e um carrinho vermelho surgiu do nada, com os faróis acesos e avançando a pouquíssima velocidade. Era impossível assegurar se era um Fiesta, muito menos distinguir seus ocupantes. O ângulo da tomada não o permitia. Outro relâmpago estalou mais ou menos quando o carro passava pelo ponto mais próximo da câmera, a uns cinquenta metros de distância. Definitivamente, era um carro pequeno.

Quando o carro se perdeu na bruma, a câmera não se moveu. Durante quase dois minutos permaneceu estática, registrando árvores inquietas e relâmpagos no céu.

Miranda foi a primeira que notou os óvnis. Ela ficou de pé e correu para a tela. Sua sombra enorme adejou até diminuir e unir-se a seu dedo estendido.

– Aqui!

Por cima das árvores mais distantes, três luzes alongadas, não muito diferentes dos discos voadores dos filmes, se deslocavam em trajetórias lineares e curtas. Apesar de que nenhum de nós – talvez Billy, a seu modo – poderia ter dado uma explicação científica do princípio da inércia, compreendíamos perfeitamente que havia algo antinatural no deslocamento das três luzes.

– Elas se movem como os beija-flores – observou Miranda.

Era impossível saber com certeza o tamanho dos discos voadores, e em consequência a que distância se encontravam, mas não era absurdo supor que o carro vermelho que tínhamos visto havia um momento estivesse muito perto deles.

Depois de quase dois minutos de piruetas aéreas por parte das três luzes, a fita chegou ao fim.

O retângulo branco nos cegou.

– Precisamos ver outra vez – sentenciou Billy. – A parte final, quando aparecem as luzes.

Ele não esperou pela nossa resposta. Rebobinou a fita e projetou de novo os últimos minutos do filme. Outra vez apareceu o carro vermelho e depois as luzes dançantes.

A lembrança que guardo desse momento é de uma sensação esmagadora, como se meus pensamentos tivessem se enredado em um novelo impossível de desenrolar. Minha mente parecia estar em branco, incapaz de processar uma única ideia coerente. Tratava-se de uma fraude? Tudo o que se referia aos óvnis era motivo de suspeita desde o episódio do disco voador de Roswell; até a chegada do homem à Lua era para muitos uma montagem televisiva! Em Carnival Falls tínhamos nosso próprio fenômeno local, também tachado de excêntrico delirante, um homem que, por incapacidade de aceitar a morte da esposa, aferrava-se à possibilidade de abduções e visitas extraterrestres. Durante toda a minha vida eu havia acreditado que as histórias de homenzinhos verdes eram fantasias. E não é que o filme de French me houvesse convencido do contrário. Roswell e a chegada do homem à Lua podiam ser embustes, talvez sim, talvez não. Mas isso significava que tudo não passava de um engano?

Quando terminamos de ver o filme pela segunda vez, Billy não desenvolveu uma de suas teorias instantâneas a respeito das coisas, o que, longe de me tranquilizar, me alarmou. Ele anunciou que precisava pensar e se pôs a andar de um lado para outro, primeiro até o extremo do sótão, depois entre os móveis.

– Você acha que é verdadeira? – perguntou Miranda.

– Não sei – respondi com cautela. – A qualidade da fita é muito ruim.

– É que nos filmes de óvnis sempre os vemos muito longe.

– Você já viu outros?

– Alguns. Na televisão.

Meditei um segundo.

– Talvez façam isso de propósito.

Miranda entendeu a quem eu me referia e arregalou os olhos, assentindo suavemente.

Aquele raciocínio não era meu. Eu o tinha ouvido de Banks, em uma de suas aparições no canal local. Ele sustentava que os extraterrestres dispunham de tecnologia muito sofisticada para detectar a presença humana e manter-se afastados. Também dizia que, se eles quisessem, poderiam eliminar qualquer prova de sua existência, e que nos permitiam conservar apenas aquelas que eram ambíguas, para que a humanidade começasse a tomar consciência pouco a pouco de que não era a única raça inteligente em nosso universo.

– Onde está Billy? – perguntou Miranda.

– Ele se escondeu? – perguntei sem acreditar nisso.

Penetramos no labirinto de móveis. Billy não estava à vista, e também não podíamos ouvi-lo. Nós o chamamos sem levantar muito o tom de voz, mas não obtivemos resposta.

– Billy, não é hora de brincar de esconde-esconde – eu disse com indignação.

Silêncio.

Esconder-se não era próprio de Billy, nem em circunstâncias normais; ele considerava esse comportamento infantil e estúpido. Miranda me lançou um olhar desconcertado. Ela também não acreditava que nosso amigo fosse capaz de se prestar a um jogo tão idiota em um momento como aquele. O sótão era grande, mas não o suficiente para que ele não nos ouvisse. Tornei a chamá-lo, dessa vez erguendo um pouco mais o tom de voz.

Nada.

Percorremos o labirinto de móveis em menos de um minuto, olhando-nos por cima daquela cidade de objetos abandonados como se fôssemos gigantes.

Billy havia desaparecido.

6

Demos um pulo ao ouvir um ruído bem debaixo de nossos pés.

– Sam... Miranda!

Era a voz de Billy. Dei uma olhada ao nosso redor em busca de algum alçapão, mas não vi nenhum. Nós nos agachamos.

– Billy? – chamou Miranda com os lábios a centímetros do chão.

– Me esperem aí, já vou subir.

A solução do mistério não demorou a se revelar. Alguns segundos depois, Billy fez sua aparição mágica no outro extremo do sótão, onde havíamos começado nossa busca. Ali havia uma série de estantes nas paredes. Eram três e estavam entupidas de volumes, na maioria caixas de papelão e o que pareciam ser livros embrulhados em folhas de jornal e amarrados com corda. Debaixo da primeira prateleira de uma das estantes, um painel de madeira se abriu para dentro. Billy apareceu pelo buraco e deu um salto, olhando para trás como se houvesse algo que ele não entendia.

Durante aquele instante nós nos esquecemos do filme que tínhamos acabado de ver, inclusive que estávamos na casa às escondidas e que não tínhamos muito tempo para ir embora sem que os pais de Miranda notassem nossa presença.

– Como você se meteu aí dentro? – perguntou Miranda.

Billy coçou a cabeça. Por um momento não pareceu ter ouvido a pergunta. Depois de matutar por um instante, ele se ajoelhou diante do painel móvel e o fechou. Voltou a ficar de pé.

– Enquanto eu pensava... – disse ele, e fez uma pausa; parecia ter esquecido em que pensava – ... notei que... Observem.

– Não vejo nada – respondeu Miranda, um pouco aflita. – O que há lá embaixo?

– A cor da madeira é diferente – eu disse, fazendo eco à pergunta de Billy.

E com efeito, comparando-a com a das outras estantes, que também tinham aquela placa na parte mais baixa, a cor da madeira era diferente.

– Eu me agachei para ver a placa por curiosidade – disse Billy. – Debaixo da prateleira existe um caixilho saliente.

Miranda se agachou e o confirmou. Empurrou-o com as duas mãos, e o painel tornou a se abrir. Ela nos deu uma olhada por cima do ombro, ainda ajoelhada, e tornou a perguntar em voz baixa:

– O que há lá embaixo, Billy?

– Não sei – respondeu ele gravemente –, mas vamos precisar de uma lanterna para averiguar. É um corredor, e parece extenso.

Quando sua voz fantasmagórica nos surpreendeu de sob o chão, nós estávamos a mais de cinco metros de distância da entrada.

– Vou buscar uma lanterna – disse Miranda. A questão de descermos ou não nem foi discutida. – Volto em menos de um minuto. Tenho uma no meu quarto.

– Vai logo – eu disse.

– Nem pensem em descer sem mim – advertiu Miranda antes de sair.

– Tem certeza de que não viu nada, Billy? – perguntei.

– Parece um corredor e...

– Dê uma olhada no chão – interrompi.

Bem diante da placa havia setores em que a madeira estava mais limpa, como se alguns objetos tivessem estado ali por muito tempo, bloqueando o acesso.

A porta do sótão tornou a se abrir. Era Miranda.

– Está tudo calmo em casa – anunciou. Entregou a Billy uma lanterninha cor-de-rosa com desenhos da Disney.

Billy a acendeu e apontou para o painel aberto. Iluminou o que parecia ser uma câmara do tamanho de um elevador pequeno, cuja base estava dois metros abaixo da entrada. Descemos por uns degraus de ferro junto à parede de pedra.

Naquela câmara havia lugar apenas para nós três. Tínhamos diante de nós uma galeria estreita e úmida, de não mais de um metro e meio de altura.

– Vamos – anunciou Billy. – E não se preocupem com o chão; é firme.

Avançamos em fila indiana.

A primeira coisa que me chamou a atenção, apesar de eu não poder ver muita coisa da retaguarda, foi uma série de placas de madeira de uns quinze centímetros de comprimento presas às paredes e distantes umas das outras cerca de dois metros. Pareciam pequenos letreiros, mas não tinham nenhuma inscrição.

– O calor é insuportável – queixou-se Miranda em voz baixa.

– É verdade.

Billy não precisava nos explicar que por trás daquelas paredes estavam os cômodos dos Matheson, e que qualquer pessoa poderia nos ouvir. A galeria estava no coração da casa.

Uns dez metros adiante, chegamos a outra câmara igual à primeira, apesar de nessa não haver uma escada, mas um trecho de galeria com degraus de pedra. Billy se voltou para se assegurar de que tudo estava bem. Miranda e eu levantamos o polegar.

A descida por aquele trecho foi fácil, e, além da forte inclinação, notei que a trajetória era ligeiramente curva. Percorremos uns seis metros. Quando chegamos à base, havia uma terceira câmara e outro trecho reto. Novamente, havia lugar apenas para nós três.

– Essa galeria curva está escondida debaixo da escada – disse Billy.

A informação não parecia ser muito reveladora.

– Nesse trecho não há placas de madeira – comentei.

– É verdade. – Billy contemplou o interior da câmara, maravilhado.

– Aonde você acha que isso pode levar, Billy? – perguntou Miranda.

– Não sei. Estou começando a suspeitar que chegamos ao porão, ou até mais baixo. A um lugar importante.

– É como nos *Goonies* – comentou Miranda.

– O que é isso? – perguntei.

– Um filme que estreou há pouco tempo.

– Temos que seguir adiante – anunciou Billy.

– Isso não tem sentido – argumentei. – Por que alguém construiria uma galeria desde o sótão para chegar abaixo do porão? Por que não fazer a entrada lá?

Billy se deteve. Evidentemente ele não havia pensado nisso, o que me encheu de orgulho.

– Você tem razão, Sam – disse Billy. – Talvez estejamos mais perto do fim do que achamos.

E foi exatamente assim. Andamos por aquela segunda galeria, que não diferia da primeira em nada, e chegamos a uma quarta câmara, essa muito mais alta que as anteriores e com os mesmos degraus de ferro presos à parede de pedra. Ali ela acabava.

– Não entendo – disse Billy. – Temos que subir?

Ele parecia estar verdadeiramente decepcionado. Voltou-se para mim, que instantes atrás parecia ter assumido o papel dedutivo, mas eu encolhi os ombros.

– Talvez haja um alçapão – especulou Miranda.

Billy apontou a lanterna para o teto daquela câmara, onde os degraus se interrompiam. Não se viam espaços que delatassem a presença de um alçapão, mas o feixe de luz da lanterna não era muito potente.

– Vou subir primeiro – ele anunciou. Prendeu a lanterna com a boca e começou a subir.

A câmara tinha uns quatro metros de altura, com o que, se meu sentido de orientação estivesse correto, era muito provável que acabássemos chegando ao mesmo lugar.

Quando Billy chegou à parte de cima, começou a forçar alguma coisa.

– O que é? – perguntei, incapaz de suportar a espera.

Era um alçapão.

Billy conseguiu abri-lo e nos iluminou de cima. Miranda começou a subir. Nesse dia ela estava usando um de seus vestidos, que na penumbra se transformou em uma boca aberta. Não pude resistir à tentação de levantar a cabeça e ver sua calcinha branca, enquanto o tecido do vestido esvoaçava como uma pomba branca que se perde na noite.

Quando transpus o alçapão, Billy tornou a fechá-lo, porque de outro modo não haveria espaço para os três. Ninguém precisou dizer em voz alta que estávamos outra vez onde havíamos começado. Billy apertou o painel móvel e o abriu. Ali estava o sótão.

– Não tem sentido – protestou Billy, iluminando a câmara em busca de alguma pista. – Tem de haver outro corredor oculto em alguma parte.

– Não há nada, Billy – retruquei. – Nós percorremos todo o trajeto, e as paredes e o chão são de pedra.

– Mas por que voltar para o mesmo lugar? Se pelo menos servisse como rota de fuga...

– Um momento...

Billy e Miranda se voltaram para mim.

– Billy, tire a luz da minha cara, por favor.

– Desculpe. O que você está pensando?

– Talvez seja um esconderijo – eu disse –, como os que as pessoas usam durante as guerras.

– Guerras em Carnival Falls?

– Meu avô era um homem precavido – comentou Miranda.

– Já sei que aqui não houve guerras, mas talvez o avô de Miranda tenha pensado que algum dia poderia estourar alguma.

– Se for um esconderijo, deveria ser mais confortável. Isto não se parece nada com um refúgio.

– Vocês não acham melhor discutirmos isso fora daqui? – sugeriu Miranda.

Estávamos a ponto de sair quando outra ideia me veio à mente.

– Talvez não seja um esconderijo para pessoas, como nas guerras, mas para coisas.

Billy se voltou para mim, cegando-me novamente com a lanterna, até que percebeu e a desviou. A ideia o seduziu imediatamente.

– Você tem toda a razão – maravilhou-se ele. – O que está acontecendo com você hoje, Sam?

– Deve ser o calor que me deixa mais inteligente.

– Mas por que meu avô iria esconder alguma coisa?

– Naquela época havia muito contrabando – especulou Billy. – Meu tio sempre diz que na época de seu pai os ricaços eram contrabandistas.

– Não acredito que meu avô fosse contrabandista.

Mas Billy já estava convencido. Por que outra razão alguém construiria semelhante galeria nas entranhas de sua própria mansão?

– As placas de madeira que vimos devem ser para identificar a mercadoria.

– Você acha? – Miranda não parecia estar convencida. – A galeria parece ser muito estreita para guardar coisas. Por que não saímos de uma vez? Estou ficando assada.

Eles saíram primeiro. Eu já ia fazer o mesmo quando me pareceu escutar uma voz proveniente da galeria. Billy já estava fora, com as mãos estendidas para me ajudar a sair. Ele notou imediatamente que algo havia me chamado a atenção.

– O que foi? – perguntou ele.

Pus um dedo sobre os lábios para que ele ficasse em silêncio.

O som se repetiu. Uma voz, muito distante.

Poderia ser alguém na casa? Parecia ser bastante provável que as propriedades acústicas do corredor facilitassem a propagação do som.

– Está decidido – disse Billy com impaciência. – Vamos entrar de novo.

Miranda começou a protestar, mas Billy já estava dentro da câmara comigo.

Penetramos apenas dois metros na galeria, e o eco da voz era incontestável. Não demoramos muito para perceber a quem pertencia.

Era a voz de Preston Matheson.

– Não me deixem aqui sozinha – disse Miranda, que se aproximava de nós sem fazer barulho.

Havíamos detectado o lugar preciso onde a voz era mais potente. Permanecemos uns três minutos de orelhas coladas na parede, mas Preston não tornou a falar. Billy estava diante de mim.

– Escute, Billy, se as placas de madeira eram para colocar rótulos – sussurrei para ele –, por que há placas dos dois lados?

Billy examinou de perto uma das placas de madeira e rapidamente descobriu sua função. Simplesmente a deslizou para um lado, e dois orifícios iluminaram a galeria com dois jorros de luz. Imediatamente ele apagou a lanterna.

Dois orifícios.

Enquanto Billy se deixava vencer pela tentação, Miranda se aproximou de outra placa de madeira e a deslizou para observar também. Um instante depois, é claro que eu fiz o mesmo.

Nosso assombro foi tão grande que nenhum de nós se atreveu a afastar a vista daqueles buraquinhos. A visão era magnífica. Nossos olhos estavam a uma boa altura, quase no teto do escritório de Preston Matheson, o que me levou a me perguntar o que haveria do outro lado. E então me lembrei. Os rostos de pedra! Cada placa de madeira correspondia a algum daqueles rostos demoníacos espalhados por toda a casa. A galeria não era um refúgio de guerra nem um depósito de contrabandistas, era uma câmara de espionagem! Eu não teria estranhado nada que, com a quantidade de placas de madeira que havíamos visto, fosse possível visualizar todos os aposentos da casa.

De onde estávamos podíamos ver a escrivaninha de Preston, extremamente organizada. Sobre ela havia uma máquina de escrever elétrica, uma agenda aberta, um telefone e uma luminária. As paredes laterais estavam completamente ocupadas com estantes. Preston Matheson estava sentado em sua confortável poltrona de couro, mas naquele momento a havia feito girar e olhava através de uma enorme vidraça; só conseguíamos ver parcialmente sua cabeça, oculta pelo encosto da poltrona. Perguntei-me quem poderia ter estado falando com ele antes, porque não se via mais ninguém no aposento. A porta ficava justamente abaixo da fileira de rostos de pedra, completamente fora do nosso campo visual. Então ela se abriu – o ruído era inconfundível.

Preston fez a poltrona girar. Primeiro notei que em seu rosto se desenhava um sorriso, em seguida surgiu a empregada, de costas. Ela levava algo nas mãos, mas naquele momento não consegui averiguar o que era. O espetáculo, temperado com o gosto do proibido, me fez esquecer que Billy e Miranda estavam ao meu lado. Foi como se por um momento os olhos do rosto de pedra me pertencessem; ou seria mais apropriado dizer que aconteceu o contrário.

A empregada era Adrianna, a filha de Elwald e Lucille. Ela se aproximou da escrivaninha e depositou em um canto a bandejinha com uma xícara que parecia ser de chá e um bolo de chocolate. Também havia um copo de água.

– Aqui está – disse Adrianna sem entusiasmo.

Ele agradeceu, mas ainda tinha no rosto o mesmo sorriso de antes, um pouco abobalhado, pensei.

– Espere, Adrianna – chamou ele quando ela se voltou para se retirar.

– Diga.

A acústica era ótima, e podíamos escutar perfeitamente tudo o que acontecia no escritório.

– Você já pensou na nossa conversa?

Adrianna abaixou a cabeça.

– Sim, o tempo todo – disse ela.

Preston massageava o queixo enquanto lhe fitava os olhos. O sorriso desapareceu.

– E aí?

– Vou falar com meus pais esta semana. Vou lhes dizer que pretendo voltar para o Canadá.

Preston se levantou.

– Está decidido – disse a moça. – Sinto muito.

Preston pareceu hesitar em se aproximar ou não de Adrianna, que nesse momento deu um passo para trás e firmou a voz.

– Você quer mais alguma coisa? – ela perguntou.

Depois de uma pausa de hesitação em que Preston pareceu se esquecer da existência do chá e do bolo, ele fez um gesto negativo com a cabeça, contrariado. Novamente deu mostras de querer se aproximar de Adrianna, o que tampouco se concretizou.

– Você tem certeza de que não pode esperar alguns dias? – perguntou ele. – Pense um pouco mais. Eu poderia ter resolvido as coisas em alguns dias.

Ela não respondeu. Parecia estar a ponto de começar a chorar.

– É melhor assim.

A moça deu meia-volta e saiu do aposento.

Miranda nos diria mais tarde que Adrianna não estava lidando bem com a distância, mas que nunca havia pensado que isso pudesse afetá-la tanto a ponto de querer regressar ao Canadá. Nem Billy nem eu insinuamos o que a ambos parecia evidente: que entre eles havia algo mais.

Senti um tapinha nas costas. Era Billy. Ele e Miranda me observavam.

– Não deveríamos estar fazendo isto – disse Miranda em um tom apenas audível.

– Miranda tem razão – concordou Billy, apesar de ser evidente que ele não queria parar de espiar.

Não me restou outro remédio além de concordar com eles.

Naquele momento voltamos a ouvir a voz de Preston.

– Alô. Sim, sou eu, quem poderia ser? Preciso que você mande alguém à merda da conferência do Banks.

Ficamos paralisados. Olhei para meus amigos com um olhar de súplica.

Em menos de dois segundos, estávamos os três novamente espiando o escritório.

Preston havia adotado a mesma postura de antes, olhando através da janela. Ouviu durante um instante e em seguida disse:

– Não me interessa quem. Alguém.

Pausa.

– É claro que tentei. É a única coisa que tenho tentado fazer desde que cheguei a esta cidade, mas o sujeito não faz questão de conhecer os novos vizinhos. É inglês, o que se vai fazer?!

O comentário parece que o fez lembrar-se do chá na bandeja, de modo que ele girou a poltrona e se esticou para pegar a xícara.

– Pode ter certeza de que eu gostaria de ir embora daqui imediatamente, motivos não me faltam. – Provou o chá e fez uma careta. – Isso é o mais incrível. Sara, que foi quem se pôs a gritar aos quatro ventos quando eu lhe falei de voltar, foi a que melhor se adaptou. Fez um grupo de amigas, frequenta aulas de jardinagem, decoração e sabe Deus o que mais... O que você quer que eu te diga? Até minha filha se adaptou de um modo espantoso.

Ele ajeitou o fone entre a orelha e o ombro e utilizou as duas mãos para rasgar a ponta de um envelope de açúcar. Adoçou o chá e tornou a prová-lo. Dessa vez pareceu ficar satisfeito.

– A conferência é na sexta-feira, você sabe. Este fim de semana convidei Banks para vir à minha casa. Eu lhe disse que queria lhe falar de alguns negócios; acho que ele imagina que quero comprar a sua casa ou algo assim. Vou lhe fazer uma proposta direta. Mas se isso falhar, preciso ter um plano alternativo. Agora o mais importante é saber detalhadamente o que vai acontecer nessa conferência. Conforme o resultado, veremos o que fazer.

Assentiu enquanto mordiscava o bolo de chocolate.

– É claro! Eu voltei para fazer um controle dos danos... Sim, é claro, pode ser que eu esteja exagerando. Espero que sim. Será um prazer verificar que é isso mesmo e ir embora de uma vez desta cidade, para sempre.

7

Estendi-me na cama com a caixa florida e tirei a tampa. Ali estavam todas as lembranças de minha mãe: fotografias, recortes de jornal, algumas cartas. No estojo de metal havia dois anéis e uma gargantilha de ouro com a inscrição "P. A. M.". Eu gostava de imaginar que esse devia ser o nome de minha avó, da qual a única coisa que eu sabia era que ela havia morrido muitos e muitos anos atrás. Boo também estava ali. Agarrei-o e o sentei em meu peito.

– Hoje vi um filme do acidente – eu disse ao meu brinquedo de infância. – Bem antes do acidente, na verdade.

Seus olhos estavam fixos em mim. Lembrei-me de um filme que eu tinha visto com Billy no verão anterior, no qual o protagonista sofria uma paralisia total por causa de um acidente e só podia se expressar com as pálpebras.

– Uma vez para sim, duas vezes para não.

Devolvi Boo à caixa e me recostei. Havia sido um dia tão absurdo que se meu urso de pelúcia tivesse pestanejado, eu não teria me surpreendido muito. Entrelacei as mãos sobre o estômago. Havíamos confirmado o impossível: o filme de French não apenas estava relacionado com o acidente do Fiesta, como o seu propósito parecia ser especificamente imortalizar aqueles minutos que haviam marcado definitivamente a minha vida. O fato de Joseph guardar aquela fita em sua casa já por si era de chamar a atenção, mas eu dar com ela por acaso... era impressionante. Billy tinha certeza de que era uma fraude, que French bem que poderia tê-la produzido a pedido de Banks para que o inglês pudesse sustentar suas teorias, porque de outro modo – e nisso eu precisava concordar com meu amigo – não poderia existir uma razão lógica para montar uma câmera em plena tempestade e esperar avistar uma nave espacial. Apesar de o truque ter sido bem feito, não podia ser nada além da montagem de um amador, uma ilusão. Miranda era a única que opunha uma fraca resistência aos categóricos argumentos de Billy, perguntando-se em voz alta por que French guardaria essa fita tão zelosamente – junto com a prova de que seu filho adotivo era um assassino – se fosse uma balela. Além disso, ela nos lembrou de que o artigo do jornal em que Banks havia anunciado sua conferência mencionava também que ele dispunha de provas filmográficas do dia do acidente, que por alguma razão nunca chegara a exibir publicamente.

Mas tudo parecia indicar que o filme era um truque. A qualidade era péssima, as circunstâncias em que havia sido tomado eram demasiado estranhas, e os óvnis eram vistos a um milhão de quilômetros de distância.

E ainda havia, é claro, a conversa de Preston Matheson referindo-se à conferência de Banks... Como explicar aquilo? Eram muitos feitos encadeados para colocar na conta do acaso. As referências que Preston fizera à conferência haviam sido diretas, deixando claro que ele tinha especial interesse nos anúncios do excêntrico personagem e que tentaria alterá-los. Quando debatemos a questão, Miranda se apagou de repente. Apesar de dar a impressão de que não havia notado a tensão entre seu pai e Adrianna, ela não havia gostado do modo como ele se referira a Carnival Falls. Aqueles segundos de intromissão haviam desmascarado as mentiras que durante os últimos meses ele havia contado a ela e à sua mãe a respeito de nossa cidade. Ele a odiava, e assim que solucionasse os assuntos pendentes com Banks, a família iria embora. Quando Miranda falou disso, eu lhe disse que podíamos estar enganados, que não sabíamos com quem seu pai havia falado, e que ele bem que poderia ter dito o que seu interlocutor queria ouvir. Além disso, lembrei, ele mesmo havia afirmado que Sara e Miranda estavam se adaptando às mil maravilhas, o que era absolutamente verdadeiro, e que talvez isso pesasse no momento de tomar a decisão final. Miranda não pareceu ter ficado muito convencida disso. No fundo, eu também não estava.

Mas havia algo mais, além do filme e da conversa de Preston. Algo que eu não me atrevia a revelar a meus amigos. Era a visão do rosto de minha mãe surgindo sob a sombrinha de Sophia French, observando-me com olhos cúmplices. Podia ter sido tudo fruto de minha imaginação – de fato, tinha de ser, porque nem

Billy nem Miranda tinham visto nada –, mas enquanto eu esticava um dos braços para a caixa florida, apertava Boo e pegava a gargantilha de ouro que havia pertencido à minha mãe, tive a certeza de que havia algo mais. Aquela piscadela havia sido a sua maneira de me dizer que estávamos indo na direção correta.

8

Assistir à conferência de Banks nunca havia sido um plano muito factível. Billy me convencera rapidamente de que seria impossível concretizá-lo sem o conhecimento de Amanda, considerando que o evento teria lugar na biblioteca, e que Stormtrooper se encarregaria de lhe contar. E isso sem mencionar que a entrada custava quinze dólares, e nunca em minha vida eu conseguira ter quinze dólares no bolso.

Tivemos que nos conformar com a crônica do *Carnival News* do dia seguinte.

Alguns anos mais tarde, já em Nova York, encontrei em uma loja especializada uma deteriorada cópia VHS da conferência e a comprei. Sabe Deus por que entrei naquela loja e perguntei pela conferência, mas eu o fiz. Ela fazia parte de uma coleção completa das investigações de Banks e de outros investigadores de cuja existência eu tinha conhecimento, mas que nunca me parecera boa ideia rastrear com muito afinco.

9

O auditório da biblioteca pública tinha capacidade para umas duzentas pessoas, e naquele dia havia mais de trezentas. O corredor central e os dois laterais estavam cheios, e o mesmo acontecia nas proximidades da tribuna em que Banks levaria a cabo sua exposição. Havia vários grupos claramente diferenciados. Os repórteres, com suas correspondentes credenciais, apinhados na frente com suas câmeras e gravadores portáteis, curiosamente não eram os que mais se sobressaíam. Nas três primeiras filas havia uma legião de fanáticos de Banks, alguns com roupas que beiravam o ridículo, como uniformes dignos de *Jornada nas estrelas*. Não havia ninguém com máscaras de olhos grandes e antenas, como as que costumavam ser vendidas nas feiras ou nas lojas de fantasias, mas era evidente que mais de um deles teria adorado se exibir com um traje prateado e uma pistola de raios. O segundo grupo, mais numeroso, era formado na maioria por homens bem-vestidos, impávidos diante dos cochichos e dos aplausos que exigiam a presença do anfitrião. Entre os homens de fora havia alguns com o aspecto de verdadeiros catedráticos, rostos austeros e circunspectos. Eram os especialistas.

No palco havia uma estante, uma tela de projeção de *slides* e uma mesinha alta com uma televisão.

Banks apareceu pela parte de trás e abriu caminho entre a multidão apinhada em um dos corredores laterais. A plateia foi alertada por uma musiquinha cômica que começou a tocar nos alto-falantes. Os fanáticos imediatamente se voltaram para localizar Banks, e não demoraram a se fazer ouvir – para aborrecimento dos especialistas –, gritando várias vezes em coro o nome do inglês e batendo palmas. Ouviram-se assobios e vários punhos se ergueram para receber a estrela da noite. O rosto de Banks era a perfeita representação da inexpressividade, mas diante de semelhante manifestação, ele esboçou uma efêmera careta que ficou a meio caminho de um sorriso. Fez um gesto pacificador para calar seus seguidores e clareou a garganta, bebendo em seguida um gole de água.

Philip Banks vestia um impecável terno cinza. Tirou o paletó, que um assistente próximo ao cenário se encarregou de recolher, e pegou o microfone que estava na estante. Fez uma pausa na qual se ouviu a audiência e então falou pela primeira vez, com um sotaque capaz de provocar inveja na própria rainha da Inglaterra.

— Fico muito feliz por estarem comigo nesta tarde tão especial.

O público aplaudiu efusivamente.

— Há mais de quarenta anos, minha amada esposa, Rochelle Banks, e meu filho que estava por nascer desapareceram no cruzamento da Madison Street com a Newton Street desta cidade. Um bom amigo passou por ali e viu o carro, um Studebaker, com as luzes exteriores e interiores acesas e o rádio funcionando. Nunca mais voltei a vê-la, e essa é a razão pela qual estou aqui diante dos senhores. — Ele fez uma pausa. O auditório havia emudecido. — Assumo as desconfianças. Sei que muitos dos senhores pensam que não sou mais do que um velho louco que não aceita a verdade. Qual é a verdade? Que minha mulher, que eu amava perdidamente, com quem eu ia ter um filho, decidiu partir da noite para o dia? Se é assim, onde está ela? Por que a polícia não pôde encontrá-la? Todos os recursos que destinei para localizá-la não foram suficientes para encontrar uma única pista. Nenhuma.

Ele fez um gesto para o assistente, agora postado junto ao projetor de *slides*. Em uma tela de tripé (muito semelhante à dos Matheson) apareceu o retrato em preto e branco de uma linda mulher.

— Devo a verdade a ela. Continuo procurando desesperadamente por ela há mais de quatro décadas, unicamente por ela.

O rosto de Rochelle desapareceu da tela, e Banks ficou durante alguns segundos refletindo. Seu aspecto era impecável. Tinha o cabelo grisalho bem aparado, assim como a barba. Apesar das histórias que pudessem circular a seu respeito, dos transtornos sofridos com o desaparecimento da esposa, a verdade era que quando ele falava, transmitia sofisticação e sensatez. Tenho de reconhecer com certo pesar que nunca encontrei naquele homem, nas poucas vezes em que o vi pessoalmente ou pela televisão, um único indício de falta de conexão com a realidade. É claro que ele não era um cientista, mas um indivíduo extremamente racional, ou essa era a impressão que passava.

– Vou dividir esta conferência em três partes – anunciou ele. – As duas primeiras já são conhecidas de alguns dos senhores, e terão como propósito situá-los no que hoje sabemos da vida extraterrestre; veremos alguns documentos reveladores e ouviremos testemunhos.

Junto da estante havia um ponteiro de madeira. Banks o pegou com delicadeza por uma extremidade e se encaminhou para a tela. Um *slide* mostrou o seguinte:

☐ Quem são "eles" e o que procuram?
☐ Fazendo contato
☐ ADN – Informações reveladoras

Assinalou o último ponto.

– Até o fim trataremos da questão mais importante do dia: os resultados definitivos que já estão em meu poder. – Pegou um envelope lacrado da estante e o ergueu. – São as provas realizadas na Suíça.

A multidão se entusiasmou, mas dessa vez Banks a apaziguou com um gesto. Recolocou o envelope na estante e se apoiou momentaneamente no ponteiro, como se fosse um bastão.

– Existem em nosso universo mais de cem bilhões de galáxias. Isso é o número um seguido de onze zeros. Se estimarmos a quantidade de estrelas do tamanho do Sol com planetas orbitando ao seu redor, o número aumenta consideravelmente para um quintilhão... o número um seguido de dezoito zeros. Se apenas uma bilionésima parte desses sistemas solares semelhantes ao nosso tivessem vida, ainda teríamos um milhão de colônias extraterrestres. Negar semelhantes probabilidades é simplesmente ridículo.

O público começou a aplaudir, como faria muitas outras vezes mais tarde.

Banks exibiu uma série de *slides* de antigas representações de pedra, diversos objetos maias e antiquíssimos papiros chineses onde nossos antepassados supostamente deixaram gravados seus contatos extraterrestres. As referências estão ali para quem quiser vê-las, dizia Banks enquanto assinalava com o ponteiro uma série de estrelas desenhadas em um tratado babilônico, entre as quais aparecia um eclipse perfeitamente distinguível. Ele não se deteve muito em outros antecedentes e centrou-se nos dados compilados durante os últimos anos, quando, em seu modo de ver, os governos começaram a estudar seriamente o assunto, devido às tremendas implicações que podia ter para a humanidade o contato com uma civilização mais inteligente que a nossa. Um *slide* com o mapa do país mostrava as regiões onde tinha sido vista a maior quantidade de óvnis e onde haviam acontecido abduções e desaparecimentos misteriosos. Via-se claramente que certas regiões marcadas em vermelho apresentavam mais casos que outras.

– Não sabemos por que os trabalhos de reconhecimento das naves se concentram em determinadas regiões, mas esse fenômeno se repete no mundo inteiro. Ou bem os extraterrestres possuem bases aqui na Terra, e nesse caso lhes é conveniente não se afastarem delas, coisa que pessoalmente considero pouco razoável, ou essas localizações coincidem com pontos singulares do espaço: portas no universo que tornam possível viajar por nossa galáxia de um modo que ainda não compreendemos.

Banks se aproximou da estante e bebeu um pouco de água.

– Não pudemos estabelecer com certeza qual é o aspecto físico dos nossos visitantes. Não existem documentos fotográficos nem filmográficos desses seres; pelo menos não algum no qual eu confie plenamente. A melhor aproximação provém de numerosos testemunhos, centenas deles, e ainda assim nem todos são inteiramente coincidentes. Sabemos que é provável que um bom número desses testemunhos discordantes seja produto de enganos ou de alterações da percepção, mas mesmo os mais autênticos, ou aqueles corroborados por vários testemunhos, não coincidem uns com os outros cem por cento. Há razões para isso. A principal é que há pelo menos três tipos de extraterrestres bem diferenciados que vêm nos visitando. Esses seres podem ter a mesma origem, o mesmo planeta, ou não. O que realmente parece pouco provável é que eles não se conheçam uns aos outros. Dessas três raças, há uma que tem sido vista com mais frequência, e é dela que quero lhes falar neste momento...

O operador projetou um novo *slide*. Banks estava de pé ao lado. O fato de ele não ter dado a ordem a seu assistente tomou o auditório de surpresa. Ouviram-se vários suspiros.

– Senhoras e senhores, conheçam o Aenar.

A câmera que registrava a conferência se focou na tela de projeção. Nela aparecia um homenzinho cuja cabeça era muito grande em proporção ao corpo; era cinzento e de extremidades esqueléticas. Boa parte da cabeça estava ocupada por dois imensos olhos panorâmicos, que mais pareciam óculos espelhados que outra coisa. O nariz se resumia a duas linhas verticais, e a boca era uma diminuta ranhura horizontal. Não tinha pelos em nenhuma parte do corpo, nem sexo.

Enquanto Banks descrevia o Aenar, lembro-me de ter sorrido em meu apartamento de Nova York, observando a velha fita de VHS. A verdade era que aquele desenho, não muito bem-feito, certamente podia ter impressionado alguém na década de 1970 ou em princípios de 1980, mas no fim dos anos 1990 era uma versão quase risível dos extraterrestres tão repetidos na ficção científica.

– Morfologicamente falando, os olhos muito desenvolvidos não são uma surpresa. Aqui na Terra, quase todos os animais evoluíram dessa maneira; a vista é o sentido que a maioria das espécies desenvolveram melhor, e conseguiram isso por diversas vias, desde órgãos infravermelhos, sonares etc. Não é de espantar que uma raça claramente superior à nossa tenha desenvolvido órgãos visuais que supomos serem de uma sofisticação espantosa. O tamanho do crânio pressupõe também um cérebro evidentemente mais poderoso que o nosso, com capacidades telepáticas e telecinéticas. Para muitos investigadores, inclusive eu, esses sentidos, presentes mas atrofiados nos seres humanos, foram levados ao extremo por essa super-raça. A compleição magra evidencia a falta de necessidade de realizar esforços físicos, substituídos pelo poder de uma mente capaz de deslocar objetos à vontade. O homem baseou sua existência na força física. O Aenar não precisa de nada além de uma mínima estrutura óssea e muscular, suficiente para sustentá-lo.

10

Billy afastou o jornal. O *Carnival News* havia transcrito literalmente algumas partes da conferência de Banks, e meu amigo foi o encarregado de lê-las. Quando chegou à descrição do Aenar, ele não aguentou.

– Sam, vamos! – Dobrou o jornal e o deixou de lado.

Estava sentado no tronco, na clareira.

– Parece um pouco inverossímil – aceitei.

– Um pouco?

Estávamos sozinhos. Senti falta de Miranda.

– Olhe... tenho pensado em todo esse assunto – disse Billy com certo pesar. – Sei que tenho sido um pouco descrente em relação às teorias do velho.

– Um pouco? – repliquei, imitando sua expressão de instantes atrás.

Ele me fez um gesto para que deixasse estar.

– Bom, muito descrente. Fiquei zoando e tudo isso. Você me conhece. Com o que aconteceu na casa de Miranda, o filme e a conversa do senhor Matheson, fiquei revirando esse assunto, pode acreditar. Foi uma casualidade muito grande termos ouvido exatamente aquela conversa, mas também, temos de reconhecer, a conferência estava próxima. Se tivéssemos descoberto as galerias um mês antes, nós o teríamos encontrado... trepando com a empregada.

Levantei imediatamente a vista. Billy não usava esse tipo de vocabulário na minha frente. Não consegui evitar o rubor, e ele também, mas não voltou atrás. Muitas coisas mudariam naquele verão.

– E então?

– Pensei nisso. E concordo com você em uma coisa. Pode ser que Banks não esteja louco, que acredite em tudo o que diz e que todos os testemunhos sejam verdadeiros. Mas isso não prova nada. Eles continuam sendo um bando de idiotas, mesmo que talvez não no sentido estrito da palavra, entende?

– Não muito bem.

– Talvez toda essa gente acredite ter visto o que disse ter visto. Não sei se sonharam ou o quê. Preste atenção na descrição do extraterrestre. – Billy pegou novamente o jornal, abriu-o e leu: – "O auditório da biblioteca pública emudeceu diante da projeção do Aenar, um ser baixinho, de olhos gigantescos e maléficos." – Ele tornou a dobrar o jornal. – Um ser baixinho, de olhos gigantescos e maléficos! – repetiu. – Até eu acho que vou ter pesadelos com isso. É uma bola de neve, Sam. As pessoas falam, veem filmes, ouvem testemunhos, é quase impossível passar um dia nesta cidade sem escutar dez vezes a palavra extraterrestre.

– Nós nunca falamos desse assunto tão abertamente.

Minha frase pegou Billy desprevenido.

– Me perdoe por isso.

– Agradeço suas desculpas.

– Mas você entende o que eu quero dizer?

– Sim, acho que sim. Mas é que... suponhamos por um momento que seja verdade, que seja como Banks diz, que eles não querem que tenhamos certeza da sua existência, não é lógico que aconteça tudo o que você afirma?

– Se eles fossem tão inteligentes, não se deixariam ver.

Talvez não fossem tão inteligentes, pensei. Pela primeira vez argumentávamos juntos, sem abordar o tema tangencialmente ou por meio de ironias. Eu não queria pôr tudo a perder. Billy tinha sua maneira de pensar, que era extremamente respeitável. Mas a verdade é que eu continuava tendo minhas dúvidas. Negar tudo parecia ser o mais simples.

– O que eu quero te dizer, Sam, é que estou com você, e te prometo que chegaremos ao fundo dessa questão. E não é apenas por causa da promessa que fizemos com Miranda na casa da árvore.

– Te agradeço, Billy.

– Não fique me agradecendo a toda hora.

O comentário de Billy não me aborreceu, ao contrário. Era o seu jeito de me dizer que realmente se importava. Compreendi perfeitamente a que ele se referia com aquilo de "chegar ao fundo da questão". A conversa telefônica de Preston Matheson havia sido real, nós a havíamos escutado com nossos próprios ouvidos; ele era um empresário inteligente, um homem poderoso; se havia voltado para Carnival Falls, devia haver alguma razão forte para isso, e essa razão estava relacionada com o que Banks havia anunciado no final da conferência. Billy era um menino dotado de uma imaginação e de uma capacidade criativa fora de série, mas sempre precisava de algo que o ancorasse à realidade, era assim que ele funcionava. A conversa de Preston Matheson era essa âncora.

Eu ia dizer algo, mas me detive. Alguém se aproximava pelo caminho.

Miranda!

Mas não era ela.

– Vejam só quem está aqui... as meninas do bosque!

Quando me voltei, uma figura corpulenta, ladeada por dois mastodontes, me fez estremecer.

– O que você deseja, Mark? – perguntou Billy quase sem se alterar.

Era Mark Petrie, que nesse verão crescia a toda a velocidade. E os que estavam atrás dele não eram mastodontes, como meu cérebro me havia levado a pensar desde o chão. Na verdade, um dos meninos era bem pequeno, mais ou menos do meu tamanho.

– O que vocês fazem aqui? – perguntou Mark. Sua voz havia se tornado mais grossa. Quando éramos pequenos, havíamos brincado juntos no Limite, mas, parafraseando Billy, isso havia sido até o cérebro de Mark parar de se desenvolver. Mark tinha se passado para o bando dos garotos burros, e agora, ao que parecia, tinha se transformado em uma espécie de líder.

– Não estamos fazendo nada – respondeu Billy com calma. Continuava apoiado no tronco. – Nada em particular. E vocês, o que estão fazendo?

Mark franziu a testa. Era evidente que ele não conseguia entender se a pergunta era uma demonstração de educação ou uma gozação.

– Estamos procurando um lugar reservado para nossa... competição especial.

Ele fechou o punho e o moveu para a frente e para trás na altura da cintura, várias vezes, com o rosto desfigurado. Os dois garotos que o acompanhavam riram.

Um deles era Steve Brown, amigo de Mark desde sempre e seu inseparável cúmplice. Se Mark era limitado, o caso de Steve era muito pior. Ele havia repetido todas as séries desde a quinta até a sétima, e o mais provável era que tivesse chegado ao seu teto intelectual, apesar de que os que haviam compartilhado aulas com ele assegurarem que ele só havia conseguido passar graças às influências de seu pai – um político de pouca importância. Steve imitou o movimento de seu mentor, rindo sem parar. O outro menino se chamava Jonathan Howard e era nosso companheiro de classe; assustadiço e mirrado, não era um mau menino, mas carecia de personalidade. Era a primeira vez que o víamos fazer parte da gangue de Mark.

– Jonathan, o que você faz com eles? – perguntei.

– Não responda – interveio Mark. – Jonathan vai saber o que é bom de agora em diante. Não é verdade, Steve?

– Claro!

– Acho que este lugar está ótimo para nós – disse Mark dando uma olhada na clareira enquanto assentia várias vezes. – Vocês vão ter que ir embora.

Foi a vez de Billy rir.

– Notícia de última hora – disse Billy com sua voz de locutor. – Este lugar é nosso. Faz anos que nós nos reunimos aqui. Vão procurar outro lugar. O bosque é grande.

– Não sei não. – Mark deu um passo adiante, desafiador, até ficar a menos de um metro de distância de onde eu estava. – Nós gostamos muito deste lugar, não é, galera?

Steve Brown e Jonathan Howard concordaram. O primeiro lançou alguns uivos dignos de um lobo e tornou a soltar uma de suas gargalhadas aboboladas.

– Vá embora, Petrie – disparou Billy. – Você é patético.

– Quem é patético? – grasnou Mark Petrie. Terminou a frase com uma patada na terra. Eu me virei de costas, mas não consegui evitar que uma boa quantidade de terra me entrasse na boca e nos olhos.

Billy se pôs de pé como que acionado por um impulso repentino.

– Chega, já basta... – disse ele. Eu mal consegui entreabrir um olho para vê-lo avançar na direção de Petrie aos tropeções. Billy era um pouco mais baixo que ele, mas sua compleição física era mais ou menos a mesma. Ele também havia crescido muito nesse verão. Deu um empurrão em Mark que o fez cambalear para trás.

Eu me levantei. A terra havia entrado por dentro da camiseta e me arranhava por toda parte. Tentei abrir os olhos completamente, mas o ardor não permitia. Billy era uma sombra diante de mim. Eu não conseguia parar de pestanejar e de massagear os olhos com os dedos.

– Vejam só – disse Mark com voz aflautada –, o garoto forte está defendendo a namorada. Não é lindo?

Steve aplaudiu o comentário do líder. Não parava de rir.

Consegui tirar um pouco de terra dos olhos e me aproximar de meu amigo para lhe colocar uma das mãos sobre o ombro.

– Vamos, Billy. Vamos encontrar outro lugar.

– É, vocês vão encontrar outro lugar – concordou Mark Petrie –, é claro que vão. Se mandem!

Mas Mark não avançou, e Billy percebeu que isso constituía uma vantagem a nosso favor. Por alguma razão, Mark não estava disposto a lutar; só queria se pavonear um pouco.

– Nós vamos ficar aqui – disse Billy com tranquilidade. – Nós chegamos aqui primeiro.

Em seguida retrocedeu e tornou a sentar-se tranquilamente no tronco, perto do jornal. Mark o observou, desconcertado, e rapidamente sua atenção se fixou em mim, que continuava de pé no centro da clareira.

– Vocês já tiveram o que merecem – disse ele indicando-me com um gesto. – Além disso, agora que reparei nisso, este lugar está muito à vista. Precisamos de um mais reservado.

– Reservado! – repetiu Steve como um papagaio, enquanto retomava seus gestos obscenos.

Jonathan tinha os olhos postos na ponta dos tênis. Senti um pouco de pena dele. Era um desses garotos que se deixam influenciar com facilidade.

Mark começou a se virar para ir embora, mas deteve-se.

– Mais uma coisa – disse ele. – Estamos sabendo o que vocês fizeram com Orson.

– Você está triste sem a sua namorada, Petrie?

– Orson era meu amigo – respondeu Mark com seriedade. – Vocês vão pagar pelo que fizeram com ele.

– Você acredita que era amigo dele só porque compartilhavam um punhado de revistas velhas escondidas no bosque?

Mark arregalou os olhos.

– Vão embora de uma vez, por favor – eu disse em tom conciliador.

– Ah, vejam só quem se digna a falar, a senhorita Terra.

– Se manda, Petrie – disse Billy enquanto fingia ler o jornal.

– Logo ajustaremos contas pelo que aconteceu com Orson – disse Mark Petrie. – Vamos, caras. Essas meninas me deixaram de pau duro.

O comentário deve ter sido a coisa mais engraçada que Steve Brown tinha ouvido em toda a vida, porque ele se dobrou de tanto rir e começou a bater freneticamente nos joelhos com as mãos. As lágrimas lhe escorriam dos olhos enquanto ele ria como uma hiena.

Eles partiram do mesmo modo que haviam chegado, em perfeita formação, só que agora seus passos eram anunciados pelas gargalhadas de Steve.

– Onde estávamos? – perguntou Billy examinando o jornal.

Acabei de sacudir a terra do corpo o melhor que pude e tornei a me sentar.

11

A segunda parte da conferência de Banks foi a mais extensa das três e a que menos repercutiu no jornal no dia seguinte. Consistiu em uma recopilação de histórias e testemunhos.

    Quando vi a fita VHS em meu apartamento de Nova York, uma dessas histórias me chamou particularmente a atenção. Era a de um homem chamado Frank DeSoto, um professor de escola em White Plains, uma pequena cidade ao norte de Carnival Falls. DeSoto havia sido casado com Claudia, também professora, e juntos haviam tido uma filha que batizaram de Amarantine. Em 1928, quando a menina tinha apenas dois meses de vida, Frank e Claudia tinham certeza de que alguma coisa não andava bem com a menina; ela mal comia, e chorava o tempo todo. Às vezes passava dias em que fechava os olhos apenas durante algumas horas. Quando não chorava, demonstrava incômodo e parecia não se sentir confortável no berço, nem quando a pegavam no colo e passeavam com ela. Os DeSoto iniciaram uma série de visitas a médicos de diversas especialidades, mas nenhum conseguiu diagnosticar a estranha enfermidade. Diziam que os bebês eram assim, que como pais de primeira viagem eles teriam que se acostumar a dormir um sono entrecortado e adaptar sua rotina à da recém-chegada. Frank havia sido criado em um lar numeroso, onde tinha visto nascer vários de seus irmãos, e sabia que o comportamento de Amarantine não era normal. Continuaram visitando especialistas, gastando suas economias em viagens a cidades distantes, apenas para continuar acumulando decepções. Pelo menos os médicos já não insistiam em dizer que sua filha era saudável, mas não conseguiam diagnosticá-la. Um especialista de Boston foi o primeiro que sugeriu que poderia se tratar de um mau funcionamento da glândula pineal, e dessa forma solicitou exames muito caros, que acabaram com as economias dos DeSoto. O resultado não ajudou muito. Tudo o que o prestigioso médico de Boston pôde fazer foi receitar-lhes uma medicação caríssima para que Amarantine se sentisse um pouco melhor e conseguisse dormir um pouco mais, coisa que funcionou medianamente. Frank tinha consciência do dano que aqueles medicamentos causavam à sua filha; notava-o em sua expressão dopada quando os dava a ela. Assim foi durante um ano.

Frank esteve a ponto de perder o emprego na escola, que só conseguiu conservar graças à sua amizade com o diretor e à grande consideração que seus colegas e conhecidos tinham para com ele. Ninguém teria despedido um homem na sua situação. Permitiam que ele entrasse em licenças de todo tipo, que faltasse repetidamente, que trabalhasse menos horas do que as que lhe correspondiam por seu salário; inclusive seus alunos do sétimo ano demonstraram um grande coração com o trato dispensado a seu professor. Enquanto Claudia se ocupava de Amarantine em casa, Frank passava muitas horas na escola; no entanto, não dedicava a maioria delas ao ensino, mas para redigir longas cartas para as famílias cujos filhos padeciam dos mesmos sofrimentos que Amarantine. Às vezes chegava a telefonar para eles, sempre com o consentimento do diretor, apesar de serem ligações para o estrangeiro. Os pais trocavam diversas técnicas que pareciam aliviar os sintomas, como a música clássica, a alta ingestão de líquidos ou as massagens relaxantes. Mas eram receitas caseiras, que funcionavam ou não dependendo de cada criança. A doença afetava o desenvolvimento, retardando a capacidade de se comunicar mediante a fala, caso chegasse a atingir esse estágio. Não existiam registros de crianças que tivessem sobrevivido além dos sete anos.

Uma tarde, Frank DeSoto voltou do trabalho às sete da noite. Nesse dia, Claudia ia lhe preparar peru com batatas, seu prato favorito e um luxo que se permitiam muito de vez em quando. Ele teve o primeiro sinal de que algo não andava bem assim que chegou à porta de casa. Estava aberta.

Ele se aproximou com prudência. A princípio não considerou uma boa ideia chamar Claudia em voz alta, e assim avançou sem fazer barulho, ainda com a pasta na mão. Também não ouviu Amarantine chorar. Ele penetrou na sala e imediatamente viu a figura de sua esposa estendida no chão sobre uma poça de sangue. Durante um instante seus músculos ficaram paralisados – contaria a imagem do velho Frank DeSoto de uma das televisões durante a conferência de Banks. O homem deixou cair a pasta e se aproximou de Claudia, sem pensar que o responsável por aquela atrocidade pudesse estar ainda na casa. Virou seu corpo e comprovou que ela ainda tinha pulso. Mas seu rosto era uma massa inchada e sangrenta. Ele também percebeu uma ferida lancinante perto do pescoço. Uma olhada rápida pelo aposento lhe revelou a presença de uma chave de fenda que nunca tinha visto, com a ponta ensanguentada.

Ele se precipitou para o telefone e fez uma chamada urgente. Levou quinze segundos para dar uma descrição do acontecido, fornecer o endereço de sua casa e desligar. Depois foi ao banheiro, onde havia desinfetante e gaze. Quando voltou ao lugar onde Claudia jazia, ela finalmente abriu os olhos e sorriu. Ele lhe perguntou pela pequena Amarantine, mas ela estava muito fraca para lhe responder. Frank começou a vendar a ferida do pescoço, que parecia ser a mais grave, quando um impulso o fez erguer-se. Primeiro acomodou o braço de Claudia para que ela mesma mantivesse a gaze pressionada contra o ferimento, enquanto lhe dizia que ia subir para buscar Amarantine, para ver se ela estava bem. Claudia o observou com olhos suplicantes, mas ele subiu ainda assim. Sabia que algo devia ter acontecido com sua filha. O silêncio no andar de cima era a prova definitiva disso.

Amarantine, com efeito, não estava no quarto. Nem no de seus pais. Nem em parte alguma.

Quando a polícia se apresentou na casa dos DeSoto, encontraram Frank ajoelhado junto ao corpo ainda com vida de Claudia, vendando-lhe o pescoço com muita dificuldade com as mãos trêmulas, enquanto derramava um mar de lágrimas.

Claudia foi imediatamente transferida para o hospital, onde trataram de seus ferimentos, que não chegaram a ser críticos. Assim que se encontrou em condições, ela contou como dois homens que não conhecia tinham entrado na casa e haviam tentado estuprá-la. Estavam muito bêbados, especialmente um deles, que era quem dava as ordens. Pareciam irmãos, ambos com o mesmo nariz amassado e o cabelo ruivo e crespo. Esmurraram-lhe o rosto e lhe deram chutes em todo o corpo, enquanto ela resistia no chão da cozinha. Exatamente naquele momento, Amarantine acabava de entrar no seu ligeiro sono de vinte minutos do meio-dia, e ela não queria acordá-la, por isso resistiu sem gritar. Enquanto o mais magro lhe agarrava os braços por trás, o mais forte tirou as calças e lhe agarrou as pernas, mas na manobra ela conseguiu se safar e lhe dar um bom chute na cara. Isso despertou a ira do homem. Ele tirou uma chave de fenda de um estojo de ferramentas que tinha na cintura e o cravou entre o pescoço e o ombro, provocando uma dor terrível. Dessa vez ela não conseguiu evitar o grito, e Amarantine acordou. O choro da menina desconcertou o que estava mais sóbrio, que começou a discutir com o outro enquanto Claudia sangrava na sala. Em determinado momento ela achou que ia desmaiar. Viu as silhuetas esmaecidas dos dois irmãos, se é que o eram, discutindo acaloradamente. O mais robusto queria levar a menina, dizia que podia vendê-la. O outro a princípio se opôs, mas afinal acabou cedendo. Agarraram a menina e foram embora.

A polícia duvidou da história dos irmãos, que teriam preferido ir embora com uma criança chorando a completar seu plano de violação. Os vizinhos não ouviram nem viram nada, e as suspeitas sobre a veracidade da declaração de Claudia não tardaram a surgir, chegando inclusive aos ouvidos do próprio Frank. Claudia tentou prosseguir com sua vida, mas os questionamentos eram constantes, e ela achava que não conseguiria suportar aquilo. Queria se mudar de White Plains. Frank nem por um segundo duvidou da esposa, mas não quis ir embora. Passou a empregar as horas que antes dedicava a trocar correspondência com outros pais no exterior na busca dos dois irmãos. Preparou retratos do rosto deles, falou com todo mundo, tentou fazer a esposa se lembrar de detalhes de seus agressores, procurou averiguar a origem da chave de fenda, mas todas as suas tentativas foram em vão. O uso do estojo de ferramentas e o modo de se expressar sugeriam que os irmãos deviam ser empregados de construção ou de algum contratante de serviços, e que eles não eram do lugar. Frank começou a enviar os retratos a todas as empresas contratantes do estado que haviam feito alguma obra nas imediações da cidade, mas não teve sorte. Um dos detalhes que mais chamaram a atenção de todos, especialmente da polícia, foi que ninguém tinha visto um veículo estacionado, porque não se concebia que os homens tivessem fugido a pé com um bebê nos braços sem ser vistos.

Os dois irmãos pareciam ter sido engolidos pela terra.

A resposta para o mistério chegaria alguns meses depois. As coisas não iam bem no casamento, e Claudia foi visitar sua irmã em Carnival Falls. Ficaria com ela uma semana enquanto Frank se ocupava de alguns assuntos atrasados na escola. Fizeram isso de comum acordo; não havia rancores entre eles; compreendiam que acabavam de passar por um acontecimento traumatizante, mas amavam-se, e fariam o possível para seguir adiante. No segundo dia de solidão em casa, Frank teve o primeiro contato extraterrestre.

Segundo ele mesmo reconheceria na entrevista exclusiva que daria a Banks anos mais tarde, ele nunca antes tivera experiências com extraterrestres ou havia considerado seriamente sua existência. Naquela época também não se falava muito desse assunto. De acordo com o relato de Frank, ele estava na cozinha preparando algo para comer quando o rádio começou a emitir uma série de distorções. Ele se aproximou e tentou sintonizar a antena, mas a interferência não parou. Ia desligar o aparelho quando viu algo pelo canto do olho. Ao se virar, no centro da sala, ele viu um ser cinzento, de cabeça gigantesca, levitando como um globo. Ficou paralisado. A interferência no rádio aumentou. O ser não tirava os olhos de cima dele, e depois de alguns instantes de levitação no mesmo lugar, deslocou-se sem que suas pernas finas tocassem o solo. Cruzou a cozinha, esquivando-se da mesa – felizmente pelo lado oposto àquele em que Frank se encontrava – e atravessou a porta de tela do terraço sem abri-la. Continuou em direção ao jardim, avançando de costas, e quando chegou mais ou menos ao centro dele deteve-se e se voltou, fitando os grandes olhos negros em Frank, que o observava da cozinha, atônito. Depois de quase um minuto, o ser cinzento desapareceu.

A mesma situação se repetiu no dia seguinte. Frank havia conseguido se convencer de que a visão do extraterrestre – porque soube imediatamente que era disso que se tratava – havia sido uma alucinação, quando o rádio começou a emitir seus chiados elétricos. O ser cinzento voltou a aparecer na sala e se deslocou até o jardim dos fundos, outra vez atravessando a porta sem abri-la.

Quando o mesmo episódio tornou a se repetir no terceiro dia, ele compreendeu, com uma mescla de incredulidade e ansiedade, que não apenas não se sentia atemorizado pela aparição como a estivera esperando. "Naquela mesma noite pensei na criatura levitando na sala, exatamente no lugar em que algum tempo atrás minha esposa jazia às portas da morte."

Frank passou toda a noite no jardim dos fundos, com uma picareta e uma pá, cavando buracos sem parar. Começou no centro, mas continuou em círculos concêntricos. Fez isso até o amanhecer. Encontrou o corpo de Amarantine em uma fossa a meio metro de profundidade.

Não houvera irmãos bêbados nem tentativa de estupro. Claudia havia assassinado Amarantine, sua própria filha.

Frank chamou a polícia. Claudia foi para a prisão depois de confessar o assassinato da menina. Frank encontrou uma certa paz ao achar o corpo de Amarantine, mas a traição o fez entrar em uma depressão profunda. Durante um ano ele mal teve vontade de ir à escola.

Pouco a pouco foi recobrando a vontade de viver. Cinco anos depois da primeira visita do extraterrestre à sala da sua casa, ele começou a estudar o fenômeno óvni. Foi um dos precursores da matéria. Encarregou-se de reunir os poucos conhecimentos que existiam a esse respeito na época. A mesma paixão com a qual havia trocado correspondência com os pais das crianças que padeciam da enfermidade de Amarantine foi utilizada para fazê-lo entrar em contato com pessoas de outros estados e inclusive do exterior, que haviam passado por experiências semelhantes à sua. Publicou vários livros e se transformou em um dos homens que mais trabalharam pela divulgação do fenômeno óvni.

Banks afirmou, visivelmente emocionado, que para ele Frank DeSoto havia sido um exemplo, um mentor e um amigo.

O auditório aplaudiu efusivamente a história. O que mais me atraiu nela foram as semelhanças entre a história de DeSoto e a de Banks.

12

Depois de nosso enfrentamento com Mark Petrie, Steve Brown e Jonathan Howard, Billy retomou a leitura do artigo do *Carnival News*. Avançou mais dois parágrafos e parou.

– O que foi? – perguntei. – Você está preocupado achando que aqueles três podem voltar com reforços?

Billy fez uma careta.

– O que menos me preocupa é Mark Petrie – disse ele. – Talvez em alguns anos ele se torne perigoso, mas por enquanto é um garoto que não sabe o que quer. E os outros dois... bom, é melhor nem falar.

Eu não queria continuar no chão, em parte pela lembrança da rajada de terra, gentileza de Petrie, e assim me deitei no tronco. Billy continuava apoiado nele.

– Estou um pouco preocupado com Miranda – disse ele de repente.

Fiquei em silêncio.

– Fui buscá-la em casa antes de vir para cá, como sempre. Lucille me disse que ela não se sentia bem, que talvez mais tarde viesse ao bosque. Eu perguntei o que estava acontecendo exatamente, e ela se limitou a me dizer a mesma coisa, mas com um olhar consternado.

– Você acha que ela estava escondendo alguma coisa?

– Acho que sim. Não quis insistir – disse Billy. – Não teria sentido. O que me preocupa é que Miranda não queira nos ver mais.

Eu me ergui imediatamente.

– Você está louco? Por que acha isso?

– Não sei.

– O mais provável é que ela esteja se sentindo mal por causa de seu pai, pelo que ele disse a respeito de Carnival Falls e tudo isso. Você e eu não temos nada que ver com isso.

– Não?

– É claro que não! A melhor coisa que Miranda pode fazer com essa galeria é o que concordamos em fazer quando saímos de lá; dizer à sua mãe que os rostos de pedra do seu quarto lhe dão medo e cobri-los com pôsteres ou quadros, ou algo do gênero. Isso e manter a entrada da galeria escondida com aquele baú velho que colocamos diante dela.

– Você acha que ela voltou a entrar lá?

– Billy, chega, pelo amor de Deus! Trocamos de papel ou o quê? O pressuposto é que você deve ser o racional, e você não para de ficar especulando a respeito de coisas que não são razoáveis. Miranda é nossa amiga. Fizemos um pacto, você está lembrado?

– É claro – disse Billy em voz baixa.

Tornei a me recostar no tronco.

– Já sei que nós não construímos a galeria – insistiu Billy. – Mas se não fosse por nós... na verdade, por mim, nunca teríamos começado a explorá-la, nem teríamos ouvido aquela conversa.

– Isso é a mesma coisa que culpar a gravidade pelo cocô das pombas.

Billy riu.

– Essa é muito boa, Jackson. Não me diga que acabou de inventar, porque é impossível.

– Não, não acabei de inventar. É uma das coisas que Katie costuma dizer.

– Culpar a gravidade pelo cocô das pombas. – Billy tornou a rir enquanto repetia a frase.

Pegou o jornal para ler a última parte do artigo.

13

Durante a última parte da conferência, Banks falou do acidente da Rodovia 16, ao qual se referiu como uma das abduções mais enigmáticas dentre aquelas de que tinha notícia. O interesse do auditório se reavivou imediatamente.

– Permitam-me começar de trás para a frente.

Andou até um extremo do cenário, e seu assistente lhe entregou uma pequena caixa metálica. Depositou-a sobre a estante e introduziu a mão por baixo do colarinho da camisa para pegar uma chave que levava pendurada de uma corrente dourada. Mostrou-a rapidamente ao público enquanto a câmera se aproximava e o filmava em primeiro plano.

Ele abriu a caixa.

– Esta é a amostra recolhida no lugar do acidente. – Ergueu para a plateia um minúsculo tubo de vidro cheio até a metade de um líquido vermelho. – Sei que muitos dos senhores estão aqui para conhecer estes resultados. Prometo que dentro de alguns instantes vão conhecê-los.

Mais uma vez sorriu enigmaticamente.

Tirou um porta-tubos da caixa metálica, colocou a amostra nele e deixou-o na estante.

– No dia 10 de abril de 1974, cerca de sete da noite, Christina Jackson terminou seu turno como enfermeira no hospital municipal. Normalmente ela teria tomado um ônibus, como havia feito durante os últimos anos, para percorrer os cinco quilômetros que separavam o hospital do apartamento que ela alugava nos subúrbios da cidade. Mas naquela noite em particular ela não tomou o ônibus. Havia comprado seu primeiro carro, um Fiesta vermelho. Ela tinha vinte e seis anos.

Na tela apareceram duas imagens sucessivas. A primeira era do anuário de Christina Jackson, que eu conhecia perfeitamente, porque era mais um dos objetos que eu conservava na caixa florida. O fotógrafo havia conseguido fotografar minha mãe sorrindo, mas seus olhos apontavam ligeiramente para cima, o que dava a impressão de que ela... tivera uma ideia. Eu adorava essa expressão. Também achava lindo seu cabelo vermelho. Naquela fotografia – e em quase todas, na verdade –, era impossível ignorar sua semelhança comigo.

A fotografia seguinte já não era tão agradável. Nela se via o Fiesta virado de ponta-cabeça, com a parte da frente destruída. Era a que o jornal havia publicado depois do acidente.

Banks se aproximou da tela, e a imagem mudou. Apesar de ele estar falando e movendo-se sem parar havia uma hora e meia, seu aspecto era impecável, como se ele tivesse acabado de começar a conferência. Não havia gotas de suor sulcando-lhe a testa, rugas na camisa ou sinais de cansaço em sua postura. Ele estendeu o ponteiro para um mapa esquematizado da Rodovia 16.

– O quilômetro 33 da Rodovia 16 é um trecho que todos os moradores de Carnival Falls conhecem – disse Banks assinalando o ponto ao qual se referia. – É uma zona na qual não é permitido avançar, por dois motivos: o primeiro e lógico é que a estrada cruza o rio Chamberlain um pouco mais adiante; a ponte data do ano de 1957, e é mais estreita do que as construídas nos anos posteriores. O outro motivo é que a ponte se encontra em um ponto mais baixo, de maneira que no quilômetro 33 não é possível ver a estrada, a não ser do outro lado da ponte. Uma chuva intensa só piora tudo. Podemos pensar que naquela noite, alguns metros à frente do Fiesta de Christina Jackson, a Rodovia 16 deixava de existir.

À medida que Banks falava da ponte e dos desníveis da Rodovia 16, ele os ia indicando em seu mapa. Nada daquela informação me pareceu interessante. Na verdade, todos em Carnival Falls conhecíamos as peculiaridades daquele trecho. Sem ir mais longe, o de minha mãe havia sido um entre mais de dez acidentes naquele lugar de que se tinha notícia. Para uma cidade não muito grande, era um número exagerado, o que fez com que o município reforçasse a sinalização em várias ocasiões.

– No dia seguinte, a polícia encontrou marcas de freadas a uns duzentos metros do lugar onde encontraram o carro, sobre a pista direita – disse Banks. – Por causa da chuva, é muito difícil precisar com exatidão se haviam sido feitas pelo Fiesta, mas tudo parece indicar que sim.

Ele fez uma pausa e bebeu um pouco de água.

– A polícia não descarta a presença de outro veículo, mas não acha essa hipótese provável. Se algum tivesse circulado naquele momento na pista contrária, ao encontrar-se de frente com o Fiesta teria tentado frear, e no entanto não havia nenhuma marca. As razões pelas quais a senhorita Jackson freou duzentos metros antes do acidente não puderam ser explicadas pela polícia, mas se alguém visitar o lugar do acidente, como fiz várias vezes, é simples. Daquele ponto ela pôde ver as três luzes que sulcaram o céu naquela noite, traçando percursos impossíveis.

O mapa da Rodovia 16 foi substituído por uma fotografia do céu tempestuoso daquela noite. Nela se viam três luzes estáticas formando um triângulo equilátero.

– Sete pessoas viram as luzes naquela noite. Três delas conseguiram fotografá-las.

Do grupo dos fanáticos brotou um único aplauso que desconcertou até mesmo o anfitrião, mas que acabou por desencadear assobios e vivas. Quando a euforia passou, Banks retomou a palavra.

– A primeira fotografia, que é a que estamos vendo, foi tomada do lado oeste da estrada por um sitiante chamado Liam Sorensson, que presenciou o fenômeno junto com sua esposa e sua filha de quinze anos. A garota deu a melhor descrição de como era o peculiar movimento das luzes no céu. Ela disse: "Era como se elas estivessem cortejando umas às outras". E essa é uma boa maneira de descrever, é claro que é! Como já vimos nas filmagens de outros acontecimentos analisados, é como se as naves espaciais se movessem em turnos, sempre com esses deslocamentos ultra-acelerados e freando quase instantaneamente.

"A fotografia seguinte foi tirada do leste, a uma distância de uns trezentos metros do acidente. Podemos ver no *slide* como a posição das naves se modificou radicalmente. Mas não direi mais nada; é melhor que isso seja feito pela pessoa que tirou a fotografia. Aproxime-se, senhor Duvall."

Dentre as primeiras filas surgiu um homem roliço, de camisa xadrez, que abriu caminho até o palco. Alguns dos fanáticos se levantaram das cadeiras para se afastar e deixá-lo passar. Uma onda de aplausos se espalhou pelo salão. Banks colocou o microfone debaixo do braço e se uniu ao aplauso. O senhor Duvall fez um esforço para subir os degraus do palco sem segurar em nada.

Banks segurou o microfone perto dele.

O homem falou com o ritmo de um participante de *game show*.

– Meu nome é Emery Gene Duvall.

– Senhor Duvall, antes de mais nada, obrigado por nos acompanhar esta tarde.

Emery Gene Duvall assentiu. Debaixo da camisa ele usava uma camiseta com a inscrição: "Clube Amigos do Desconhecido". Emery Gene Duvall teria sido o pesadelo de um advogado de defesa, a testemunha que ninguém gostaria que se sentasse no banquinho para prestar um testemunho. Ele se mexia constantemente, passando o peso de uma perna para a outra, e o tempo todo lançava olhares de aprovação para Banks. Dois ou três de seus amigos o animaram da plateia, mas só conseguiram distraí-lo.

– Conte-nos onde estava na noite de 10 de abril de 1974, senhor Duvall.

Emery Gene Duvall esticou o braço para pegar o microfone, mas Banks o impediu de fazê-lo afastando-se ligeiramente.

– Eu e meu irmão Ronnie fazemos parte do Clube Amigos do Desconhecido. – Ele mostrou o bracelete com orgulho. – Eu, ele e nossas esposas costumávamos passar a noite na esplanada, perto da Igreja de Saint James. Íamos em caravana e, bem, preparávamos uma boa comida, bebíamos algumas cervejas e nos dedicávamos a explorar o céu com a esperança de "vê-los".

Ele arregalou os olhos ao pronunciar a palavra "vê-los".

– Durante quanto tempo fizeram isso?

– O quê? – perguntou Emery Gene Duvall.

Ouviram-se algumas risadas no centro do auditório.

– O que o senhor acaba de dizer – esclareceu Banks com tranquilidade. – Quantas vezes o senhor foi a esse lugar com a intenção de ver uma nave?

– Ah, muitas. Mais de cinco anos, todas as quartas-feiras. Depois deixamos de fazer isso, o senhor sabe, chegaram as crianças, primeiro os de Ronnie e depois os nossos, e já não era mais possível. Com as crianças é mais complicado. Nós queríamos ver mais naves, ou um deles, por que não? Desde meninos tudo o que se relaciona com eles nos fascinava, mas além disso nós nos divertíamos muito durante as quartas-feiras de observação. Era assim que eu e Ronnie as chamávamos: "quartas-feiras de observação". Ronnie se instalava em uma barraca com sua esposa, nós em um *trailer*, e, bom, como eu disse, nós nos divertíamos muito.

– Então o senhor estava na esplanada, a trezentos metros do acidente da noite de 10 de abril.

– Sim, senhor. Ronnie também estava lá.

Ele indicou o irmão. Ronnie levantou a mão, mas ninguém prestou atenção nele.

– O que viram?

Banks estava fazendo um interrogatório simples, mas ainda assim o homem parecia mais nervoso a cada momento. As luzes do auditório, que pareciam não surtir efeito algum no conferencista, estavam derretendo Emery Gene Duvall como um cubo de gelo ao sol.

– Nós vimos exatamente o que o senhor explicou. Eram três luzes, e elas se moviam muito rápido. Não conseguíamos acreditar naquilo! Fui eu que tirei a fotografia. Ronnie estava ocupado com a...

– Não se precipite, senhor Duvall, já vamos chegar lá.

Outra vez os olhos de Emery Gene Duvall se arregalaram. Ele passou o peso de uma perna para a outra pela enésima vez.

– Nesse dia chovia torrencialmente – disse Banks. – Por que decidiram ir do mesmo jeito?

– Bom, quando nós saímos de casa não estava chovendo, apesar de o serviço meteorológico ter anunciado. Mas é que esses sujeitos sempre se enganam. E quando começou a chover nós já estávamos instalados, de modo que acabamos ficando. Nós tínhamos o meu *trailer*. Além disso, durante os dias de chuva, às vezes... nós nos divertíamos ainda mais. – Emery Gene Duvall se ruborizou.

Banks saiu em sua ajuda.

– Mas havia mais alguma coisa, não é verdade, senhor Duvall? Uma razão importante para ir lá naquele dia.

– Claro! – O rosto do homem se iluminou. – Nós estávamos com uma Super-8. Queríamos comprar uma, então pedimos emprestada a de um cliente de Ronnie, o senhor sabe, para testá-la e ver se nos serviria. Era um pouco cara.

– Quer dizer que nesse dia os senhores dispunham de um equipamento de filmagem?

– Sim.

Alguns aplausos esparsos festejaram a afirmação.

– E conseguiram registrar as luzes?

Emery Gene Duvall hesitou um instante, depois aproximou-se do microfone e respondeu:

– Acho que sim.

Um dos especialistas deixou escapar um "Oh, por favor!", que foi perfeitamente captado pelo microfone do auditório. Um fanático se pôs de pé e se voltou com uma expressão ameaçadora; tinha no pulso o bracelete do Clube Amigos do Desconhecido.

– Cavalheiros, por favor – pediu Banks. – Senhor Duvall, explique-se melhor, por favor.

– Bom, nós tínhamos instalado a filmadora debaixo do toldo do meu *trailer*, montada em seu tripé. As fitas não são como as de agora, que têm uma capacidade muito maior, então nós só íamos ligar a filmadora se víssemos alguma coisa, é claro. Então, de repente, a esposa de Ronnie, que tem olhos de águia, disse que estava vendo umas luzes no céu, mas longe. Ronnie ligou a filmadora e começou a fazer algumas tomadas, mas não se via nada. Chovia a cântaros... – Ele engoliu em seco. – Então todos nós vimos as luzes. Eu perguntei a Ronnie se estava filmando tudo, e ele me disse que sim. Estávamos entusiasmados.

– E onde está essa fita, senhor Duvall?

Após uma pausa de dois segundos, Emery Gene Duvall baixou a cabeça e murmurou algo que ninguém escutou. Banks aproximou ainda mais o microfone.

– O que o senhor disse?

– Não sabemos – repetiu Emery Gene Duvall. – Passamos a noite da tempestade na esplanada, em meu *trailer*. Quando acordamos, percebemos que tínhamos sido roubados. Não encontramos a filmadora nem a fita, nem vários objetos de valor de minha esposa.

– Ou seja, nunca chegaram a vê-la.

– Não.

Banks fez um gesto de assentimento. Virou-se até ficar de frente para o público.

– A história que o senhor Duvall tão amavelmente nos contou não termina aqui. Quando tomei conhecimento desses fatos, já faz cinco anos, encarreguei um bom amigo da busca desse filme. Esse bom amigo partiu do suposto de que os ladrões deviam ter se desfeito da filmadora em alguma loja de penhores sem prestar atenção na fita que havia em seu interior, certamente muito mais valiosa do que a filmadora em si. Em pouco menos de um ano, meu amigo deu com ela e conseguiu seguir o rastro da fita. Ele me avisou que achava que poderia recuperá-la. No entanto, uma lamentável tragédia pessoal aconteceu na vida de meu amigo, e ele nunca chegou a me revelar nada mais sobre o filme. Agora ele já está morto.

A delicadeza de Banks para se referir a Marvin French, cujo nome ele nem mencionou, me chamou a atenção. Perguntei-me se Banks saberia que French não tinha voltado a lhe falar do filme porque naquele momento ele estava em poder de seu advogado, junto com mais outras três fitas, uma das quais era a prova de que seu filho adotivo era um assassino.

Durante esse trecho da conferência, lembro-me de ter experimentado uma sensação muito particular. A câmera filmou um primeiro plano do rosto de Banks, aproximando-se lentamente até que seus olhos ficassem tão grandes quanto duas bolas de tênis. Eles eram penetrantes, mas isso não era novidade. O que senti enquanto o inglês se perguntava pelo destino do filme dos irmãos Duvall foi que ele fazia essa pergunta para mim, que de algum modo sabia que aquela fita havia estado em nosso poder, e agora vencia a barreira do tempo e inclusive sua própria morte, e finalmente formulava a maldita pergunta.

Onde está o filme, Sam?

Emery Gene Duvall continuava de pé, agora mais nervoso do que durante o seu testemunho. Notava-se em seu rosto o terror de ter sido esquecido no palco, e que ele se debatia entre voltar ao seu lugar naquele momento ou esperar que o liberassem. O câmera do evento se divertiu filmando dois ou três primeiros planos do infeliz Duvall.

– Obrigado, senhor Duvall. O senhor foi muito amável – disse Banks afinal.

No rosto de Emery Gene Duvall desenhou-se, pela primeira vez naquela noite, um sorriso cheio de dentes tortos. Para um membro do Clube Amigos do Desconhecido, participar de uma conferência com o mítico Banks devia ser um grande acontecimento.

– A razão pela qual pedi ao senhor Duvall que nos contasse a sua experiência – disse Banks – foi porque acredito estar muito perto dessa fita, e quando a tiver em meu poder não hesitarei em mostrá-la ao mundo. Então não haverá nenhuma dúvida a respeito do que aconteceu naquele dia no quilômetro 33 da Rodovia 16.

O auditório aplaudiu efusivamente.

Banks se virou por um instante. Quando encarou outra vez o público, tinha nas mãos o tubinho com a amostra de sangue.

– Enquanto isso – disse ele –, a única prova do ocorrido naquela chuvosa noite de abril, além das fotografias e dos testemunhos, está em minhas mãos neste momento. E aposto que os senhores devem querer saber os resultados, não é?

O grupo de fanáticos reagiu imediatamente, gritando o nome de Banks várias vezes. O clima festivo se apoderou do salão de conferências da biblioteca, e dessa vez Banks não o interrompeu com seus gestos delicados, mas deixou-o crescer, erguendo o tubinho com o líquido vermelho como um talismã poderoso. Até mesmo alguns dos especialistas se juntaram ao entusiasmo circundante.

– Dentro de alguns minutos os senhores ficarão sabendo – disse ele devolvendo o tubinho ao seu lugar.

A expectativa não poderia ser maior.

Na tela foi projetado um novo *slide*.

Reconheci imediatamente o lugar do acidente. Era de dia, e em primeiro plano podia-se ver parte da ponte que cruzava o rio Chamberlain. O fotógrafo, possivelmente Banks, havia tirado a fotografia da passarela de pedestres da ponte.

– O Fiesta de Christina Jackson caiu nesta vala que vemos aqui, junto a essas árvores. A polícia demarcou um perímetro bastante amplo, daqui até aqui, com o bosque de um lado e a Rodovia 16 do outro.

Banks delimitou a zona com o ponteiro.

– Não estenderam a zona até o rio, apesar de mais tarde a explicação dada pela polícia ter sido de que a mulher foi atirada pelo para-brisa dianteiro e arrastada pelas águas do rio Chamberlain. – Ele observou o público como se aquela fosse a explicação mais inverossímil do mundo. – Muitos me perguntaram ao longo dos anos como foi possível que apenas dois dias depois do acidente, quando a área ainda estava sob vigilância policial e nem mesmo haviam tirado o carro dali, eu pudesse me aproximar para coletar a amostra. A resposta é simples: a amostra não estava dentro desse perímetro. De fato, ela estava bem afastada.

"Quando cheguei ao lugar do acidente, ainda havia bastante agitação. Entre os presentes estava Liam Sorensson, que tentava falar com a polícia para contar sua visão das três luzes misteriosas que vira no céu. Prestei atenção nisso imediatamente. E então me perguntei, em função do que sabia naquele momento: onde teria ficado um extraterrestre?"

Banks, que sempre me havia recordado vagamente o velho Obi-Wan Kenobi, apontou a audiência com o ponteiro, movendo-o de um lado para outro como se se tratasse de sua espada a *laser*. *Bbbzzzing Bbzing*.

– Já falamos da capacidade do Aenar de mover objetos com a mente – disse ele em voz trêmula – e de que a superexigência das provas telecinéticas provoca hemorragias, do mesmo modo que o esforço físico extremo provoca deslocamentos e fraturas. Dessa forma, no dia seguinte ao acidente de Christina Jackson, fui à passarela da ponte do rio Chamberlain e procurei por marcas de sangue. Eu sabia que era uma possibilidade em um milhão, que as chuvas torrenciais poderiam ter lavado qualquer evidência, ou que naquela noite podia haver ali mais de um indivíduo. Enfim, as possibilidades eram inúmeras, cada uma mais desalentadora do que a seguinte. Também não sabemos até onde chega exatamente a capacidade mental desses seres. O corpo de Christina Jackson podia ser o equivalente humano de uma partícula de pó.

O último *slide* daquela noite apareceu na tela: um *close* das tábuas de madeira da plataforma da ponte. Além dos restos de barro entre as juntas, havia uma série de manchas escuras e redondas.

– Tive sorte. Tirei essa fotografia antes de recolher as amostras. Guardei-as durante todo este tempo. Apenas uns pedacinhos de madeira ínfimos com manchas escuras que podiam ser qualquer coisa. Nunca prestei muita atenção a eles, nem lhes dei um caráter conclusivo. O avanço de nossos conhecimentos não permitia fazer nada há dez anos, nem mesmo uma análise de sangue convencional. Precisamos de uma década de descobertas para poder analisar o que pode ser a hemorragia de um ser de outro planeta.

Banks voltou a pegar o tubinho.

– Alguém quer fazer uma pergunta antes de conhecer os resultados?

Uma mão se ergueu no centro do salão. Uma dúzia de rostos se voltaram para o especialista que ia retardar o momento tão esperado.

— Senhor Banks, é verdade que no carro havia um bebê e que o governo o ocultou?

— Isso é um absurdo – disse Banks terminantemente. – Christina Jackson não tinha filhos, como consta nos arquivos municipais.

Esbocei um sorriso. Banks morreu alguns anos depois de minha partida de Carnival Falls, e eu na verdade não havia pensado muito nele. Sempre achei que seria algo doloroso, que despertaria lembranças com as quais eu tinha dificuldade de lutar, mas não foi assim; na verdade, foi exatamente o contrário. Quando o inglês respondeu à pergunta e negou categoricamente que Christina Jackson fosse mãe, acho que fiz as pazes com ele.

Não houve mais perguntas, e Banks estava pronto para comunicar os resultados de uma vez por todas.

— Este é o informe dos laboratórios suíços Rougemont, que estão entre os mais prestigiosos e de vanguarda em investigações genéticas – anunciou ele enquanto pegava uma pasta fina da estante. – O informe consiste em mais de trinta páginas. Não vou ler todas, não se preocupem, mesmo porque elas serão publicadas dentro de pouco tempo na prestigiosa revista *UFO Today*, mas vou ler as conclusões.

> A análise da amostra concluiu que a sequência de formato, o genoma, é ligeiramente superior à humana, com uma extensão de uns vinte e sete mil genes, contra os vinte e cinco mil da nossa, mas, além disso, encontraram-se nela moléculas de xantina, que apenas temos visto em restos de meteoritos, e que em consequência só se encontram no espaço exterior.

Depois de um breve silêncio, um moderado aplauso começou nas profundezas do auditório, aumentando como uma onda que finalmente rompeu nas primeiras filas, onde os fanáticos se olhavam com o rosto confuso, sem saber exatamente se aquelas conclusões eram a favor da visita dos extraterrestres à Terra ou não. Banks colocou a pasta novamente na estante e, aproximando o microfone dos lábios, pronunciou a seguinte frase:

— Não apenas provamos a existência deles como sabemos que eles estão aqui entre nós.

14

O fato de Banks ter estabelecido – a seu modo – a presença de extraterrestres em Carnival Falls a partir do acidente de minha mãe, e de a cidade inteira falar disso, não mudou a minha vida. Era mais do mesmo. De tempos em tempos alguém afirmava ter visto uma luz no céu ou seu tataravô morto flutuando na lareira, ou reprisavam o *E.T.* no Cine Rialto, ou qualquer coisa relacionada com extraterrestres, e isso era suficiente para que os detratores e os defensores exacerbados se alinhassem e esgrimissem seus respectivos argumentos. Mas os bandos não se desarmavam. Os que pensavam que Banks era um maluco que não havia conseguido superar o desaparecimento de sua esposa continuavam dizendo isso, e os que estavam convencidos de que uma civilização do espaço exterior tinha um interesse especial por Carnival Falls, uma cidade de vinte mil habitantes no centro da Nova Inglaterra, mantinham a sua opinião. O artigo, como tantos outros acontecimentos ao longo dos anos, funcionou como um pouco de gasolina para avivar um fogo que podia eventualmente perder o poder, mas nunca se extinguiria por completo.

Billy continuou acreditando que tudo aquilo não passava de bobagem. Era até possível, especulou ele, que aquele suposto laboratório suíço tão prestigioso tivesse enganado o inglês, roubando-lhe uma grande fatia de sua fortuna em troca de lhe dizer o que ele queria ouvir.

Naquela tarde em que lemos o artigo, sentimos falta de Miranda. Ela havia nos acompanhado quase todos os dias naquele verão, e sua ausência deixava um grande vazio.

Quando cheguei à granja, fui direto para o celeiro a fim de guardar minha bicicleta. No trajeto cruzei primeiro com Tweety e depois com Milli. Tive a sensação de que ambos apressaram o passo para não falar comigo, o que imediatamente relacionei com o artigo do jornal; mas isso não deixou de me espantar. No celeiro, enquanto encostava minha bicicleta às outras, alguém se aproximou por trás de mim. Eu tinha deixado o grande portão de madeira encostado, e a luz que se filtrava no interior não era muita. Uma sombra cinzenta se antecipou à mão que pousou em meu ombro.

Dei um pulo.

– Te assustei?

– Que merda, Mathilda, você quase me mata de susto.

– Sinto muito.

– Está bem. O que você está fazendo aqui?

– Estava pensando.

– No escuro?

– Parece que sim.

Eu não tinha mais nada que fazer ali, mas Mathilda não se afastou. Desde o episódio com Orson eu acreditava ter notado uma mudança em sua atitude. Ela já não procurava rivalizar comigo o tempo todo.

– Escute, Sam, eu queria perguntar uma coisa.

– Diga.

– É sobre essa história do livro e tudo isso. Em algum momento você achou que eu estava envolvida?

A pergunta me pegou de surpresa. Eu não sabia até que ponto convinha me abrir com ela.

– Digamos que você não era a última da minha lista de suspeitos – eu disse com um sorriso.

Então Mathilda fez algo que me desconcertou completamente. Esticou o braço e me apertou suavemente o ombro.

– Imagino que eu tenha cavado isso – disse ela.

Eu não quis baixar a guarda de todo. Se Mathilda estava disposta a mudar de atitude comigo, ótimo, mas seria preciso alguma coisa além de uma mão em meu ombro para me convencer.

– Não tem importância, Mathilda... Já passou...

– Obrigada. Olhe, Amanda e Randall querem falar com você – disse ela em tom de confidência. – Eles nos pediram que saíssemos de casa quando você chegasse. Querem te dizer uma coisa importante.

Não vi alegria em seu rosto.

– Oh... Nesse caso é melhor eu ir – eu disse, franzindo a testa. – Valeu pelo aviso.

– De nada. – Ela deu meia-volta e saiu pelo portão.

Ela teria ficado à minha espera?

Quando me dirigi a casa, não tinha dúvida de que alguma coisa estava acontecendo, porque tornei a encontrar os mesmos olhares desconcertados no rosto de todos. Ao entrar, vi Amanda e Randall na sala, sentados à mesa um junto do outro, de cara para a porta. Havia quanto tempo estariam nessa posição, esperando que eu atravessasse o umbral?

– Oi, Sam – cumprimentou Amanda antes que eu fechasse a porta. – Sente, por favor.

Vi o jornal sobre a mesa e imediatamente compreendi de que se tratava. Não havia mais ninguém na sala nem na cozinha.

Escolhi a cadeira bem em frente de Amanda. Sabia que ela é que tomaria a palavra.

– Você leu o jornal de hoje, não é, Sam? – perguntou Amanda sem rodeios.

Randall havia tirado o chapéu e aguardava em silêncio.

– Sim.

– Esse homem está mal da cabeça – sentenciou Amanda. Não havia ressentimento em suas palavras, mas pena. – E receio que não seja o único; muita gente nesta cidade perdeu um parafuso. Não queremos que você se sinta mal por todas as besteiras que dizem por aí.

– Eu não ligo para eles.

Amanda pegou o jornal e se voltou para Randall.

– Este jornal costumava ter prestígio, lembra? Deveriam ser mais cuidadosos com o que publicam.

Randall fechou os olhos e concordou com suavidade.

– Não se preocupem comigo – intervim. – Isso não me afeta, garanto.

Amanda não parecia estar convencida. Era especialista em detectar quando lhe diziam o que ela gostaria de ouvir.

– O que aconteceu com Orson ainda é muito recente – disse ela com verdadeiro pesar. – É lógico que você se sinta... vulnerável.

– Nós só queremos que você saiba que estamos aqui para o que você precisar – disse Randall.

– Eu lhes agradeço muito.

– Se alguém te disser algo impróprio, se se aproximarem na rua ou em qualquer lugar – disse Amanda –, fale conosco primeiro, por favor.

– Eu sei que o senhor Banks é um lunático – eu disse. – Tudo o que ele diz não passa de invenção.

– Bom – disse Amanda –, isso é tudo o que tínhamos para te dizer.

– Posso me retirar?

– Sim.

Levantei-me da cadeira de um salto e andei até a porta em silêncio. Antes de sair tornei a dar uma olhada nos Carroll.

Eles não haviam se mexido.

15

A porta da rua estava aberta, como de costume. Encontrei Joseph sentado à mesa da sala de jantar. Os restos do almoço ainda estavam mornos.

Collette desceu do quarto nesse momento. Terminou de colocar um brinco na orelha antes de me abraçar.

– Oi, Sam! – disse ela enquanto me plantava um beijo na bochecha.

O rosto de Joseph se suavizou quando notou aquela demonstração de carinho. Já sabíamos que se Collette me chamasse pelo nome e me abraçasse, o processo de accitação por parte dele se acelerava.

– Oi, Collette – eu disse enquanto ela acabava de me apertar. Rodeei a mesa e beijei Joseph no rosto. Ele não se moveu; continuou sentado com as mãos no colo, observando tudo com aquele olhar perscrutador e tranquilo que o caracterizava.

– Que bom que você chegou cedo, Sam! – comentou Collette enquanto punha o outro brinco. – Por acaso eu estava comentando com Joseph que você vinha ler um pouco para ele enquanto eu vou me encontrar com as meninas.

– As meninas? – perguntou Joseph. Era engraçado quando ele usava aquele tom entre curioso e despreocupado para obter alguma informação.

– Ora, as de sempre, querido. Becca, Libby e Alicia. – Ela teve de gritar o último nome da escada, porque estava novamente subindo para seu quarto.

Joseph olhou para mim.

– Não gosto nada de Becca – disse ele, baixando o tom de voz. – Ela é inconveniente. Uma vez derramou um copo de vinho em cima de mim.

– Verdade? Meu Deus! – Eu sabia aquela história de cor. Tinha acontecido duas décadas antes, e era uma das preferidas de Joseph na categoria "meninas".

Joseph assentiu, entristecido. Tirou as mãos de baixo da mesa e fez um gesto como se sopesasse o ar ao redor, encolhendo os ombros.

Collette falou do patamar da escada, já de volta:

– Elas me ligaram para avisar que mudaram o encontro para uma hora antes – disse ela enquanto seus passos já ressoavam no último lance da escada. – Por isso estou atrasada.

Cruzou a sala de jantar com um suspiro. Uma esteira de perfume a seguiu.

– Eu tiro a mesa, Collette, não se preocupe.

– Obrigada, Sam. Você é um amor.

Joseph se levantou imediatamente e me ajudou a levar os pratos para a pia. Em menos de três minutos, a mesa estava limpa. Collette se queixava porque não conseguia encontrar o livro que debateria com as amigas no clube de leitura, mas finalmente o encontrou.

– Estava no terraço dos fundos – disse ela quando me parou na sala de jantar. Deu uma olhada para Joseph e acrescentou em tom mais baixo: – Ele me perguntou como teria ido parar lá.

Disfarcei uma risadinha.

Collette estava impecável, como sempre. Tinha retocado a maquiagem, e seu cabelo era uma espessa auréola castanho-escura. Ela se inclinou ligeiramente para se despedir de mim com um beijo, mas seu semblante mudou de repente.

– E você, como está?

– Eu? Muito bem. Você está dizendo isso por causa do jornal?

– Me deu tanta raiva que o queimei – disse Collette, fazendo um gesto negativo com a cabeça. – Amanda me disse que ia falar com você.

– É verdade, ela já falou.

– Fique bem, Sam.

Ela tornou a me abraçar e a me beijar. Limpou o batom da minha bochecha com o polegar.

– Até logo, Joseph – disse ela enquanto pegava a bolsa e a pendurava ao ombro.

– Até logo, querida – respondeu ele.

– Divirtam-se! – Foi a última coisa que Collette disse antes de fechar a porta atrás de si.

16

– Você quer que te conte um segredo, Sam? – Foi a primeira coisa que Joseph me disse quando ficamos sozinhos.

– Claro!

Sentei em uma das cadeiras e o observei com interesse.

– Collette tem um quarto secreto – disse ele com seriedade.

– Verdade? Onde?

– Nesta casa, é claro.

Eu já tinha tentado lhe dizer outras vezes que não acreditava que isso fosse possível, ou até revelar o que havia dentro do quarto das caixas de música, mas nenhuma dessas coisas era tão eficaz quanto fazer o jogo dele. Desse modo eu conseguia ganhar a confiança dele muito mais rápido.

– Não me diga! Em que parte da casa?

– No segundo andar, pegado ao nosso quarto.

Semicerrei os olhos.

– Não entendo... Como é que é secreto?

– Você vai ver. Durante meus anos de advogado, eu montei um escritório lá para trabalhar em casa em meus momentos livres. Jamais fechei a porta. Agora que estou aposentado, o quarto pertence a Collette.

– Mas... está fechado a chave?

– Não sei, ainda não tentei abri-lo. Não quero que ela pense que estou me intrometendo.

– Compreendo.

– Você quer ir comigo verificar o que minha mulher está escondendo? – disse ele maliciosamente.

Fingi hesitar.

– Vamos fazer uma coisa melhor – sugeri. – Vamos um pouco ao terraço dos fundos, como dissemos a Collette que íamos fazer. Posso ler para você algumas histórias de Jack London. Depois podemos subir e dar uma olhada nesse quarto secreto.

Foi a vez dele de refletir antes de responder.

– Gosto muito de Jack London.

– Eu também!

– Está bem – disse ele, levantando-se.

Fomos juntos até a estante da sala e, depois de discutir rapidamente a questão, escolhemos uma coletânea de contos. Uma vez no terraço dos fundos, ocupamos nossos lugares habituais, de frente para o jardim.

– Podemos começar por um em particular? – pediu Joseph.

– É claro, qual?

– "A fogueira" – disse Joseph com determinação.

O livro quase se abria sozinho naquele conto. Comecei a ler.

Eu estava no meio da história quando, pelo rabo do olho, notei um movimento de Joseph. Afastei a vista do livro e descobri em seu rosto uma expressão conhecida, a que se apoderava dele quando tentava resolver algum mistério cotidiano sem que o resto percebesse. Segui a direção de seu olhar até o extremo do terraço. Miranda estava na esquina da casa. Segurava a bicicleta cor-de-rosa e nos observava com olhos assustados. Usava uma bermuda branca, sandálias e uma camiseta com uma estampa da Penélope Charmosa. Vê-la ali foi tão inesperado que durante vários segundos não consegui reagir. Ela tinha vindo me ver, é claro, mas para chegar à casa dos Meyer devia ter ido primeiro à granja, ter perguntado por mim e averiguado o endereço. Devia haver um motivo importante para ela passar por tudo isso quando poderia ter me encontrado à tarde, com Billy. Além disso, pensei em minha interminável pausa de reflexão, não tínhamos ouvido a campainha. Miranda havia rodeado a casa para nos encontrar.

– Oi, Miranda! – cumprimentei.

Ela não se moveu. Como se fosse uma aparição.

Ao cabo de um instante ela ergueu a mão em sinal de cumprimento.

– Por que ela não se aproxima? – perguntou Joseph em voz baixa.

– Miranda é minha amiga – respondi. Empenhei-me tanto em revelar a informação ao senhor Meyer que mal notei que não havia respondido realmente à sua pergunta.

– Sam, preciso falar com você – disse Miranda ainda sem sair do lugar.

– Podemos conversar aqui, com Joseph – respondi.

Ela sabia da condição do senhor Meyer, mas não pareceu estar convencida. Pensou alguns segundos e em seguida apoiou a bicicleta em um dos postes do corredor. Percorreu seis ou sete metros olhando para a ponta das sandálias.

– Desculpe interromper a sua leitura, senhor Meyer – disse Miranda fitando-o nos olhos. – Meu nome é Miranda Matheson.

O semblante de Joseph mudou ligeiramente ao ouvir o sobrenome.

– Ora, não precisa se desculpar – disse Joseph com sua voz musical. – Será um prazer desfrutar a sua companhia.

Miranda me observou, ainda um pouco desconcertada. Aproveitei que Joseph não estava me olhando para lhe fazer um gesto indicando que aceitasse sem problemas.

– Está bem – disse ela.

– Perfeito! – Fiquei de pé e aproximei outra cadeira. Coloquei-a de maneira que Miranda ficasse de costas para o jardim, assim poderíamos conversar olhando um para o outro. Ela a ocupou enquanto me agradecia.

Dentro de uma hora Joseph começaria a sentir sono: enquanto isso não acontecesse, ele seria uma companhia agradável. Eu nunca tinha contado a ninguém, mas em muitas ocasiões eu falava com Joseph de minhas coisas; ele era um excelente ouvinte, perspicaz na hora de fazer uma observação e sábio para manter a boca fechada nos momentos importantes. E é claro que o fato de ele em questão de horas se esquecer de tudo facilitava as coisas.

– O que aconteceu? – perguntei. – Billy e eu estávamos preocupados. Faz uma semana que não sabemos nada de você.

Desde o dia do descobrimento da galeria, Miranda não ia à clareira.

Minha amiga não parecia estar muito decidida a falar.

– Miranda... – disse Joseph, surpreso –, você deve ser a filha de Preston, não é?

Nada como uma pergunta simples para fazer as pessoas começarem a se soltar. Às vezes eu me esquecia de que aquele homenzinho de bigodinho bem-cuidado tinha sido um experiente advogado.

– Sim. O senhor o conhece?

– É claro! – Joseph deixou escapar um risinho. – Todo mundo conhece seu pai, o filho do grande Alexander Matheson.

O rosto de Miranda se iluminou ao ouvir o nome do avô, de quem tão pouco sabia.

– O senhor conheceu meu avô? – maravilhou-se ela.

Joseph fez um gesto com a mão e inflou as bochechas para deixar escapar o ar sonoramente.

– Claro! Esta cidade deve muito a Alexander. Quando ele se instalou aqui, Carnival Falls era um casario como tantos outros que havia nesta região. Sua visão dos negócios deu trabalho a muita gente e atraiu investimentos. Assim que começamos a crescer, o efeito foi exponencial, você sabe o que significa "exponencial"?

– Cada vez maior – respondeu Miranda.

– Exatamente. – Ele sorriu. – Vejo que você é inteligente como ele. Seu avô, querida, era avançado para sua época. Ele vivia sempre dez anos à nossa frente. Quando fazia alguma coisa, não faltava quem dissesse que ele havia perdido o juízo, ou que estava se metendo em um negócio sem futuro. Mas ele sempre tinha razão. Eu tive a oportunidade de conversar com ele duas ou três vezes, em reuniões de amigos em comum. Ele era um homem que se devia ouvir e com quem se podia aprender.

– Eu não o conheci – disse Miranda. O interesse por Alexander a distraiu de suas preocupações, o que agradeci.

– Você não chegou a conhecê-lo?

– Não.

Joseph franziu o cenho.

– Seu avô era um grande homem. Às vezes um pouco orgulhoso, segundo me disseram, mas não se pode acreditar em todos os falatórios que circulam nesta cidade. – Ele esboçou um amplo sorriso.

– Me fale dele, senhor Meyer.

Joseph alisou o bigode algumas vezes, recordando...

– Uma vez tive um cliente no escritório que havia sido empregado dele – disse Joseph com olhos sonhadores. – Ele se chamava Charlie Choi, e foi me procurar por causa de uma demanda feita por um vizinho. Uma bobagem que foi resolvida com uma ligação telefônica. Em agradecimento, ele me convidou para jantar, e ficamos amigos. Por falar nisso, Sam, Charlie se casou com Becca...

– A menina que derramou o vinho?

Joseph soltou uma gargalhada interminável. Miranda o olhava com atenção, deixando-se contagiar um pouco pela alegria de nosso interlocutor.

– Essa mesma – disse Joseph quando o riso diminuiu. – Charlie começou como operário na Fadep, uma das empresas de Matheson. Chegou a diretor de projetos. Alexander, segundo ele dizia, era um controlador obsessivo: ele sabia o nome de quase todos os seus empregados (e estamos falando de mais de quinhentos), os processos de fabricação, detalhes mínimos da contabilidade de suas empresas. Nas reuniões de direção, seus subordinados tremiam. Alexander não era desses patrões que só exigem resultados. Ele gostava de estar a par de tudo e conseguia se interessar por detalhes ínfimos, de modo que todo mundo tinha de estar preparado.

Miranda seguia o relato com grande interesse. Não acho que o lado empresarial de seu avô fosse o que mais lhe interessava, mas já era alguma coisa.

– Meu pai discutiu com meu avô por alguma razão – disse Miranda –, ou assim parece. Ele nunca me conta nada. Gosto de ouvir o senhor falar dele, senhor Meyer.

Por um momento tive a absurda sensação de que Miranda tinha ido procurar Joseph e não a mim.

– Fico contente de poder ser útil – disse Joseph. – A história de como meu amigo Charlie Choi conheceu o seu avô vai lhe dar uma ideia muito clara do tipo de pessoa que ele era.

– Eu adoraria ouvi-lo! – Miranda já não parecia a mesma garota triste que havia chegado um momento atrás.

– Charlie trabalhava como operário em uma das máquinas da empresa, uma misturadora de materiais ou algo do gênero. Ela havia sido importada da Alemanha, e era totalmente automática. Charlie me disse que uma única pessoa operando o painel de controle podia fazer o trabalho de uma dúzia de homens.

Um especialista veio para ministrar um curso de utilização da máquina. Aparentemente, ela era uma verdadeira maravilha tecnológica, e o fato de ser um dos operários qualificados para operá-la ajudou meu amigo a ganhar algum prestígio.

"Certo dia, um homem que ele não conhecia, mas que imaginou ser um cliente, parou ao seu lado e lhe perguntou se poderia observá-lo enquanto ele operava a bendita máquina. Ele disse que sim. Durante a primeira hora, o estranho não disse nada; depois começou a fazer perguntas. Charlie estava a ponto de lhe pedir que o deixasse em paz, talvez dizendo que seu trabalho não incluía bancar o guia turístico para aqueles que visitavam a fábrica ou algo do estilo, mas afinal deixou para lá. Além disso, as perguntas do homem eram inteligentes. Depois de quatro horas, o sujeito o cumprimentou e foi embora. Minutos depois o capataz se aproximou e lhe revelou a identidade do indivíduo. Era o seu avô! O próprio Alexander Matheson. Charlie não podia acreditar. Algumas semanas depois, Alexander voltou e operou a máquina ele mesmo. Ele fez isso durante alguns minutos com uma precisão invejável, e nunca mais voltou."

– Ele devia ser muito inteligente – disse Miranda, espantada.

E então o senhor Meyer disse algo que acendeu uma luz de alarme na minha cabeça.

– Acho que sim. Um homem ávido de saber tudo o que acontecia sob o seu comando.

Observei Miranda para ver se ela havia pensado a mesma coisa que eu, mas pelo visto isso não aconteceu, porque ela continuava embevecida com o senhor Meyer, pedindo-lhe com os olhos mais histórias de seu avô. Eu, é claro, estava pensando na galeria secreta.

– Quando ele construiu a casa da Maple Street, eu era pequeno – disse Joseph. – Ele revolucionou tudo. Em Carnival Falls não havia mansões; as pessoas com muito dinheiro preferiam ir embora para Massachusetts ou Nova York. A casa seria majestosa, diziam alguns, mas aqui sempre estaria deslocada.

– Eu moro nessa casa agora – disse Miranda.

– É claro. Imaginei que devia ser assim, querida. E, como você bem sabe, todos os que acharam que não era uma boa ideia se enganaram. Mais uma vez Alexander tinha razão. Em pouco tempo, duas ou três famílias compraram seus terrenos e se instalaram em Redwood Drive. Os preços dos terrenos dispararam.

Assim nasceu uma zona residencial sem igual. Mais uma vez, nossa cidade se diferenciou do resto graças ao seu avô.

– O senhor viu como construíram a casa?

– Claro. Foi um grande acontecimento. A Maple Street, para que vocês tenham uma ideia, era de terra. Não havia nada. Nenhuma das casas que há agora. Eu e as outras crianças pegávamos nossas bicicletas e passávamos horas ali, vendo o pessoal descarregar caminhões inteiros de materiais importados. O engenheiro que dirigiu a construção falava inglês muito mal, mas ele nos deixava ficar ali no que hoje são os jardins da casa, brincando ou andando de bicicleta.

Seus olhos se umedeceram.

– Que idade o senhor tinha, senhor Meyer?

– Uns oito ou nove anos. A construção precisou de quase dois anos de trabalho, segundo me lembro.

Joseph se recostou em sua poltrona com as mãos no regaço, uma postura que eu conhecia de sobra. Depois de um instante ele disse:

– Acabei me perdendo, desculpe. Você ia nos dizer alguma coisa, não é?

Uma ponta de dúvida tornou a cruzar o rosto de Miranda.

– Conte o que aconteceu – intervim.

– Esta semana foi um inferno – disse Miranda. Ela parecia estar decidida a contar tudo. – Começou no sábado, com a visita do senhor Banks...

17

Os olhos de Joseph se arregalaram ao ouvir o nome de Philip Banks, mas eu sabia que isso não significava nada. Seu rosto sempre adquiria aquela expressão de surpresa quando alguém mencionava uma pessoa que ele reconhecia.

Miranda estava concentrada em mim:

– Você lembra que meu pai disse que veria Banks no fim de semana, Sam?

É claro que eu lembrava. Preston havia mencionado isso ao telefone para o seu interlocutor misterioso, no dia em que o espiamos da galeria.

Assenti.

– Ele veio no sábado à tarde – disse Miranda. – Estávamos na sala com minha mãe, vendo televisão, quando o homem se aproximou para nos cumprimentar. Meu pai não pareceu ficar muito satisfeito, porque interrompeu minha mãe no meio da conversa e pediu a Banks que o acompanhasse até o escritório. Eles ficaram lá por cerca de meia hora, mais ou menos.

– Você sabe a respeito do que eles conversaram? – perguntei.

Miranda entendeu imediatamente que eu estava querendo saber se ela havia espiado da galeria.

– Não. Eu fui para o jardim de inverno. Daí vi Banks na hora em que ele foi embora, por isso sei que o encontro foi curto. Durante o jantar meu pai parecia estar feliz, mais comunicativo do que de costume comigo e mais conversador com minha mãe, algo estranho. Quando ela perguntou o que estava acontecendo, ele disse que tinha recebido boas notícias do escritório.

Joseph ouvia o relato de Miranda com interesse, mas continuava recostado no encosto da poltrona, com as mãos no regaço e aquele sorriso tão característico dele. Não tornaria a intervir.

Pensei nos resultados que Banks havia anunciado em sua conferência. *Não apenas provamos a existência deles como sabemos que eles estão aqui entre nós.* Perguntei-me se Banks teria antecipado a Preston os resultados.

– O pior começou no domingo – disse Miranda. – Meu pai... bom, às vezes ele... gosta de beber um pouco além da conta.

Miranda pronunciava cada palavra com esforço. A revelação me surpreendeu.

– Que pena! – Foi a única coisa que me ocorreu dizer.

Eu conhecia de primeira mão histórias de bêbados, sabia do que podia ser capaz um homem com álcool nas veias. Tinha bem presente a história de Tweety e de como seu pai adotivo havia arrebentado a esposa aos chutes. Receei por Miranda. Ela deve ter notado, porque disse imediatamente:

– Ah, não, Sam, não pense mal dele. Meu pai seria incapaz de me fazer mal. Normalmente ele bebe sozinho, em seu escritório, ou diante da televisão, até cair no sono. Foi sempre assim, desde que me lembro. Mas esta semana aconteceu algo mais.

– O quê?

Enquanto ela falava, observei como os olhos de Joseph se fechavam pela primeira vez, pestanejando rapidamente como o voejar de uma borboleta.

– Meus pais discutiram muito – continuou Miranda. – Não foi a primeira vez, mas esta semana foi pior do que nunca. Em parte por causa da bebida, imagino.

– Ele já não estava mais de bom humor?

– Isso foi no sábado. No domingo eles estavam na sala do segundo andar. Ouvi os gritos do meu quarto. Eles nunca se preocuparam com o fato de eu ouvir as discussões; é quase... como se eu não existisse.

Ela se deteve.

– Sinto muito.

– Não se preocupe, Sam. Eu já me acostumei com as brigas, não é esse o problema. Em Montreal eram quase sempre pelas mesmas coisas. Minha mãe jogava na cara de meu pai que ele não passava tempo suficiente com ela, acusava-o de ter romances com outras mulheres, que ele não se importava com a família, que por culpa dele vivíamos isolados de todos, e coisas assim. Minha mãe tem um temperamento muito forte, ela não engole as coisas.

Miranda só insistia nas argumentações de Sara; não fui capaz de imaginar o que Preston poderia dizer quando estivesse alcoolizado.

– Desta vez o motivo da discussão era novo – prosseguiu Miranda. – Meu pai queria que voltássemos para Montreal. Quando escutei os gritos, fui para o corredor e consegui ouvir tudo. Ele estava fora de si, dizia que odiava a cidade, que odiava a casa, que ter vindo para cá havia sido o pior erro que tinha cometido, e que tínhamos de voltar imediatamente. Ela dizia que ele estava louco, que ele havia nos arrastado para Carnival Falls e agora queria tirar-nos daqui sem pensar em nada. Perguntou se ele havia deixado alguma de suas...

Ela observou Joseph, que tinha fechado os olhos por um momento. O sono o estava vencendo.

– Miranda... – eu disse. Não queria que ela perdesse o fio da meada, ou a coragem de me contar aquilo.

Ela prosseguiu:

– Ela perguntou se ele tinha deixado alguma de suas prostitutas no Canadá – terminou Miranda com uma determinação férrea. – Vou te contar tudo, Sam. Não vou esconder nada. Foi para isso que vim.

Ela separou o nó de dedos que tinha entrelaçado com força no regaço e pôs as mãos nos joelhos. Aproveitei para apoiar a mão por um momento sobre a sua.

– Não é a primeira vez que minha mãe o acusa de ter outras mulheres, mas dessa vez a discussão mudou. Ele não negou, nem disse que ela estava imaginando coisas. Disse que se precisava de outras mulheres era porque ela era... uma inútil na cama. Essas foram as suas palavras exatas. Ele a chamou de frígida, e ela se enfureceu ainda mais.

– O que é isso? – perguntei.

– Não sei – respondeu Miranda. – Um insulto, imagino.

Joseph havia aberto os olhos completamente para escutar o final da conversa. Ele abriu a boca para dizer alguma coisa a Miranda, mas a expressão de desconcerto se apoderou de seu rosto. Provavelmente tinha esquecido o nome de Miranda, e talvez também o meu. Pensei em acompanhá-lo ao seu quarto para que ele fizesse a sesta, mas não podia interromper Miranda naquele ponto do relato.

– Então as coisas se descontrolaram – disse Miranda com terror nos olhos, provavelmente relembrando os gritos. – Eu nunca tinha ouvido eles dizerem tantas coisas horríveis um ao outro. Minha mãe disse que se ela era uma inútil na cama era porque ele estava sempre bêbado ou se comportava como um imbecil, que ele não sabia como tratar as mulheres...

– Não há necessidade de você me explicar isso, Miranda – eu disse. – Com certeza eles devem ter dito coisas que não sentiam.

– Foi o modo como diziam. Os gritos.

Joseph tinha tornado a fechar os olhos.

– Sinto muito – repeti.

– Fui chorar no meu quarto. Dormi até o dia seguinte. Queria que tudo não tivesse passado de um sonho, mas o clima em casa estava insuportável. Eles ficaram sem se falar o dia inteiro. Elwald e Lucille estavam nervosos. Adrianna nem mesmo saiu de seu quarto. Assim que o almoço terminou, meu pai começou a beber. Fui para o jardim de inverno com minha mãe, que estava cuidando das plantas, e depois de cerca de duas horas meu pai chegou. Eles começaram a discutir novamente, dessa vez comigo ali presente. Ele derrubou algumas plantas com um soco, e eu saí dali. Nenhum dos dois percebeu.

Comecei a suspeitar qual seria o desenlace da história, a razão pela qual Miranda tinha ficado tão mal. Preston Matheson faria prevalecer sua determinação, é claro. Cedo ou tarde ele levaria aquilo adiante. Por mais forte que Sara fosse, eu tinha dificuldade de imaginá-la enfrentando a situação em casa por muito tempo; cedo ou tarde ela acabaria cedendo. E Miranda teria que voltar para o Canadá.

– Você vai ter que voltar? – As palavras me escaparam da boca.

– Não sei.

Ficamos em silêncio.

Eu esperava que Miranda acrescentasse mais alguma coisa. Que ela não queria ir embora e que preferia ficar em Carnival Falls com Billy e comigo.

– Você quer ir embora, não é? Você acha que vai ser melhor...

– Não! – Ela parecia ter ficado verdadeiramente surpreendida com minha pergunta. – É claro que não. Eu gosto de morar aqui.

– Fico contente. Eu também gostaria que você ficasse. E Billy também.

– Obrigada, Sam. Deixe eu acabar de contar o resto.

Tive a impressão de entrever um certo brilho em seus olhos. Talvez eu me enganasse, e o desenlace não fosse o que eu imaginava.

– Nada mudou durante o resto da semana, exceto que Adrianna disse à minha mãe que vai voltar para Montreal, que tem um namorado à sua espera... lá. Eu nunca ouvi falar desse namorado. Ainda não me atrevi a perguntar se na verdade ela vai embora por causa do clima da casa, mas é disso que estou desconfiando.

– É melhor eu acompanhar Joseph até o quarto – desculpei-me.

Miranda parecia ter se esquecido do senhor Meyer. Quando ela se voltou e viu que o ancião tinha os olhos fechados e o queixo apoiado no peito, concordou.

– Ainda não contei o mais importante – disse ela com seriedade.

Enquanto eu sacudia suavemente o braço de Joseph, pedi a Miranda que me chamasse pelo nome, que me dissesse qualquer coisa.

O senhor Meyer abriu os olhos e nos observou, desconcertado.

– Seu cabelo está muito bonito hoje, Sam – comentou Miranda.

Esbocei um sorriso tímido. O senhor Meyer ouviu meu nome, e isso lhe deu uma certa segurança.

– Está na hora da sua sesta, senhor Meyer – eu disse. – Vamos lá, vou acompanhá-lo até o quarto.

– Minha sesta, claro – disse ele pondo-se de pé. – Eu posso ir sozinho, Sam, não se preocupe.

Joseph se dirigiu à porta e entrou na cozinha.

– Ele pode mesmo ir sozinho? – perguntou Miranda em voz baixa.

– Oh, é claro que pode. Mas quando ele subir, preciso ter certeza de que vai direto para o seu quarto. Se ele se distrair no caminho e pular a sesta, depois sua mente vai começar a falhar a toda hora.

Eu disse a Miranda que voltaria em um segundo. Entrei na casa e subi ao segundo andar. Cheguei ao corredor no momento exato em que Joseph fechava a porta de seu quarto.

Quando voltei ao terraço, encontrei Miranda na cadeira do senhor Meyer, voltada para o jardim dos fundos. Apesar de eu tê-la deixado sozinha por menos de um minuto, ela tinha o olhar perdido.

– Se minha mãe visse este jardim, ela teria um infarto – disse ela quando me sentei ao seu lado.

– Collette gosta das plantas em estado selvagem – expliquei. – Com o tempo a gente se acostuma.

– Aquele anão é tétrico.
– Ele se chama Sebastian.
– Ele tem nome? Que horror!
– Billy acha a mesma coisa que você.

Ficamos em silêncio. Acho que a menção de Billy nos fez pensar nele.

– Agora há pouco você me disse que faltava contar o mais importante.

Miranda continuava olhando para o jardim.

– Sam...
– Que é?
– Preciso que você me prometa que não vai rir de mim – disse ela sem me olhar. – E que você não vai achar que estou louca.
– Miranda, eu nunca pensaria uma coisa dessa.

Ela me fitou. Não gostei nem um pouco da sua expressão, uma mescla de incerteza e de terror. Ela disse em voz firme:

– Eu vi sábado um "deles".

Ergui as sobrancelhas imediatamente.

– Um deles quem?
– Eles... – disse Miranda. Ergueu um dedo apontando para o céu.

Fiquei em silêncio. Primeiro pensei que se tratava de uma brincadeira, mas Miranda continuava séria.

– Eles?
– Os homens-diamantes.

18

Em algum momento da agitada semana vivida na mansão dos Matheson devia ter acontecido alguma coisa grave, porque de outro modo Miranda não poderia pensar que realmente havia tido um encontro com... como ela os havia chamado? Os homens-diamantes? Doeu-me quebrar a promessa que acabava de lhe fazer; apesar de eu não ter rido nem zombado dela, a verdade é que pensei que ela estava perturbada, talvez por causa do estresse e da pressão a que estava submetida pelas brigas dos pais. Miranda deve ter notado alguma coisa em meu rosto, uma sombra de dúvida, porque depois de abrir a boca para falar, tornou a fechá-la sem me dizer nada. Ela me observou com olhos profundos. A conexão entre nós era tão forte que por um instante receei por meus sentimentos secretos.

– Você me pegou de surpresa – eu disse na defensiva.

– Não se preocupe, eu também ficaria com essa cara.

Miranda voltou a perscrutar o jardim de Collette. Eu a imitei, achando que seria uma boa ideia não nos olharmos enquanto ela falava.

– Isso aconteceu no sábado à tarde – disse ela enquanto apoiava as pernas na cadeira e abraçava os joelhos.

No sábado à tarde, pensei, eu e Billy tínhamos ficado à espera dela no bosque. Meu amigo e eu havíamos lido o artigo sobre a conferência de Banks no *Carnival News*. Tinha sido a tarde do encontro com Mark Petrie.

– Eu estava no quarto... – disse Miranda, e acrescentou, como se tivesse acabado de se lembrar: – Tampei os rostos de pedra, como vocês sugeriram.

– Fez muito bem.

– Cobri com umas guirlandas de Natal.

Eu não conhecia o quarto de Miranda, mas perguntei-me se uma guirlanda colocada exatamente na altura dos olhos dos rostos de pedra não chamaria muito a atenção.

– Eu estava deitada em minha cama, mas me sentia menos angustiada. Nesse dia nós almoçamos em paz, e ainda não havia estourado nenhuma briga. Meu pai parecia estar com um humor melhor, apesar de ele ter se trancado no escritório e talvez ter bebido. Achei que poderia sair de casa e ir ao bosque me encontrar com vocês. Sentei na beirada da cama, decidida, e então aconteceu uma coisa muito estranha. Ouvi uma voz na minha cabeça.

– Uma voz?

– Ela me disse que não era para o bosque que eu devia ir. Só que não me disse isso especificamente. Foi como se eu pensasse naquele lugar.

Então eu soube que ela se referia à galeria. Simplesmente soube. Achei aquilo horripilante.

– A galeria?

– É. Eu sei que prometi a vocês que não voltaria lá, e jamais teria pensado em voltar lá sozinha, mas não podia fazer outra coisa. Tinha que ir.

Assenti em silêncio.

– Me deu muito trabalho mover o baú que colocamos diante da estante, mas eu consegui. E quando empurrei a placa, percebi que alguma coisa estava diferente lá embaixo. Havia luz. Eu tinha levado a minha lanterna, mas não precisei ligá-la, então a deixei perto da escadinha. Entrei na galeria com muito medo. Eu me sentia como uma idiota; ninguém estava me obrigando a estar ali; eu estava tremendo. E então eu o vi, mais ou menos no meio da galeria...

– O homem-diamante?

– Bom, eu o batizei assim; foi a primeira coisa que pensei. Ele tinha o mesmo tamanho que nós, e emanava muita luz. Garanto, Sam, a luz era tão potente como a de um refletor, parecia aquelas bolas de espelhos que refletem raios em todas as direções, só que não eram espelhos, mas pontos de luz... como diamantes.

Toda a cidade tinha falado dos extraterrestres naqueles dias. Perguntei-me se isso não teria influído em Miranda daquele modo tão particular.

– Você conseguiu ver as feições dele? Desculpe fazer tantas perguntas, mas é que...

– Não se preocupe, Sam. Não, eu não consegui ver a cara dele. Ele não tinha cara. Era como se fosse uma massa de diamantes em forma de um homem pequeno, emitindo aquela luz em todas as direções. Eu sei que parece absurdo. Você acha que eu fiquei maluca?

– Não – respondi imediatamente. – Por favor, pare de dizer isso. Se foi isso o que você viu, eu acredito. Ele disse alguma coisa ou só ficou ali de pé?

– Durante alguns segundos ele não fez nada. Depois estendeu um braço e disse para eu me aproximar. Só que ele disse isso com o pensamento. E também não utilizou a voz dele, mas a minha. Foi como se eu estivesse pensando: "Ele quer que eu me aproxime".

"Andei devagar pela galeria iluminada. Quando estava a dois ou três metros dele, o homem-diamante começou a retroceder, mantendo a distância. De repente ele parou. Tornou a levantar o braço e dessa vez não precisou falar na minha cabeça para me dizer o que queria. Ele me indicou a placa de madeira do escritório de meu pai."

O relato de Miranda ia tomando para mim uma verossimilhança espantosa. Apesar de eu ter visitado a galeria na penumbra, minha mente começou a imaginá-la iluminada, com seus muros de pedra e o teto sustentado por vigas de madeira.

– Eu me aproximei da placa de madeira, sem perceber que a luz poderia se filtrar pelos olhos dos rostos de pedra e alertar meu pai. Mas então o homem-diamante se apagou, e a galeria ficou completamente escura. Eu não estava com a lanterna, mas não me pareceu importante ir pegá-la e verificar se o homem-diamante continuava ali ou se ele tinha desaparecido mesmo. Não pense que eu não imaginei como ele teria conseguido se enfiar ali e mover o baú de dentro. A verdade é que, de todas as perguntas que eu tinha na cabeça, essa era uma das que menos me inquietavam.

– O que aconteceu no escritório do meu pai – continuou Miranda – foi parecido com o da outra vez, pelo menos no começo. Por um momento, imaginei que vocês estavam ao meu lado, espiando comigo. Meu pai tinha bebido. Ele não estava bêbado demais, mas o suficiente. Dessa vez era diferente. Mas logo depois a porta se abriu e Adrianna entrou, carregando uma bandeja com chá, que ela apoiou num canto da escrivaninha. Ele não ia tomar, nem olhou para ele. Então ele disse uma coisa muito estranha para Adrianna.

Durante o encontro anterior entre Preston Matheson e Adrianna, a sedução tinha sido apenas insinuada. Mas com uns copos a mais, as coisas bem que poderiam ter saído de controle. Minha mente tentava deixar de lado o fato de Miranda estar ali por ordem do homem-diamante, ou o que quer que fosse aquele sujeito brilhante. Por que ele desejaria que Miranda visse seu pai seduzindo a empregada? Então, pela primeira vez, pensei numa possibilidade que até o momento havia me negado a reconhecer, e que no entanto era a mais lógica de todas: Miranda devia ter imaginado aquilo tudo. Tinha sido um sonho, ou um delírio, e ela não sabia disso, é claro. Doeu-me muito desconfiar de suas palavras, porque eu sabia que ela não estava mentindo, mas... sujeitos brilhantes do espaço que se divertem fazendo sofrer meninas de doze anos?

– O que foi que seu pai disse para Adrianna? – perguntei.

– Ele disse que não tinham com que se preocupar, que poderiam fazer o que quisessem.

Notando a inusitada confusão no rosto de Miranda, perguntei com cautela:

– Você tem ideia do que ele queria dizer com isso?

– Nenhuma. Meu pai nunca se relacionou muito com Lucille, Elwald ou Adrianna, apesar de eles sempre terem vivido perto de nós. No Canadá eles também tinham uma casa perto da nossa. Foi como se eles, não sei... tivessem algum segredo.

– Um romance?

Era impossível continuar fugindo de uma realidade tão evidente.

– Não! – Miranda pareceu estar ligeiramente indignada. – Adrianna tem um namorado em Montreal.

A própria Miranda tinha dito que não sabia da existência daquele namorado, e agora se aferrava àquilo para negar a possibilidade de um namoro de seu pai.

– Tem razão. Você conhece os dois melhor do que ninguém.

– Adrianna disse a meu pai que ia embora, que já tinha acertado tudo, e perguntou o que nós pensávamos em fazer. Ele se levantou e começou a caminhar pelo escritório, cambaleando um pouco. Eu já o vi assim outras vezes. Ele ergueu o copo que tinha na mão e disse que estava tudo acertado, que o senhor Banks tinha arranjado tudo em sua estúpida conferência.

– Miranda, você não precisa me contar todos esses detalhes. Deve ser doloroso para você ver seu pai desse jeito.

– Sim, é verdade. Eu odeio quando ele fica bêbado. É como se ele... fosse outra pessoa. Um demônio.

Eu não sabia o que dizer. Se Billy estivesse ali – e na verdade eu lamentava muito a sua ausência –, teria sido a sua vez de intervir, porque eu não sabia o que mais dizer a Miranda para consolá-la. Passei os olhos pelo jardim de Collette, por suas plantas selvagens, o tanque esquecido no meio do mato e Sebastian, que parecia se rir lá do seu lugar.

Miranda desceu as pernas que tinha apoiado na cadeira e se levantou. Ela não olhou para mim, mas me deu a sensação de que estava reunindo coragem para terminar a história.

– Mas não importa o que você pense de meu pai – disse ela decidida. – Você tem que saber o que aconteceu depois, Sam, porque se eu não te contar... então acho que vou ficar louca de verdade.

– Conte – sussurrei.

– Meu pai pousou o copo na mesa e pegou um de seus charutos. Acendeu-o e deu algumas tragadas. Adrianna o observava em silêncio, e eu também. O cheiro horrível daquilo chegou até a galeria. Então meu pai pegou algo de dentro da gaveta. Quando ele o levantou, percebi que era uma fotografia Polaroid. Ele estava rindo, e disse...

Miranda parecia estar a ponto de chorar. Perguntei-me o que poderia ser mais inquietante do que um encontro com uma bola de espelhos extraterrestre com capacidades telepáticas.

– O que foi que ele disse, Miranda? – animei-a.

– Disse que... aquela fotografia era a prova de onde estava Christina Jackson, e que ia destruí-la. Então ele a queimou com seu charuto.

O mundo girou vertiginosamente. Agarrei-me à cadeira em um ato reflexo, como fazemos com o carro de uma montanha-russa quando ele se move pela primeira vez. Ouvir o nome de minha mãe tinha sido absolutamente inesperado, o suficiente para justificar a minha reação, mas e o resto? A prova de onde ela estava – o que significava aquilo? –, a fotografia, a chama consumindo-a. Eu podia ver a cena em minha cabeça: Preston Matheson aproximando o charuto da fotografia até que uma chama azulada a retorcia e a fazia desaparecer.

Eu não conseguia concentrar os pensamentos. Com o paradeiro de minha mãe, Preston Matheson podia estar se referindo a duas coisas: ou que ela estava viva ou à localização de seu corpo. Qualquer das duas alternativas era surpreendente, é claro, mas abrir a porta para a possibilidade de ela estar viva, para o fato de Banks poder estar certo...

– Sam, por favor, diga alguma coisa...

Eu me voltei para Miranda, que me observava com verdadeiro pânico no rosto. Apesar de seus esforços para evitá-lo, ela havia derramado algumas lágrimas.

– Você tem certeza de que seu pai disse "Christina Jackson"?

Miranda assentiu em silêncio, sem tirar os olhos de mim.

– Meu Deus! – sussurrei.

– Eu precisava te contar.

– É que... eu não entendo. A que seu pai se referia?

– Sam, tem mais uma coisa. Eu sei que talvez seja demais para você, mas... é só mais um pouquinho.

– Tudo bem.

– Meu pai segurou a fotografia entre os dedos enquanto a chama a consumia – disse Miranda. – Depois ele a jogou na chaminé para que acabasse de queimar. Adrianna saiu dali quase imediatamente. Ele ficou só mais um pouco, terminando de beber o copo de uísque e olhando para o telefone. Eu tinha certeza de que ele ia fazer outra ligação, você sabe, como da vez anterior, mas depois de alguns minutos ele se levantou e saiu do escritório. Quando eu afastei os olhos da abertura, achei que o homem-diamante ainda estaria ali. Fiquei alguns segundos de pé, esperando que ele surgisse, mas ele não apareceu. Então voltei às apalpadelas para o lugar onde tinha deixado a lanterna. Naqueles metros de escuridão compreendi que o homem-diamante tinha me convocado à galeria para que eu visse o que tinha acabado de ver.

Miranda se levantou e tornou a ocupar a cadeira em frente da minha. Ela me agarrou as duas mãos e me olhou nos olhos.

– O homem-diamante queria que eu visse a fotografia. Fui ao escritório de meu pai imediatamente. Ele não tinha voltado. Procurei na chaminé, que é claro que não estava acesa, e ali estava a fotografia. Ou, bom, parte dela.

– Ela não queimou completamente? – perguntei.

– Não.

Miranda se levantou um instante, retirou com delicadeza uma das mãos de entre as minhas e a levou ao bolso traseiro da calça. Durante esse instante de espera fiquei sem saber o que fazer. Não acabava nunca. Fixei a vista na estampa da camiseta de Miranda, onde Penélope Charmosa estava de pé junto de seu carro multicolorido.

– Aqui está – disse Miranda. Ela me estendeu uma meia-lua de celuloide com as bordas chamuscadas.

Eu a peguei e a contemplei demoradamente.

O fogo havia consumido mais de dois terços da imagem. Ela havia sido tirada ao ar livre, disso não havia dúvida. Via-se uma franja vertical de grama, depois, bem longe, uma linha de árvores, e mais acima um céu azul. Na margem direita, que era a que tinha sido afetada pelo fogo, aparecia um triângulo diminuto do que parecia ser um pedaço de pano ondulante. Aquela insignificante forma cinzenta era a única coisa que restava do sentido daquela fotografia, exceto por uma coisa que atraiu minha atenção de um modo magnético. Sobre o gramado havia uma sombra. A queimadura havia consumido a pessoa retratada naquela fotografia, mas não a sua sombra: uma silhueta estilizada perfeitamente distinguível. A sombra de uma mulher.

– Observe pelo outro lado – disse Miranda.

Virei a fotografia.

Na parte de baixo, escrito em letras azuis apagadas, havia um nome; Helen. Em seguida havia mais alguma coisa, possivelmente um sobrenome, mas só era possível ler a primeira letra com clareza, um P. A seguinte podia ser um R, mas era impossível afirmar com certeza.

O nome não me dizia nada.

Repassei a fotografia com o dedo, e com a mente o que Preston Matheson havia dito sobre ela: "A prova de onde estava Christina Jackson". A lógica indicava que ele se referia ao lugar onde estava o seu corpo, eu sabia, minha mãe tinha que estar morta, porque do contrário por que ela teria me abandonado? A prova, se na verdade era isso mesmo e o pai de Miranda não havia delirado em seu estado de embriaguez, poderia nos conduzir a um cemitério, a um hospital onde encontrar um registro ou até a uma pessoa – Helen P. – que pudesse fornecer uma informação vital. Isso era o que dizia a lógica, claro. Mas por um segundo, enquanto segurava aquele pedaço de fotografia parcialmente carbonizada, eu me permiti mandar a lógica para o diabo e ouvir o coração, como havia escrito a Miranda no poema que lhe enviara mil anos antes. Minha mãe viva, ela havia sobrevivido ao acidente, e seu nome era Helen P. A razão pela qual ela não havia voltado para mim era simples: os homens-diamantes lhe haviam ordenado isso em troca de lhe salvar a vida. Com a lógica de lado, era até possível assumir que minha mãe não se lembrasse de seu passado como Christina Jackson, de seu emprego de enfermeira, do carro novo que havia comprado a crédito e, é claro, de mim. Estaria vivendo uma vida diferente como Helen P., teria se casado, teria outros filhos. E Preston Matheson sabia disso.

– Sam, você está bem?

Eu estava começando a raciocinar como Banks.

– Estou. Posso ficar com ela?

– É claro.

Guardei o pedaço de fotografia no bolso.

– Escute, Sam – disse Miranda. Agora que ela havia desabafado, parecia estar mais relaxada. – Vou falar com meu pai e perguntar amanhã mesmo o que é que ele sabe a respeito disso. Vou dizer que escutei atrás da porta, não sei. Sinto que devo isso a...

– Não faça isso – interrompi.

– Não? Você não quer descobrir?

– Não é isso. Gostaria de pensar um pouco mais.

Miranda me estudou durante um segundo.

– Talvez seja bom consultar Billy – ela sugeriu.

– Você não se incomoda?

– Eu sei que ele não vai acreditar em mim – disse Miranda, baixando a vista. Ela entrelaçou as mãos outra vez. – Por isso preferi vir aqui e contar para você, porque sabia que você acreditaria em mim e porque... bom, trata-se da sua mãe, é claro.

– Billy vai acreditar em você – afirmei, apesar de não ter muita certeza disso. – Se quiser, posso ir à casa dele amanhã e contar tudo, para que você não tenha que reviver isso. Você foi muito valente.

– Obrigada. Parece uma boa ideia. Mas... não quero que ele fique chateado. Nós fizemos um pacto: chegaríamos ao fim disso os três juntos.

– Miranda, esse pacto não deve nos tornar infelizes...

– Não podemos quebrá-lo.

Um sorriso tímido despontou em seus lábios.

19

Eu estava terminando de comer meus cereais quando Billy entrou na cozinha. Meu amigo estava com os olhos inchados, o cabelo emaranhado e o andar de um zumbi; passou ao meu lado sem prestar atenção em mim, como se fosse perfeitamente normal encontrar-me na cozinha da sua casa, pegou uma tigela do armário e sentou-se. Serviu-se de leite e cereais, em silêncio, dedicando toda a atenção àquelas pequenas ações. Uma quantidade exagerada de Corn Flakes aterrissou sobre o leite. Ele me indicou a colher, que eu já não estava usando, e eu a estendi para ele. Começou a comer, mastigando sonoramente.

– Oi, Sam.
– Você está parecendo um morto-vivo.
– Obrigado.
– Você está acordado?
– Não.

Ele me deu um sorriso.

– Me assustei quando minha mãe me acordou – disse Billy. – Achei que estávamos em época de aula.
– Não falta muito.
– Faltam três semanas; o suficiente para mim. E antes que eu jogue esse susto na sua cara, diga que você veio por causa de uma coisa importante.
– É importante.
– Você quer que a gente vá para outro lugar?
– Sua mãe me disse que iria ao mercado, então acho que temos tempo.

Eu não conseguia esperar mais. Trazia a fotografia no bolso, e não via a hora de mostrá-la para Billy.

– Despeje logo, Jackson.

Em dez minutos eu tinha lhe contado tudo, sem pular nenhum detalhe. Billy não me interrompeu em momento algum, mas seu rosto se transformou a partir da menção aos homens-diamantes. Daí em diante acompanhou meu relato absorto.

– Você trouxe a fotografia? – O único vestígio do menino semiadormecido era o cabelo revolto. Billy estava alerta.

– Claro.

Eu a estendi para ele e deixei que a estudasse durante um bom tempo.

– E aí?

– Não tenho a menor ideia. A sombra é claramente a de uma mulher. O cabelo a denuncia.

Billy parecia mais intrigado pelo nome no verso da foto do que pelo que a imagem chamuscada revelava. Deixou-a sobre a mesa.

– Sam, quanto a esse... homem-diamante – disse ele com uma careta no rosto. – Você já sabe o que eu penso, não é?

– Que Miranda imaginou tudo.

Billy concordou.

– É que é... ridículo. Se Miranda o tivesse visto no bosque, na rua ou no jardim de casa, não sei, teria um pouco mais de sentido, mas naquela galeria? – Billy negou com a cabeça várias vezes.

– E se ele não estava lá? – eu disse. Na noite anterior eu mal tinha dormido pensando em todas as possibilidades. – E se ele a fez acreditar que estava lá?

– Nesse caso, Miranda estava sozinha na galeria, o que se aproxima mais do que eu acho que realmente aconteceu.

– Não diga a ela que você não acredita nisso, por favor.

– É claro que não vou dizer! Mas, do mesmo modo, não tem importância se eu acredito que esse homem-diamante esteve lá ou não. Miranda inventou isso para justificar o fato de espiar o pai. O importante é o que ela viu e ouviu da galeria.

Billy tornou a pegar a fotografia.

– É uma casualidade muito grande.

– Pode ser. Mas pelo que vimos no outro dia, o senhor Matheson está dependendo muito de Banks, de sua conferência e de todo o resto. Ele deve ter tratado desse assunto mais de uma vez durante estes dias.

Apontei para a fotografia. Havia chegado o momento da verdade.

– O que você acha?

– Não vou mentir para você, mas agora estou realmente preocupado. Isto é real. Esta fotografia está relacionada com a sua mãe de alguma maneira. Esse nome, Helen P., tem que ter algum significado. E Preston Matheson não apenas o conhece como se preocupa tanto com isso que se mudou com a família para Carnival Falls.

– Você acredita que ele seja um desses caçadores de extraterrestres? – perguntei. A insônia havia trazido consigo algumas ideias apavorantes.

– Sinceramente, não sei que papel Preston Matheson desempenha nessa história ou o que ele sabe do acidente da sua mãe. Talvez tenhamos nos enganado a respeito da relação dele com Banks desde o princípio.

Não entendi por que Billy havia dito isso, mas preferi deixar passar. Ele sempre me superava em seus argumentos.

– O que vamos fazer? Miranda me disse que pode tentar falar com o pai.

– Não. Ele vai negar tudo – disse Billy com segurança. Em seus olhos surgiu aquele brilho pelo qual eu tanto ansiava. – Vamos perder a vantagem que temos agora.

– Que vantagem?

– A vantagem de estar a par do assunto sem que ele saiba, é claro.

Ele pulou de sua cadeira e começou a andar pela cozinha, como fazia na clareira quando arquitetava algum de seus planos.

– Se nós pudéssemos saber quando a fotografia foi tirada – pensou ele em voz alta –, poderíamos descartar algumas possibilidades. Eu também gostaria de saber com quem Preston Matheson tem falado.

– Como?

Ele não pareceu ter me ouvido. Continuou com seu andar reflexivo.

– Já sei o que faremos – Billy anunciou depois de alguns minutos.

20

Nós nos encontramos com Miranda na porta de serviço. O muro nos protegia, ninguém podia nos ver da mansão.

— Aqui está — disse Billy estendendo-lhe o envelope com certa solenidade.

Miranda o pegou. Tinha o nome de Preston Matheson datilografado no centro. Billy havia utilizado a máquina de escrever de seu pai.

— É uma Underwood mais comum que resfriado. Além disso, usei uma fita velha que já joguei fora.

Miranda abriu o envelope e tirou a folha de papel que estava dobrada dentro dele. Não havíamos discutido com ela a frase exata, e eu insisti para que ela a lesse, apesar de Billy continuar achando que não era uma boa ideia.

Ela desdobrou a folha.

EU SEI O QUE ACONTECEU COM CHRISTINA JACKSON
A VERDADE SERÁ REVELADA

— Você tem certeza de que quer continuar com isso, Miranda? — perguntei.

— Sim, é claro.

Havíamos discutido o plano no dia anterior; Billy tinha razão em pensar que as possibilidades de que nos descobrissem eram mínimas. Miranda entregaria o envelope a seu pai dizendo que o havia encontrado na caixa do correio. Se Billy estivesse certo, Preston Matheson se sentiria ameaçado e tentaria contatar seu interlocutor secreto, com quem tinha falado ao telefone no dia em que o havíamos espiado. E então teríamos dois cenários possíveis: ou ele tentaria falar com seu contato por telefone ou iria vê-lo diretamente, se é que ele vivia em Carnival Falls. Estávamos preparados para as duas possibilidades. Depois de entregar o envelope, Miranda iria até a galeria para ouvir uma possível conversa no escritório. Billy e eu aguardaríamos na esquina da casa, à espera da saída do Mercedes. Então nós o seguiríamos com nossas bicicletas. Se ele não saísse da zona urbana, não teríamos problemas.

– Você não precisa voltar à galeria se não quiser – eu disse a Miranda, que brincava com o envelope entre os dedos. – Posso ir no seu lugar.

– Não se preocupe – ela me tranquilizou. – É melhor assim. Vocês conhecem a cidade, e podem se separar para seguir o carro, se for necessário. Além disso, eu teria que fazer você entrar às escondidas, e agora estão todos atentos em casa. Não se preocupem, vou ficar bem.

Billy baixou ligeiramente os olhos quando nossa amiga pronunciou essas palavras. Em nenhum momento tínhamos falado do homem-diamante e de seu chamado telepático.

– Não se esqueça de colar o envelope – lembrou Billy.

Miranda lambeu a dobra e o fechou.

– Pronto.

Billy lhe deu as últimas instruções.

– Se seu pai perguntar, você não viu ninguém. Nada de nada. Você foi à loja de Donovan comprar doces e na volta encontrou o envelope. Nada mais.

– Entendido.

Nós nos despedimos. Billy e eu havíamos deixado nossas bicicletas a um quarteirão de distância. Rodeamos o muro de pedra e esperamos em uma esquina. Depois de alguns minutos vimos Miranda sair da casa e se dirigir à loja de Donovan. Se seu pai realmente lhe fazia perguntas, seria melhor ter alguns doces consigo e o testemunho do balconista para corroborar sua versão. Apesar de Miranda nos assegurar que seu pai jamais suspeitaria dela, Billy não queria deixar nada ao acaso. Estávamos arriscando a pele. Miranda também sabia que se alguém nos visse ou se algum dos empregados estivesse perambulando por perto, nós a interceptaríamos para abortar o plano. Como isso não aconteceu, ela se aproximou da caixa do correio, fingiu pegar o envelope e entrou em casa.

Recostei-me no muro de pedra. Já não há como voltar atrás, pensei com horror. Estávamos a ponto de ameaçar um dos homens mais influentes de Carnival Falls.

21

O plano deu errado desde o princípio.

Preston Matheson saiu rápido demais da casa, menos de quinze minutos depois de Miranda ter entrado para lhe entregar o envelope com a ameaça. Nesse tempo dificilmente poderia ter feito uma ligação telefônica – exceto uma muito rápida. Mas não foi esse o verdadeiro problema, apesar de ser verdade que nos pegou um pouco de surpresa. O problema foi que ele saiu a pé, e não no Mercedes.

Ele se dirigiu feito um raio até Redwood Drive, afastando-se de nós, o que não tornou necessário abortar o plano. Fiquei sem ação. Billy compreendeu que se Preston estava saindo a pé era porque ele se dirigia a um lugar próximo, e não foi muito difícil adivinhar para onde. Billy deu a volta na bicicleta e se pôs em marcha. Ele me gritou que eu o seguisse enquanto já se afastava, pedalando a toda a velocidade, rodeando o muro dos Matheson em sentido contrário ao do portão principal. No meio do caminho compreendi o que estávamos fazendo. Preston Matheson estava se dirigindo à casa de Banks, e pelo que tínhamos visto da velocidade em que ia, não era exatamente para compartilhar o chá da tarde. Sabíamos que Banks não era o seu interlocutor secreto porque Preston o havia mencionado durante sua conversa telefônica, mas a possibilidade de que fosse visitá-lo havia nos escapado por completo. Naquele momento, o milionário podia estar achando que seu vizinho era responsável pela carta anônima que ele acabava de receber. Nada de bom poderia sair daquilo.

Chegamos a Redwood Drive bem a tempo de ver Preston cruzar a rua, a um quarteirão de distância. Aproximar-nos mais era muito arriscado. Billy me disse que, uma vez que ele entrasse, poderíamos encurtar a distância, mas isso não aconteceu. Vimos Banks aparecer atrás da grade da sua casa. Os dois homens conversaram ali, com a grade a separá-los, durante menos de cinco minutos. Preston estava claramente exaltado, agitando os braços enquanto falava, apesar de não estar gritando. Banks o escutava com calma, depois disse alguma coisa que pareceu desconcertar Preston e desapareceu de nossa vista. O pai de Miranda permaneceu mais um instante de pé diante do portão de Banks e começou a voltar.

Tornamos a rodear o muro montados em nossas bicicletas, dessa vez com um pouco mais de calma, especulando a respeito da conversa que os dois homens acabavam de manter. Quando chegamos à esquina onde havíamos estado antes, demos uma olhada, por mera precaução, porque sabíamos que nosso magistral plano tinha morrido antes mesmo de nascer. Mas então escutamos o rugido de um motor, e alguns segundos depois o Mercedes preto saiu a toda a velocidade, com os pneus cantando ligeiramente contra o asfalto, e virou acelerando na Maple Street.

Olhamos um para o outro. O curto mas intenso passeio havia esgotado nossas energias.

Billy tomou a iniciativa e se lançou a perseguir o carro, de pé nos pedais para conseguir a máxima aceleração. Eu o segui o mais próximo que pude, vendo como sua bicicleta balançava de um lado para outro. O Mercedes estava a mais de cento e cinquenta metros à nossa frente, e a distância só aumentava. A Maple Street tinha pouco trânsito e nenhum semáforo; encontraríamos o primeiro na intersecção com a Maine, meio quilômetro adiante.

Consegui alcançar Billy com o coração a ponto de explodir. Minha Optimus emitia meia dúzia de queixumes, alguns breves e estridentes, como o do assento que chiava sob meu peso, e outros prolongados e sibilantes, como o do disco dos pedais ao roçar a corrente. Meus freios funcionavam pessimamente, razão pela qual transitar pela Maple a semelhante velocidade era praticamente um suicídio.

Antes de chegar à Main, vimos o Mercedes parado à espera do sinal verde. Paramos de pedalar, aproximando-nos pouco a pouco. O pior havia passado. Preston Matheson dobraria à direita e se internaria nas ruas mais transitadas da cidade, onde seria muito mais fácil segui-lo. Com um pouco de trânsito e alguns semáforos salvadores, não haveria problemas.

Mas então ocorreu o inesperado. Quando o semáforo abriu, ele seguiu em frente pela Maple, em vez de dobrar. A manobra nos pegou tão desprevenidos que durante vários segundos nem Billy nem eu atinamos em voltar a pedalar. A Maple Street se estendia outro meio quilômetro mais, e acabava em um cruzamento.

O cruzamento com a Rodovia 16.

Se Preston pegasse essa estrada, estaríamos perdidos. Bastaria um milésimo de segundo para que o Mercedes se convertesse em um ponto negro inalcançável para nossas bicicletas. Eu disse a Billy que o deixássemos estar, que seria impossível segui-lo, mas ele já estava novamente em marcha. Dessa vez custou-me horrores ordenar a minhas pernas que fizessem o máximo esforço. Se Preston Matheson pegasse a Rodovia 16 em direção norte, chegaria ao lugar do acidente de minha mãe – o que não me passou despercebido no momento. Indo para o sul ficava a zona industrial, onde também havia motéis e postos de gasolina, e que abraçava metade da cidade como uma rota de circunvalação.

Billy já havia se afastado mais de trinta metros, e assim tive de lhe gritar que desistisse, mas ele não me deu atenção e continuou pedalando furiosamente. O Mercedes estava muito à frente, mas a topografia do terreno nos permitia vê-lo, reduzido ao tamanho de um brinquedo. Quando ainda faltavam uns trezentos metros para o cruzamento, meu coração disse que já chegava, e foi impossível para mim continuar naquele ritmo desenfreado. Deixei que os pedais se apoderassem de meus pés enquanto respirava agitadamente pela boca. Percorri alguns metros perdendo velocidade e vendo Billy se afastar. O Mercedes estava quase chegando ao cruzamento. Billy havia conseguido não reduzir a velocidade, mas ainda estava uns cento e cinquenta metros atrás do carro. Em breve ele desistiria; sabia tão bem como eu que suas possibilidades na Rodovia 16 seriam nulas.

Depois de um instante de indecisão, Preston Matheson pegou a Rodovia 16 em direção ao sul. Senti alívio. Para onde quer que ele se dirigisse, não era ao lugar do acidente.

Então Billy fez o impensado. Quando chegou ao cruzamento, virou também para o sul e desapareceu.

Ele tinha que voltar de um momento para outro. Esperei-o no acostamento.

Passaram-se dez minutos, e comecei a me preocupar.

Pedalei até o cruzamento a pouca velocidade, sabendo que se não visse o Mercedes estacionado nas imediações, não teria sentido aventurar-me mais. Quando cheguei, não vi rastro nem do carro nem da bicicleta. Na Rodovia 16, a velocidade máxima permitida era de oitenta quilômetros por hora. Preston bem poderia tê-la superado, motivado por nossa bela carta. O que Billy estaria pensando para se lançar em sua perseguição?

Decidi voltar à casa de Miranda, que tínhamos combinado que seria o ponto de reunião quando tudo aquilo terminasse, certamente não daquele modo.

Toquei a campainha e esperei. Alguém de dentro me deixou entrar acionando o porteiro eletrônico. Miranda se reuniu a mim na metade do caminho de entrada. Olhava para mim com preocupação. O plano era que Billy e eu voltássemos juntos; qualquer mudança significava que algo tinha saído errado.

– Não se preocupe – eu disse dando palmadinhas em seu ombro. – Nós só o perdemos de vista. Billy decidiu continuar. Não consegui detê-lo.

– Meu Deus!

– Venha, vamos até ali. – Eu a conduzi pelo imenso jardim.

Fomos andando até uma das fontes. O anjo de pedra sobre o pedestal central vertia água de uma tigela. Deixei minha bicicleta no gramado e nos sentamos na borda.

– Seu pai não pegou a Main, como imaginávamos – expliquei. – Ele seguiu em frente.

– Ele saiu da cidade?

– É muito provável.

– Billy foi atrás dele?

– Parece que sim.

Três quartos de hora depois, o portão de ferro da mansão se abriu, e o Mercedes avançou lentamente. Vimos Preston sair do carro e entrar na casa, já sem a urgência de antes. Nós nos olhamos um instante e sem dizer nada nos encaminhamos para a entrada. Billy deveria chegar de um momento para outro, se por acaso tivesse conseguido segui-lo. Decidimos esperá-lo na rua.

Passaram-se mais de vinte minutos, e comecei a me afligir.

– Ele já deveria estar aqui – comentei.

O sol não havia se ocultado ainda, mas logo o faria.

– Já faz quase uma hora e meia que vocês saíram – disse Miranda. – Talvez Billy tenha parado para recuperar as energias, ou tenha preferido voltar mais devagar.

– Tem razão.

A Maple Street, cada vez mais vazia e povoada de sombras alongadas, me inquietava. Imaginei-me no umbral da casa de Billy, diante da senhora Pompeo, explicando a ausência de seu filho.

Estava me sentindo muito mal.

Alguns minutos depois, a mão de Miranda me agarrou o braço e me sacudiu.

Billy vinha vindo pela Maple. Pedalava com o ritmo fatigado de uma pessoa extenuada, mas estava de volta, e isso é que importava.

Quando ele chegou, abracei-o com toda a força.

– Billy! – exclamei, descarregando toda a minha preocupação contida.

– O quê? – Ele estava esgotado. Respirava agitadamente, e as pernas mal pareciam sustentá-lo.

Miranda se ofereceu para levar sua bicicleta, enquanto nos aproximávamos da casa.

– Ele já está aqui? – perguntou Billy quando viu o Mercedes estacionado.

– Sim, o que você esperava, ultrapassá-lo?

Billy me deu um sorriso cansado.

– Você conseguiu segui-lo? – perguntou Miranda.

– Não – disse Billy. – Quando ele dobrou a Rodovia 16, sumiu de vista, e eu o perdi.

– Maldição, Billy! Por que você não voltou?

– Achei que ele poderia estar naquela zona e decidi dar uma olhada.

– Ou seja, você o perdeu cinco minutos depois de se separar de mim. – Abanei a cabeça negativamente. – E ficou mais de uma hora procurando uma agulha no palheiro.

– Parece que sim.

Havíamos chegado ao Mercedes. Miranda nos convidou a entrar; disse que poderíamos ir até o jardim de inverno um momento para descansar antes de ir embora. Já eram mais de cinco da tarde, e nenhum de nós podia voltar para casa depois das seis.

– Minha bicicleta está na fonte – eu disse com intenção de ir buscá-la.

Comecei a andar naquela direção, mas Miranda me disse que eu podia deixar a bicicleta onde estava, que logo iríamos pegá-la. Billy havia aproveitado a pausa para respirar. Continuava extenuado. Percebi que ele se aproximava do carro, o que me chamou a atenção. Ele foi até a parte de trás e se inclinou perto da roda traseira. Algo lhe havia chamado a atenção.

De repente ele se levantou.

– Já sei aonde ele foi! – exclamou.

– Aonde? – perguntou Miranda.

Billy não respondeu imediatamente. Estava refletindo.

Não gostei nem um pouco do que vi em seu rosto.

22

No desenho dos pneus do Mercedes, Billy encontrou umas minúsculas pedrinhas incrustadas. Era um cascalho arredondado muito particular, explicou, que ele reconheceu imediatamente como o do acesso da Loja de Ferragens Burton, a empresa de seu tio Patrick.

Foi assim que, de um modo inesperado, nosso plano nos levou ao misterioso interlocutor de Preston Matheson. A revelação nos deixou perplexos, especialmente Billy, que tentava encontrar uma explicação alternativa que no fundo sabia não existir. O que nós não tínhamos maneira de saber era se o papel de Patrick na história era o de um amigo disposto a ouvir os problemas de seu ex-sócio ou se, pelo contrário, podia ter uma participação mais ativa, conhecer a transcendência dos resultados anunciados por Banks ou – uma das grandes interrogações – saber quem era Helen P. Billy nos contou que seu tio Patrick tinha uma câmera Polaroid, e que a fotografia bem poderia ter sido tirada com ela.

Especulamos a respeito de tudo isso no jardim de Miranda. Uma hora depois do achado do cascalho nos pneus do Mercedes, não tínhamos esclarecido grande coisa, exceto que nossa intervenção estava se tornando perigosa. Naquele momento, Preston devia estar dando tratos à bola para saber quem era o chantagista anônimo, e talvez tivéssemos feito com que dois amigos se enfrentassem. Miranda sugeriu que Billy falasse com seu tio para tentar averiguar o que ele sabia, mas tanto ele como eu concordávamos que seria impossível ele não suspeitar de alguma coisa, principalmente se não deixássemos passar algum tempo por prudência; e tratando-se de prudência, teríamos que pensar em meses. Por outro lado, não encontrávamos uma razão válida para que Billy pudesse falar abertamente com Patrick a respeito da fotografia de Helen P.

Estávamos para sair quando Billy, depois de uma de suas caminhadas em círculos, disse que talvez estivéssemos mais perto do que pensávamos de responder a uma das perguntas que mais nos interessavam. Era verdade que, estando implicados o pai de Miranda e o tio de Billy, teríamos que andar com cuidado, porque o mínimo erro nos deixaria a descoberto. Mas poderíamos verificar qual era o modelo da câmera Polaroid de Patrick e descobrir o ano de fabricação. Se a data fosse posterior à do acidente, saberíamos que a fotografia também era. A princípio, as implicações disso não pareciam tão transcendentais, mas se a fotografia tinha sido tirada anos depois, então a história de minha mãe não havia terminado no rio Chamberlain.

23

– E se não foi o seu tio que tirou a fotografia? – perguntei a Billy.

Estávamos em uma das mesas de leitura da biblioteca. O salão estava quase vazio, não havia ninguém a menos de dez metros de diâmetro de nós, mas Stormtrooper estava postado no balcão da frente, à espera da menor oportunidade para nos lançar uma de suas olhadas de mordomo inglês e fazer-nos calar a boca. Não íamos lhe dar esse gostinho.

– Não acho que não seja possível – sussurrou Billy. – Mas o que eu acho é que meu tio tirou essa fotografia para Preston quando ele estava no Canadá. Por isso ele foi vê-lo quando recebeu a carta.

– E Banks?

– Ainda não sei bem qual é o papel dele nisso tudo, mas ele também deve saber de alguma coisa, por isso o senhor Matheson quis descartá-lo primeiro.

– Mas...

– Sam, pare de me fazer perguntas e me ajude a procurar.

Billy me passou umas vinte revistas da pilha que tinha diante de si. Faziam parte da coleção de uma publicação chamada *Fotógrafo Amador*. Os números estavam fora de ordem, e assim não sabíamos exatamente de que ano eram, mas descobrimos rapidamente o número do ano de 1972, com o qual imaginávamos que poderíamos cobrir o período do acidente de minha mãe em diante. Em cada revista havia anúncios publicitários de diferentes tipos de câmeras e acessórios. A Polaroid não era exceção.

Nos primeiros exemplares, o coração nos parava no peito cada vez que descobríamos um anúncio da Polaroid, mas rapidamente compreendemos que todas as revistas tinham pelo menos um, e que a quantidade de modelos era quase infinita. A empresa havia fabricado um novo a cada mês, ou quase, durante aqueles anos. Alguns eram muito parecidos entre si. Nós procurávamos a SUN 640, que Billy havia verificado na casa de seu tio antes de se encontrar comigo na biblioteca.

Tínhamos umas duzentas revistas para revisar, e queríamos ir embora o quanto antes, de modo que, para desgosto de Stormtrooper, nos empenhamos em folheá-las em completo silêncio. E depois de vinte minutos nós a encontramos. Em um canto, um anúncio mostrava exclusivamente a SUN 640, um modelo rígido preto com *flash* incorporado e filme tipo *pack* de carga na base. Dei uma cotovelada em Billy e permiti durante dois segundos que ele chegasse à mesma conclusão que eu.

O acidente de minha mãe havia sido em 1974.

A câmera Polaroid SUN 640 havia começado a ser comercializada em 1981.

Sete anos depois.

24

O dia 6 de agosto de 1985, uma terça-feira, foi um desses dias perfeitos de verão em que a temperatura não chega aos vinte e cinco graus. A apenas duas semanas do começo das aulas, eu já sentia aquela saudade tão conhecida, agora mesclada com a íntima sensação de que aquele verão em particular ficaria gravado na nossa memória para sempre. O oitavo ano estava muito próximo, e era provável que quando nos encontrássemos na clareira no ano seguinte – se é que nos encontrarmos na clareira continuaria sendo uma ideia atraente –, já não quiséssemos brincar na casa da árvore ou fazer excursões ao pântano das borboletas. Eu estava a ponto de perguntar a Billy se ele achava que deveríamos levar a caixa de tesouros – ainda escondida no tronco caído –, mas me contive. Além disso, meu amigo estava inquieto, andando de um lado para outro e lançando olhares desesperados ao caminho por onde Miranda devia chegar.

– Ela não vem – disse Billy.

– Vem sim – respondi eu.

E assim passamos a meia hora seguinte, praticamente sem dizer mais nada. Billy havia traçado um plano, para variar; um que, prometeu ele, nos daria todas as respostas de que precisávamos: quem era Helen P., que relação Preston havia tido com minha mãe (tanto Billy como eu tínhamos dificuldade de falar de minha mãe no tempo presente), o que a fotografia tirada por Patrick havia revelado. Tudo.

Alguém se aproximava pelo caminho.

– Miranda! – disse Billy com um quê de indignação. E imediatamente corrigiu sua atitude com uma pergunta: – Aconteceu alguma coisa com você?

– Fui com minha mãe comprar o novo material para a escola – ela explicou enquanto levava sua bicicleta até o tronco e a apoiava nele.

– Agora que estamos os três... – começou Billy.

– Espere – interrompi. – Como estão as coisas na sua casa, Miranda?

– Na verdade, um pouco melhores. Meus pais já não estão discutindo; têm até tido algumas conversas curtas. É um avanço.

– Adrianna já foi embora? – perguntei.

– Foi. – Miranda sentou-se no tronco caído. – Acho que essa carta anônima fez bem à minha família, por alguma razão.

Como sempre quando se referia a assuntos particulares, suas mãos se moviam inquietas no colo, e ela conservava os olhos baixos. Billy abriu a boca para dizer algo, mas eu o detive com um gesto. Aproximei-me de Miranda e apoiei as mãos em seus joelhos. Nesse dia ela usava bermudas, de modo que o contato foi diretamente entre minhas mãos e a sua pele. Ela ergueu a vista. Havia passado por coisas horríveis aquela semana. Eu não conseguia tirar da cabeça que ela podia sair machucada de tudo aquilo.

– Você voltou a vê-lo? – perguntei sem mover as mãos.

Ela inclinou ligeiramente os ombros para trás, surpreendida. Durante um instante, seu olhar se desviou para Billy, que continuava atrás de mim, em silêncio. Ela não parecia estar decidida a falar.

– Miranda – tentei mais uma vez –, você voltou a ver o homem-diamante?

– Sim – disse ela por fim.

Lentamente afastei as mãos de suas pernas.

– Conte para nós, por favor.

Virei o rosto para ter certeza de que Billy não fizesse nenhum comentário. Ia lhe indicar isso com o olhar quando ele se adiantou a mim fazendo um gesto de assentimento quase imperceptível.

– Na verdade eu vi duas vezes – disse Miranda. – A primeira foi na sexta-feira, depois que vocês foram embora, no dia em que entreguei o envelope a meu pai.

Eu podia escutar a voz de Billy em minha cabeça como se ele estivesse falando comigo telepaticamente. Miranda tinha visto novamente o homem-diamante no dia em que se culpava por ter feito algo que não devia contra o pai. A primeira vez havia sido ao espiá-lo da galeria, a segunda ao lhe mentir a respeito da origem do envelope que ela mesma havia lhe entregado.

– Você voltou à galeria? – perguntei, assumindo que o encontro com o extraterrestre havia sido ali.

– Não! – ela apressou-se a responder. – Odeio aquele lugar. Foi no jardim da minha casa.

– No jardim? – O tom de Billy era mais de surpresa que de incredulidade.

– Depois do jantar fui para o jardim de inverno – disse Miranda. – Minha mãe estava lá, podando suas plantas e cantando, que é o que faz quando está sozinha. Eu me aproximei da vidraça e vi; a luz que ele emitia era mais forte que a dos postes. Ele estava parado perto do Mercedes.

– Em que parte? – perguntou Billy.

– Que importância tem isso? – alfinetei, achando que a única finalidade daquela pergunta era desacreditar o relato de Miranda.

– Foi no Mercedes que encontramos o cascalho que nos conduziu a meu tio – defendeu-se Billy.

Era verdade!

Ao que parecia, Miranda também não havia reparado naquilo, porque ela arregalou os olhos.

– Billy tem razão, agora que estou pensando, ele estava perto da parte de trás do carro.

– Ele fez... alguma coisa? – perguntei.

Miranda continuou:

– Eu o observei por algum tempo, e então ele começou a caminhar pelo jardim, só que ele não andava, era como se flutuasse rente ao chão. Ele foi até a fonte onde você e eu estivemos esta tarde. Parou ali. Eu fiquei olhando para ele com tanta concentração que me esqueci de minha mãe, que em algum momento parou de cantar e se aproximou. Ela parou ao meu lado e me fez um comentário. Sobre como o jardim era bonito à noite, ou algo assim.

Ela parou.

– A sua mãe não podia vê-lo – eu disse.

Ela concordou.

– Me senti uma idiota. Minha mãe estava atrás de mim, penteando meu cabelo com as mãos enquanto me falava do jardim, de suas plantas, não sei do que mais, e o homem-diamante estava ali, emitindo uma luz tão poderosa que eu tinha que fechar um pouco os olhos para não me cegar.

– Dessa vez ele não disse nada? – perguntei. – Na sua cabeça, quero dizer.

– Não. Quando já fazia mais de um minuto que ele estava perto da fonte, ele fez uma coisa estranha, acho que estava rindo de mim. Ele adotou a pose do anjo de cima da fonte, vocês sabem, com as mãos abertas formando as asas e uma das pernas dobrada. Ele ficou nessa posição alguns segundos e desapareceu. Durante um bom tempo continuei vendo a silhueta dele na escuridão, como quando a gente olha fixamente para um foco e o apaga.

Eu não sabia o que dizer. Por que Sara Matheson não podia ver o homem-diamante?

A voz de Billy gritou a resposta em minha cabeça:

Porque não havia nenhum homem-diamante!

– Antes você disse que o tinha visto outra vez...

– Sim, no dia seguinte, no meu quarto – disse Miranda com um cansaço na voz que fez com que eu me arrependesse de ter lhe perguntado. – Mas foi justo antes de eu pegar no sono. Talvez tenha sido um sonho.

– Fico feliz de você ter nos contado – eu disse.

Retrocedi três passos, fazendo uma curva. Agora Billy estava à minha direita; e Miranda, à minha esquerda.

– Eu também – disse Billy.

– Obrigada.

Sentei-me no tronco ao lado de Miranda. Inclinei-me e sussurrei-lhe ao ouvido:

– Vai ficar tudo bem.

Então foi a vez de Billy nos dizer o que ele havia pensado. Garantiu que seu plano nos permitiria averiguar a verdade de tudo, e que o risco seria muito pequeno. Billy sabia vender seus planos magistrais.

25

O plano de Billy era incrivelmente bom. No entanto, assim que o pusemos em prática, quando já era tarde demais para voltar atrás, tive a certeza de que estávamos indo ao encontro de uma fatalidade. Não havia uma luz ao final daquela loucura, mas castigos inimagináveis. Eu estava na galeria secreta da mansão dos Matheson, esperando. Durante os últimos vinte minutos eu não tinha feito outra coisa a não ser pensar em como podíamos estar perto de encontrar a última resposta – a definitiva –, mas meus pensamentos se distorciam sem parar na escuridão que me envolvia, e eu começava a sentir medo.

A essa altura, Billy já tinha dado o tiro de partida. Sua parte era a mais delicada de todas, porque se nós corríamos algum risco, era nesse momento do plano. Meu amigo se apresentaria na casa de Patrick com alguma desculpa. Seu tio tinha o costume de se ausentar uma hora e meia da loja de ferragens para almoçar e fazer uma leve sesta. Exatamente às duas da tarde, Miranda ligaria para a casa de Patrick, e Billy tinha de procurar estar perto do telefone para responder. Essa ligação teria como propósito confirmar que Preston Matheson já havia se trancado em seu escritório, como fazia todas as tardes, mas Billy transmitiria a Patrick uma mensagem completamente diferente. Ele diria que um homem que havia dito ser Preston Matheson tinha ligado – apesar de a voz não ser de forma alguma parecida com a dele, acrescentaria –, que precisava vê-lo em sua casa, e que ele fosse para lá imediatamente.

Eu tinha nas mãos a lanterna de Miranda, mas não a havia ligado. Também não tinha vontade de observar Preston Matheson, que estava sozinho no escritório já havia algum tempo, pela fresta. Eu o havia espiado a princípio, mas em duas ou três ocasiões o homem havia levantado a cabeça sem nenhuma razão aparente, afastando a vista de um copo e de uma garrafa de uísque que pareciam enfeitiçá-lo, e eu não conseguia deixar de pensar que a qualquer momento ele olharia para os rostos de pedra e me descobriria. Preferi deixá-lo quieto. Era melhor pensar que naquele momento Patrick já havia recebido o falso recado de Preston e devia estar a caminho. Billy havia nos dado certeza de que seu tio jamais suspeitaria dele, exatamente porque seria o próprio Billy que lhe avisaria que a voz não parecia ser do senhor Matheson, mas de um impostor. Era essa a genialidade do plano, havia explicado ele sem um pingo de modéstia. Quando os homens se encontrassem e percebessem que alguém os havia enganado, Patrick se lembraria do comentário do sobrinho e o livraria de qualquer suspeita.

Na solidão da galeria, pensei que se Billy representasse com toda a naturalidade, não haveria problemas. Naquela época não havia identificação de chamadas nem registros nas contas telefônicas, de maneira que Patrick nunca poderia comprovar a procedência daquela ligação. No final, tudo acabaria em uma leve dúvida.

O papel de Miranda também era importante. Ela seria encarregada de receber Patrick em casa e conduzi-lo ao escritório. Se algum dos empregados o fizesse em vez dela, com certeza consultaria Preston antes de permitir que ele entrasse, o que podia pôr tudo a perder. Ninguém na mansão desconhecia o fato de o dono da casa ter adquirido o preocupante costume de beber sozinho toda tarde.

Uma vez que Preston e Patrick estivessem a sós, Miranda se encarregaria de montar guarda nas proximidades do escritório e de impedir que alguém entrasse. Se fosse um dos empregados, ela podia dizer que achava que seu pai e o senhor Burton estavam discutindo, e isso seria suficiente. No caso de se tratar de sua mãe, ela teria que inventar algo mais original.

De um momento para outro a porta do escritório se abriria. Eu desejava com toda a alma que a espera terminasse, apesar de recear o que podia acontecer. Começava a ter a sensação de que havia passado muito tempo, de que algo tinha dado errado, mas no fundo sabia que era a minha ansiedade que prolongava os minutos. Era melhor pensar que a qualquer minuto...

Vai surgir o homem-diamante.

... Patrick chegaria.

O homem-diamante.

Fora ali que Miranda o vira pela primeira vez, esticando o braço e indicando a placa de madeira que ocultava a fresta. Eu havia concebido em minha imaginação uma representação bastante precisa dele a partir das descrições de Miranda. A visão do jardim, perto da fonte, era tão poderosa como se fosse proveniente de uma recordação minha. Eu podia ver o homem-diamante em atitude zombeteira, adotando a pose do anjo de pedra e...

Um barulho.

Abri os olhos apenas para me deparar com mais escuridão. O que eu tinha ouvido não era a porta do escritório, mas o tilintar da garrafa de uísque chocando-se contra o copo. Preston havia se servido de mais um trago. Mais um.

Agarrei a lanterna com as duas mãos.

Assim que Patrick chegasse, eu entraria em ação. "Você ficou com a parte mais fácil, Sam. Só precisa ficar observando", havia dito Billy. Naquele momento eu duvidava seriamente de que a minha fosse a participação mais fácil. As palmas de minhas mãos estavam suadas, e minhas pernas tremiam de um modo inexplicável. À medida que o momento se aproximava, mais os meus nervos me traíam.

A porta do escritório se abriu.

Eu me ergui. Pousei a lanterna no chão e fiquei de pé. Deslizei a placa de madeira. Os dois feixes de luz provenientes do escritório me fizeram semicerrar os olhos.

– O que você está fazendo aqui, Patrick? – dizia Preston nesse instante.

Experimentei uma crescente excitação quando vi o homem avançar até a escrivaninha de Preston.

– A sua paranoia vai nos arruinar – disse Patrick sem resquício algum de humor. – O que é que você tem para me dizer de tão importante para ligar para casa e me pedir para vir imediatamente?

A transformação no rosto de Preston Matheson foi instantânea.

– Eu não liguei para você. – O dono da casa se ergueu.

– Não? – Patrick tirou o chapéu e pousou-o em algum lugar, não consegui ver onde. Sem esperar ser convidado, ele aproximou uma das cadeiras que estava contra a parede da escrivaninha e se sentou. – Bom, isso é muito estranho. Então alguém ligou fazendo-se passar por você.

– E você não falou com essa pessoa? – O olhar de Preston denotava incredulidade.

– Não. Foi meu sobrinho quem recebeu o recado. Disse para eu vir para cá imediatamente.

Contive a respiração. Se havia um instante em que podiam nos desmascarar, era exatamente aquele. Preston levou o copo à boca mas não bebeu. Segurou-o diante do rosto e fez o líquido girar. Não estava muito bêbado, ou assim me pareceu. Depois de um instante de cisma, pareceu esquecer o mensageiro e centrar-se na mensagem.

– Eu avisei – ele alfinetou com um dedo acusador. Virou-se e caminhou até o móvel onde guardava as bebidas.

– Olhe, Preston – defendeu-se Patrick de sua cadeira –, reconheço que no outro dia, quando você veio com essa história da carta anônima, não fiquei muito preocupado.

– Mas eu te mostrei a maldita mensagem! – respondeu Preston enquanto enchia de novo seu copo e pegava outro para o recém-chegado. – O que você quer beber?

– Nada, Preston, pelo amor de Deus. Não são nem três da tarde!

Preston deixou abertas as portas de seu armário de bebidas.

– Isso é... – ele ergueu seu copo, observando-o como a um objeto mágico. Parecia estar a ponto de declarar algo importante, mas acabou a frase com simplicidade: – ... temporário. Quando estes dias de incerteza e de brigas constantes com Sara passarem, quando ela cair em si... já não vai ser necessário.

– Se você está dizendo...

– O que mais disseram na ligação?

– Mais nada. Só que eu viesse aqui, que você queria me ver com urgência. Anteontem eu não acreditava que houvesse alguém interessado em tudo isso, mas agora...

Preston se sentou pesadamente na cadeira. Bebeu quase a metade do copo e o pousou na escrivaninha. Reclinou-se e cruzou as mãos atrás da cabeça. O brilho de desconfiança continuava em seus olhos.

– Quem quer me ferrar, Patrick? – perguntou Preston apertando os lábios.

– Só pode ser o inglês, eu já disse.

– Ele não sabe o que aconteceu.

– Mas intui, Preston. Qualquer um em seu lugar perceberia isso. Você vem para cá, não faz outra coisa a não ser ficar amigo dele à força, propõe que façam negócios juntos e depois se interessa pelos resultados que ele vai revelar na sua estúpida conferência. O sujeito é um lunático!

– Quem sabe...

– Preston, por favor! A pessoa que você me pediu para enviar à conferência, para começar, já não fala mais comigo porque acha que estou interessado nessa merda de extraterrestres, e depois, suas anotações são incompreensíveis. Sabe por quê?

– Diga você.

– Eu lhe perguntei, não pense que não. Ele me disse que fez tanto esforço para reprimir o riso que seu braço tremia como uma maldita gelatina. Banks está maluco. Estou te dizendo, é ele! Vir para cá foi um erro, eu te disse isso desde o começo. Você devia ter ficado no Canadá, tranquilo com a sua família, longe do circo desse louco.

Preston observava o amigo em silêncio, processando suas palavras sem pestanejar. Patrick falava cada vez mais depressa, como se receasse que o silêncio o condenasse.

– Você viu o que acontece nos filmes? – continuava dizendo Patrick. – Quando o assassino volta à cena do crime e a polícia o pilha no meio da multidão, com cara de quem não fez nada, mas mais culpado do que Nixon? Foi isso o que você fez vindo para cá e...

– Cale a boca! – Preston se ergueu como que acionado por uma mola. – Você não precisa ficar repetindo isso sem parar. Além disso, desde quando você entende de negócios? Vai ver que essa merda dessa loja de ferragens te perturbou o juízo, *cowboy*. O que vim fazer aqui foi um trato com Banks, ganhar a confiança dele, e isso eu consegui. Eu fiz o que queria.

Patrick se acomodou em sua cadeira. De minha posição na galeria podia-se perceber perfeitamente a tensão.

– Desculpe, Preston – disse Patrick, sem conseguir sustentar o olhar do outro. – Foi um péssimo exemplo. Mas... como você pode ter tanta certeza?

– Deixe eu contar uma história. – Preston tornou a sentar, terminou o copo de uísque de um só trago e adotou a mesma posição de antes. – Meu avô veio para este país sem nada, literalmente. Quando ele morreu, dividiu suas terras entre os filhos (e ele tinha quinze), deixando uns mil hectares para cada um. Meu pai construiu esta casa e um império milionário. E eu, como você está vendo, sentado às três da tarde bebendo à vontade, consegui que o capital das empresas Matheson duplicasse nos últimos quinze anos. Está no meu sangue. Nós, os Matheson, sabemos nos rodear das pessoas certas e fazer bons negócios. E também sabemos quando alguém está mentindo.

Dito isso, voltou a ficar em pé, deixando o pobre Patrick tremendo como uma folha, a julgar pelo modo como ele se remexia na cadeira. Preston foi até o móvel para se servir de mais uísque. Então, sem consultar seu convidado, pegou um segundo copo e serviu uma boa dose. Rodeou a escrivaninha e entregou-a a Patrick, que o aceitou sem dizer nada e bebeu um pouco. Preston se apoiou na escrivaninha, dessa vez ao lado do amigo.

– Escute, Preston, se você está dizendo que Banks não tem nada que ver, então ele não tem nada que ver.

– Certo.

– Eu estou do seu lado, sempre estive. Só quero te ajudar a desmascarar esse cretino.

Preston não lhe dava trégua, continuava a observá-lo como a um suspeito em um interrogatório.

– É isso que eu também quero – disse Preston.

– E o que é feito da moça? – aventurou Patrick.

– Que mo...? Adrianna?

Patrick assentiu timidamente.

– Voltou para Montreal – disse ele com certo receio, sem parecer muito disposto a dar detalhes. – Ela disse aos pais que queria voltar com o namorado.

– Talvez esse namorado...?

– Adrianna não tem namorado algum em Montreal! – Preston olhou para o teto, resignado. – Não vamos voltar outra vez à estaca zero. Há alguém que quer me ferrar, e você não faz outra coisa além de ficar sempre repetindo a mesma coisa. Adrianna nunca falou de Christina Jackson com ninguém, pode apostar o que quiser. Reconheço que voltar para cá não foi bom para ela, por isso permiti que ela fosse embora.

A essa altura, a possibilidade de que Preston e Adrianna não estivessem sentimentalmente relacionados era mínima, mas não deixava de chamar demasiada atenção o fato de que pudessem esconder isso debaixo do nariz de ambas as famílias, se é que Elwald e Lucille não estavam cientes disso. A casa era grande, mas o olfato das esposas também era. Sara saberia da relação de Preston? A ideia parecia tão absurda que era melhor não pensar nisso. O que realmente importava era como Adrianna sabia de minha mãe, o que ela sabia...

– Adrianna vai estar melhor em Montreal – disse Preston depois de um momento. Seu olhar vagava pela parede que ele tinha diante de si, perigosamente perto dos rostos de pedra. – Afinal de contas, espero voltar logo para lá.

– É?

– Assim que resolver esse pequeno contratempo. – Ele se virou e pegou um papel da escrivaninha. Ergueu-o por um momento e deixou-o cair. Mesmo de onde eu estava pude apreciar as duas linhas de texto escritas na máquina de Billy.

– Fico contente – disse Patrick, agora mais relaxado.

– Sara está opondo mais resistência do que o esperado, mas nada que eu não possa resolver.

A segurança daquela frase me fez experimentar uma dolorosa pontada no peito. Em poucas semanas, Miranda podia ir embora de Carnival Falls.

Preston rodeou a escrivaninha, mas não se sentou. Bebeu o conteúdo do copo de uma vez e limpou os lábios com a mão. Voltou ao móvel.

– Preston, pare de beber, por favor. Por que não tentamos esclarecer quem está por trás de tudo isso?

– Beber me ajuda – disse Preston enquanto se servia de mais um trago, o terceiro em poucos minutos. – Além disso, eu já sei quem está por trás de tudo isso.

– Sabe?

– Não fique tão surpreendido.

Patrick se escudou em sua bebida.

– Quem? – balbuciou ele.

– Você! – Preston o indicou, respingando um pouco de uísque.

Patrick não respondeu. A acusação o deixou sem ação.

– Desde o acidente você não tem feito outra coisa além de tentar me afastar! – exclamou Preston.

O acidente.

Ele estaria se referindo ao acidente do Fiesta?

– Baixe a voz, por favor. Alguém pode ouvir. O que você está dizendo não é verdade, eu não fiz outra coisa além de te ajudar.

– Vou te contar o que aconteceu naquela noite de abril de 1974 – disse Preston.

– Eu sei perfeitam...

– Ahã... – Preston deteve-o com o mesmo gesto que um guarda de trânsito usaria para deter um carro. – Você não sabe de tudo.

Preston Matheson esboçou um sorriso de raposa. O de Patrick havia desaparecido havia algum tempo.

– Chovia como o maldito dilúvio universal, a estrada estava invisível, e eu tinha bebido duas garrafas de vinho tinto. Pode ser que alguns detalhes daquela noite me escapem, mas me lembro perfeitamente de que aquele Fiesta veio para cima de mim, e que devo ter ido parar no acostamento para que ele não se chocasse de frente comigo. Eu não provoquei o acidente, Patrick. Foi a porra do acaso que fez com que eu estivesse ali quando aquela mulher, não sei por que razão, invadiu a pista onde eu estava.

Ao contrário do que eu devia esperar, a revelação não me surpreendeu muito. No fundo acho que eu já esperava por algo assim.

– Preston, eu já te falei mil vezes que, se você disse que ela invadiu a sua mão e não o contrário, está bem! – Patrick ficou de pé e deu um passo. A única coisa que separava os dois homens era a escrivaninha. – Mas quem invadiu a mão contrária não importa porra nenhuma. Você estava bêbado como um gambá, e viajava com... deixa ver... quantos anos tinha a Adrianna naquela época? Ah, sim, agora me lembro. Dezessete. Você fez o que devia fazer, Preston. Bêbado e com uma menor de idade, você não tinha outra alternativa a não ser sair correndo dali.

As peças começavam a se encaixar. O romance entre Preston e Adrianna remontava a uma década atrás, o que não deixou de me surpreender. Quem sabe de onde estariam voltando juntos naquela noite chuvosa? Sem dúvida devia ser mais uma razão para desaparecer dali.

– Vamos, Preston, você me chamou quando chegou em casa para que fosse dar uma olhada e constatar que não houvesse feridos. Você fez mais do que era esperado!

– Sente-se.

Patrick obedeceu, quase como um ato reflexo.

– Por que você está tão misterioso, Preston?

– Porque estou farto desse assunto. Você não está enganado em uma coisa. Naquela noite eu realmente fiz mais do que devia. Quando vi pelo retrovisor que o Fiesta havia perdido o controle, parei o carro e fui ver o que podia fazer. Adrianna estava aterrorizada, mas eu lhe disse que me esperasse ali, que seria apenas um minuto. Andei pela estrada uns cinquenta metros até o barranco onde estava o Fiesta. Você está surpreso?

Patrick havia arregalado os olhos como se fossem pratos.

– Você nu... nunca me disse isso – sussurrou ele.

– Tentei enxergar alguma coisa da estrada, mas era impossível. Eu tinha uma lanterna no carro, mas não ia voltar para procurá-la, era arriscado demais permanecer ali. Se algum veículo passasse naquele momento, o motorista se lembraria de um Mercedes estacionado com os faróis acesos; era até possível que ele parasse para ver se estávamos precisando de alguma coisa. A merda da ladeira estava escorregadia, ou eu estava bêbado demais, ou as duas coisas, e eu caí de bruços. Bati a cabeça em uma pedra, e por um instante perdi a consciência.

– Meu Deus!

– Quando voltei a mim, minha cabeça doía, e senti gosto de sangue na boca. Vi Adrianna na parte mais alta do barranco. Fiz um esforço para escalar novamente a encosta. Acho que o desespero me deu a energia necessária, porque não sei como consegui. Depois, haviam passado apenas cinco minutos desde que eu tinha desmaiado; Adrianna nem sequer percebeu. Eu estava desorientado. Dirigi até aqui com a perna esticada por causa da dor. Foi então que eu te liguei para que você fosse dar uma olhada.

Preston Matheson tinha razão em uma coisa: ele era realmente capaz de dominar seu estado de embriaguez com bastante dignidade. Ele contou aqueles instantes com lucidez, sem que as sílabas se misturassem ou que ele tivesse que fazer pausas para escolher as palavras corretas. Ele se sentou em silêncio, como um advogado que acaba de fazer suas alegações.

– Mas então você não conseguiu chegar até o carro? – perguntou Patrick, espantado.

– Não.

– Não entendo. Por que você escondeu uma coisa dessa de mim?

– No dia seguinte de tarde, muito depois de ficarem sabendo da notícia do acidente, eu percebi uma coisa.

– O quê?

– Minha mãe me deu de presente uma corrente de ouro no meu aniversário, que eu usava sempre. Ela tinha uma medalha com as minhas iniciais. O conjunto todo era de ouro puro. Naquela noite, na queda, ela deve ter se quebrado, e eu a perdi.

PAM.

Meu coração deu um pulo. Naquele momento eu soube com toda a certeza que o homem não apenas havia herdado os milhões de seu pai, como também o seu nome: Alexander. A corrente que eu guardava na caixa florida não havia pertencido à minha mãe, mas a Preston Alexander Matheson. A polícia a havia recuperado na cena do acidente e assumira que havia caído do carro junto com o rosário e Boo.

– Meu Deus! – disse Patrick.

– Agora você entende por que eu fui para o Canadá?

– Claro!

– E por que eu não queria que a polícia voltasse a investigar o caso? Aquela corrente deve estar empoeirada dentro de alguma caixa de provas na delegacia, porque naquela ocasião algum policial incompetente não conseguiu perceber que uma joia de ouro não podia pertencer a uma enfermeira.

– Você acha que alguém pode ter encontrado a corrente e está querendo te chantagear por isso?

– Não. Não é isso o que eu acho.

– Não entendo por que você está me contando isso agora.

– Porque eu queria explicar as verdadeiras razões pelas quais eu parti e te dei de presente a bosta da sua loja de ferragens.

Preston se inclinou sobre a escrivaninha e lançou a Patrick um olhar de uma intensidade brutal.

– Vou perguntar mais uma vez, Patrick: o que aconteceu naquela noite?

O rosto de Patrick era o de um homem encurralado.

– Eu fui até lá, Preston, como você me pediu – disse Patrick. – Antes de chegar à ponte, saí da estrada, de acordo com as suas instruções, e escondi o carro. Encontrei o Fiesta em seguida. Ele estava virado de borco... Não me olhe assim, Preston, você conhece a continuação da história, eu nunca menti para você. Christina Jackson ainda estava viva, então eu a tirei do carro para levá-la ao hospital.

Dei um pulo. Afastei-me da fresta em um ato reflexo, como se um rosto horrível tivesse aparecido do outro lado.

Christina Jackson ainda estava viva, então eu a tirei do carro para levá-la ao hospital.

26

Viva.

No bolso traseiro dos meus *jeans* eu tinha a fotografia queimada de Helen P., tirada no máximo três anos antes, segundo tínhamos averiguado, com a máquina fotográfica de Patrick. Instintivamente levei a mão a ela, segurando a respiração, enquanto me aproximava outra vez da fresta.

– Foi para isso que você me pediu que fosse lá, lembra? – dizia Patrick nesse momento. – Para ver se havia feridos.

– Você devia ter pedido uma ambulância. Dizer que estava passando por ali e viu o acidente. Levar o corpo foi a coisa mais estúpida que você poderia ter feito, não acha?

– Preston, outra vez esse assunto? Não entendo por que você quer ficar revolvendo o passado. É verdade, você tem razão, eu não devia ter removido a mulher, devia ter ido até uma merda de um telefone e chamado uma ambulância; não pensei, está satisfeito? Quando você me ligou eu estava dormitando diante da televisão, depois de um dia esgotante na loja de ferragens. Naquela época eu estava sozinho. Então, você tem razão, eu fiz uma besteira. Tirei a mulher pelo para-brisa do Fiesta e a recostei no assento traseiro do meu carro. Ela aguentou um quilômetro, Preston. Morreu na merda do meu carro. O que você pretendia que eu fizesse?

Morta.

Apertei os lábios. Não queria chorar. Por que faria isso? Minha mãe havia estado morta durante toda a minha vida; dois minutos não podiam mudar uma ideia arraigada durante uma década. Dois minutos não eram nada.

– É uma história bem plausível – disse Preston.

– Não é nenhuma história! Não entendo por que toda essa desconfiança. Você me chamou naquela noite, estava muito bêbado, achei que você havia sido responsável pela capotagem daquele Fiesta. O que eu podia fazer? Dirigir até o necrotério e explicar que você gostaria de ter levado o corpo você mesmo, mas que estava em casa bêbado como um gambá?

– Claro, e em vez disso você não teve uma ideia melhor do que enterrá-lo naquele velho cemitério – disse Preston com desprezo.

– O que, me permita dizer, demonstrou ser uma ótima ideia, porque a mulher continua ali, descansando como merece, e ninguém ficou sabendo.

Helen P.

Tornei a levar a mão ao bolso da calça.

– Mas também é uma bomba-relógio – disse Preston com um sorriso enigmático no rosto. – Se você a tivesse atirado no rio Chamberlain...

– Eu poderia ter feito muitas coisas. Quer saber, Preston? Acho que vou embora. Quando você parar com essa paranoia, poderemos conversar com mais calma e ver quem é responsável por essa carta anônima. Agora é a mesma coisa que argumentar com uma parede.

– Sente-se – disse Preston com a frieza de um bloco de gelo.

Patrick se deteve. Resignado, tornou a se sentar, balançando a cabeça negativamente.

– Como queira, Preston.

– Agora que você já sabe que a verdadeira razão pela qual fui embora de Carnival Falls foi a corrente de ouro que perdi no lugar do acidente e não a sua maldita estratégia de enterrar o corpo onde qualquer um que soubesse onde procurar podia desenterrá-lo e identificá-lo, há duas coisas que quero te perguntar. A primeira delas é: por que você quer me ferrar agora? Eu já te dei a merda da loja de ferragens e jamais tive a intenção de recuperá-la. Por que agora você me manda essa carta?

Patrick abriu os braços, atordoado. Pelo menos no que concernia à carta, o homem era completamente inocente. Sua surpresa era em parte genuína, o que desorientava Preston, que tentava manter-se firme em suas acusações.

– Eu não tenho nada a ver com essa carta! – disparou Patrick. – A pessoa que a enviou quer te foder, mas...

— Ninguém quer me foder mais do que você! Por que você quer me tirar do seu caminho, Patrick? O que mais você quer? Por que não me diz logo de uma vez, porra?

Patrick levantou os olhos em direção ao teto. Aspirou o ar sonoramente.

— Você não confia em mim, estou vendo – disse Patrick em voz pausada. – Isso me dói muito. Sou seu amigo. Mas não deveria me surpreender tanto. Aconteceu a mesma coisa há três anos, quando você me ligou para me pedir provas e eu te enviei a fotografia. Naquela época você também não acreditava em mim.

Há três anos.

Preston continuava de pé, agora com ambos os punhos apoiados na escrivaninha.

— Acreditei, sim, apesar de que você podia ter tirado a fotografia em qualquer túmulo e enviado para mim. Eu queria saber o lugar, para o caso de te acontecer alguma coisa, só isso. Simples precaução.

Preston tornou a se sentar. Parecia mais calmo. Seu oponente circunstancial não tinha meios de saber – nem eu – que aquela era a calma que antecedia a tempestade.

— Fico feliz em ouvir isso – disse Patrick, baixando a guarda.

— Achei que você me cobriria a retaguarda, que você tinha feito algo inteligente e graças a isso a polícia teceu a hipótese de que o corpo havia sido arremessado no rio. Depois Banks começou com suas teorias extraterrestres, o que foi ainda melhor. Eu até pensei em voltar para Carnival Falls, para tentar restabelecer a relação com meus pais, mas Sara não quis...

Enquanto eu via Preston interpretar seu papel de vítima, pensei várias vezes na fotografia parcialmente queimada que tinha no bolso. Apesar de tê-la estudado tantas vezes que podia reproduzi-la mentalmente à vontade, senti a tentação de acender a lanterna e tornar a observá-la. De quem era a sombra que se via na fotografia? Se ela havia sido tirada no cemitério, do que eu já não tinha certeza, alguém havia posado junto ao túmulo, o que não deixava de chamar a atenção.

— Mas então Banks reavivou o fogo com sua teoria e o achado daquele sangue – disse Preston.

— Você achou que podia ser seu?

– É claro que podia ser meu! Mas que importância tem isso? – disse Preston esfregando a testa. – O que realmente me preocupava, se aquela besteirada extraterrestre não colasse, é que com o carnaval da imprensa algum chefe resolvesse ter a ideia de dar uma olhada no caso e enviar um policial para rever as provas. Se a corrente estivesse lá e o policial tivesse mais cérebro que um mosquito, ele daria comigo. Quantas pessoas com as minhas iniciais existem nesta cidade? Toda a minha família conhece aquela corrente; qualquer um de meus primos ficaria feliz em identificá-la e me empurrar para um abismo.

Patrick seguia o relato com um olhar receoso. Pressentia a tempestade.

– Contratei um detetive particular – disse Preston, e deixou que as palavras pairassem no ar.

– Não estou entendendo, para quê?

– Para que ele me informasse sobre o estado da investigação. Eu tinha a esperança de que, tendo transcorrido tanto tempo, já não houvesse rastro. No melhor dos casos, minha corrente de ouro teria sido fundida por algum policial corrupto.

– Você conseguiu verificar alguma coisa?

– Sim, que a prova ainda existe. Encontra-se em um depósito estatal em Concord. É arriscado demais tentar ter acesso a ela sem levantar suspeitas.

– Se você acha que não estou sendo sincero com você, não sei por que está me contando tudo isso.

– Porque achei que hoje você e eu podíamos pôr todas as cartas na mesa. Eu também ocultei informações no passado, e agora te contei tudo. Esperava a mesma coisa de você, Patrick.

– Por que não me diz você mesmo o que acha que aconteceu? Porque a verdade, meu amigo, é que não estou te entendendo.

– Vou dizer o que acho que aconteceu, com todo o prazer. Depois você me diz em que estou enganado. – Preston sorriu. – Para começar, naquela noite você não foi ao lugar do acidente. Você pensou: "É exatamente disso que eu preciso!" Com o seu sócio na cadeia por dirigir em estado de embriaguez com uma menor de idade e provocar um acidente, você teria o caminho livre para ficar com o negócio.

– Isso é ridículo.

Preston o ignorou.

– No dia seguinte, quando a notícia transpirou, surpresa! Não encontraram o corpo da mulher. A polícia não pôde provar que foi uma batida, porque realmente não foi, como eu te expliquei, portanto, Preston estava livre de qualquer acusação! Então você vislumbrou a oportunidade de se redimir comigo por não ter feito o que eu tinha pedido. Você me ligou à tarde, quando já se sabia tudo o que concernia ao acidente, e me contou aquela história fantástica da mulher sangrando no carro. Muito conveniente. Talvez a sua intenção não fosse me chantagear naquele momento, mas era uma boa jogada para o futuro, não é? Um futuro que, ao que parece, já chegou...

Patrick agarrava os braços da poltrona como um condenado à morte prestes a receber a descarga letal.

– Então você acredita na teoria de Banks? – perguntou Patrick com incredulidade. – Você acha que os extraterrestres levaram Christina Jackson?

Preston voltou a ficar de pé.

– Pode ser. Talvez aquele homenzinho espacial que ele descreve tenha estado na ponte e tenha levado a mulher fazendo-a flutuar. Ou talvez ela tenha caído no rio Chamberlain, como afirma a polícia. Quem sabe? O que eu sei é que você não a resgatou naquela noite, não a transportou quase um quilômetro em seu carro e não a enterrou em lugar nenhum. Você inventou essa história, e sete anos mais tarde me enviou uma fotografia de um túmulo qualquer. Estou chegando perto?

– Você está delirando.

– Não, não estou delirando.

Preston foi novamente até o móvel que tinha atrás de si. Pousou o copo vazio em uma das prateleiras, mas não voltou a enchê-lo. Agachou-se e abriu duas outras portas que ficavam mais abaixo. Patrick o perdeu de vista por um momento, mas eu podia vê-lo perfeitamente. Com rapidez, Preston Matheson acionou o mecanismo giratório de um cofre. Quando o abriu, tirou uma pasta fina do interior. Levantou-se e voltou à escrivaninha. Patrick franziu a testa.

– O que é isso?

– Essa, cretino, é a prova de que você não foi à Rodovia 16 naquela noite.

A pasta aterrissou no meio da escrivaninha com um sonoro estalo. Patrick a observou como se se tratasse de uma serpente venenosa.

27

Preston abriu a pasta com delicadeza e a fez girar cento e oitenta graus. Patrick se inclinou tudo o que pôde para olhar a primeira página, mas não estava suficientemente próximo para ler o texto impresso. Ergueu os olhos interrogativamente.

– Isso que você está vendo aí – disse Preston – é uma cópia de um informe do departamento de polícia e dos serviços sociais. Meu investigador a conseguiu quase sem querer. Incluiu-a no relatório como um documento secundário, não achou que fosse importante.

– O que diz aí? – perguntou Patrick com um fio de voz.

– No acidente do Fiesta foi encontrado um bebê de um ano, ainda com vida, e por razões de confidencialidade isso não foi revelado à imprensa. É de chamar atenção que uma coisa assim não tenha vazado.

Patrick estava de queixo caído.

– Não pode ser – disse ele. – Está vivo?

Preston fez um gesto menosprezando a pergunta.

– Não tenho a menor ideia. Nesse informe nem consta o nome do bebê. Você entende o que isso significa, Patrick?

O homem não respondeu.

– Se você foi naquela noite ao lugar do acidente, como diz – continuou Preston –, eu me pergunto como é possível que não tenha notado a presença de um bebê no assento traseiro. Ele devia estar chorando, imagino.

– Você também não o ouviu – disse Patrick. Falava quase sem mover os lábios, com os olhos fixos no tapete.

— Mas eu não cheguei até o Fiesta. Além disso, chovia e trovejava. Mas você supostamente esteve no carro, manobrando heroicamente o corpo da mulher para tirá-la com vida de lá. A tarefa deve ter sido difícil, com tanto ferro retorcido, não é?

— Chega! Está claro que você não vai acreditar em mim.

— Não, não vou acreditar em você. Quero que você confesse.

Patrick ficou quieto por uma eternidade, e em seguida disse:

— O bebê deve ter desmaiado ou algo assim, porque não fez nenhum ruído enquanto eu estive lá. Além disso, o teto tinha uma abertura. Não era fácil ver o assento traseiro.

Preston deu uma gargalhada.

— Outra vez muito conveniente — disse ele com seu sorriso triunfal. — O teto todo mundo viu nas fotografias do jornal, mas e as laterais? Você não se deu ao trabalho de ver se havia alguém mais no Fiesta, Patrick?

— Acho que não. Eu me concentrei na mulher moribunda.

— Quer saber de uma coisa?

— E eu tenho alguma opção? A verdade é que você não tem a menor intenção de me ouvir.

— É tão evidente que você não esteve no lugar do acidente naquela noite que chega a ser patético você continuar negando.

Preston se inclinou sobre a pasta e virou algumas páginas com delicadeza. Parecia que ele havia bebido chá gelado e não uísque.

— O resto do conteúdo — disse Preston — foi um pouco mais difícil de reunir. Um trabalho de vários meses. Me custou algum dinheiro e alguns favores, mas valeu a pena. O que você vê aqui é uma lista pormenorizada de todas as operações fraudulentas da Loja de Ferragens Burton, a compra de maquinário estrangeiro declarada em valores inferiores aos reais, a compra de equipamento para a construção declarada como agrícola para conseguir isenções, subfaturamento etc. Tudo bem detalhado, com cópias de recibos, faturas e demais documentos de cinco anos para cá. Aproxime-se, dê uma olhada você mesmo.

Patrick assim fez. Levantou-se e aproximou a cadeira da escrivaninha. Com a mão trêmula, virou uma ou duas páginas e se recostou na cadeira, branco como a neve.

– Não pare, olhe um pouco mais. Vá até o fim.

A contragosto, Patrick tornou a se aproximar, abatido. Virou umas quantas páginas todas de uma vez e se deteve no meio do processo. De onde eu estava, não conseguia enxergar o que havia naquelas páginas, mas eram coloridas demais para tratar-se de documentos.

– O que é isto?

– Você não a reconhece?

Aparentemente ele a reconheceu – fosse quem fosse a pessoa a que Preston havia se referido com aquele "a" –, porque Patrick tornou a cair derrotado contra o encosto da cadeira. Se se tratasse de uma luta de boxe, o árbitro teria interferido um bom tempo antes, dando a luta por terminada.

Preston voltou a atacar:

– Você achava que uma preciosidade como Rachel se interessaria por um trabalho de merda na sua loja de ferragens?

Billy tinha me falado da nova secretária de seu tio e de sua paixão por minissaias. O próprio Billy tinha visitado a loja de ferragens mais do que de costume com a desculpa de conseguir material para nossa casa na árvore.

Imaginei que a pasta devia conter fotos comprometedoras de Patrick e da moça.

– Você a contratou? – perguntou Patrick, com o rosto desfeito, fechando a pasta de um golpe.

Preston riu.

– O que eu não entendo é como você acreditou que uma bocetinha como aquela se interessaria por alguém com o aspecto de Rosco Coltrane. E sabe o que mais? Me pergunto o que Patty vai achar quando eu lhe mandar cópias das fotografias.

Patrick se levantou da cadeira. Deu alguns passos em direção à porta e se deteve.

– Todo este tempo – disse ele com certo desprezo –, enquanto eu reformava esta casa e relembrávamos os bons tempos, você investigava as minhas finanças e contratava uma puta para me seduzir... Só existe uma pessoa patética nesta casa.

– Ora, não me venha com essa! Eu fiz o que tinha de fazer. Como disse antes, o império Matheson não foi feito do nada. Vivemos em um mundo complicado.

Patrick abanou a cabeça negativamente.

– Acho que nossa amizade acabou.

– Isso mesmo – disse Preston. – Essa pasta permanecerá em meu poder até que você esqueça essas ameaças idiotas. Não quero mais cartas anônimas, entendido?

– Adeus, Preston.

Patrick percorreu os metros finais arrastando os pés. Pouco depois de vê-lo desaparecer de meu campo visual, a porta se abriu e se fechou suavemente. Preston ficou sozinho. Permaneceu alguns minutos de pé, pensativo, e em seguida pegou a pasta e a guardou no cofre.

Deslizei a placa de madeira e a escuridão me envolveu, mas estranhamente não me assustou; em certo sentido, me reconfortou. O plano de Billy havia funcionado; sabíamos tudo, ou quase tudo. Não haveria mais cartas anônimas nem ameaças, e Preston acreditaria que sua manobra intimidadora havia funcionado. Patrick havia sido vítima de um engano talvez sem merecer, apesar de os argumentos esgrimidos por Preston serem sólidos.

O que havia acontecido com minha mãe na noite de 10 de abril continuava sendo incerto, pelo menos para mim. Patrick podia tê-la enterrado em algum cemitério perdido, ou um extraterrestre com assombrosas capacidades telecinéticas, sabe Deus onde.

28

Quando saí da galeria, tanto Miranda como Billy queriam saber de tudo. Contei-lhes uma versão simplificada; omiti completamente a participação de Adrianna, por exemplo. No dia seguinte, contei a Billy a versão completa. Fiz isso porque precisava, mas também porque ele tinha o direito de conhecer a verdade e julgar seu tio como achasse conveniente.

Pedi uma coisa a Miranda e a Billy: não voltar a falar do assunto, pelo menos durante aquele verão. Ambos concordaram.

O que eu nunca lhes disse, a nenhum dos dois, foi o que fiz três dias depois. Datilografei em um envelope o nome completo de Preston, tal como Billy havia feito com a carta anônima anterior, só que não utilizei a máquina de escrever dos Pompeo, mas a dos Meyer. Dentro do envelope coloquei a corrente de ouro com as iniciais de Preston Alexander Matheson. Esperava que com a corrente em seu poder, Preston esquecesse aquela história para sempre. Sabia que isso lhe daria a liberdade necessária para regressar ao Canadá ou ir para outro lugar qualquer, mas se esse era o preço para que os Matheson não discutissem mais e Miranda não sofresse, eu o pagaria com prazer.

29

Os três dias seguintes foram cinzentos, com o sol surgindo de tempos em tempos e uma brisa intermitente que pressagiava o que finalmente aconteceu na quinta-feira, quando uma porção de nuvens negras trouxe consigo uma tempestade de proporções épicas. Dias como aqueles pareciam especialmente longos na granja. A casa era grande, mas quando se convive com quinze pessoas, a maioria crianças em idade escolar acostumadas a passar o dia ao ar livre, o aborrecimento se transforma em uma ameaça constante que afinal acaba levando alguns ao limite do tédio. A leitura era meu passatempo predileto, e Amanda permitia um pouco mais de flexibilidade com a televisão se assistíssemos a programas como *Os pioneiros*, mas em algum momento as opções terminavam por se esgotar.

Decidi matar o tempo no celeiro. Mathilda, Milli, Tweety e Randy já estavam lá; todos eles tinham sido autorizados a sair da casa sob a promessa de secar-se no terraço e limpar os sapatos ao voltar.

No celeiro não havia grandes opções de divertimento, mas a mudança de ares ajudava a passar o tempo. Jogamos cartas e conversamos, enquanto a chuva açoitava a construção de madeira sem dar um instante de trégua. Depois de uma hora de jogos e convivência pacífica com Mathilda – fato que não me passou despercebido –, subi ao sótão e me recostei em um fardo de feno. A gritaria ocasional de meus irmãos não me impediu de pensar em tudo o que eu tinha vivido nas últimas semanas.

Entre as poucas certezas que haviam restado de nossa aventura policial, uma em especial me inquietava. Era a convicção de que os Matheson partiriam de Carnival Falls dentro de muito pouco tempo. Naquele momento, enquanto as rajadas de vento venciam a proteção do beiral e a água me salpicava, decidi o que faria no dia seguinte. Levantei-me e andei até a janela. Pus a cabeça para fora e ergui o rosto para o céu, uma sopa negra em ebulição, e deixei que a chuva me molhasse enquanto suplicava em voz baixa: *Por favor, para de chover. Por favor.* No dia seguinte, Billy iria à festa de aniversário de um de seus irmãos; era a circunstância perfeita para eu ficar a sós com Miranda. Em dez dias as aulas começariam, e dificilmente eu teria outra oportunidade como a que se apresentava.

30

Acordei às sete e pulei da cama. Permaneci de pé coçando a cabeça, concedendo um minuto ao meu cérebro para lembrar o que era tão importante para programar meu relógio biológico a uma hora daquela.

O silêncio era absoluto.

Não chovia.

Corri para a janela e abri a cortina de um golpe. Rex, que com certeza havia captado movimentos estranhos em meu quarto, me observava do outro lado com seu austero semblante de cão, mas em seguida minha atenção se fixou no céu, completamente aberto. Esbocei um amplo sorriso e me pus a dar pulinhos de felicidade.

Enquanto me vestia, ouvi Amanda descer de seu quarto e ir para a cozinha. Decidi que podia dispor de alguns minutos para tomar o café da manhã com ela, e assim fiz. Disse-lhe que passaria a manhã na casa dos Meyer e almoçaria com eles, o que em parte era verdade, e que depois iria ao bosque, o que era realmente verdade. Fui até o celeiro para pegar minha bicicleta, respirando o ar límpido da manhã. Rex festejou minha presença dando voltas ao meu redor e me empurrando com sua cabeçorra para brincar com ele.

– Agora não, Rex – eu disse enquanto o acariciava. – Hoje vou passar o dia com a garota mais bonita do mundo.

Envergonhei-me só pelo fato de dizer aquilo em voz alta. Era a primeira vez que dizia algo assim. O cão pareceu ter compreendido a gravidade do assunto, porque mostrou a língua rosada e me olhou com uma expressão consternada. Montei na bicicleta e comecei a pedalar. A terra estava úmida, havia alguns charcos, mas o sol se encarregaria de evaporá-los até a tarde.

Seria tudo perfeito, pensei.

31

Miranda apareceu na clareira demonstrando uma certa incredulidade, algo que seus olhos azuis não eram capazes de dissimular. Havíamos estado a sós outras vezes, é claro – no jardim de inverno, nos jardins da sua casa, no terraço dos fundos dos Meyer –, e todos tinham sido encontros intensos, em que inclusive havíamos derramado lágrimas e compartilhado intimidades. Mas dessa vez havia algo mais, e ela devia ter percebido isso desde aquela manhã, quando eu lhe havia ligado da casa de Collette, porque sua atitude ao chegar estava diferente. E havia mais um detalhe.

– Você está usando a correntinha... – eu disse apontando para ela.

– Sim – disse Miranda. Ela levou a mão ao peito e a manteve ali por um segundo. – Como você me disse que Billy não viria, decidi usá-la.

– Estou vendo.

– De qualquer modo – comentou ela casualmente –, já sei que não foi Billy que a mandou para mim.

Ela me fitou.

– Não foi Billy? – murmurei.

Ela esboçou um sorriso que não consegui decifrar.

– Eu acho que não – afirmou ela. – Mas na verdade não sei quem pode ter sido. Não imagino quem seja.

– Nem eu.

Miranda se dirigiu ao caminho que levava à casa da árvore e se voltou.

– Tem um rastro de bicicleta – ela disse.

– É meu. Aproveitei ter chegado antes para percorrer o caminho e ver em que condições está. Não muito boas, na verdade. E com certeza mais perto do riacho deve estar um lodaçal.

Esse dia parecia estar destinado às meias verdades.

– Oh – ela disse com certa decepção –, a verdade é que você me deixou muito intrigada com isso que quer me mostrar. Você acha que deveríamos deixar para outro dia?

– Não – eu disse imediatamente. – Podemos seguir o caminho do pântano das borboletas e depois um caminho diagonal. É um pouco mais longo, mas não atolaremos.

– Você sabe como chegar? Quer dizer, é sempre Billy que...

– Não se preocupe com nada – interrompi. – Fizemos esse caminho mil vezes. Além disso, poderemos parar um instante no pântano das borboletas; com essa chuva toda, é capaz de valer a pena.

Consultei meu relógio. Eram três e vinte. Antes das quatro estaríamos na casa da árvore, calculei. Meus nervos não me deixavam em paz. Uma voz me dizia insistentemente que o que eu havia preparado para Miranda era uma grande estupidez, mas então outra voz, mais pausada e racional, me dizia que o que realmente importava era desfrutar de sua companhia pela última vez. Algo me dizia que as coisas mudariam a partir daquele verão, tanto se Miranda fosse embora como se ela ficasse e fizesse amigos em sua nova escola.

Quando chegamos ao pântano das borboletas, descobrimos o que eu havia previsto: ele estava completamente inundado por causa das chuvas recentes. Poucas vezes o tínhamos visto naquele estado. Apenas umas poucas ilhas afloravam, como lombos de hipopótamos meio submersos; a cascata brotava da crista do penhasco em todo o seu esplendor. As samambaias, muitas das quais davam a impressão de flutuar, brilhavam com um verde que chegava a parecer artificial. E, é claro, lá estavam as borboletas, dezenas delas, esvoaçando em torno dos raios de sol que se filtravam de alto a baixo. Eu nunca tinha visto tantas. A maioria delas eram monarcas, mas também havia outras espécies. Ficamos ali sem poder acreditar em nossos olhos.

Algumas crianças haviam se juntado para desfrutar o acontecimento. Um dos meninos me cumprimentou quando me viu; chamava-se Hector e era aluno da sétima série, não da minha classe, mas de outra; ele havia arregaçado a calça e, com a água lodosa na altura das panturrilhas, erguia uma rede de capturar borboletas. Justo antes de ele perceber nossa presença, nós o tínhamos visto quieto como uma estátua, com um braço lambuzado de geleia estendido para a frente. A geleia era de morango, o que imediatamente me lembrou do nosso pacto na casa da árvore. A seu lado havia outro menino, de cujo nome eu não me lembrava, e que se mantinha a uma distância prudente em uma ilha, segurando um pote de vidro ainda vazio. Ele não havia sido atingido por uma única gota de lodo.

Hector me fez sinal para que nos aproximássemos.

– Vocês querem se juntar a nós, Sam? – perguntou Hector.

O garoto limpinho não tirava os olhos de cima de Miranda.

– Agradeço o convite, mas temos outras coisas para fazer – eu disse. – Só viemos dar uma olhada.

– É incrível, não é mesmo?

– É sim. Eu nunca tinha visto tantas borboletas. É uma pena que quase todas sejam monarcas.

– Não – corrigiu Hector. – O que acontece é que algumas são muito parecidas com elas. As pessoas pensam que todas as borboletas laranja e pretas são monarcas, mas isso não é verdade. Já vimos algumas de bordas douradas, vice-reis e algumas borboletas-de-baltimore.

Hector queria nos impressionar com seus conhecimentos, e a verdade é que conseguiu, pois não tínhamos maneira de saber se todas aquelas informações estavam corretas.

– Para onde elas vão? – perguntou Miranda. Olhava para cima, para as borboletas que voavam mais alto.

– Para qualquer parte do bosque. – Era meio engraçado ouvir Hector falar tão a sério com a mão toda suja de geleia. – Elas crescem aqui, por causa da umidade e das plantas das quais elas se alimentam. Mas quando passam pela metamorfose e as crisálidas se transformam em borboletas, elas vão para outros lugares.

– Para que você as caça? – perguntou Miranda.

– Eu me pergunto a mesma coisa... – começou a dizer o menino limpinho.

– Para a minha coleção – balbuciou Hector, tentando explicar que ele não era um simples assassino de borboletas. – Tenho uma gaiola grande em casa, de tela de arame. Quando elas morrem, eu as coloco em molduras e as acrescento à minha coleção.

Miranda assentiu. Voltou a se concentrar nas borboletas que esvoaçavam ao nosso redor.

– Eu vi uma bela-dama-americana – disse Hector. – Elas são muito difíceis de ver, mas tem uma por aqui. Eu vi.

– Eu não vi nada – contradisse o garoto limpinho.

– Estou dizendo que vi, o que acontece é que você não a conhece. Eu já falei, elas são pretas, e o centro das asas é vermelho. Se ela aparecer, não se mexa.

Miranda e eu estávamos a uns dois metros dos meninos. Avançar mais seria o mesmo que penetrar no lodaçal, coisa que não pretendíamos fazer.

– Nos vemos mais tarde – anunciei.

– Espere, Sam – disse Hector enquanto saía da água e subia na ilha colonizada pelo garoto limpinho, que sutilmente se afastou dele como se ele fosse um leproso. – Hoje uns meninos vieram aqui perguntando por você. Eram três.

Franzi a testa.

– Quem?

– Não sei. Eram mais velhos que nós. Conheço um deles da escola.

– Ele ria o tempo todo – acrescentou o garoto limpinho.

Eu soube imediatamente que Hector se referia a Mark Petrie, Steve Brown e provavelmente também a Jonathan Howard, o trio que eu e Billy havíamos enfrentado. Eu lhe agradeci pela informação. Aqueles três não podiam trazer nada de bom, pensei. Seria uma boa ideia ficarmos longe da clareira, como tínhamos planejado.

Saímos do pântano das borboletas e vinte minutos depois chegamos à casa da árvore. Escondemos as bicicletas nos arbustos e percorremos os metros finais a pé.

– Estou morrendo de vontade de saber qual é a surpresa que você me preparou, Sam – disse Miranda enquanto chegávamos ao abeto.

32

Das bobagens que já fiz por amor, a daquela tarde foi de longe a mais escandalosa. Quando Miranda viu a caixa de música que nos esperava na casa da árvore, ela não entendeu o que era, o que fez com que o ato prévio de lhe tampar os olhos para aumentar o suspense resultasse em um tremendo fiasco. Ela me observou com incredulidade, a mesma de quando ela surgira na clareira uma hora antes, mas agora com uma mescla de desconfiança e temor. Então entendi que eu praticamente havia me criado em uma casa repleta de caixas de música, mas que ela não devia estar familiarizada com uma daquelas, maior e mais bem aparelhada que as comuns. Sem perder um segundo, tirei a venda de seus olhos e comecei a abrir as pestanas metálicas de onde a multidão aplaudia as atrações circenses. Assim que Miranda viu as figurinhas de latão, sua expressão se suavizou.

– Dê corda nelas – pedi.

Em um dos lados havia seis pequenos parafusos do tipo borboleta. Miranda escolheu um e o fez girar. O equilibrista se sacudiu, como se acordasse de um sonho, e começou a deslizar pela pista, passando perto do resto das atrações, ainda adormecidas. Uma das particularidades daquela caixa de música era que, mesmo que os mecanismos fossem independentes, quando eram ativados fora do tempo os tamborzinhos se alinhavam, de maneira que a melodia geral era sempre a mesma. À medida que Miranda foi acionando as diversas manivelas, as atrações despertaram da sua letargia como se uma fada invisível passeasse pela pista e lhes desse vida com um toque de sua varinha mágica.

– É linda, Sam – disse Miranda. O equilibrista já começava a perder velocidade, mas a roda de seu velocímetro ainda girava. – Quando você trouxe para cá?

– Esta manhã – respondi com um pouco de vergonha.

Aquela caixa de música era uma das mais adoradas por Collette, herança de seu pai, e eu não tivera ideia melhor do que deixá-la à mercê do tempo, onde ela podia se molhar ou alguém podia encontrá-la. Era verdade que não havia uma única nuvem no céu, e que a casa da árvore era um lugar seguro, mas de todo modo não deixava de ser arriscado. Se Collette descobrisse o que eu havia feito, eu não queria nem pensar na decepção que causaria.

– É sua? – Miranda não conseguia entender exatamente o que aquela caixa de música fazia na casa da árvore; pude perceber isso em seus olhos e em seu tom de voz.

– Na verdade, não. É de Collette.

– Ah!

O equilibrista parou. O resto das atrações continuava girando na pista circular.

– Você trouxe para mim? – perguntou Miranda. Ela não tinha como evitar a pergunta. A situação havia fugido do meu controle. Eu acreditava que a presença da caixa de música falaria por si, mas naquele momento, diante do rosto desorientado de Miranda, compreendi que havia me enganado. Explicar isso seria o pior de tudo.

Senti um calor abrasador nas faces.

– Na primeira vez que viemos à casa da árvore – expliquei –, você disse que nunca tinha ido ao circo.

Naquele momento um dos palhaços fez sua careta final.

Miranda me olhou com uma ternura que quase fez aquela loucura valer a pena. O que minha cabeça havia planejado como um modo original de passar a tarde com ela se transformou, à luz do dia, em uma demonstração evidente de meus verdadeiros sentimentos, algo que eu não podia me permitir, é claro. Baixei a vista, incapaz de sustentar o seu olhar. A melodia da caixa de música continuava a se desarticular, orquestrada então unicamente pelo passo do domador e seu leão e pelo homem de pernas de pau.

– Muito obrigada, Sam. É muito bonita.

Miranda esticou uma das mãos muito brancas e a pousou em meus joelhos, onde seus dedos exerceram uma suave pressão.

– Foi uma idiotice – eu disse.

– Claro que não.

– É apenas uma caixa de música.

– O que conta é o gesto. Além disso, é uma preciosidade. Aposto que é de coleção.

Agradeci o esforço de Miranda para transformar aquela realidade vexatória em algo perfeitamente razoável. Apesar disso, quando tornei a olhar para ela, não me pareceu fingimento. Mas àquela altura já não confiava mais no meu julgamento.

A razão não engana o coração.

As últimas notas da melodia se prolongaram, deixando que o silêncio se enchesse pouco a pouco com os sons do bosque.

– Quero ver de novo! – disse Miranda, batendo palmas.

Fez girar as manivelas outra vez, e enquanto as atrações voltavam à vida, ela se concentrou nos detalhes daquela verdadeira peça de coleção, perscrutando cada canto do circo de latão e mencionando cada coisa que lhe chamava a atenção: a minúscula roda do monociclo que girava ao avançar, a boca do leão que se abria e se fechava quando ele levantava a cabeça, os braços articulados dos dois palhaços.

Quando a segunda função terminou, ela tornou a me agradecer, e mal consegui suportar. Sabia que ela estava sendo condescendente para não me ferir. Senti vontade de agarrar a caixa de música e jogá-la no vácuo.

– Posso perguntar uma coisa? – Eu precisava mudar de assunto. Um comentário mais sobre a caixa de música, e o tesouro mais apreciado de Collette se arrebentaria contra a terra atapetada de agulhas de pinheiro.

– Claro.

– Você vai deixar Carnival Falls?

A pergunta a pegou de surpresa.

– Não sei.

– Pensei que como seu pai já não tem motivos para permanecer aqui...

– Meu pai continua com a ideia de ir embora – confessou Miranda –, mas já não discute com minha mãe, nem bebe tanto. Além disso, as aulas estão quase começando. Minha sensação é de que ficaremos aqui. Eu gosto muito de Carnival Falls, e minha mãe está encantada. Nunca a vi tão feliz como aqui, apesar das discussões.

– Fico muito contente de ouvir isso.

– Acho que aqui poderemos ser uma família feliz – disse Miranda. – Apesar de ultimamente as coisas não estarem indo bem, tenho esperanças.

Então Miranda fez algo totalmente inesperado. Rodeou a caixa de música e avançou de joelhos até mim. Abraçou-me com força. Por um instante não consegui governar meus braços, que caíam frouxos como se pesassem mil quilos cada um. Superado o choque inicial, consegui curvá-los e lhe devolvi o abraço.

– Tenho que dizer uma coisa, Sam – ela sussurrou em meu ouvido. – Mas você precisa prometer uma coisa.

Concordei com um movimento de cabeça.

– O quê?

– Você tem de prometer que não vai se aborrecer.

– Prometo.

Miranda voltou para o seu lugar.

– Você se lembra de quando contei para vocês dos outros encontros com o homem-diamante?

Deixei escapar o ar. Sem perceber, havia deixado de respirar.

– Claro que me lembro. Você voltou a vê-lo?

– Não. É só que existe mais uma coisa que eu não contei para vocês...

– Mais uma coisa?

Na casa da árvore, as sombras ganhavam terreno. Ainda não havia escurecido, mas os raios de sol que conseguiam se filtrar dentro do denso emaranhado de galhos projetavam apenas um punhado de círculos esmaecidos que dançavam aqui e ali.

– Quando o homem-diamante apareceu no meu quarto, ele falou. Eu... já estava dormindo, tenho certeza. Estava sonhando com vocês, estávamos no bosque, aqui, na casa da árvore. Alguma coisa nos inquietava. Uma coisa muito perigosa. Não sei se era exatamente um pesadelo. Quando acordei, não gritei, mas sentei na cama, arfando. E então eu vi. O homem-diamante estava parado em um canto, só que dessa vez sua luz não era tão intensa. Era apenas uma silhueta. Como ele estava quase apagado, pude ver a sua pele. Era... parecida com a de um jacaré. A primeira coisa que pensei foi que continuava sonhando, e foi então que ele me falou pela primeira vez. Ele disse que aquilo não era um sonho.

"Dessa vez foi diferente, Sam. Dessa vez o homem-diamante não me deu nem um pingo de medo. Ao contrário. Não sei se era o mesmo da outra vez, e tenho quase certeza que não. Esse não era o autoritário da galeria, que me levou a espiar meu pai, ou o brincalhão, que se exibia pelo jardim diante de minha mãe e de mim. Apesar de todos, cada um do seu jeito, estarem procurando me dizer alguma coisa, esse só queria me ajudar. Por isso eu me levantei da cama e fui até onde ele estava. Acho que ele era mais baixo que os outros. E mais magro. Quando me aproximei, ele ficou um pouco mais brilhante, mas apenas para iluminar o quarto como uma lampadazinha. Ele me estendeu a mão, e percebi que estava me oferecendo algo."

Miranda interrompeu seu relato e levou as duas mãos à nuca, onde começou a manipular o fecho da correntinha. Depois de tê-la tirado, segurou-a diante do rosto.

— O que ele ofereceu? — perguntei, como se a resposta não fosse óbvia.

Miranda segurou a correntinha com dois dedos de uma das mãos e a deixou cair na outra, formando um minúsculo montinho prateado que observei com fascinação.

— Ele me disse que a correntinha me protegeria. Adormeci com ela fechada na mão, assim, e não voltei a ter pesadelos. Mas antes de voltar para a cama perguntei ao homem-diamante se ele sabia quem havia me dado a correntinha, junto com o poema.

Uma rouquidão súbita, paralisante, me fechou a garganta. Não me atrevi nem mesmo a abrir a boca. Concentrei-me em duas manchas de luz que apareciam e desapareciam na mureta de madeira, como dois olhos pestanejando.

— Ele me disse que eu já sabia a resposta para essa pergunta.

Levantei a vista apenas para encontrar os insondáveis olhos azuis de Miranda.

— Você sabe? — obriguei-me a perguntar.

Ela fez uma pausa pensativa.

— Sam, você... gosta de mim? — ela perguntou timidamente.

— O quê? — Forcei um sorriso, fazendo um gesto negativo com a cabeça, como se aquela pergunta fosse o maior disparate que eu tivesse ouvido na vida. — Isso é ridículo, não tem o menor sentido. Você é minha amiga.

Tentei imprimir à frase uma convicção quase indignada, mas tudo foi por água abaixo quando algo dentro de mim se partiu. Foi algo explosivo, como se as amarras de um barco se rompessem todas ao mesmo tempo e as velas esvoaçassem descontroladamente. Perdi o rumo.

Miranda se aproximou mais e tornou a me abraçar. Afoguei o pranto em seus cabelos, enquanto ela me segurava com força.

– Nunca mais tornarei a perguntar isso – disse ela enquanto me pedia perdão várias vezes. – Não precisamos voltar a falar disso nunca mais.

Ficamos assim durante muito tempo. Quando as lágrimas cessaram, senti que a escuridão que me proporcionava o abraço de Miranda era reparadora, e continuar junto dela me pareceu a melhor ideia do mundo. Não pensei no que diria em seguida, ou em como seriam as coisas dali em diante, simplesmente me deixei levar pelo que mais queria naquele momento: abraçá-la e me deixar abraçar. Dessa vez meus braços fizeram mais do que antes, rodeando o delicado corpo de minha amiga e estreitando-o com força.

Tudo ia ficar bem, pensei.

Então percebi que Miranda, sem me soltar – nem eu a ela –, esticou um dos braços e deu corda em uma das manivelas da caixa de música. A melodia fez com que nos mexêssemos ligeiramente.

Quando ela se dispunha a fazer girar as manivelas restantes, ouvimos a risada transtornada de Steve Brown, explodindo à distância como uma matilha de cães raivosos.

33

No mesmo instante paramos de nos abraçar. Miranda não conhecia Steve Brown, e por isso sua expressão foi mais de surpresa que de outra coisa. Apesar de a risada estar ainda longe, imediatamente pensei na caixa de música, que continuava emitindo sua melodia. A primeira coisa que fiz foi imobilizar a manivela com os dedos, depois procurei um galhinho e o usei para frear o avanço do equilibrista, que era a única figurinha que estava em movimento.

– Quem é? – perguntou Miranda.

Com um dedo sobre os lábios, indiquei-lhe que ficasse em silêncio. Ela tornou a repetir a pergunta, dessa vez sussurrando.

Eu lhe disse que aquele era um dos três rapazes com quem havíamos topado na clareira, e que com certeza Mark Petrie estava com ele. Mark cada dia tinha um parafuso a menos, expliquei, e Billy o havia colocado em seu lugar na última vez que o havíamos encontrado.

– O que vamos fazer?

– Nada, aqui estamos a salvo. Vamos esperar que eles não passem perto, e não teremos problemas.

Meu plano tinha dois inconvenientes. O primeiro, que eram mais de cinco e meia, e precisávamos sair naquele momento se não quiséssemos ultrapassar o limite das seis. O segundo Miranda expôs naquele instante:

– E se eles descobrirem as nossas bicicletas? Vão saber que estamos por perto.

Elas estão escondidas debaixo dos arbustos, pensei, mas ainda assim existia uma possibilidade. E quando eu começava a me convencer de que seria impossível que o trio revirasse cada arbusto de um bosque imenso, meu coração se paralisou.

– O que foi? – perguntou Miranda.

– Eles estão nos seguindo – eu disse. – Os rastros de barro das nossas bicicletas. Eles vão perceber que estamos aqui.

Miranda ficou imediatamente preocupada.

– Você acha que eles querem nos maltratar?

– Digamos que seria melhor evitá-los. Devem ter ido à clareira com a ideia de nos encontrar lá, e em vez disso deram com os rastros da minha travessia da manhã. – Dei uma olhada de soslaio para a caixa de música, como se ela fosse a culpada de tudo. – O rastro termina nos arbustos. Vai ser fácil eles encontrarem as nossas bicicletas.

As gargalhadas de Steve Brown tornaram a se fazer ouvir, agora muito mais próximas.

Passaram-se quase dois minutos de silêncio. Aguçamos o ouvido com a esperança de tornar a escutar a risada muito mais longe, ou de não a ouvir mais; no entanto, chegaram até nós vozes amortecidas, tão próximas que nos assustaram. Aproximei-me do parapeito bem devagar, procurando não fazer ranger a madeira. Pus a cabeça para fora e tentei enxergar o chão, mas quase não havia luz, e a folhagem era espessa demais. Acreditei enxergar duas figuras caminhando uma ao lado da outra, mas podia ser efeito do suave balançar dos galhos gerando uma falsa sensação de movimento. A confirmação me chegou quando eles retomaram a conversa. As vozes eram claras, e eu as reconheci imediatamente.

– Devem estar por aqui – dizia Mark Petrie.

– Por que deixariam as bicicletas e continuariam a pé? – perguntou Jonathan Howard.

– E eu sei? Por que a merda fede?

O silêncio que veio depois do comentário humorístico de Mark me confirmou que Steve não estava com eles, porque era impossível que ele não tivesse festejado o comentário com uma de suas gargalhadas. Evidentemente, ele havia ficado vigiando as bicicletas.

Miranda se aproximou e também espiou.

– Quero voltar para casa – dizia Jonathan embaixo.

– Você não vai a lugar algum, imbecil. Primeiro temos que lhes dar o que merecem, especialmente a Pompeo. Vou parti-lo em pedacinhos.

– Mas... a bicicleta dele não está ali.

– Eles sempre estão juntos. Já, já ele aparece.

– Então nós vamos esperar por eles?

Aguardamos a resposta com grande expectativa.

– É claro – disse Mark. – Logo será noite, eles têm que voltar. Vão aparecer de um momento para outro, você vai ver. É até possível que possamos apalpar a putinha da amiga deles, e não me diga que isso não seria legal.

Nós nos olhamos com preocupação. No rosto de Miranda se desenhou uma careta horrorizada.

A voz de Mark começou a ficar mais baixa à medida que eles se afastavam:

– Vamos voltar. É melhor voltarmos para perto das bicicletas. Vamos nos esconder e...

A luz solar era devorada pelas sombras do bosque a uma velocidade desesperadora. Se não saíssemos naquele instante, faríamos parte do trajeto de noite. Eu ia dizer isso a Miranda quando ela me agarrou as mãos e, com os olhos arregalados, me disse:

– Estou com medo, Sam. Não quero descer.

– Temos que ir embora – eu disse sem soltar as mãos –, em pouco tempo será noite, e vai ser mais difícil voltar. Isso para não dizer como seus pais vão ficar preocupados.

– Talvez os garotos vão embora.

– Eles não vão embora tão rápido. Você ouviu o que Mark disse. Miranda, eu conheço esses meninos, eles não são tão maus. Vou falar com eles, e você vai ver como não vão nos fazer mal. Eles só estão se exibindo.

– Mas antes você disse...

– Eu sei o que disse. Seria melhor não termos que enfrentá-los, mas você os ouviu. Querem acertar as contas com Billy. Quando eu explicar que ele não está aqui, eles vão cair em si. Steve, o das gargalhadas, fará tudo o que Mark mandar, e acho que posso fazê-lo mudar de ideia. Além disso, o outro, Jonathan Howard, é bom. Não sei o que ele está fazendo com esses dois.

– E se nós formos por outro lado?

– Caminhando a pé? Vamos demorar muito. Precisamos das bicicletas. Olhe, me deixe falar com eles, eu posso lidar com eles, e assim que eu explicar que a coisa é com Billy, eles vão nos deixar pegar as bicicletas e ir embora. Em menos de dez minutos estaremos a caminho de casa, prometo.

Miranda assentiu.

Cobri a caixa de música com sua capa. Minha ideia inicial era levá-la no bagageiro da minha bicicleta, porque ela era muito pesada para que eu a transportasse a pé, mas achei que não haveria inconveniente em deixá-la ali naquela noite e levá-la no dia seguinte. Tratando-se de uma emergência, isso era o mais sensato.

A descida foi mais complicada que de costume; a escuridão e o nervosismo não ajudavam. Pedi a Miranda que imitasse meus movimentos. Era difícil visualizar os galhos e as cordas às quais se agarrar até chegar à escada. Na metade do percurso as risadas tornaram a se repetir – a de Steve mais alta, seguida pelas dos outros. Em determinado momento, Miranda tropeçou e se agarrou em mim, pregando-me um susto mortal. Foi uma sorte eu não ter deixado escapar um grito.

Quando pusemos os pés no chão, a sensação de vulnerabilidade não demorou a se fazer sentir. Miranda me agarrou o braço com as duas mãos. Não sei até que ponto ela havia acreditado no que eu dissera a respeito de conseguir convencer os três garotos de que nos deixassem em paz, mas eu precisava tentar. No entanto, antes de partir me pareceu prudente esconder a escada. Pedi a Miranda com delicadeza que ele me soltasse um momento e me ajudasse a afastá-la do abeto. Assim que fizemos isso ela tornou a se aproximar e a se agarrar a mim.

– Sou uma idiota – sussurrou-me ela ao ouvido –, gostaria de ser valente como você.

– Eu não sou valente – respondi –, só disfarço bem.

Isso lhe arrancou um sorriso efêmero.

Avançamos procurando não fazer barulho. Parecia uma boa ideia não os alertar a respeito da nossa presença antes do estritamente necessário; talvez espiá-los durante algum tempo e conhecer um pouco melhor suas intenções. Fomos nos escondendo por trás dos grossos troncos dos abetos, avançando de um ao outro como soldados em uma manobra de aproximação.

Chegamos a uma das últimas árvores antes da clareira. Logo depois começavam os arbustos e algumas pedras que chegavam até o riacho. Não poderíamos avançar mais sem que nos vissem, mas o que me preocupava naquele momento era o silêncio. O sol já havia se ocultado quase por completo.

– Vou olhar – eu disse a Miranda.

Ela concordou. Agarrava-me o braço com tanta força que estava doendo.

Naquele momento escutamos uma voz do outro lado do tronco. Não estava muito próxima, talvez a uns dez metros. O que me chamou a atenção era que não pertencia a Mark, Steve ou Jonathan. Estiquei a cabeça com muito cuidado.

Era Orson.

34

Orson havia fugido de Fairfax em um confuso episódio que não chegou a ficar completamente esclarecido. Às oito da manhã, como de costume, Grayson Wylie fez a partilha semanal de alimentos. Ele se identificou na guarita da entrada e dirigiu o caminhão de tamanho médio pelos bosques do internato até o pavilhão que abrigava o restaurante e a cozinha, que diariamente alimentava mais de duzentos adolescentes. Descarregou a mercadoria junto com o pessoal da cozinha e, de acordo com as declarações que fez à polícia, tinha certeza de que não havia ninguém escondido na parte de trás quando fechou a porta a chave. Em vista do que aconteceu pouco tempo depois, uma possibilidade é que Orson tenha se pendurado no caminhão em um descuido do motorista, mas este afirmou que isso era impossível. O posterior achado do caminhão com a porta trancada parecia confirmar a declaração de Wylie.

Às oito e meia, o entregador abandonou Fairfax. Uma câmera de segurança registrou o momento em que ele esperava a autorização do guarda e em seguida saía da propriedade. A importância desse registro é que ele demonstrou que Orson também não escapou no teto do caminhão. Ninguém realmente soube onde ele se escondeu, apesar de a única possibilidade parecer ter sido debaixo do veículo, no estilo Indiana Jones, algo realmente difícil de acreditar. Dois quilômetros depois, Wylie parou em um banheiro público à beira da estrada, segundo ele pela primeira vez desde que deixara Fairfax. Ele desceu, e foi então que Orson Powell, que em nenhum momento ele relacionou com Fairfax, porque ele tinha o tamanho de um adulto, se lançou sobre ele e o golpeou com um objeto contundente na cabeça. Wylie não tinha feito quarenta anos e estava em boa forma, mas o ataque foi tão violento e inesperado que o fez cair e quase perder a consciência. Quando ele desabou no chão, Orson lhe chutou o estômago e a cabeça. Antes de desmaiar, Wylie ouviu o motor acelerar e o caminhão se afastar.

Um policial que fazia a ronda habitual encontrou Wylie estendido no chão e o levou para o hospital. Na ocasião, tanto o dono do caminhão como a polícia acreditaram que se tratava de um roubo. O caminhão foi encontrado naquela mesma tarde a pouco mais de um quilômetro do banheiro público, o que deixou todo mundo desconcertado. Em Fairfax, enquanto isso, ninguém relacionou o desaparecimento de Orson com o entregador de alimentos da manhã.

Um jornal de Maine foi o que mais deu atenção ao caso, dando-se ao trabalho de averiguar os antecedentes de Wylie e descobrindo que ele tinha algumas detenções por questões menores, todas elas relacionadas com atos indecorosos na via pública. Mencionava-se brevemente que a última havia tido lugar uns seis meses antes. A polícia o havia detido em um estacionamento para caminhões mantendo relações na cabine do seu Dodge com uma jovem de vinte anos.

Quando eu disse a Miranda que Orson estava com os outros, ela levou a mão à boca e arregalou os olhos. Não sei como consegui manter a compostura. Acho que o fato de vê-la tão assustada me ajudou a conservar um pouco as forças.

– Temos que voltar para a casa da árvore – sussurrei.

Era a única opção minimamente segura. Se descobrir a casa era difícil em plena luz do dia, de noite seria impossível. Uma vez lá em cima, só teríamos que nos preocupar em não fazer nenhum barulho. Até poderíamos dormir ali, se fosse preciso. A família de Miranda se preocuparia, Amanda e Randall se preocupariam, mas as circunstâncias haviam mudado visivelmente com Orson à caça. Nossa desobediência estaria mais do que justificada. Ninguém duvidaria de nossa palavra; mesmo que nos livrássemos de Orson, sua fuga de Fairfax já devia ter sido notada, pensei.

Outra possibilidade era nos aventurarmos no bosque em outra direção, mas caminhar em plena noite seria perigoso.

Miranda me abraçava com força – apesar de eu ter de reconhecer que eu também me agarrava a ela –, e suas pernas pareciam ter criado raízes. Ela tremia de medo. Senti o impulso de arrastá-la, mas sabia que isso só tornaria as coisas piores. Peguei seu rosto entre as mãos e lhe disse, com os lábios quase tocando os dela:

– Miranda, só precisamos voltar para a casa da árvore.
– Não consigo.
– É claro que consegue.
– Não.
– Vamos primeiro até aquela árvore ali. Um passo de cada vez.

Indiquei-lhe o tronco de abeto mais próximo. Achava que havia conseguido vencer o seu medo quando escutamos vozes provenientes dos arbustos.

– Vá para o outro lado – dizia Orson. – Não tem sentido ficarmos os quatro aqui.

– Claro, Orson, era exatamente isso que eu estava pensando – respondeu Mark em tom servil.

– Então vá logo, porra!

O tronco atrás do qual nós nos ocultávamos era a única coisa que nos separava de Mark. Ouvi seus passos arrastando-se para o outro lado. Se ele não tivesse parado para dizer a Jonathan que o acompanhasse, não nos teria dado tempo de correr até a árvore seguinte. Aqueles segundos serviram para Miranda vencer o medo e se pôr em movimento. Não nos atrevíamos a correr por receio de que nossos passos fossem ouvidos, mas andamos depressa. Conseguimos chegar ao terceiro tronco de um abeto-branco imponente, possivelmente o mais grosso daquele grupo. Miranda apoiou as costas no tronco enquanto eu espiava e via Mark e Jonathan percorrerem o caminho paralelo à fileira de árvores. Eu sabia que eram nove no total. Restavam seis. Mas a questão não seria ir de um troco ao outro com aqueles dois tão perto; o verdadeiro problema seria encontrar a escada e trepar na árvore com uma escuridão daquelas.

Mark e Jonathan passaram ao largo a uma distância de seis ou sete metros, tão perto que os bufos do primeiro eram perfeitamente audíveis. Comecei a rodear o tronco diante do olhar atento de Miranda, que ouvia cuidadosamente minhas indicações. Ela continuava aterrorizada. O modo como sua cabeça tremia era impressionante, como se ela estivesse a ponto de ficar congelada. Mas o pior de tudo eram os seus olhos: dois abismos de medo em estado puro.

Parecia uma loucura ir de uma árvore à seguinte aproximando-nos dessa forma de nossos perseguidores, mas não tínhamos outro remédio. Quando me convenci de que o risco era razoável, apontei para Miranda o caminho a seguir.

Falar era perigoso demais, mesmo que por meio de sussurros, e ela compreendeu isso imediatamente. Dessa vez avançamos muito devagar, apoiando unicamente a ponta dos pés, como se receássemos acordar alguém. Era difícil esquadrinhar o chão para evitar pisar em galhos ou em qualquer coisa que pudesse nos delatar, mas a escuridão era nossa aliada naquele momento, e ali entre as árvores ela estava se tornando cada vez mais densa.

Conseguimos chegar à sétima árvore. O inconveniente com a seguinte era que ela era fina demais, e estava muito próxima de Mark e Jonathan, que haviam parado no mesmo lugar de antes, aos pés da nossa casa elevada. Praguejei em silêncio. Estávamos tão perto! Mas seguir adiante era suicídio. Teríamos de esperar que aqueles dois se afastassem.

De onde estávamos podíamos ouvir Jonathan com toda a clareza, apesar de ele não estar falando muito alto.

– Orson me dá um pouco de medo – disse ele.

Mark deixou escapar uma risadinha.

– Faz muito bem.

– De onde você o conhece? Eu nunca o tinha visto por aqui.

– Ele é de confiança, não se preocupe.

– Você acha que ele vai ficar aborrecido se eu for embora?

– Jonathan, por que você não para de dizer bobagens? Você parece uma garotinha. Se quiser ir embora, vá e diga para ele.

– Você acha que ele vai deixar?

Mark voltou a soltar a mesma risada zombeteira.

– É claro que não! Ele vai te matar de pancada. Nós viemos aqui à procura de Jackson e Pompeo. Não vamos embora até encontrá-los.

Eles ficaram em silêncio, o que me preocupou. Também não ouvi seus passos amortecidos no chão. Resolvi espiar com cuidado, quase esperando encontrar o rosto oleoso e crivado de espinhas de Mark Petrie, mas em seu lugar vi os dois garotos sentados no chão, de costas.

Aquele era o momento. Não teríamos outra oportunidade como aquela. Podíamos esperar que eles saíssem dali, mas e se os outros chegassem? Apontei a árvore seguinte para Miranda, e ela me olhou com ar de dúvida. O tronco parecia realmente muito estreito, e o último abeto estava longe demais. Aproximei os lábios do seu ouvido e lhe sussurrei que Mark e Jonathan estavam de costas, que essa seria a nossa melhor oportunidade. Ela finalmente concordou.

Caminhamos outra vez na ponta dos pés, agora com a cabeça virada para a esquerda, com os olhos fixos nas costas cinzentas que saíam da terra como lápides. Os dois garotos continuavam em silêncio, o que não era um bom sinal, porque qualquer coisa podia acontecer de um momento para outro. Quando chegamos ao oitavo abeto, nada havia mudado. O abeto seguinte já não estava tão longe. Miranda diminuiu a pressão de sua mão na minha com claras intenções de me soltar, mas então foi a minha vez de apertar a dela, e ela compreendeu que o que eu queria era que continuássemos adiante. Estávamos a quatro metros de nosso destino final.

Três. Dois.

Jonathan se levantou de repente. Sua reação foi tão súbita que Miranda e eu só atinamos em percorrer os metros finais a toda a velocidade, fazendo com que o crepitar de um galho ao se romper delatasse o nosso avanço. Antes de chegar ao tronco, pude ver como o rosto de Jonathan se voltava em nossa direção, uma lua branca de olhar surpreso.

Ele nos viu!

Meu coração foi parar na boca. Não sei se Miranda tinha conseguido ver a mesma coisa que eu, mas o mais provável era que sim, porque quando eu lhe disse que se preparasse para correr, ela assentiu várias vezes com os olhos aterrorizados.

– O que está acontecendo com você? – perguntou Mark.

Houve um segundo de expectativa. Jonathan não havia dado o grito de alarme na hora, o que era um bom sinal, assim como sua demora em responder.

– Não está acontecendo nada – respondeu ele finalmente.

Era perigoso demais espiar naquelas circunstâncias.

– Você viu alguma coisa? – perguntou Mark.

– Não – respondeu Jonathan. O modo como sua voz tremeu ligeiramente me confirmou que ele de fato tinha nos visto.

Mas Mark não era tão perspicaz para notar uma inflexão em sua voz.

– Então por que você se levantou? – grasnou Mark. – Se você se mandar, já sabe o que te espera.

– Não vou a parte alguma. Acho que estou com vontade de mijar.

Jonathan começou a cantarolar uma canção. Estava se aproximando, porque podíamos escutá-la cada vez com mais clareza. Indiquei a Miranda que ficasse em silêncio.

Quando Jonathan rodeou o tronco e nos viu, seu rosto não perdeu a compostura, e ele continuou cantarolando despreocupadamente. Apoiou uma das mãos no tronco e abriu as pernas como se se dispusesse a urinar. Do ângulo em que se encontrava, Mark só poderia ver uma de suas pernas. Jonathan se inclinou para falar comigo.

– Oi, Sam – sussurrou ele, interrompendo brevemente a cantoria.

– Oi, Jonathan.

– Tem um cara pirado procurando por você. O nome dele é...

– Orson, já sei.

Jonathan pareceu ficar surpreso.

– Em alguns minutos vou levar Mark para longe – ele me disse baixinho. – Vão embora por ali.

Ele indicou com o queixo a direção oposta à de Orson e Steve, e imediatamente recomeçou a cantarolar. Deu-nos um sorriso e voltou para junto de Mark.

Em momento algum me passou pela cabeça que Jonathan deixaria de cumprir a palavra dada. Vi em seus olhos sua própria prisão, o desejo de acabar com aquela caçada noturna de uma vez por todas, e isso não aconteceria se nos encontrassem.

Menos de um minuto depois, Jonathan perguntou:

– Você viu aquilo, Mark?

– Onde?

– Ali naquele caminho. Vi uma silhueta. Parecia o Pompeo.

– Vamos ver. Agache para que eles não nos vejam.

As vozes se afastaram.

– Vamos avisar Orson? – perguntou Jonathan.

Não cheguei a distinguir a resposta, mas imagino que Mark preferiria agarrar a presa e levá-la a seu novo amo como faria um cão de caça. A distração havia funcionado.

– Vamos – eu disse a Miranda. – Precisamos procurar a escada.

Encontrar o galho foi fácil sem a pressão daqueles dois. Eu me lembrava do lugar exato em que o havíamos deixado, e seu tamanho fazia que, mesmo com a pouca iluminação, ele fosse visível. Nós o pegamos pelas extremidades e o arrastamos até o abeto, erguendo-o até apoiá-lo no tronco.

– Suba você primeiro.

Miranda concordou.

Mark e Jonathan não haviam regressado. Imaginei que Jonathan nos alertaria se seu companheiro tivesse a ideia de abandonar a busca muito depressa.

Assim que chegamos ao primeiro nível de galhos e içamos a escada improvisada, o perigo havia passado. Seria unicamente uma questão de escalar até a casa com cuidado.

– Não se apresse – eu disse. – Mesmo que eles voltem agora, não poderão nos ver facilmente, mas, se resvalarmos ou cairmos, eles nos descobrirão.

– Isso se não racharmos a cabeça.

Sorri. Começava a relaxar.

Quando chegamos à plataforma de madeira, deitamos de costas no chão, contemplamos o céu de galhos escuros e entrelaçados, ouvimos o pio de uma coruja e finalmente as vozes amortecidas na base do nosso abeto protetor. Apesar de a casa da árvore contar com uma amurada de apenas cinquenta centímetros, a sensação de segurança que ela oferecia era equiparável à de uma câmara blindada. Virei-me para olhar Miranda. A madeira da base me roçou a bochecha enquanto eu lhe falava.

– Já não temos com que nos preocupar. Aqui eles não vão nos encontrar nunca.

Seu rosto era lindo mesmo com aquele véu de obscuridade. Adivinhei um sorriso.

– Billy não vai acreditar quando lhe contarmos – ela disse.

– Ele vai morrer de inveja.

Miranda deixou escapar uma risadinha abafada, e um instante depois senti seus dedos entre os meus. Apertei sua mão enquanto voltava o olhar para o manto negro que nos abrigava. Senti que minhas pernas se relaxavam. Experimentei um certo regozijo perante essa nova vitória. Orson devia estar furioso, mas teria que se contentar em destruir minha bicicleta ou jogá-la no rio.

Alguns minutos se passaram, talvez mais de dez, até que lá embaixo Mark começou a falar. Agucei imediatamente o ouvido. O gigantão explicava o que

Jonathan havia acreditado ter visto um momento antes, de modo que percebi que Orson devia estar ali com eles. Como que confirmando isso, a voz grave e ressentida de Orson soou, seguida de uma gargalhada de Steve.

– O que você disse que viu, garoto estúpido? – repetiu Orson.

Aquela pergunta claramente se dirigia a Jonathan. Talvez Orson suspeitasse que ali havia gato. Se ele conseguisse quebrar o silêncio de Jonathan...

Ele não sabe que nós estamos na casa da árvore. O máximo que ele pode dizer é que nós fomos embora.

Soltei a mão de Miranda. Tinha que pôr a cabeça para fora para não perder nenhum fragmento da conversa. Levantei-me, e foi então que, com o pé, dei um golpe na caixa de música de Collette, que tinha esquecido completamente. Não foi um golpe muito forte, ou ao menos não o suficiente para que pudesse ser ouvido lá de baixo.

A caixa começou a emitir sua música circense.

O galhinho que eu tinha colocado para interromper o avanço do equilibrista e bloquear o mecanismo já não cumpria seu propósito.

Minhas articulações ficaram paralisadas. A melodia soava com uma estridência destruidora.

Lancei-me sobre a caixa preta. Tirei a tampa e apalpei a pista em busca da figurinha em movimento. Quando dei com ela, detive-a com dois dedos trêmulos; eu a teria arrancado de boa vontade, mas um instante de lucidez fez com que eu procurasse o galhinho e tornasse a colocá-lo no sulco que servia de guia.

A melodia se interrompeu.

– Que diabo foi isso? – berrou Orson.

35

Os quatro se juntaram ao pé do abeto como cães de caça.

– Eles estão lá em cima! – disse Mark.

– Onde? – perguntou Jonathan. – Não estou vendo nada.

– É claro que você não está vendo nada! Você disse que os tinha visto na direção contrária. Eu tenho olhos de lince. Eles estão...

– Calem a boca! – gritou Orson. – Me deixem ouvir.

Miranda havia se ajoelhado e mais uma vez me abraçava com força. Eu a estreitei mais uma vez, mas em meu caso o pânico ainda não havia ganhado terreno. Sentia fúria. Fúria pela estupidez que acabava de cometer, por transformar uma situação absolutamente controlada em outra que podia nos custar a pele. Quanto mais pensava nisso, mais me enfurecia, especialmente porque Miranda estava envolvida; e se havia alguém que não merecia passar por aquela situação, era ela.

Maldita seja!

Tudo por minha culpa.

– Miranda, escute bem – eu disse, apesar de por sua expressão eu não saber até que ponto ela estava entendendo o que eu lhe dizia. – Você precisa subir um pouco mais, entende? Trepe por este galho e fique do outro lado do tronco. Se eles subirem, não quero que te vejam.

O vozeirão de Orson me interrompeu:

– Jackson, você está aí em cima! Vou te matar, está ouvindo?

Não lhe dei atenção.

– Miranda, você precisa subir agora mesmo – repeti.

Ela me fitava com um olhar desconsolado.

– O que você vai fazer? – ela perguntou ainda sem me soltar.

– Vou tentar fazer com que eles se afastem da árvore. – Não tinha sentido mentir.

Com uma incrível dor na alma, soltei-me do seu abraço e a conduzi suavemente até o tronco.

– É fácil – animei-a. – São apenas alguns galhos. E não esqueça, fique do outro lado. Você tem que se esconder atrás do tronco.

Miranda apoiou um pé na amurada de madeira e me lançou um olhar de súplica.

– Não me deixe aqui sozinha, Sam, por favor! – disse ela antes de se pôr em movimento.

– Não vou fazer isso.

Ela hesitou um segundo. Tirou a correntinha rapidamente e a ergueu diante do meu rosto.

– Não a solte – disse ela com muita seriedade. – Os homens-diamantes nos protegerão.

Abri a mão e esperei que ela deixasse cair a correntinha sobre a palma. Agarrei-a com força.

– Vou fazer o possível para afastar Orson do abeto – expliquei. – Quando isso acontecer, desça e vá pedir ajuda.

Miranda concordou.

Outra ameaça flutuou até a copa da árvore.

– Vou pôr fogo nessa árvore de bosta se for preciso!

Mark e Steve comemoraram com uivos e gargalhadas. Sopesei a possibilidade de responder, mas não me ocorreu o quê. Atiçar Orson só complicaria mais as coisas. O medo começava a ganhar terreno, e eu sabia que não podia permitir que isso acontecesse. O medo era paralisante. E se havia algo de que eu precisava naquele momento era pensar com lucidez. De qualquer forma, não parecia haver muitas alternativas.

– Me levantem! – ordenou Orson a seus comparsas.

Miranda ainda não tinha conseguido subir o suficiente.

Não pude ver o que estava acontecendo lá embaixo, mas imaginei que naquele momento Mark e os outros deviam estar erguendo Orson para que ele alcançasse o primeiro galho. Ele não precisaria improvisar uma escada. Senti um calafrio ao pensar que naquele instante Orson Powell podia estar no abeto, passando de um galho a outro como um orangotango. Espiei pela abertura da plataforma e forcei o olhar para que ele penetrasse naquela escuridão. Meu coração deu um pulo. Orson não apenas havia conseguido trepar na árvore, como já havia escalado quase a metade da altura. Naquele momento ele se agarrava ao tronco com seu braço poderoso, como King Kong ao Empire State, e girava o corpo volumoso com admirável destreza. Pulei em pé como uma mola. Miranda já havia conseguido ultrapassar um galho difícil e tentava alcançar o seguinte. Por sorte, já estava quase do outro lado da árvore, onde ficaria escondida se Orson chegasse à plataforma, coisa que aconteceria de um momento a outro.

Com resignação, me encolhi em um canto, abracei os joelhos e esperei. Menos de um minuto depois, uma sombra monumental surgiu na plataforma.

– Onde está a sua amiguinha? – disparou ele.

– Que amiguinha?

A resposta chegou em forma de patada. Com uma passada, Orson se aproximou de mim e me assestou um chute na coxa esquerda. Apesar de ter doído muito, eu sabia que Orson não havia empregado nem dez por cento de sua força. Ergui a cabeça para poder olhá-lo nos olhos e avaliar a melhor maneira de agir. Não sei se foi fruto do meu desespero ou que diabo, mas em um mês Orson parecia ter crescido vinte centímetros. Além disso, estava usando uns *jeans* e uma camisa muito folgados, que o faziam parecer ainda maior do que era.

– Miranda foi buscar ajuda – eu disse.

Orson tinha visto nossas bicicletas, portanto sabia que éramos apenas Miranda e eu, mas eu achei que podia fazê-lo acreditar naquela mentira.

– A pé? – perguntou ele, examinando-me de cima daquele corpo que parecia uma montanha.

– Sim.

– E por que você não foi com ela?

Era o momento de jogar a única carta que eu tinha.

– Eu não podia carregar isso sem a minha bicicleta – eu disse, indicando a caixa de música. Minha voz não tremeu. Até o momento eu estava enfrentando Orson com bastante decência.

– Que merda é isso? – Ele tocou na caixa de latão com a ponta da bota, a mesma com que me havia dado o pontapé.

– Uma caixa de música.

Orson a empurrou com o pé. Não chegou a ser um chute, mas conseguiu arrancar alguns acordes da caixa. Não sei se minha explicação o havia convencido, mas ele se desinteressou rapidamente da caixa de música, o que era um bom começo. Inclinou-se para mim e me agarrou o queixo com os dedos. Fez com que eu o olhasse nos olhos.

– Agora você vai descer dessa árvore de merda para que possamos conversar, você e eu, entendeu?

Ele se encarregou de mover meu queixo de cima para baixo.

– Assim é que eu gosto – disse ele satisfeito.

Durante a descida experimentei uma mescla de alívio e de terror. Alívio porque Orson não havia descoberto a presença de Miranda, que havia conseguido permanecer todo aquele tempo em silêncio, escondida atrás do tronco alguns metros acima. E terror porque, apesar de conhecer a disposição dos galhos daquele abeto de memória, naquela noite meus pés não conseguiam se apoiar neles, minhas mãos resvalavam nas cordas, e não era apenas por causa da escuridão; não, senhor, a razão tinha nome e apelido, e vinha logo atrás de mim, dando-me empurrões para que eu me apressasse, resmungando coisas com ódio. Mas o pior ficou para o fim, quando cheguei ao último galho, mais de dois metros acima do nível do chão. Voltei-me para pedir a Orson que me ajudasse a encostar a escada, mas seu vozeirão me interrompeu.

– Desça!

Tentei lhe explicar que de maneira alguma eu ia pular daquela altura, que normalmente...

Então ele me empurrou. Apoiou a mão nas minhas costas e esticou o braço lenta mas decididamente, como uma prensa de lixo. Tive um segundo para olhar para baixo e ver como os três rostos se afastavam em direções opostas ao observar a manobra, depois agitei os braços com desespero, tentando me manter em posição vertical, coisa que consegui pela metade, e finalmente cadenciar a queda com as pernas, o que, é claro, não serviu para nada.

Houve uma fração de segundo em que fantasiei uma aterrissagem sem problemas, como se eu tivesse pulado de uma cadeira e não de uma árvore. Mas a ilusão se desfez prontamente; quando toquei o chão, minhas pernas retrocederam como dois pistões explodindo. Senti como se a virilha estivesse se rasgando de uma forma horrível, e imediatamente depois o joelho direito me partiu os lábios. Caí de costas, debatendo-me por causa da dor no ventre e no rosto. Tirei a língua apenas para provar o gosto metálico do sangue. O lábio inferior, que havia sido aprisionado entre os dentes e o joelho, começou a inchar quase imediatamente.

Abri os olhos, ainda no chão, justo para ver como Orson se pendurava do mesmo galho do qual me havia empurrado e se deixava cair. Decididamente, ele havia crescido nas últimas semanas, pensei, enquanto minha virilha continuava me dando avisos de alerta. Senti uma dor pulsante como uma brasa viva me queimando.

Meu Deus, que dor horrível!

36

Em seguida começou uma discussão entre Orson e os outros, apesar de ser mais justo dizer que se tratava de uma série de imposições agressivas do grandalhão com tímidas objeções por parte dos outros. O lado bom foi que durante aqueles minutos eles se esqueceram de mim, que, retorcendo-me de dor perto das raízes da árvore, era qualquer coisa, menos uma ameaça. A ideia de me levantar e correr nem sequer me passou pela cabeça; já era demais tentar conter as rajadas de dor provocadas pela queda.

– E Pompeo? Onde ele está? – perguntou Mark.

– Não me importo porra nenhuma com Pompeo – alfinetou Orson com frieza. – Se mandem.

– Orson, eu tenho que ajustar contas com ele – queixou-se Mark.

– Você não ouviu o que eu disse, cretino? Se manda!

Abri um olho e examinei a situação. Orson estava de costas, os outros três de frente. Justo nesse instante, Jonathan me lançou um olhar preocupado. O rosto de Mark estava completamente transformado diante da mudança de temperamento de Orson.

Bem-vindo ao clube.

– Orson, você e eu somos amigos, e... – disse Mark com sua habitual lentidão para compreender as coisas.

– Chega!

Orson deu um passo desafiador e ergueu o punho. O movimento foi sutil. A reação exagerada de Jonathan de se cobrir com o braço foi cômica.

– Escute aqui, Mark – disse Orson suavizando um pouco o tom, apesar de não me enganar nem por um segundo. Eu conhecia perfeitamente o timbre de sua voz manipuladora. – Eu tenho de acertar alguns assuntos com Jackson a sós. Sei que você e o garoto Pompeo têm assuntos pendentes, mas ele não está aqui.

– Compreendo – disse Mark.

– Então é melhor vocês irem embora, está bem?

– O que você vai fazer? – atreveu-se Jonathan a perguntar.

Orson se voltou para fitá-lo, e adivinhei sua expressão ao ver como Jonathan retrocedia, vacilante.

– O que te importa isso, cara de cu? Você quer ficar para que eu também te violente, é isso?

Também.

Dessa vez Steve não resistiu e riu da gozação.

Orson fixou a atenção em Mark Petrie, que ainda continuava um pouco desconcertado com a mudança de seu *amigo*. Perguntei-me vagamente se ele saberia das razões pelas quais Orson havia ficado recluso em Fairfax. Era evidente que Jonathan não sabia, porque de outro modo não estaria com eles naquele momento. Tentei manter contato visual com ele, apesar de ser difícil fazer isso do chão, especialmente porque Jonathan estava aterrorizado e seu olhar vagava, perdido. Mas o certo era que se eles fossem embora, nossas possibilidades de sair incólumes daquela situação eram mínimas. Quem sabe o que Orson tinha planejado para mim no tempo em que ficara trancado no internato.

– Mark, quero dizer uma coisa. – Orson se aproximou dele e lhe falou em tom de confidência, apoiando uma das mãos em seu ombro em um gesto de confiança. – Preciso que vocês tomem aquela direção.

Mostrou a direção oposta à do riacho.

– Mas vai ser mais complicado chegar com essa escuridão – queixou-se Mark.

– Eu sei, amigo, mas a putinha milionária foi naquela direção. Por que vocês não a encontram e não lhe dão um bom susto?

Ele soltou uma risada sutil.

– Como você sabe que ela foi naquela direção?

– Eu sei, Mark. Ponto. – Orson tirou a mão do ombro dele.

– Vamos procurá-la – disse Steve.

Voltar a pé para a cidade sem a ajuda do riacho e internando-se no bosque em plena noite podia levar, no melhor dos casos, uns quarenta minutos. Se a sorte não os acompanhasse, eles vagariam sem rumo até cair vencidos. Orson sabia disso.

Mark finalmente aceitou ir embora. Jonathan me lançou um último olhar desesperado que julguei entender.

Resista.

– Tome cuidado com essa bichinha, Mark! – gritou Orson quando eles começaram a se afastar, em uma clara alusão a Jonathan. – Não confie nele. Tenho certeza que ele viu quando a putinha foi embora e guiou vocês na direção errada.

Mark o fitou por cima do ombro e assentiu. A perspicácia de Orson me arrepiou os cabelos. Era espantoso como por trás daquele garoto bruto se escondia uma agudeza diabólica. Quando ele se voltou, pude verificar em seus olhos aquele brilho desapiedado que de vez em quando se mostrava.

– Enfim sós. – Ele se aproximou e plantou os pés bem perto de mim.

Uma de suas botas de ponteira de aço praticamente roçou meu nariz. O cheiro de couro e a erva úmida se mesclaram com o sangue dos lábios. Passei a língua na boca, consciente de que não havia parado de fazer isso nos últimos minutos.

Durante um instante tive a convicção de que ele me daria um pontapé como na casa da árvore, mas em vez disso ele se afastou, retrocedendo lentamente. Quatro, cinco metros.

O que ele está fazendo?

Ele se sentou no chão, com as pernas abertas e os braços esticados para trás. Imaginei que ele tinha a intenção de me dar uma aparente vantagem para escapar, de se deliciar ao me ver ficar de pé e me alcançar com facilidade, e a verdade é que tentei me erguer, mas a dor continuava forte demais. A virilha me ardia como se um rio de lava fervente a percorresse. No lugar onde ele havia me acertado o chute eu sentia agora como se um pica-pau me desse uma bicada atrás da outra.

– Tem uma coisa que eu quero saber antes – disse Orson.

Não pergunte antes de quê. É isso que ele quer que você faça.

– Antes de quê?

– De te violentar – disse ele. – É claro.

Seu corpo era uma forma escura. Um escorregadio raio de lua traçava uma meia-lua azul em seu rosto, que naquele momento esboçava um sorriso tétrico.

– O que você quer saber? – perguntei em voz baixa.

– É algo que fiquei me perguntando todo esse tempo enquanto estava naquele ninho de ratos de Fairfax. Não parei de pensar nisso um segundo sequer, porque não consigo entender.

O tom de sua voz ia se tornando cada vez mais grave. Ele falava com um ressentimento que eu nunca tinha visto. Inclinou-se ligeiramente para trás, esticou um dos braços...

Parecia que ele procurava algo no chão, até que o movimento de seu braço se soltou, com a velocidade de uma chicotada. Uma sombra cresceu diante de meus olhos até me cegar, ao mesmo tempo que ele me jogava uma pinha em pleno rosto.

Deixei escapar um grito de surpresa.

A pinha me acertou os lábios, que arderam como se me tivessem queimado com uma tocha.

– Em Fairfax eu era o melhor lançador – vangloriou-se Orson. – Como você deve imaginar, lá não há muita coisa para fazer, trancado o dia inteiro, então você fica pensando. Pensa em como ficar livre outra vez, mas também nas coisas a respeito de que você se enganou, para não cometer os mesmos erros de novo, entende?

– Posso me sentar?

– Você consegue?

– Posso tentar.

– Então tente.

Apoiei os braços no chão e me ergui; minha perna havia adormecido. Consegui me sentar com dificuldade. Orson aproveitou para pegar outra pinha que havia nas imediações, o que fez com que eu instintivamente cobrisse a cabeça com os braços.

Mas o disparo não chegou dessa vez, é claro. Orson ficou brincando com a pinha, lançando-a apenas alguns centímetros para cima e pegando-a ao cair. Queria que eu soubesse que ele estava em condições de realizar um segundo lançamento a qualquer momento. Então eu me dei conta de uma coisa. Durante a queda do abeto, eu havia perdido a correntinha de Miranda. Dei uma olhada ao meu redor, mas não a vi.

– O que você está procurando?

– Nada.

– Perdeu algum dente? – disse Orson, e comemorou sua própria gracinha com uma gargalhada que não ficava nada a dever às de Steve.

Esqueça a correntinha.

Eu precisava conseguir fazer com que nós nos afastássemos da árvore. Era a única maneira de Miranda poder escapar.

– O que é que você quer saber?

– Como vocês encontraram o filme de Marvin French? – perguntou Orson sem rodeios.

– Ele estava guardado em uma estante, em um quarto em desuso.

– Não me refiro ao lugar onde ele estava guardado, mas a como tiveram a ideia de procurar por ele. Fiquei dando tratos à bola e não consegui entender.

Perguntei-me que importância podia ter para ele o modo como encontramos o filme, mas a julgar pela expressão de Orson, parecia que muita. Imagino que para alguém que leva a manipulação a extremos, devia ser desesperador sofrer isso na própria pele.

– Meu amigo Billy percebeu e procurou na biblioteca a relação entre vocês.

– Mas por que ele fez isso? – gritou Orson.

Entendi a que ele se referia. O que inquietava Orson era a conexão entre ele e French.

– Nós sabíamos qual era o sobrenome da sua família adotiva – eu disse.

Orson não respondeu. Ruminava seu ódio como se fosse algo palpável.

Então o mundo se escureceu.

Deixei escapar outro grito:

– Filho da puta! – gritei. A pinha me golpeou o rosto em cheio. Dessa vez eu não a tinha visto chegar.

– Cale a boca, ou na próxima vez vou metê-la no seu cu – bramiu ele. – Vocês não deviam ter se intrometido. Hoje é a sua vez. Depois vou encontrar Pompeo e vou moê-lo de pancadas, para ver se ele continua querendo se fazer de espertinho.

Eu mal tomava consciência de suas palavras. Sentia como se um desentupidor invisível me chupasse o rosto sem parar. Levei a mão à pálpebra direita e verifiquei que tinha um corte que sangrava.

Orson se levantou.

Receei que ele continuasse a me chutar. Encolhi-me instintivamente como um ovo, com a cabeça entre os joelhos.

Não aconteceu nada durante alguns segundos – tempo mais do que suficiente para que Orson percorresse a distância que nos separava, mas eu podia ouvi-lo muito perto. Atrevi-me a levantar a cabeça e olhá-lo por um instante, justo quando ele acabava de desapertar o cinto e baixava a calça até os tornozelos.

Seu membro ereto estava a menos de vinte centímetros de meu rosto.

O medo foi tão atroz que não consegui fazer outra coisa além de tornar a esconder a cabeça.

Agora, fuja! Ele está com a calça abaixada, não vai poder te alcançar.

Mas uma coisa era pensar e outra muito diferente era pôr em prática. Apesar do inchaço dos lábios, apertei a boca contra os joelhos com tanta força que a dor se tornou insuportável. A dor era preferível ao medo. Não me lembro de ter sentido tanta dor em toda a vida. Então a mãozona de Orson me agarrou pelo cabelo e me puxou primeiro para cima e depois para trás. Abri os olhos justo a tempo de ver como Orson tirava algo do bolso da camisa. Ele segurou o objeto perto do meu rosto. Era uma navalha. Ele fez a lâmina comprida se desdobrar diante de meus olhos com um som metálico. Tentei afastar-me, mas a outra mão me agarrava o cabelo com força.

– Se você me morder, te arranco um olho, entendeu?

Balbuciei uma resposta afirmativa enquanto as lágrimas brotavam sem que eu pudesse evitá-las. Orson segurava minha cabeça com uma das mãos e a navalha com a outra. Seu membro surgia entre as fraldas da camisa, vivo, ameaçador e monstruoso. Houve um momento de expectativa, até que o primeiro embate se produziu. O movimento brusco me pegou de surpresa, e deixei escapar um grito que foi afogado por Orson ao invadir minha boca. Uma ânsia fez com que eu me curvasse. Orson puxou minha cabeça para trás no exato instante em que uma torrente de vômito quente brotava de minha boca como a lava de um vulcão. Tentei contê-la inclinando a cabeça, coisa que Orson permitiu, ainda sem me soltar, e consegui fazê-lo em parte. O líquido malcheiroso inundou minha boca, jorrando pelas comissuras dos lábios. Inclinei-me, dessa vez para a frente, e o vômito caiu na terra, mas uma parte voltou à minha garganta e deslizou pesadamente; pedaços de comida meio digeridos e um rastro de acidez me fizeram estremecer.

Abri a boca para tomar uma desesperada golfada de ar; pensei que o infeliz acidente aplacaria a fúria animal de Orson, mas isso não aconteceu. Mal sorvi um pouco do cheiro do bosque quando Orson tornou a arremeter, dessa vez movendo também minha cabeça com a mão esquerda. Tudo aconteceu tão rápido que eu não conseguia pensar no que fazer, se é que por acaso havia algo que eu pudesse fazer para deter aquela loucura. Minha língua não encontrava espaço enquanto aquele êmbolo implacável continuava fornicando o fundo de minha garganta; a navalha flutuava perto de meu rosto, a cada instante refletindo a lua perdida; o ardor do vômito continuava a se fazer sentir; pequenas ondas de ânsia se repetiam cada vez com mais frequência; Orson resmungava grosserias em meio a seus arquejos luxuriantes. A única coisa que me lembro de haver pensado naquele momento de frenesi e vertigem foi em Miranda.

Deus permita que ela não esteja vendo isto. Que ela continue na copa da árvore ou que tenha escapado. Por favor, por favor, por favor, por favor, por...

Quando a segunda convulsão forte se produziu, mais uma vez Orson teve o tino de se afastar bem a tempo. Dessa vez expeli uma torrente escura, mais líquida que a anterior. Enquanto eu fazia o possível para respirar um pouco de ar fresco, percebi que aquilo provocaria a ira de Orson, mas por alguma razão que só é possível atribuir a uma mente doentia, isso pareceu exacerbar sua alegria. Observei-o com um sentimento de desespero, e vi em seus olhos um desejo ardente, mais presente do que nunca.

Depois de alguns minutos de arremessos frenéticos, ele retrocedeu, sempre sem me soltar o cabelo e com o pau duro como o cabo de uma frigideira, enquanto ria e sorvia a saliva ruidosamente, grunhindo como um animal descontrolado. Afastei a vista como pude, à espera de que a qualquer momento o ataque se repetisse, quando um raio milagroso de luz da lua fez um ponto resplandecer na terra, muito perto de onde eu estava.

A correntinha.

Naquele segundo, a única coisa que me importava era recuperá-la. Achei que se me esticasse um pouco poderia agarrá-la, mas vi que não poderia tentar com Orson me olhando como fazia naquele momento com olhos dementes, carregados de luxúria, mas atentos a tudo.

Quando a terceira arremetida se deu, tão ou mais feroz que a anterior, consegui ordenar à minha mão que apalpasse a terra ao meu redor em busca da correntinha. A princípio não dei com ela, o que me aterrorizou mais ainda, porque acreditava estar explorando o lugar exato onde a tinha visto, mas rapidamente meus dedos toparam com o delicado metal entrelaçado da corrente, e apertei-a na mão com força, como um talismã.

Os homens-diamantes me protegerão.

A sensação de paz foi imediata. Orson deve ter percebido, porque seus movimentos se tornaram ainda mais violentos. Ele não pode me submeter, pensei. Não importava que Orson tivesse a força de Golias. Eu tinha a correntinha.

Tinha parado de chorar.

– Que merda está acontecendo com você? – rugiu ele, retrocedendo um passo.

Dei-lhe uma olhada desafiadora. Imaginei-me ali, sorrindo com restos de vômito na comissura dos lábios, e senti que devia ter um aspecto completamente descomposto.

– Abaixe a calça! – ordenou ele.

Apertei o punho com mais força.

Orson acabou de tirar a sua a toda a velocidade.

– Agora! – gritou ele, brandindo a navalha.

Comecei a tirá-la lentamente, não para aborrecê-lo, mas por causa da dor na perna esquerda. Orson se afastou dois metros e me observou.

Um ruído na copa da árvore atraiu sua atenção.

– Mas que merda...?

E foi então que ele desabou.

A pesada caixa de música o golpeou em cheio na cabeça como uma bala de canhão. Alguns acordes circenses coroaram o impacto. O corpo de Orson caiu como um saco de batatas para um lado, com os olhos revirados. A navalha descreveu um arco e caiu na terra a meio metro de onde eu estava. Sem pensar duas vezes, agarrei-a, apesar de Orson estar absolutamente quieto. Seu rosto estava voltado para mim. Uma tira de sangue surgiu por baixo de seu cabelo e cruzou sua testa, a pálpebra e o rosto.

Levantei a cabeça.

Na copa escura do abeto divisei Miranda, de pé sobre um galho grosso, bem em cima do lugar onde Orson jazia. Tornei a observar o gigante abatido, ainda imóvel.

Ele vai se levantar. Como nos filmes.

Não conseguia tirar os olhos de cima dele. Segurava a correntinha em uma das mãos e a navalha na outra, incapaz de decidir qual das duas soltar para fechar o zíper da calça.

Se Orson se levantasse de súbito e pulasse em cima de mim, eu lhe cravaria a navalha. Só precisava de uma desculpa.

Mexa-se!

Mas ele não se moveu.

Alguns segundos depois, Miranda se aproximou de onde eu estava. Consegui limpar o vômito do rosto com a camiseta antes que ela chegasse ao meu lado.

– Não consegui deixar a caixa cair antes – disse Miranda. – Foi difícil descer com todo aquele peso, e além disso você estava muito perto dele. Você está bem?

Assenti.

Não conseguia tirar os olhos de Orson, mas durante um momento fitei Miranda com um olhar desesperado. Estendi o braço e abri a mão. Ela sorriu ao ver a correntinha de Les Enfants.

Miranda indicou o sangue que me manchava as pernas.

Um instante depois começamos a rir.

Quarta parte

Hoje (II)
2010

1

Miranda me salvou a vida aquela noite, e isso selou nossa amizade para sempre, apesar de muitas das coisas que prognosticamos com Billy terminarem por se cumprir com endiabrada fatalidade.

Na Bishop, a escola particular de Carnival Falls, Miranda fez amigos rapidamente. Por mais que ela tenha tentado seguir em contato conosco, os encontros se espaçaram, e os temas de conversa se esgotaram; nossos mundos começaram a se separar como dois planetas cujas órbitas não estão destinadas a se tocar. Além disso, Billy entrou na etapa de fascinação pelos computadores, com o que nada voltou a ser como antes. Durante dois ou três anos, Miranda chegou inclusive a me evitar, e eu mentiria se não dissesse que para mim isso foi um alívio. Era como se – e isso é algo que confirmei com ela mais tarde – não nos reconhecêssemos, como se o verão de 1985, incluindo o terrível episódio do bosque, fosse para nós um acontecimento alheio, fruto de um sonho, ou um fato imaginado. Aquele véu mágico que fazia com que pudéssemos nos dizer quase qualquer coisa, olhar-nos nos olhos e abrir o coração uns para os outros havia desaparecido; deixamos a infância para trás como a pele de uma serpente, e a puberdade nos arrebatou o frescor da verdade. Cada qual percorria seu caminho. Não sei em que momento deixei de amar Miranda – porque a verdade é que eu a amei, disso nunca duvidei.

Durante esse tempo minha incapacidade para me relacionar sentimentalmente ficou evidente. Eu tinha dezessete anos e nunca havia saído com ninguém. Mergulhava cada vez mais em um mundo que só existia em minha cabeça. Nessa época eu escrevia quase sempre sobre mim, apesar de não me dar conta disso:

mulheres que eram obrigadas a se casar com príncipes horríveis, reinos submetidos à vontade dos ricos todo-poderosos, coisas do gênero.

Em algum momento do ano de 1986, Preston Matheson se divorciou de Sara e abandonou a mansão para regressar a Montreal. Naquela época ainda nos reuníamos ocasionalmente, e Miranda contou o fato a Billy e a mim, omitindo detalhes que intuímos da mesma forma. Preston se casou com Adrianna, com quem teve dois filhos. Miranda viajava ocasionalmente para vê-lo; ele não costumava vir. Esse fato arejou a mansão da Maple Street. Miranda cresceu sem as constantes discussões entre seus pais, e Sara foi se adaptando cada vez mais à vida social da cidade, ocupando-se de suas plantas, de seus múltiplos compromissos e do filho Brian. Com a mudança de século, conheceu outro milionário e se casou com ele.

Aos quinze anos, Billy media quase um metro e oitenta, tinha os ombros largos e o corpo musculoso, começava a perder a efusividade exagerada de sua infância, e seu temperamento já mostrava a calma reflexiva que o definiria como adulto. Era um rapaz seguro de si, gentil, de uma inteligência superior à média e que sabia o que queria, e uma dessas coisas era Miranda, por quem ele estava disposto a sair da garagem de sua casa, deixar os computadores por algum tempo e conquistá-la. O problema eram os amigos dela, que Billy considerava mimados e de cabeça oca. Uma coisa não havia mudado em meu amigo: ele continuava dizendo o que pensava. Assim, a intrusão de Billy no círculo fechado de amizades da Escola Bishop foi tudo, menos plácida. O problema tinha nome e sobrenome: Alex Cuthbert, um imbecil presunçoso que passeava em motocicletas barulhentas, usava casacos caros e tinha um topete de meio metro que desafiava as leis da gravidade. Além disso, era bonito e tinha um séquito de fãs que iam com ele a todos os lugares, como um bando de gaivotas voando em formação. Miranda se apaixonou perdidamente por ele. Billy perdeu a batalha amorosa, mas tentou convencer Miranda de que Alex não lhe convinha, que era um convencido que não a amava de verdade. Nada disso funcionou. Alguém já havia escrito uma vez: *A razão não engana o coração.* E aparentemente também não se pode dissuadi-lo de cometer atos estúpidos. Billy chegou a censurar Alex, e os dois se transformaram em inimigos mortais; mas Miranda já havia feito sua escolha. Estava cega.

No princípio dos anos 1990, Billy e eu mal falávamos de Miranda ou do clone de Jason Priestley com quem ela saía. Não sei quase nada da vida dela durante aqueles anos; ela parecia outra pessoa. Uma vez cruzei com ela a caminho da escola. Estava sozinha, e paramos para conversar. Se não tocássemos em assuntos espinhosos, podíamos manter uma conversa normal. Era dia de Halloween, e na esquina da Main e da Kennedy, cruzamos com um grupo de garotos disfarçados, metade deles de extraterrestres. Tive a ideia de lhe perguntar se tinha voltado a ver os homens-diamantes, e foi a pior coisa que eu podia ter feito. Ela me olhou com um ódio extremo, alargando as narinas e rangendo os dentes. Sem dizer palavra, foi embora e me deixou ali, com meia dúzia de extraterrestres de um metro de altura atirando em mim com seus revólveres de plástico.

Miranda e Alex ficaram noivos formalmente nos anos que se seguiram. Eram um dos casais mais populares da escola, portanto as notícias corriam rápido. Às vezes eu sentia raiva quando ficava sabendo de alguma fofoca a respeito das conquistas de Alex, mas geralmente eu optava por não lhes dar ouvidos. Estava quase terminando o curso secundário, e precisava tomar algumas decisões. Decisões importantes para meu futuro. Não tinha tempo para perder com bobagens.

Quando fui embora para Nova York, um novo universo se abriu para mim. Apesar de nunca ter perdido o contato com os Carroll nem com Billy, de Miranda sabia muito pouco. Apenas o que Billy me contava quando nos falávamos por telefone, apesar de que a vida de Miranda também não lhe tirava o sono. Foi assim que fiquei sabendo que ela e Alex se casaram, em algum momento do ano de 1998, quando ela completou vinte e seis anos. O casal tinha sobrevivido mais de uma década.

A vida nos levou por caminhos distintos, mas nunca esqueci o que Miranda fez por mim naquela noite no bosque, nem suas palavras de consolo; alegrei-me por ela quando soube de seu casamento e desejei de coração que as coisas funcionassem bem com seu marido. Talvez Alex tivesse criado juízo com o tempo, e seu comportamento desavergonhado e egoísta fosse coisa do passado, pensei.

Sara Matheson me telefonou em Nova York, em dezembro de 2004, e assim que ouvi sua voz soube que alguma coisa ruim havia acontecido. Fazia anos que não falava com ela. Agarrei o telefone com força enquanto me preparava para o pior.

2

Sara não me contou tudo durante aquela conversa telefônica, num dia frio de janeiro, mas me disse o suficiente para que eu cancelasse os lançamentos natalinos de meu terceiro romance e pegasse o primeiro voo para o Aeroporto Skyhaven, em Rochester.

Miranda havia se tornado mãe algum tempo antes, essa era a primeira grande notícia, que serviu para me lembrar de como nos havíamos afastado. A própria Sara me confessou que não visitava a filha com frequência; Miranda tinha problemas sérios no casamento, mas negava-se a receber ajuda, recusava a realidade e abusava de remédios. Sara receava pela neta pequena, Blue, e um dia se plantou diante de Cuthbert, que já não usava o topete quilométrico e tinha uma calvície incipiente, e descobriu horrorizada que a saúde de Miranda parecia não lhe importar muito. A única coisa que ele argumentou quando Sara lhe sugeriu a possibilidade de internar sua esposa foi o que as pessoas pensariam deles. Desesperada, Sara recorreu a Preston. Se havia algo que ninguém podia pôr em dúvida a respeito de Preston Matheson era o amor que ele tinha pelos filhos, bem como sua capacidade de resolver as coisas quando era necessário. Ele viajou de Montreal com dois advogados da companhia e disse a Sara que trataria de tudo. Foi ver Cuthbert, e em menos de dois dias este havia assinado toda a documentação necessária para internar Miranda em um centro especializado de Boston. Ela foi internada contra a sua vontade. Permaneceu dois meses no Lavender Memorial, até que a diagnosticaram corretamente e iniciaram um tratamento adequado.

Miranda era esquizofrênica.

Foi então que Sara me telefonou. Sua filha precisava estar rodeada de pessoas que a amassem. O primeiro mês havia sido traumático para ela, explicou-me, porque ela precisara enfrentar um período de abstinência dos antidepressivos e tranquilizantes que estava acostumada a tomar.

A recuperação foi lenta. Dois anos depois ela voltou a recobrar a vivacidade da menina que conheci no bosque. O carinho de sua família foi fundamental. Preston visitou-a algumas vezes, até que um câncer incurável o impediu de continuar a fazê-lo. Brian, já um simpático rapaz de dezoito anos, tomou a decisão de não ir para a universidade e ficar em Carnival Falls, e foi uma peça fundamental na recuperação de Miranda. A devoção de Brian para com a irmã sempre me emocionou. Billy também voltou a se aproximar. Na época, a ideia de vender sua empresa e regressar a Carnival Falls já estava quase tomada, mas certamente a situação de Miranda ajudou a inclinar a balança.

Miranda e a pequena Blue se instalaram na mansão da Maple Street. Sara e seu segundo marido, Richard, se encarregaram de velar por ela, assim como Brian. O ambiente não podia ser melhor. A cada ano, durante os últimos quatro, verifiquei com alegria como Miranda voltava a ser o que era. Ela precisava seguir um tratamento estrito e fazer consultas médicas periódicas, mas conseguiu manter a doença sob controle e levar uma vida normal.

No ano de 2010, durante minha visita anual a Carnival Falls, repeti o ritual de minhas viagens anteriores. Permaneci de pé diante do portão, sem tocar a campainha, só contemplando a fachada bem-cuidada, os canteiros, as fontes de pedra. O tempo não parecia ter passado para a casa. Eu quase esperava ver sobre a caixa de correio o pacote com a correntinha e o poema que eu havia escrito para Miranda vinte e cinco anos atrás, ou vê-la chegar em sua bicicleta rosa usando um de seus vestidos brancos. Mais de uma vez até pensei em subir no olmo e verificar se o coração talhado no tronco ainda continuava ali, mas nunca o fiz.

– Oi!

Reconheci a dona da voz, mas não vi ninguém.

Ela pronunciou meu nome duas ou três vezes entre risinhos divertidos.

– Quem está me chamando? – exclamei.

A risada tornou a se fazer ouvir. Uma fita azul surgiu ao lado de um dos pilares de pedra do portão, seguida de um cacho ruivo e por último do rosto redondo e vermelho de Blue, uma garota gordinha de seis anos e espírito aventureiro. Ela se aproximou das grades de ferro e introduziu o rosto entre duas delas.

– Minha cabeça não passa mais.

Agachei-me e lhe dei um beijo na testa.

– Oi, Blue. Você está muito bonita.

– Tenho dois namorados.

– Dois?

– É, na escola. Já estou no primeiro ano.

– Como eles se chamam?

Enquanto conversava com Blue, vi Sara e Richard se aproximarem pelo caminho de entrada. Eles sempre tinham a deferência de vir me receber.

– Eles se chamam Peter e Tommy – disse Blue.

– Tommy Pompeo?

– É! Mamãe disse que eu devo ficar com ele. Mas ele é muito pequeno para mim. Não consigo me decidir.

Sara abriu a porta e me fez entrar. Estreitou-me em seus braços com força. Acabava de fazer sessenta anos, mas seu aspecto era o de uma mulher quinze anos mais nova. Richard, de barba branca, me apertou a mão e me deu um de seus sorrisos fraternais. Caminhamos os três até a casa, com Blue borboleteando ao nosso redor, dando pulinhos e girando como uma bailarina. Lembrei-me de Miranda no jardim de inverno, dançando entre as prateleiras de plantas enquanto eu a observava do olmo.

Durante os últimos quatro anos, a visita à mansão da Maple Street se transformou em outro momento esperado da minha viagem. Apesar de eu falar por telefone com Miranda periodicamente e de ela inclusive ter me visitado em Nova York algumas vezes, ver o resto de sua família e percorrer os diversos aposentos daquela casa enorme desencadeava inestimáveis lembranças da minha infância. A decoração havia mudado substancialmente. Os móveis haviam sido substituídos por outros mais modernos, os grandes óleos haviam cedido lugar a quadros abstratos, mas a essência era a mesma. Os rostos de pedra continuavam observando tudo, apesar de eu saber que a galeria secreta havia sido descoberta e fechada vários anos atrás.

Miranda nos viu do jardim de inverno e me acenou efusivamente. Quando entramos na sala, ela apareceu pelo corredor, tirando as luvas de jardinagem e um avental de plástico que deixou em uma das poltronas antes de me abraçar. Fazia um ano que ela usava o cabelo mais curto, apenas sobre os ombros, e de um tom avermelhado que lhe ressaltava os olhos de um jeito especial. Bastava vê-la para entender por que eu me havia apaixonado por ela. Mas o mais importante era que ela havia recuperado sua luz. Tinha seus dias ruins, dizia-me às vezes, mas cada vez menos. Nesse em particular ela estava radiante, e não me passou despercebido o fato de ela estar usando a correntinha de Les Enfants, que o tempo provou ser de melhor qualidade do que se pensava, porque ainda conservava a cor dourada.

– O que é isso? – perguntou ela. – É o que estou pensando?

– Ah, isto? – eu disse, erguendo o embrulho que tinha na mão direita. – Aposto que você não adivinha.

Sara e Richard viram como Miranda me arrebatava o pacote e o abria com verdadeiro interesse, lançando-me olhares perscrutadores enquanto rasgava o papel e o transformava na bola que terminaria junto do avental e das luvas de jardinagem. Era um exemplar de meu último romance, é claro, mas isso Miranda já tinha adivinhado só de ver a forma do pacote. Admirou a capa, em que se via uma mulher com cara de preocupação surgindo por trás da cortina do banheiro. Ela abriu o livro, e seu sorriso se alargou ao ler o poema que eu havia escrito à mão na primeira página.

O nosso poema.

– Obrigada – disse ela, levando o livro ao peito e apertando-o com força, como se procurasse se alimentar com sua energia. Deu-me mais um abraço. – O que você acha de irmos à sala de jantar provar aquele bolo delicioso?

– Isso! – exclamou Blue. Dirigindo-se a mim, ela acrescentou: – Fui eu que fiz, Sam.

– Verdade?

– Com a vovó.

– Incrível! De que é?

Blue pensou por um segundo. A menina se afastou de mim e se aproximou de Sara, que se agachou e lhe disse alguma coisa ao ouvido.

– De chocolate! – exclamou a pequena.

– Meu preferido!

A mesa estava preparada para me receber. Brian era o único membro da família que não estava em casa, pois tinha ido para a universidade.

Passamos uma meia hora maravilhosa, degustando o bolo de chocolate e tomando chá. Blue fez alguns desenhos com seus lápis de cor, ajoelhada em sua cadeira e com a língua de fora enquanto traçava formas com extrema concentração. Fez um para mim e me deu. Desenhou-me no meio de um bosque de árvores pequenas e cogumelos gigantes, animais mais altos que todo o resto e vários planetas no céu. Quando lhe perguntamos que lugar era aquele, ela nos disse com toda a naturalidade que era um de meus livros. Eu lhe disse que o penduraria em meu estúdio, e é claro que cumpri a palavra. De fato, ergui a cabeça para vê-lo justo antes de escrever esta frase.

Depois de lanchar, Miranda e eu fomos para o jardim de inverno. Blue quis nos acompanhar, mas Sara a convenceu a ficar com ela e Richard, com a promessa de que iriam ao centro comercial escolher um presente para o tio Brian, que faria aniversário na semana seguinte. Blue hesitou um instante, mas acabou aceitando.

– Gostei muito da nova cor do seu cabelo – eu disse enquanto atravessávamos a sala.

– Obrigada. Escureci um pouco.

– Ressalta mais a cor dos seus olhos.

Quando entramos no jardim de inverno, fiz o que fazia sempre – observar o grande olmo que surgia por trás do muro que cercava a casa.

– No dia em que cortarem esse olmo você não voltará mais – brincou Miranda.

– Espero que isso não aconteça nunca – eu disse enquanto continuava com o olhar fixo na copa frondosa daquela árvore na qual havia passado tantas horas.

– Eu também me pego olhando para ele às vezes.

Quando Miranda e eu começamos a nos ver de novo, uma das coisas que lhe confessei foi como a havia espiado durante quase meio ano de cima daquela árvore. Depois de tanto tempo, não havia nada de que me envergonhar.

– Billy te manda lembranças – eu disse. – Acabo de vir da casa dele.

– Muito obrigada. Ele e Anna estiveram aqui na semana passada. Ela é adorável.

– É verdade. E você, como está?

Sentamos diante da mesa redonda.

– A verdade é que estou me sentindo muito bem. Tão bem que às vezes acho que já não preciso que o doutor Freeman me receite seus pós mágicos, nem das sessões semanais com meu analista. Mas achar que não preciso é o primeiro passo para cometer erros. Todos estão me ajudando muito. Brian conversa comigo todos os dias. Tenho dez anos a mais que ele, e parece que ele é que é o irmão mais velho.

– Fico contente de ouvir isso. Acho que você está ótima.

– Você não está nada mal.

– Mas isso não é novidade.

Miranda riu.

Ela se inclinou sobre a mesa e esticou os braços. Apertei suas mãos. A correntinha de Les Enfants pendia a centímetros da mesa.

– Estou vendo que você continua usando essa joia tão valiosa.

– É claro. – Ela soltou uma das mãos e pegou a meia-lua entre os dedos. Observou-a como se fosse a primeira vez que a via. – Você já sabe disso, mas este pedacinho de metal me ajuda a recordar as coisas importantes. Pode crer, alguém que conviveu dezesseis anos com o filho da puta do Alex, seis deles debaixo do mesmo teto, precisa de tudo o que possa ajudar a manter os pés na terra.

– Ele tem visto Blue ultimamente?

– Está na cara que ele se sente obrigado a cumprir suas responsabilidades de pai, mas ele ama Blue, disso eu sei. Nos últimos meses ele não deixou de fazer as visitas semanais. Peço a Deus que as coisas continuem assim, pelo menos até que Blue cresça.

– Essa menina é uma luz.

Beijei-lhe a mão. Gostava de flertar com ela quando não havia ninguém por perto. Miranda olhava para todos os lados como se alguém pudesse nos descobrir, mas também se divertia. Era o nosso jogo.

– Como vão as coisas com Jenny? – perguntou ela.

– Com algumas idas e vindas. Você já sabe que o primeiro aniversário é um momento crítico para mim.

– Sim, eu sei, e seria bom que você mentalizasse para não pensar nisso.

Foi a minha vez de rir.

– Desculpe por eu ser um desastre em minhas relações, minha psicóloga particular.

Miranda retirou a mão esquerda e abanou a cabeça negativamente. Ficou um pouco mais séria.

– Estou falando sério, Sam. Jenny é um encanto. Não deixe que a sua obsessão pelo trabalho te afaste dela.

Jenny era Jenny Capshaw, minha flamejante namorada publicitária. Dois meses antes havíamos trocado as chaves de nossos respectivos apartamentos. Tudo parecia indicar que em breve ficaríamos com um só.

– Eu também acredito que Jenny é a eleita. Mas pensei a mesma coisa de Heather, e depois de Clarice. Não se preocupe, não pretendo deixá-la escapar. Ela te manda lembranças e te espera mais uma vez em Nova York, quando você quiser. Ao que parece, fazer compras com você é muito mais emocionante do que comigo. Isso me magoou um pouco, mas tenho que aceitar a dura realidade.

– Concordo plenamente.

– Cuidado com o que diz, Matheson! Consigo perdoar Jenny porque ela me retribui com juros você sabe onde...

Miranda soltou uma gargalhada.

– E você? – perguntei, pegando-a de surpresa.

– Eu o quê?

– Alguma novidade? O que é feito daquele homem que você conheceu na escola?

Miranda fitou o teto.

– Kiefer continua vindo falar comigo quando vai buscar o filho na escola; já me disse de várias maneiras que está divorciado, mas não me convidou para sair.

– Isso logo vai acontecer, você vai ver.

– Acho que ele gosta de mim – disse Miranda, arrumando o cabelo atrás da orelha, coisa que havia começado a fazer desde que o usava mais curto. – Mas ele não se anima. É tímido demais!

– Deixe passar um mês e convide você.

– Não!

– Não tem importância, em menos de um mês ele não conseguirá resistir, você vai ver.

– Você levou seis meses para me dar esta correntinha.

– Eu era muito jovem. Jogue o seu charme, Matheson, e Kiefer vai cair aos seus pés.

Ficamos em silêncio. Nossas longas conversas telefônicas também eram assim.

– Se existe uma coisa de que você não pode duvidar é do seu encanto – eu disse de repente. – Ele me salvou a vida.

Miranda não compreendeu.

– O que aconteceu no bosque aquela noite, com Orson...

Fiquei em silêncio. Procurava as palavras adequadas.

– Se eu não tivesse te conhecido antes... Se não tivesse te espiado daquela árvore tarde após tarde – eu disse apontando a copa do olmo –, teria duvidado durante toda a vida até que ponto aquele episódio desagradável me marcou e me fez como sou hoje. Orson me sujou, não posso negar. Mas eu te amei antes disso.

– Sam, você vai me fazer chorar.

– É proibido chorar. – Esbocei um sorriso. – Nunca imaginei como seria importante para mim ter me apaixonado por você naquele verão.

Foi a minha vez de me inclinar sobre a mesa e apertar-lhe as mãos. Ela agradeceu o gesto e me devolveu o sorriso.

– Você é uma mulher sensacional, você sabe disso, não é?

Miranda se levantou e observou o jardim. Estava de costas para mim, mas eu podia ver seu rosto parcialmente refletido no vidro.

– Aquele dia foi como... um ponto de inflexão – disse Miranda. – Depois, as coisas... você sabe, conheci Alex, e... não sei, é difícil para mim me reconhecer durante aqueles anos. O curioso é que naquele tempo eu pensava exatamente o contrário. Estava convencida de que você e Billy me haviam forçado a fazer coisas que eu não queria. Cheguei inclusive a responsabilizar vocês pelos meus problemas. Mas você sabe de tudo isso...

Ela se voltou.

– Tudo acabou muito bem – animei-a.

– Sim.

Depois de um longo silêncio, ela sussurrou:

– Eu continuo a vê-los, Sam.

Limitei-me a assentir com a cabeça.

– O resto dos sintomas desapareceu – continuou ela –, mas eu continuo a vê-los.

– Venha cá... – Fiz um gesto para que ela rodeasse a mesa.

Miranda se sentou ao meu lado e eu a abracei.

– Você contou para os médicos?

– Não. – Miranda manteve a cabeça em meu ombro, abraçando-me com força. – Eu os via duas ou três vezes por ano, sempre à distância, e eles ficavam quietos, sem fazer nada. Este ano vi só um, na escola de Blue. Quando estava saindo com ela pela mão eu o vi do outro lado da rua. Então um ônibus passou, e o homem-diamante já não estava mais ali.

Miranda me olhou nos olhos com certo receio.

– Você acredita em mim?

Levei um instante para responder, não porque duvidasse dela, mas porque queria lhe transmitir segurança antes de falar.

– É claro que acredito. E quer saber de uma coisa?

– O quê?

– Logo, logo, eles vão parar de te observar. Você não disse que este ano eles só apareceram uma vez? Pois no ano que vem eles não vão mais voltar. Pode contar com isso.

Miranda voltou a me abraçar.

3

A igreja católica de Saint James estava situada em um promontório próximo à Rodovia 16, não muito longe de onde os irmãos Duvall disseram ter filmado as três luzes no céu. A única coisa que havia mudado desde aquela época era a grade que a cercava. Atrás da igreja havia um cemitério em desuso ao qual se podia chegar a partir da própria igreja ou por uma porta lateral que normalmente permanecia fechada. O reverendo Pegram me ofereceu uma vez uma cópia da chave, mas eu recusei; gostava de visitá-lo, e conversar com ele tinha se transformado em parte integral daquele ritual. Ele me conhecia desde meus treze anos, quando a casualidade me fez descobrir o túmulo onde havia sido tirada a fotografia de Helen P.

Uma das coisas que mais me agradava em Michael Pegram era a sua discrição. Ele nunca me perguntou por que eu queria visitar o cemitério, apesar de a princípio eu simplesmente entrar pelos fundos sem lhe avisar. Duas ou três vezes o descobri observando-me de alguma das janelas traseiras da igreja, mas nada mais. Quando ele se aproximou de mim pela primeira vez, eu já tinha feito quinze anos, e com o tempo ficamos amigos. Se não houvesse trabalho na igreja, ele me convidava a beber uma xícara de chocolate quente e conversar, ou ficava algum tempo ao meu lado.

Helen P. acabou se revelando ser Helen Peterson. Descobri seu túmulo alguns meses depois de escutar a conversa entre Preston e Patrick da galeria secreta na mansão dos Matheson. Parecia fácil, pelo que eles disseram naquela tarde, mas não foi. Naquela época eu não conhecia a existência do velho cemitério de Saint Mary, e então me concentrei no municipal. Eu não gostava muito de passear por ali; depois de algumas tentativas, desisti. Foi por casualidade que fiquei sabendo do cemitério da igreja do reverendo Pegram, e assim que cheguei tive certeza de estar no lugar certo. As árvores que cercavam a propriedade eram idênticas às da fotografia tirada por Patrick, que eu ainda conservava na minha caixa florida.

Diferentemente de outros túmulos, que eram de mármore ou estavam enfeitados, o de Helen Peterson estava assinalado por uma cruz de madeira bastante austera. A igreja contava com registros; no entanto, nem todas as sepulturas estavam identificadas, e aquela em particular era uma delas. O fato não me estranhou absolutamente.

A sombra projetada na fotografia também revelou ter uma explicação racional. A poucos metros da cruz de Helen encontrava-se uma das estátuas mais bonitas do cemitério. Pertencia a uma menina de nome Mary Ellen McBridge, morta em 19 de junho de 1880, pouco depois de seu sétimo aniversário. A escultura era de uma qualidade incrível; as pregas do vestido, o capuz que lhe cobria a cabeça e os cachos que lhe caíam nos ombros e nas costas eram absolutamente perfeitos. Ela segurava uma cestinha onde quase sempre havia flores. Suas pupilas esculpidas haviam sido testemunhas do que acontecera no túmulo contíguo.

Sempre que possível, visito o cemitério no dia 10 de abril. Costumo levar flores, e esse é o lugar onde me sinto mais perto de minha mãe. Ali lhe falei a respeito de meu primeiro livro e dos que vieram depois, das mulheres que amei, das metas que alcancei e daquelas que almejo. Ali chorei e ri. A época de me perguntar se Christina Jackson realmente está enterrada naquele túmulo ficou para trás em algum momento, não importa quando. Tive o mesmo sonho recorrente muitas vezes, e nele continuo vendo seu rosto entre os dois assentos dianteiros, até que seu corpo é arrastado para fora do carro. O que aconteceu dali em diante...

Epílogo

Minhas viagens a Carnival Falls tinham uma última parada obrigatória. Estacionava meu carro na estação de tratamento de água abandonada à beira do Union Lake, e dali caminhava pelo bosque até o pântano das borboletas.

Na primeira vez não percebi muito bem por que fui. Com o tempo compreendi que, assim como cada pessoa que eu visitava me conectava com uma parte de meu passado, havia um lugar íntimo que precisava revisitar a sós.

Quando conseguimos aquilo que sonhamos, de vez em quando precisamos olhar para trás, sentir-nos vulneráveis novamente.

Eu me sentava em algum tronco e contemplava as borboletas enquanto pensava. Cada encruzilhada, cada abismo inexorável havia sido uma prova necessária. Meu amor por Miranda foi o começo, minha rocha. Mas um caminho duro me esperava. Mesmo anos depois, já em Nova York, até a coisa mais simples, como andar de mãos dadas com minha namorada, me custava. Heather me dizia que ali as pessoas eram diferentes, mais abertas, e eu sabia que isso era verdade. Mas se alguém ficasse me olhando muito, eu soltava a sua mão imediatamente.

Até aquele momento eu tinha conseguido enganar a todos. Quase havia conseguido enganar a mim mesma.

Carnival Falls foi meu próprio pântano; a ideia tem até um lado poético. Precisei partir para começar um novo ciclo, como todas aquelas borboletas que vagavam pelo bosque e só voltavam para se acasalar. Não é que meus entes queridos não me apoiassem; os Carroll sempre foram compreensivos, depois que me animei a ser sincera com eles, e Collette foi um encanto. Billy, meu inseparável amigo, meu protetor, foi incondicional, e continuará sendo. Fui eu que precisei de novos ares para assumir minha identidade e lutar por meus sonhos.

Minha mãe deve estar orgulhosa de mim.

Notícia publicada na revista Panorama Literário, *junho de 2010.*

[...] Durante o lançamento de seu último livro e diante de um auditório lotado, a reconhecida escritora Samantha Jackson anunciou que acaba de terminar uma biografia romanceada de sua infância, que poderá ser publicada no próximo ano. Adiantou que o título é *O pântano das borboletas*, e que "trata-se de um livro íntimo, com experiências pessoais que me marcaram profundamente, de amigos íntimos, amores e aprendizagens que me moldaram como ser humano e como mulher".

Agradecimentos

A Patricia Sánchez, minha agente e madrinha deste romance, por seu trabalho, otimismo e estímulo constante. Sem ela, este livro não seria uma realidade.

A Anna Soler-Pont, por me permitir fazer parte de sua fantástica agência.

A Silvia Sesé e Sandra Oñate, por uma edição esmerada e incansável, e pelo esforço feito para enaltecer cada detalhe.

A meus pais, Luz Di Pirro e Raúl Axat, por colaborar com leituras, opiniões e revisões. Minha mãe se transformou em uma magnífica revisora.

A meus irmãos, Ana Laura Axat e Gerónimo Axat, pelo apoio de sempre, e porque ter irmãos assim é algo que se deve agradecer.

A Montse de Paz, colega e amiga, pela revisão detalhada do primeiro manuscrito.

A Raúl Ansola, colega e amigo, pelas leituras críticas e valiosas sugestões para o epílogo. Alguma frase sua permaneceu intacta, e é uma honra.

A Ariel Bosi, amigo e primeiro leitor de todos os meus romances, por captar o espírito desta história desde o princípio.

/Tordesilhas
 /TordesilhasLivros
/eTordesilhas   /TordesilhasLivros

Este livro foi composto com a família tipográfica Garamond Premier Pro.
Impresso para a Tordesilhas Livros em 2022.